BATISMO DE FOGO

BATISMO DE FOGO
Andrzej Sapkowski

Tradução do polonês
OLGA BAGIŃSKA-SHINZATO

wmf **martinsfontes**

Esta obra foi publicada originalmente em polonês com o título
CHRZEST OGNIA por Supernowa, Varsóvia.
Copyright © 1996, ANDRZEJ SAPKOWSKI
Publicado por acordo com a agência literária Agence de l'Est.

Todos os direitos reservados. Este livro não pode se reproduzido, no todo ou em parte, nem armazenado em sistemas eletrônicos recuperáveis nem transmitido por nenhuma forma ou meio eletrônico, mecânico ou outros, sem a prévia autorização por escrito do Editor.

Copyright © 2019, Editora WMF Martins Fontes Ltda.,
São Paulo, para a presente edição.

1ª edição 2019
7ª tiragem 2024

Tradução
OLGA BAGIŃSKA-SHINZATO

Acompanhamento editorial
Márcia Leme
Cecília Bassarani
Edição de texto
Márcia Menin
Revisões
Ana Paula Luccisano
Ana Maria de O. M. Barbosa
Edição de arte
Katia Harumi Terasaka
Produção gráfica
Geraldo Alves
Paginação
Studio 3 Desenvolvimento Editorial
Capa
Gisleine Scandiuzzi
Ilustração da capa
Ezekiel Moura

Dados Internacionais de Catalogação na Publicação (CIP)
(Câmara Brasileira do Livro, SP, Brasil)

Sapkowski, Andrzej
  Batismo de fogo / Andrzej Sapkowski ; tradução do polonês Olga Bagińska-Shinzato. – São Paulo : Editora WMF Martins Fontes, 2019.

  Título original: Chrzest ognia.
  ISBN 978-85-649-0300-9

  1. Ficção polonesa I. Título.

19-30896   CDD-891.8

Índice para catálogo sistemático:
1. Ficção : Literatura polonesa 891.8

Cibele Maria Dias – Bibliotecária – CRB-8/9427

Todos os direitos desta edição reservados à
Editora WMF Martins Fontes Ltda.
Rua Prof. Laerte Ramos de Carvalho, 133 01325-030 São Paulo SP Brasil
Tel. (11) 3293-8150 e-mail: info@wmfmartinsfontes.com.br
http://www.wmfmartinsfontes.com.br

ÍNDICE

Capítulo primeiro • **9**

Capítulo segundo • **53**

Capítulo terceiro • **109**

Capítulo quarto • **147**

Capítulo quinto • **187**

Capítulo sexto • **239**

Capítulo sétimo • **287**

*Through these fields of destruction
Baptisms of fire
I've witnessed your suffering
As the battles raged higher
And though they did hurt me so bad
In the fear and alarm
You did not desert me
My brothers in arms...*

                Dire Straits, Brothers in Arms

CAPÍTULO PRIMEIRO

> *Foi então que a feiticeira disse ao bruxo: "Eis meu conselho: calce botas de ferro e pegue um bastão de ferro. Vá, com suas botas de ferro, até o fim do mundo tateando o caminho a sua frente com o bastão, molhando a terra com suas lágrimas. Vá através do fogo e da água; não pare nem olhe para os lados. E quando suas botas e seu bastão de ferro ficarem desgastados, quando o vento e o calor secarem seus olhos de tal maneira que nem uma lágrima sequer consiga verter, eis então que no fim do mundo encontrará aquilo que busca e aquilo que ama. Que assim seja."*
>
> *E o bruxo cruzou o fogo e a água sem olhar para os lados. No entanto, não calçou as botas nem pegou o bastão de ferro. Levou consigo apenas sua espada de bruxo. Não deu ouvidos às palavras da feiticeira. Fez bem, pois ela era má profetisa.*
>
> Flourens Delannoy, Contos e lendas

Entre as árvores ouvia-se o canto dos pássaros.

A encosta do leito do riacho estava coberta de uma densa mata de amoras silvestres e bérberis, lugar perfeito para nidificar e encontrar alimento. Portanto, não era de estranhar que ali as aves abundassem. Trinavam obstinados os verdilhões, gorjeavam os pintarroxos e os papa-amoras, ressoava também a cada instante o sonoro pipiar dos tentilhões. "O tentilhão canta sempre que está prestes a chover", pensou Milva, olhando automaticamente para o céu. Não havia nenhuma nuvem. "Mas o tentilhão sempre canta quando vai chover... Aliás, um pouco de chuva até que cairia bem."

O ponto em frente à entrada do vale era um local propício para a caça. Oferecia grandes chances de capturar boas presas, especialmente ali, em Brokilon, abrigo de muitos animais. As dríades que governavam a maior parte da floresta quase nunca caçavam, e os seres humanos adentravam-na com menos frequência ainda. Ali o próprio caçador, movido por uma insaciável fome de carne ou cobiçando peles de animais, tornava-se objeto de caça.

As dríades de Brokilon não se apiedavam dos intrusos. Milva sentira isso na própria pele.

De todo modo, não faltavam animais em Brokilon. Mesmo assim, Milva estava de tocaia havia mais de duas horas e nada cruzava sua linha de visão. Não podia se movimentar muito, pois a estiagem de meses revestira o solo de folhas e galhos secos que crepitavam a cada passo. Em tais condições, só a absoluta imobilidade resultaria em sucesso.

Uma borboleta vermelha pousou na empunhadura do arco. Milva não a espantou. Ao mesmo tempo que observava a maneira como fechava e abria as asas, olhava também para o arco, uma aquisição recente, mas que ainda lhe proporcionava muita alegria. Arqueira por vocação, amava as boas armas. E essa, que tinha nas mãos, era a melhor de todas.

Milva tivera muitos arcos na vida. Aprendera a arte de atirar com arcos simples feitos de freixo e teixo, mas os trocara pelos modelos recurvos utilizados pelas dríades e pelos elfos. Os arcos dos elfos eram mais curtos, leves e flexíveis. Graças à composição laminada da madeira e ao uso de tendões de animais, eram também mais eficientes do que os de teixo. Uma flecha disparada de um desses arcos atingia o alvo num instante e em trajetória uniforme, o que eliminava, em grande parte, a possibilidade de ser levada pelo vento. O melhor tipo de tais armas, de quatro dobras, os elfos chamavam de *zefhar*, pois os limbos e a empunhadura representavam esse símbolo rúnico. Milva havia usado zefhares por muitos anos, nem imaginava que pudesse existir um arco que os superasse.

Certo dia, porém, encontrou um. Isso aconteceu, obviamente, no mercado litorâneo de Cidaris, famoso pela grande oferta de mercadorias exóticas e raras, trazidas por marinheiros dos rincões mais remotos do mundo, de todos os lugares aos quais chegassem galeões e cocas. Sempre que possível, Milva visitava o mercado para ver os arcos ultramarinos. Foi lá que adquiriu o zefhar que, acreditava, usaria por muitos anos, reforçado com chifre de antílope polido, oriundo de Zerricânia. Considerava-o perfeito, mas só por um ano, pois depois desse tempo, no mesmo mercado, na loja do mesmo comerciante, encontrou uma verdadeira joia.

O arco era originário do extremo norte. Feito de mogno, tinha envergadura de sessenta e duas polegadas, empunhadura balanceada com precisão e limbos laminados e achatados, construídos em camadas intercaladas de madeira nobre e de ossos e tendões de baleia cozidos. O que o diferenciava dos outros arcos expostos no mercado eram a estrutura e o preço. E foi justamente o preço que chamou a atenção de Milva. Entretanto, no instante em que colocou a mão no arco e o testou, pagou, sem hesitar nem barganhar, a quantia pedida pelo comerciante. Eram quatrocentas coroas novigradas. Obviamente, naquele momento não dispunha de valor tão elevado e, para comprá-lo, decidiu sacrificar seu zefhar zerricano, um fardo de peles de marta, um medalhão élfico de excelente acabamento e um camafeu de coral incrustado de pérolas de água doce.

Mas não se arrependeu. Jamais. O arco era incrivelmente leve e certeiro. Apesar de não ser muito longo, cobria, com seus limbos de madeira, tendões e ossos, uma distância considerável. Provido de corda de linho e veludo armada em encaixes dobrados com precisão, atingia, com um estiramento de vinte e quatro polegadas, uma potência de cinquenta e cinco libras. É verdade que havia arcos que chegavam a oitenta, porém Milva achava isso um exagero. Uma flecha disparada de seu arco de baleia com potência de cinquenta e cinco percorria duzentos pés no tempo entre dois batimentos cardíacos. A uma distância de cem passos, tinha força suficiente para matar num instante não só um cervo, mas também um ser humano sem armadura, atravessando-lhe o corpo. Milva, porém, raramente caçava animais maiores do que um cervo ou seres de armadura pesada.

A borboleta voou. Os tentilhões continuavam a cantar na floresta e Milva permanecia parada sem nenhum alvo à vista. Encostou-se no tronco de um pinheiro e pôs-se a lembrar. Só para passar o tempo.

Seu primeiro encontro com o bruxo foi em julho, duas semanas depois dos acontecimentos na ilha de Thanedd e de a guerra eclodir em Dol Angra. De volta a Brokilon após uma ausência de mais de dez dias, Milva escoltava o que sobrara de um comando de Scoia'tael derrotado em Temeria durante uma tentativa de invasão do território de Aedirn, já envolto em guerra. Os Esquilos queriam juntar-se ao levante organizado pelos elfos em Dol Blathanna. Não conseguiram e, se não fosse por ela, estariam mortos. No entanto, encontraram Milva e um refúgio em Brokilon.

Assim que chegou, ela foi informada de que Aglais a aguardava com urgência em Col Serrai. Estranhou um pouco. Aglais era a chefe das curandeiras de Brokilon e o vale profundo de Col Serrai, cheio de águas quentes e cavernas, um lugar de curas.

Mesmo assim, obedeceu, convencida de que se tratava de um elfo em processo de cura que queria entrar em contato com seu comando por meio dela. Contudo, quando viu o bruxo ferido e se deu conta do motivo de ter sido chamada, ficou furiosa. Saiu da caverna correndo com os cabelos soltos ao vento e descarregou toda a raiva em Aglais.

– Ele me viu! Ele viu meu rosto! Você entende o quanto isso pode ser perigoso?

– Não, não entendo – respondeu a curandeira com frieza. – É Gwynbleidd, o bruxo, um amigo de Brokilon. Está aqui há catorze dias, desde a lua nova. E ficará ainda por algum tempo, até conseguir se levantar e andar normalmente. Ele deseja notícias do mundo; quer saber como estão as pessoas que lhe são próximas. Só você pode fornecê-las.

– Notícias do mundo? Você deve ter enlouquecido, sua bruxa! Sabe o que está acontecendo no mundo, além das fronteiras de sua pacata floresta? Em Aedirn impera a guerra! Brugge, Temeria e Redânia viraram um caos, um inferno, e há muitas perseguições! Aqueles que iniciaram a rebelião em Thanedd estão sendo procurados por toda parte! Há espiões e an'givare em todo lugar! Basta deixar escapar uma palavra, torcer a boca na hora errada, para acabar preso num calabouço com o carrasco apontando-lhe um ferro incandescente! E você quer que eu me torne espiã, farejando e recolhendo informações, que eu me arrisque? Por quem? Por um bruxo semimorto? Quem é ele para mim? Meu irmão ou parente por acaso? Você enlouqueceu, Aglais!

– Se você quer gritar – interrompeu-a a dríade calmamente –, então vamos adentrar a floresta. Ele precisa de tranquilidade.

Milva virou-se para ver a entrada da caverna na qual havia pouco vira o bruxo ferido. "Um homem forte", pensou involuntariamente, "apesar de magro como uma vara... Cabeça branca, mas o ventre em forma como o de um jovem. Percebe-se que é dado ao trabalho, não a toicinho e cerveja."

– Ele esteve em Thanedd – constatou, em vez de perguntar. – Um rebelde.

– Não sei – disse Aglais, indiferente. – Está ferido. Precisa de ajuda. O resto não me interessa.

Milva se irritou. A curandeira era conhecida por sua aversão a conversas. No entanto, Milva já ouvira os relatos exaltados das dríades da fronteira oriental de Brokilon. Sabia tudo sobre os acontecimentos de duas semanas atrás, sobre a feiticeira de cabelos castanhos que aparecera em Brokilon iluminada pela magia, sobre o homem com o braço e a perna fraturados que revelara ser um bruxo, conhecido pelas dríades como Gwynbleidd, o Lobo Branco.

No início, contaram elas, não se sabia o que fazer. O bruxo, banhado em sangue, ora gritava, ora desmaiava. Aglais aplicava curativos provisórios, xingava e chorava. Milva não acreditara em tudo: quem já havia visto uma feiticeira chorar? E depois chegara a ordem de Duén Canell, daquela que tinha olhos cor de prata, Eithné, a senhora de Brokilon. Mandar a feiticeira embora era a ordem da rainha da Floresta das Dríades. E cuidar do bruxo.

E assim cuidavam dele, como Milva pôde ver. Ficava deitado na caverna, num buraco cheio de água das fontes mágicas de Brokilon. Seus membros, imobilizados com talas, estavam cobertos de uma grossa camada da planta trepadeira medicinal conynhael e brotos de confrei roxo. Seus cabelos eram brancos como leite. Estava consciente, embora em geral aqueles que eram tratados com conynhael ficassem inconscientes e delirantes, a magia falando por meio deles...

– E então? – A voz fria da curandeira tirou-a de seu devaneio. – Como vai ser? O que devo dizer a ele?

– Que vá para o inferno – resmungou Milva, levantando o pesado cinturão, do qual pendiam um saco de viagem e um punhal de caça. – E você, Aglais, também vá para o inferno.

— Como queira. Não posso obrigá-la a nada.
— Você tem razão. Não pode.
Milva foi adentrando a floresta, por entre os escassos pinheiros, sem olhar para trás. Estava com raiva.
Sabia de tudo o que acontecera durante a primeira lua nova de julho em Thanedd. Os Scoia'tael não paravam de falar do assunto. Houve uma rebelião durante uma reunião dos feiticeiros na ilha, correu sangue, cabeças rolaram. O exército de Nilfgaard, como um sinal, atacou Aedirn e Lyria. A guerra eclodiu. Em Temeria, Redânia e Kaedwen, os Esquilos se tornaram o alvo principal. Primeiro, porque o comando de Scoia'tael supostamente foi auxiliar os feiticeiros rebeldes. Segundo, porque supostamente algum elfo, ou meio-elfo, apunhalou e assassinou Vizimir, rei da Redânia. Em consequência, os humanos, enraivecidos, atacaram os Esquilos. Tudo fervia, fazendo correr o sangue dos elfos feito um rio...

"Então", pensou Milva, "será verdade o que os sacerdotes contam, que o fim do mundo e o dia do Juízo Final estão próximos? O mundo foi tomado pelo fogo, os humanos viraram-se contra os elfos e até contra os próprios humanos em guerras fratricidas. E o bruxo se intrometeu na política e aderiu à rebelião. Um bruxo cuja missão é correr o mundo e matar os monstros que ameaçam os humanos! Há séculos bruxo nenhum se envolve em política ou em guerra. Pois existe uma lenda sobre um rei louco que levava água numa peneira, queria uma lebre de mensageiro e fazia um bruxo de paladino. E aí está, um bruxo aleijado numa rebelião contra os reis, fugindo de sua sentença, escondido em Brokilon. Definitivamente, é o fim do mundo!"

— Seja bem-vinda, Maria.

Estremeceu. A dríade de baixa estatura encostada num pinheiro tinha olhos e cabelos cor de prata. O sol poente envolvia sua cabeça numa auréola contra o fundo da multicolorida floresta. Milva ajoelhou-se sobre uma perna e prestou reverência, inclinando a cabeça.

— Saudações, senhora Eithné.

A senhora de Brokilon enfiou uma faca de ouro com formato de foice atrás do cinturão de tecido vegetal.

– Levante-se – ordenou. – Vamos dar uma volta. Quero falar com você.

Passaram muito tempo andando juntas pela floresta cheia de sombras, a pequena dríade de cabelos cor de prata e a alta moça de cabelos cor de linho. Por fim, uma delas quebrou o silêncio:

– Há muito que não vem visitar Duén Canell, Maria.

– Estava sem tempo, senhora Eithné. Do Wstazka a Duén Canell o caminho é longo, e a senhora sabe que eu...

– Eu sei. Está cansada?

– Os elfos precisam de ajuda. Foi a senhora que me mandou auxiliá-los.

– Foi um pedido meu.

– Sim, um pedido seu.

– Tenho mais um então.

– Foi o que pensei. O bruxo?

– Ajude-o.

Milva parou e virou-se com um movimento brusco, quebrando um galho de madressilva que atrapalhava o caminho. Esmagou-o entre os dedos e jogou-o bruscamente no chão.

– Há seis meses – disse, baixinho, olhando para os olhos cor de prata da dríade – tenho arriscado minha vida escoltando os elfos desde os comandos derrotados até Brokilon... Depois de descansarem e tratarem dos ferimentos, logo os guio de volta... Isso é pouco? Ainda não fiz o suficiente? A cada lua nova volto para a trilha na noite escura. Chego a temer o sol, como se eu fosse um morcego ou um mocho...

– Ninguém conhece melhor as trilhas na floresta do que você.

– Na floresta não vou saber de nada. O bruxo quer, supostamente, que eu recolha informações, que ande entre os humanos. É um rebelde; os an'givare ficam atentos quando ouvem seu nome. Além do mais, não posso aparecer sozinha nas cidades. E se alguém me reconhecer? A lembrança daquilo ainda está viva, aquele sangue ainda não secou... Muito sangue foi derramado naquele tempo, senhora Eithné.

– Não foi pouco. – Os olhos cor de prata da velha dríade estavam ausentes, frios, inescrutáveis. – Não foi pouco, é verdade.

– Se me reconhecerem, vão me empalar.

— Você é prudente. É cautelosa e consegue manter-se alerta.

— Para recolher as informações que o bruxo pede, eu teria de deixar a prudência de lado. É preciso perguntar, e mostrar curiosidade é perigoso. Se eles me pegarem...

— Você tem contatos.

— Vão me torturar. Vão me matar. Ou vão me deixar apodrecer em Drakenborg...

— Você tem uma dívida comigo.

Milva virou a cabeça e mordeu o beiço.

— Tenho, sim — respondeu com amargura. — Não me esqueci disso.

Fechou os olhos. De repente, ficou com o rosto contraído, os lábios trêmulos, a mandíbula tensa. Sob as pálpebras surgiu a lembrança daquela noite, com o brilho pálido e assombroso da lua. Num instante sentiu de novo a dor no tornozelo, preso por um cinto de couro na emboscada, assim como a dor nas articulações, dilaceradas pelos violentos puxões. Os ouvidos foram sendo tomados pelo farfalhar das folhas provocado pela súbita movimentação de vaivém da árvore. Gritos, gemidos, uma luta selvagem, louca e assustada, seguida do horrível sentimento de medo que a invadiu quando se deu conta de que não conseguiria se libertar... Gritos e pavor, a corda estalando, as sombras flutuando, o chão distorcido, fora do normal, invertido, o céu invertido, as árvores com as copas invertidas, dor, sangue pulsando nas têmporas... E de madrugada as dríades formando um círculo, como uma guirlanda... Um riso prateado distante... Um fantoche pendurado numa corda! "Balance, balance, marionete, com a cabecinha para baixo..." E seu próprio grito, estranho, horripilante. E depois a escuridão.

— É verdade, tenho uma dívida — repetiu entre os dentes —, pois estava dependurada e fui salva da corda. Vejo que não pagarei essa dívida enquanto viver.

— Cada um de nós tem alguma dívida — replicou Eithné. — Assim é a vida, Maria Barring. Dívidas e fianças, obrigações, gratidão, pagamentos... Fazer algo para outrem. Ou, quem sabe, para si próprio? Porque, na verdade, sempre pagamos a nós mesmos, e não aos outros. Todas as dívidas que contraímos nós mesmos as pagamos. Cada um de nós carrega em si um fiador e um devedor. A questão é acertar as contas dentro de nós. Chegamos a este mundo como um grão de vida que nos foi dada, depois contraímos dívidas e as pagamos. A nós mesmos. Para que no final as contas se acertem.

– Considera o bruxo um próximo seu, senhora Eithné?
– Considero, sim, embora ele próprio não o saiba. Volte a Col Serrai, Maria Barring. Vá até ele. Faça o que ele pedir.

O crepitar de folhas secas encheu o vale, um galho estalou. Soou o alto e raivoso grasnar do corvo, os tentilhões levantaram voo, fazendo lampejar as retrizes brancas. Milva prendeu a respiração. "Até que enfim", pensou.

"Crá-crá", grasnou o corvo. "Crá-crá-crá." Outro galho estalou.

Milva ajeitou, no braço esquerdo, o velho protetor de couro, polido de tão desgastado, e colocou o punho no laço preso à empunhadura. Retirou uma flecha da aljava achatada que carregava na coxa. Inconscientemente, como de costume, verificou o estado da ponta e da empenagem. Ela comprava as hastes em mercados, escolhendo, em geral, uma das dez que lhe ofereciam, mas sempre as emplumava sozinha. A maioria das flechas prontas disponíveis tinha as rêmiges demasiado curtas, montadas em linha reta na haste, enquanto Milva usava apenas flechas empenadas helicoidalmente, com rêmiges acima de cinco polegadas.

Posicionou a flecha na corda e mirou a entrada do vale e o contorno esverdeado do bérberis localizado entre dois troncos, carregado de bagas de frutos vermelhos.

Os tentilhões não se afastaram muito e logo reiniciaram o chilrear. "Venha, corcinho", pensou Milva, levantando e empinando o arco. "Venha. Estou pronta."

No entanto, o corço desviou o caminho pela encosta, em direção ao pântano e às fontes que abasteciam os riachos que desaguavam no Wstazka. Outro corço saiu do vale. Bonito, devia pesar por volta de vinte quilos. Levantou a cabeça, mexeu as orelhas, virou-se para os arbustos, arrancou algumas folhas.

Estava bem posicionado – de costas. Se não fosse pelo tronco que bloqueava o alvo, Milva atiraria sem pensar. Se acertasse a barriga, a ponta da flecha atravessaria o corpo e atingiria o coração, o fígado e os pulmões. Acertando a coxa, cortaria uma artéria, e o animal morreria em pouco tempo. Ficou esperando com a corda estirada.

O corço levantou a cabeça novamente, deu um passo adiante, saiu de trás do tronco e de repente deu meia-volta, ficando de frente. Milva, mantendo a flecha e a corda na posição de tensão, xingou baixinho. Atirar de frente era arriscado. Em vez de acertar o pulmão, a ponta da flecha poderia atingir o estômago. Ficou aguardando, contendo a respiração, sentindo o gosto salgado da corda no canto da boca. Essa era mais uma qualidade importantíssima, inestimável de seu arco, pois, se usasse uma arma mais pesada ou de qualidade inferior, não conseguiria segurá-la por tanto tempo estirada sem ficar com a mão cansada, comprometendo a precisão do tiro.

Por sorte, o corço abaixou a cabeça, mordiscou algumas ervas que cresciam entre o musgo e virou-se para o lado. Milva respirou com alívio, mirou o alvo e delicadamente soltou a corda.

Entretanto, não ouviu o estalo da costela fraturada pela ponta da flecha. O corço saltou, deu um coice e desapareceu, acompanhado do crepitar de galhos secos pisoteados e do farfalhar de folhas remexidas.

Milva permaneceu imóvel durante alguns batimentos de seu coração, petrificada como uma estátua de mármore de uma deusa da floresta. Só depois de tudo ficar em silêncio é que tirou a mão direita da bochecha e abaixou o arco. Rastreando na memória o caminho de fuga do animal, sentou-se, tranquila, encostando-se no tronco. Caçadora experiente, explorava as florestas senhoris desde criança. Matara o primeiro corço quando tinha onze anos e o primeiro cervo de galhada de catorze pontas – considerado pelos caçadores um raríssimo bom agouro – no dia de seu décimo quarto aniversário. E a experiência a ensinara a nunca ter pressa em perseguir o animal abatido. Se tivesse acertado o alvo em cheio, o corço deveria ter caído morto a menos de duzentos passos da entrada do vale. Se não tivesse – o que lhe parecia pouco provável –, a pressa só pioraria as coisas. Um animal com uma flecha atravessada no corpo, deixado em paz, fugiria descontroladamente, mas depois diminuiria a velocidade. Um animal perseguido e assustado correria de maneira desenfreada e só pararia quando estivesse fora de alcance.

Tinha, então, pelo menos meia hora. Arrancou um capim e mordeu-o com os dentes. Ficou pensativa. As lembranças surgiam de novo.

Quando Milva voltou a Brokilon depois de doze dias, o bruxo já conseguia andar. Mancava um pouco e levemente arrastava o quadril, mas já andava. Milva não ficou surpresa. Sabia das propriedades mágicas e curativas da água da floresta e da erva conynhael, conhecia as habilidades de Aglais, pois várias vezes testemunhara a cura instantânea das dríades feridas, e lhe parecia que os boatos sobre a força e a resistência dos bruxos eram verdadeiros.

Depois de sua chegada, demorou a ir a Col Serrai, apesar de as dríades falarem que Gwynbleidd estava ansioso para vê-la. Agiu assim de propósito, ainda descontente com a missão que lhe fora dada. Queria, com isso, demonstrar sua irritação.

Primeiro, escoltou ao acampamento os elfos do comando dos Esquilos que vieram com ela. Então, relatou com detalhes os acontecimentos no caminho, avisou as dríades do bloqueio da fronteira preparado pelos humanos no Wstazka e só depois de ser advertida pela terceira vez tomou banho, trocou de roupa e foi ver o bruxo.

Ele a esperava na ponta da clareira, no lugar onde cresciam os cedros. Caminhava, de vez em quando se sentava, endireitava as costas com agilidade. Pelo visto, Aglais recomendou que se exercitasse.

– Que notícias traz? – perguntou logo depois de cumprimentá-la, mas ela não se deixou enganar pela frieza de sua voz.

– A guerra parece estar chegando ao fim – respondeu, dando de ombros. – Dizem que Nilfgaard aniquilou Lyria e Aedirn. Verden se entregou, e o rei de Temeria fez um acordo com o imperador nilfgaardiano. Os elfos no vale das Flores proclamaram o próprio reino, pois os Scoia'tael de Temeria e da Redânia não chegaram até lá. Continuam lutando.

– Não era isso o que eu queria saber.

— Não? — Milva fingiu estar surpresa. — Ah, claro. Passei por Dorian, como você me solicitou, apesar de ter de desviar do caminho. São perigosos aqueles lados...

Interrompeu-se, alongou-se. Dessa vez ele não a apressou.

— O tal Codringher — perguntou ela por fim —, que você pediu que eu visitasse, era seu amigo?

O rosto do bruxo ficou impassível, mas Milva sabia que ele havia entendido de primeira.

— Não, não era.

— Melhor assim — continuou, à vontade —, pois ele já não está entre os vivos. Morreu no incêndio que tomou sua casa, da qual restaram apenas a chaminé e metade da parede da frente. Boatos correm soltos em toda Dorian. Uns falam que o tal Codringher era bruxo e produzia poções mágicas; outros, que tinha feito um pacto com o diabo e foi então consumido pelo fogo do capeta. Há também quem diga que enfiou o nariz e os dedos no lugar errado, como era de seu costume. Alguém não gostou disso e simplesmente o matou e incendiou a casa para não deixar vestígios. E você, o que pensa disso?

Sua pergunta foi ignorada, não despertando uma emoção sequer no rosto pálido. Continuou então, com o mesmo tom malicioso e arrogante:

— O interessante é que esse incêndio e a morte do tal Codringher ocorreram na primeira lua nova de julho, ao mesmo tempo que o tumulto na ilha de Thanedd. Exatamente como se alguém suspeitasse de que Codringher sabia algo do motim e que ia ser perguntado pelos detalhes. Como se alguém tentasse calar-lhe a boca para sempre, silenciar-lhe a língua. O que me diz sobre isso? Ah! Estou vendo que não vai dizer nada. Está calado! Então eu é que vou lhe dizer uma coisa: o que você faz é perigoso, essa espionagem e esse interrogatório. Talvez alguém queira calar outras bocas e fechar outros ouvidos além dos de Codringher. É o que penso.

— Perdoe-me — disse o bruxo após um momento. — Você tem razão. Eu a expus ao perigo. Foi uma tarefa arriscada demais para...

— Para uma mulher, não é? — Milva balançou a cabeça e, com um movimento brusco, arremessou dos ombros os cabelos ainda molhados. — É o que você quer dizer? Quem diria, um cavalheiro!

Lembre-se de uma coisa: mesmo que eu precise ficar de cócoras para urinar, meu casaco não é de pele de lebre, e sim de lobo! Não me pinte de covarde, já que você não me conhece!

— Conheço — sussurrou ele com calma, não reagindo a sua raiva e voz exaltada. — Você é Milva, que escolta os Esquilos até Brokilon, livrando-os das ciladas. Conheço sua valentia. Mas foi egoísmo e imprudência de minha parte expô-la ao perigo...

— Imbecil! — interrompeu-o, com ímpeto. — Preocupe-se consigo mesmo, não comigo. Preocupe-se com a garota!

Sorriu com sarcasmo, porque dessa vez a expressão no rosto dele mudou. Ficou calada de propósito, esperando as perguntas.

— O que você sabe? — perguntou o bruxo por fim. — E quem lhe deu as informações?

— Você tinha seu Codringher — bufou Milva, levantando a cabeça com orgulho —, eu tenho meus conhecidos, com os olhos atentos e os ouvidos atiçados.

— Por favor, fale, Milva.

— Após o alvoroço em Thanedd — começou ela, depois de um momento —, o tumulto se espalhou por toda parte. A caça aos traidores teve início, especialmente aos bruxos que apoiavam Nilfgaard, como também aos corruptos. Alguns foram pegos. Outros sumiram sem deixar vestígio. Não é preciso ser muito inteligente para adivinhar para onde fugiram, sob que proteção foram abrigados. Mas a caça não foi dirigida somente aos bruxos e traidores. Em Thanedd, os bruxos rebeldes receberam a ajuda dos Esquilos, liderados pelo famoso Faoiltiarna. Estão à procura dele. Foi dada uma ordem para que cada elfo capturado seja torturado e interrogado sobre o comando de Faoiltiarna.

— Quem é esse Faoilitiarna?

— É um elfo, um Scoia'tael. Conseguiu enervar os humanos como poucos. Foi oferecida uma grande quantia por sua cabeça. Mas não estão à procura apenas dele. Há também um cavalheiro nilfgaardiano que esteve em Thanedd e...

— Diga.

— Os an'givare perguntam por um bruxo chamado Geralt de Rívia e por uma moça chamada Cirilla. A ordem é que capturem os dois vivos. Nada pode acontecer-lhes, nem um cabelo sequer pode ser-lhes arrancado. Ah! Elas devem estimá-lo muito, já que cuidam tanto de sua saúde...

Interrompeu-se ao ver a expressão no rosto do bruxo, que de repente perdeu toda a calma sobre-humana. Entendeu que, por mais que tentasse, não conseguiria assustá-lo. Pelo menos, não quando se tratava de temer pela própria pele. Para sua surpresa, sentiu-se envergonhada.

– Bem, quanto à perseguição, não vale nem seu menor esforço – disse com mais delicadeza, porém ainda com um traço de sarcasmo nos lábios. – Você está seguro em Brokilon. Aliás, não conseguirão capturar a garota viva também. Quando cavaram nos escombros daquela torre mágica que desabou em Thanedd... O que você tem, hein?

O bruxo cambaleou, apoiou-se no cedro, sentou-se com dificuldade ao pé do tronco. Milva se afastou, assustada com a palidez que subitamente lhe cobriu o rosto.

– Aglais! Sirssa! Fauve! Venham cá, rápido! Droga, parece que vai morrer! Ei, você!

De repente Milva entendeu.

– Não encontraram nada nos escombros! – gritou, sentindo que empalidecia também. – Nada! Mesmo que tenham verificado todas as pedras e jogado feitiços, não encontraram nada...

Limpou o suor da testa e deteve com um gesto as dríades que chegavam para ajudá-la. Apoiou as mãos nos ombros do bruxo, ainda sentado, e debruçou-se sobre ele de maneira que seus longos cabelos claros cobriram-lhe o rosto pálido.

– Você me entendeu mal – disse rapidamente, sem nexo, tendo dificuldade em escolher as palavras entre as inúmeras que lhe surgiam na cabeça. – Só queria dizer... que você me entendeu mal. Porque eu... Como poderia saber que você... Não era essa minha vontade. Só queria dizer que a garota... que não vão encontrá-la, porque ela sumiu, como aqueles bruxos... Perdoe-me.

O bruxo não respondeu; olhava para o lado. Milva mordeu os lábios e cerrou os punhos.

– Daqui a três dias vou partir de Brokilon – continuou ela com delicadeza depois de um longo, muito longo silêncio. – Quando a lua começar a minguar e as noites se tornarem um pouco mais escuras. Devo voltar em dez dias, talvez antes. Logo depois de Lammas, nos primeiros dias de agosto. Não se aflija. Vou mover céus e terra para conseguir as informações. Se alguém souber algo sobre essa moça, você também saberá.

— Obrigado, Milva.

— Vejo-o em dez dias... Gwynbleidd.

— Sou Geralt. — O bruxo estendeu-lhe a mão.

Ela a apertou espontaneamente, com muita força.

— Sou Maria Barring.

Com um aceno de cabeça e uma leve sombra de sorriso, ele agradeceu a sinceridade. Ela sabia que o bruxo a havia reconhecido.

— Tenha cuidado, por favor. Preste atenção a quem você pergunta.

— Não se preocupe comigo.

— Você confia em seus informantes?

— Não confio em ninguém.

— O bruxo está entre as dríades em Brokilon.

— Suspeitei que estivesse lá. — Dijkstra cruzou os braços sobre o peito. — Que bom que essa informação se confirmou...

Ficou em silêncio por um instante. Lennep lambeu os lábios e esperou.

— Que bom que essa informação se confirmou... — repetiu o chefe do serviço secreto do Reino da Redânia, pensativo, como se estivesse falando consigo mesmo. — É sempre melhor ter a certeza. Ah, se Yennefer estiver com ele... Por acaso, a feiticeira não está com ele, Lennep?

— Como? — O espião estremeceu. — Não, meu senhor. Não está. Qual é sua ordem? Se o senhor o quiser vivo, farei com que saia de Brokilon. Mas caso prefira vê-lo morto...

— Lennep. — Dijkstra direcionou os frios olhos azul-claros para o agente. — Não seja inoportuno. Em nossa profissão, a intromissão não é bem-vista. Sempre desperta suspeitas.

— Senhor — Lennep empalideceu levemente —, eu apenas...

— Eu sei. Você só quis receber as ordens. Ordeno então: deixe o bruxo em paz.

— Sim, senhor. E Milva?

— Deixe-a em paz também. Pelo menos por enquanto.
— Sim, senhor. Posso me retirar?
— Pode.

O agente saiu da câmara, fechando com cuidado a porta de carvalho. Dijkstra manteve-se calado por um longo tempo, olhando para os mapas, cartas, denúncias, protocolos de inquérito e sentenças de morte empilhados na mesa.

— Ori.

O secretário levantou a cabeça e pigarreou. Ficou em silêncio.

— O bruxo está em Brokilon.

Ori Reuven pigarreou de novo, olhando involuntariamente para debaixo da mesa, na direção das pernas de seu chefe. Dijkstra percebeu o olhar.

— Está certo. Não vou perdoá-lo pelo que fez — resmungou. — Por culpa dele, não pude andar por duas semanas. Fui humilhado diante de Filippa. Tive de uivar como um cachorro e implorar-lhe que fizesse em mim um daqueles malditos rituais mágicos. Se não fosse por ela, estaria mancando até hoje. Bem, a culpa foi minha, eu o subestimei. O pior é que não posso tirar a desforra agora, pegar esse filho da mãe! Não tenho tempo nem posso usar meus funcionários para resolver questões privadas! Ori, não é verdade que não posso?

— Uhum, uhum...

— Não pigarreie. Eu sei. Droga, como o poder seduz e instiga quem o tem a ser usado! Como é fácil esquecer! Mas, quando alguém esquece uma vez, já era... Filippa Eilhart ainda está em Montecalvo?

— Está, sim.

— Pegue a pena e o tinteiro. Vou lhe ditar uma carta para ela. Escreva... Diabos, não consigo me concentrar. Que gritaria é essa, Ori? O que está acontecendo na praça?

— Os estudantes estão jogando pedras contra a residência do deputado nilfgaardiano. Pelo que eu me lembro... uhum, uhum... nós lhes pagamos por isso.

— Ah, tudo bem. Feche a janela. Que amanhã eles façam o mesmo com a sucursal do banco do anão Giancardi. Ele se recusou a revelar as contas.

– Giancardi... uhum, uhum... doou uma grande quantia para o fundo de guerra.

– Então, que joguem pedras nos bancos que não doaram nada.

– Todos doaram.

– Você é chato, hein? Vá anotando. "Querida Fil, sol de meus..." Droga, sempre me esqueço. Pegue outra folha. Está pronto?

– Sim, senhor... uhum, uhum...

– "Cara Filippa. A senhora Triss Merigold provavelmente está preocupada com o bruxo que foi teleportado por ela de Thanedd para Brokilon, mantendo isso em segredo profundo, até de mim, o que me magoou muito. Tranquilize-a, pois o bruxo está bem. Tanto que mandou uma mensageira atrás de pistas da princesa Cirilla, essa criatura por quem você se interessa tanto. Nosso amigo Geralt obviamente não sabe que Cirilla está em Nilfgaard, onde se prepara para seu casamento com o imperador Emhyr. Estou particularmente interessado em que o bruxo permaneça sossegado em Brokilon, por isso vou fazer de tudo para que ele receba essa notícia." Anotou?

– Uhum, uhum... "...para que ele receba essa notícia..."

– Novo parágrafo. "Fico pensando..." Droga, Ori, limpe a pena! Estamos escrevendo para Filippa, e não para o conselho real. A carta tem de ter boa aparência! Novo parágrafo. "Fico pensando por que o bruxo não tenta fazer contato com Yennefer. Não acredito que esse afeto quase obsessivo tenha se esvanecido de maneira tão brusca, independentemente da orientação política de sua amada. De outro lado, se fosse Yennefer quem entregou Cirilla a Emhyr e se existissem provas disso, faria de tudo para que o bruxo as recebesse nas próprias mãos. Tenho certeza de que o problema se resolveria sozinho e essa linda traidora de cabelos pretos correria risco de morte. O bruxo não gosta quando alguém mexe com sua amada. Artaud Terranova soube disso em Thanedd. Gostaria de acreditar, Fil, que você não tem provas da traição de Yennefer e não sabe onde ela está se escondendo. Ficaria muito magoado se descobrisse que há mais um segredo escondido de mim. Eu não tenho segredos para você..." Do que está rindo, Ori?

– De nada... uhum, uhum...

— Vá anotando! "Eu não tenho segredos para você, Fil, e espero o mesmo em troca. Respeitosamente..." etc. etc. Me dê a carta, tenho de assiná-la.

Ori Reuven cobriu a carta com areia. Dijkstra se ajeitou na cadeira e colocou as mãos na barriga, entrecruzando os dedos e mexendo os polegares em movimentos circulares.

— Essa Milva que o bruxo manda como espiã – perguntou do nada. – O que você pode me dizer sobre ela?

— Ela escolta até Brokilon... uhum, uhum... – pigarreou o secretário – os grupos de Scoia'tael derrotados pelo exército temeriano. Livra os elfos das ciladas e embustes e os faz descansar para que depois se reagrupem em comandos militares...

— Não me passe informações amplamente disponíveis – interrompeu-o Dijkstra. – Tenho conhecimento sobre a atuação dela; aliás, planejo usá-lo. Se não fosse por isso, teria entregue Milva aos temerianos faz tempo. O que você me diz sobre ela própria, em termos pessoais?

— Acho que ela vem de um pequeno vilarejo no Alto Sodden. Seu verdadeiro nome é Maria Barring. Milva é uma alcunha que as dríades lhe deram. Na Língua Antiga significa...

— Milhafre – completou Dijkstra. – Eu sei.

— Vem de uma família de caçadores. Gente da floresta, que conhece todos os segredos dela. Quando o velho Barring perdeu o filho destroçado por um alce, ensinou a arte da floresta à filha. Pouco depois de morrer, a mãe se casou novamente... uhum, uhum... Maria não se dava bem com o padrasto e fugiu de casa. Acho que tinha por volta de dezesseis anos naquela época. Seguiu rumo ao norte, sobrevivendo de caça. No entanto, os guardas-florestais dos barões não a deixavam em paz, rastreando-a e perseguindo-a como a um animal. Então começou a caçar em Brokilon, e foi lá... uhum, uhum... que as dríades a pegaram.

— E, em vez de matá-la, acolheram-na – resmungou Dijkstra.

— Consideraram-na uma delas... E ela retribuiu a dádiva. Fez um pacto com a velha Eithné dos olhos cor de prata, a bruxa de Brokilon. Maria Barring está morta; viva Milva... Quantas expedições ela conseguiu organizar antes que as forças de Verden e Kerack se unissem? Três?

– Uhum, uhum... Acho que quatro... – Ori Reuven nunca estava certo de nada, mesmo que tivesse ótima memória. – Havia no total por volta de cem homens, ávidos pela caça às mamunas. Demoraram muito até se darem conta do que ela fazia. Milva de vez em quando retirava alguém da chacina nas próprias costas e o sobrevivente louvava sua valentia. Acho que foi só na quarta vez, em Verden, que alguém abriu os olhos. Como é possível, gritaram do nada... uhum, uhum... que uma guia que chama os humanos para caçarem as mamunas toda vez saia ilesa? E foi aí que viram que ela os guiava, mas para uma armadilha, na direção das flechas lançadas pelas dríades...

Dijkstra afastou para o lado da escrivaninha um protocolo de inquérito, porque sentiu que o pergaminho ainda estava com o odor da sala de torturas.

– Foi então – continuou, pensativo – que Milva desapareceu em Brokilon feito um sonho de ouro. Mas até hoje é difícil encontrar voluntários para as expedições de caça às dríades. A velha Eithné e a jovem Kânia fizeram uma boa seleção. E elas ainda têm a coragem de dizer que a provocação é invenção dos humanos. Ou talvez...

– Uhum, uhum... – pigarreou Ori Reuven, surpreso pela frase cortada e pelo silêncio prolongado do chefe.

– Ou talvez agora tenham começado a aprender conosco – terminou o espião friamente, olhando para as denúncias, os protocolos de inquérito e as sentenças de morte.

Milva ficou preocupada porque não avistou sangue. De repente, lembrou que o corço dera um passo no momento em que ela lançara a flecha. Dera ou quisera dar, tanto fazia. Ele havia se mexido e a flecha poderia tê-lo acertado na barriga. Milva xingou. Tiro na barriga... maldição e vergonha para um caçador! Que azar! Cuspiu duas vezes. Sinal de mau agouro.

Correu rapidamente para a encosta do vale olhando com atenção entre as amoreiras, os musgos e as samambaias. Procurava a flecha. Com quatro lâminas tão afiadas que cortavam os pelos do antebraço, lançada de uma distância de cinquenta passos, era impossível não ter atravessado o corpo do corço.

Enxergou a flecha, foi até ela e respirou com alívio. Cuspiu três vezes, feliz com a sorte. Não deveria ter se preocupado; fora melhor do que havia pensado. A flecha não estava envolvida pelo conteúdo pegajoso e fedido do estômago. Não tinha vestígios da substância rosa e espumante dos pulmões. A haste estava coberta de sangue vermelho-escuro intenso. A ponta da flecha atravessara o coração. Milva não precisaria rastejar nem se deslocar furtivamente; não a esperava uma longa marcha à procura do rastro de sangue deixado pelo corço, que sem dúvida estava morto em algum ponto da mata, a menos de cem passos da clareira, no lugar onde o sangue o indicasse. Sabia que o animal, atingido no coração, depois de alguns saltos começara a sangrar, e ela o encontraria com facilidade.

Depois de dez passos, achou o rastro e seguiu-o, novamente tomada por pensamentos e lembranças.

Cumpriu a palavra dada ao bruxo. Voltou a Brokilon, antes mesmo do prazo prometido, cinco dias depois da Festa da Colheita, cinco dias depois da lua nova que, para os humanos, dava início ao mês de agosto e, para os elfos, ao Lammas, o sétimo e penúltimo savaed do ano.

Atravessou o Wstazka ao alvorecer, ela e cinco elfos. O comando que escoltava contava, a princípio, nove cavaleiros. No entanto, os soldados de Brugge seguiram seus passos o tempo todo e, aproximadamente a oito milhas do rio, os cercaram, só desistindo da investida quando se aproximaram do Wstazka e viram Brokilon surgir na margem direita, através da bruma da alvorada. Os soldados tinham medo de Brokilon. Foi justamente isso o que os salvou. Cruzaram o rio, esgotados e feridos, mas nem todos.

Milva trazia notícias para o bruxo, mas achava que ele estava ainda em Col Serrai. Planejava visitá-lo só por volta de meio-dia, depois de repousar o suficiente. Ficou surpresa quando Gwynbleidd surgiu da névoa, como um fantasma. Sem pronunciar uma palavra sequer, ele sentou-se a seu lado, observando-a montar o leito com uma manta sobre uma pilha de galhos.

— Você está apressado — disse ela com sarcasmo. — Bruxo, estou esgotada. Passei o dia e a noite na sela, não estou sentindo as ancas. Fiquei encharcada até os ossos, pois de madrugada, feito lobos, tivemos de atravessar a mata que cresce na margem do rio...

– Por favor, diga-me: você descobriu alguma coisa?

– Descobri, sim. – Milva resfolegou enquanto desamarrava e tirava os sapatos ensopados. – E sem dificuldade, pois o assunto está no ar. Você não me falou que essa sua garota é uma pessoa tão distinta! Pensei que fosse apenas uma enteada, uma coitadinha, uma órfã desprivilegiada pelo destino. E aí está: uma princesa cintrense! Ah! Será que você também é um príncipe disfarçado?

– Conte-me, por favor.

– Os reis não vão conseguir apanhá-la, pois essa sua Cirilla, pelo que parece, fugiu de Thanedd direto para Nilfgaard, provavelmente com aqueles feiticeiros traidores. Em Nilfgaard, o imperador Emhyr recebeu-a com pompa. E sabe o que mais? Parece que está pensando em se casar com ela. Mas agora me deixe descansar. Se quiser, conversaremos depois de eu dormir um pouco.

O bruxo ficou em silêncio. Milva estendeu as ataduras molhadas em um galho bifurcado para que o sol nascente as secasse e puxou com força a fivela do cinto.

– Quero tirar a roupa – resmungou. – O que você ainda está fazendo aqui? Não esperava notícias afortunadas? Não há mais perigo, ninguém mais pergunta por você, os espiões deixaram de procurá-lo. E sua garota conseguiu escapar dos reis, vai ser imperatriz...

– É uma informação certa?

– Nada é certo – bocejou e sentou-se no leito –, salvo que dia após dia o sol percorre o céu do leste para o oeste. Mas deve ser verdade o que dizem sobre o imperador nilfgaardiano e a princesa de Cintra. Não se fala em outra coisa.

– Por que esse súbito interesse?

– Você não sabe? No dote ela vai conceder a Emhyr bons pedaços de terra! Não só de Cintra, mas também deste lado do Jaruga. Ah! Vai ser minha soberana, pois sou do Alto Sodden, e todo o Sodden virou seu feudo! Se eu for pega caçando um corço em suas florestas, serei enforcada por ordem dela... – Milva cuspiu. – O mundo é mesmo maldito! Droga, meus olhos estão se fechando...

— Só mais uma pergunta: alguma daquelas feiticeiras... ou melhor, daqueles feiticeiros traidores... foi pego?

— Não. Mas dizem que uma das feiticeiras tirou a própria vida logo depois de Vengerberg ser derrotada e o exército de Kaedwen entrar em Aedirn. Deve ter sido por aflição ou medo de ser torturada...

— No comando que você escolheu há cavalos livres. Será que os elfos me dariam um deles?

— Hummm, você está com pressa de partir — murmurou Milva, cobrindo-se com a manta. — E acho que sei para onde...

Ficou em silêncio, surpresa com a expressão no rosto dele. Então, entendeu que a notícia que trouxera não era boa e deu-se conta de que não entendia nada, absolutamente nada. De repente, sentiu vontade de sentar-se a seu lado, fazer mil perguntas, ouvir, saber, talvez dar algum conselho... Esfregou bruscamente o punho fechado no canto do olho. "Estou esgotada", pensou. "A noite toda a morte me seguiu. Preciso respirar. Por que deveria me envolver em sua aflição e em suas preocupações? Quem é ele para mim? E essa garota? Que os dois vão para o inferno! Droga, perdi o sono por causa de tudo isso..."

O bruxo se levantou.

— Eles me darão um cavalo?

— Pegue aquele que quiser — disse ela após um momento. — E é melhor você passar longe dos olhos dos elfos. Fomos cercados e feridos antes de atravessar o Wstazka... Só não toque no cavalo preto. Ele é meu... Por que você ainda está aqui?

— Obrigado pela ajuda. Por tudo.

Milva não respondeu.

— Tenho uma dívida com você. Como vou pagá-la?

— Como? Indo embora daqui! — gritou ela, apoiando-se nos cotovelos e puxando a manta com força. — Eu... eu preciso dormir! Pegue o cavalo... e vá para Nilfgaard, para o inferno, para o capeta, tanto faz para mim! Vá embora! Deixe-me em paz!

— Vou pagar minha dívida — disse o bruxo com voz baixa. — Não vou me esquecer. Talvez um dia você precise de ajuda, de apoio, de um ombro amigo. Quando isso acontecer, grite, grite para a noite e eu virei.

O corço estava na ponta da encosta, coberta de samambaias e porosa de tantas fontes que desaguavam lá. Seus olhos brilhavam voltados para o céu. Milva viu carrapatos enormes enfiando-se em sua barriga cor de palha clara.

– Vocês vão ter de procurar outro sangue, bichos nojentos – murmurou, arregaçando as mangas e pegando a faca –, porque este já está esfriando.

Com um movimento ágil e seguro, cortou a pele desde o esterno até o ânus, habilmente passando a faca ao lado dos genitais. Separou a camada de gordura com cuidado, sujando-se até a altura dos cotovelos. Cortou o esôfago e retirou os órgãos internos. Abriu o estômago e a vesícula biliar à procura de bezoares. Não acreditava nas propriedades mágicas dos bezoares, mas não faltavam idiotas que acreditavam nelas e pagavam bem por isso.

Levantou o corço e colocou-o por cima de um tronco próximo, com a barriga aberta virada para o solo, deixando o sangue escorrer. Limpou as mãos em folhas de samambaia e sentou-se ao lado da presa.

– Bruxo doido, possuído – sussurrou, olhando para a copa dos pinheiros de Brokilon suspensos uns cem pés acima de sua cabeça. – Você parte para Nilfgaard para resgatar sua garota. Vai para o fim do mundo tomado pelo fogo e nem se lembra de levar comida. Sei que você tem para quem viver, mas tem alguém para sustentá-lo?

Os pinheiros, logicamente, não comentaram nem interromperam o monólogo.

– Fico pensando – continuou Milva, retirando com a faca o sangue de debaixo das unhas – que você não tem nenhuma chance de resgatar essa sua garota. Não conseguirá chegar nem a Nilfgaard, nem ao Jaruga. Acho que não chegará nem mesmo a Sodden. E acho que está destinado a morrer. Você tem a morte inscrita nessa sua cara obstinada, nesses seus olhos medonhos. A morte vai apanhá-lo, bruxo doido, vai pegá-lo em pouco tempo. Mas, graças a este corço, não será uma morte de fome. E isso já é um ponto positivo, pelo menos é o que acho.

Dijkstra suspirou discretamente ao ver o embaixador nilfgaardiano entrar na sala de audiências. Shilard Fitz-Oesterlen, o enviado do imperador Emhyr var Emreis, tinha o costume de conversar na linguagem diplomática e adorava inserir nas frases bizarrices linguísticas inteligíveis só aos diplomatas ou estudiosos. Dijkstra estudara na Academia de Oxenfurt e, apesar de não ter se formado, conhecia as bases do afetado jargão acadêmico. Não gostava de usá-lo, pois, no fundo da alma, detestava a pompa e qualquer forma de ceremonialismo pretensioso.

— Bem-vindo, Excelência.

— Senhor conde. — Shilard Fitz-Oesterlen curvou-se de maneira cerimoniosa. — Por favor, perdoe-me. Talvez devesse dizer Vossa Alteza Sereníssima? Vossa Alteza Regente? Vossa Mercê Secretário de Estado? Pela honra, Vossa Excelência, os títulos lhe estão sendo proferidos com tanta abundância que realmente não sei qual deles usar para não quebrar o protocolo.

— Seria preferível "Vossa Majestade" — respondeu Dijkstra humildemente. — Vossa Excelência sabe bem que a corte faz um rei. Pois não seria de estranhar que, se eu gritar "Pulem!", a corte em Tretogor perguntará: "De que altura?"

O embaixador sabia que Dijkstra estava exagerando, mas não tanto. O príncipe Radowid era menor de idade, a rainha Hedwig encontrava-se deprimida por causa da trágica morte do marido, a aristocracia estava amedrontada, desnorteada, dividida em facções e disputas. Quem governava de fato a Redânia era Dijkstra, que conseguiria obter qualquer título que quisesse. No entanto, Dijkstra não queria nenhum deles.

— Vossa Alteza mandou me chamar — disse o embaixador após um momento —, mas sem o ministro das Relações Exteriores. A que devo associar essa honra?

— O ministro — Dijkstra ergueu os olhos para o teto de madeira — renunciou ao cargo em razão do estado de sua saúde.

O embaixador fez um gesto afirmativo com a cabeça. Sabia perfeitamente que o ministro das Relações Exteriores estava preso numa masmorra e, como era covarde e idiota, sem dúvida confessara a Dijkstra tudo sobre seu conluio com o serviço secreto nilfgaardiano assim que vira as ferramentas de tortura, antes mesmo do inquérito. Sabia que a rede organizada pelos agentes de Vattier de Rideaux, chefe do serviço secreto imperial, fora dissolvida e que quem puxava as cordas era Dijkstra. Sabia também que essas cordas levavam a ele próprio, mas estava protegido pela imunidade diplomática, e suas responsabilidades o forçavam a continuar o jogo até o fim, especialmente depois das estranhas instruções codificadas enviadas havia pouco à embaixada por Vattier e pelo legista Stefan Skellen, o agente imperial para missões especiais.

– Já que o sucessor ainda não foi nomeado – continuou Dijkstra –, cabe a mim a ingrata tarefa de informar que Sua Excelência foi considerado *persona non grata* no Reino da Redânia.

O embaixador curvou-se.

– Sinto muito – disse – que as suspeitas que estremeceram as relações diplomáticas entre os dois países tenham sido provocadas por assuntos não diretamente ligados nem ao Reino da Redânia, nem ao Império de Nilfgaard. O Império não tomou nenhum tipo de ação hostil contra a Redânia.

– Exceto o bloqueio de nossos navios e de nossas mercadorias na foz do Jaruga e nas ilhas de Skellige. Exceto o fornecimento de armas e o apoio aos bandos de Scoia'tael.

– São suposições.

– E a concentração do exército imperial em Verden e Cintra? E os ataques dos bandos armados em Sodden e Brugge? Vossa Excelência, Sodden e Brugge são protetorados temerianos e nós temos uma aliança com Temeria, portanto os ataques dirigidos contra Temeria nos atingem diretamente. Restam ainda assuntos relacionados só com a Redânia: a rebelião na ilha de Thanedd e o atentado criminoso contra o rei Vizimir, assim como a questão da atuação do Império nesses acontecimentos.

– *Quod attinet ad* incidente na ilha de Thanedd – o embaixador fez um gesto de resignação –, não fui autorizado a expressar minha opinião. Sua Majestade Imperial Emhyr var Emreis é alheio às dissensões de vossos feiticeiros. Lamento que nossos protestos contra a propaganda que sugere o contrário não sejam suficientemente eficazes, propaganda que, ouso observar, é apoiada pelo governo do Reino da Redânia.

– Seus protestos nos surpreendem e deixam estarrecidos – Dijkstra esboçou um leve sorriso –, pois o imperador não esconde o fato de que a princesa de Cintra, sequestrada da ilha de Thanedd, está em sua corte.

— Cirilla, *rainha* de Cintra — corrigiu de maneira enfática Shilard Fitz-Oesterlen —, não foi sequestrada, uma vez que procurou asilo no Império, e isso não tem relação com o incidente em Thanedd.

— É mesmo?

— O incidente em Thanedd — continuou o embaixador, com a expressão fria, impassível — provocou desgosto no imperador. Ele abominou sincera e profundamente o atentado traiçoeiro à vida do rei Vizimir, executado por um louco. No entanto, o que desperta maior abominação ainda é o boato deplorável que corre entre o povo que ousa procurar no Império os instigadores desse crime.

— Esperemos que, prendendo os instigadores — falou Dijkstra, acentuando as palavras —, ponha-se fim ao boato. Prendê-los e levá-los à justiça é questão de tempo.

— *Justitia fundamentum regnorum* — admitiu Shilard Fitz-Oesterlen com seriedade. — *A crimen horribilis non potest non esse punibile*. Posso atestar que Sua Majestade Imperial deseja que seja assim.

— O imperador tem o poder de cumprir esse desejo — deixou escapar Dijkstra, cruzando os braços sobre o peito. — Uma das líderes do complô, Enid an Gleanna, até recentemente feiticeira Francesca Findabair, está brincando de rainha do país de fantoche dos elfos em Dol Blathanna. Tudo com o consentimento do imperador.

— Sua Majestade Imperial — o embaixador curvou-se rigidamente — não pode se envolver nos assuntos de Dol Blathanna, um reino soberano, aceito por todas as potências vizinhas.

— Mas não pela Redânia. Para a Redânia, Dol Blathanna ainda faz parte do Reino de Aedirn. Embora vocês, com os elfos e Kaedwen, tenham dividido Aedirn em pedaços, embora em Lyria não tenha ficado *lapis super lapidem*, é cedo demais para vocês tirarem esses reinos do mapa. Cedo demais, Excelência. Mas este não é o lugar nem a hora para discutir sobre isso. Deixe Francesca Findabair reinar por enquanto; a hora da justiça chegará. E os outros rebeldes e organizadores do atentado ao rei Vizimir? O que fazer com Vilgeforz de Roggeveen, com Yennefer de Vengerberg?

Há premissas para suspeitar que, depois do golpe de Estado malsucedido, os dois fugiram para Nilfgaard.

– Asseguro – o embaixador ergueu a cabeça – que não foi assim. E, se isso acontecesse, garanto que seriam punidos.

– Eles não cometeram nenhum delito contra vocês, portanto não é sua responsabilidade puni-los. O imperador Emhyr manifestaria o verdadeiro desejo de justiça, que constitui *fundamentum regnorum*, entregando-nos os criminosos.

– Não se pode negar o fato de que seu pedido seja justo – concordou Shilard Fitz-Oesterlen, disfarçando um sorriso aflito. – No entanto, *primo*, essas pessoas não estão no Império. *Secundo*, mesmo que lá aparecessem, há um impedimento. A extradição é executada com base em uma sentença judicial, nesse caso proferida pelo conselho imperial. Note, Excelência, que o rompimento das relações diplomáticas pela Redânia é um ato hostil e seria difícil esperar que o conselho votasse a favor da extradição de pessoas que procuram asilo, se o pedido fosse feito por um país hostil. Seria um ato sem precedentes... Só se....

– O quê?

– Só se criarmos um precedente.

– Não estou entendendo.

– Se o Reino da Redânia estivesse pronto para entregar um súdito seu ao imperador, um criminoso comum, capturado aqui mesmo, o imperador e o conselho teriam o motivo para retribuir esse gesto de boa vontade.

Dijkstra permaneceu calado por longo tempo, parecendo cochilar ou pensar.

– De quem você está falando?

– O sobrenome do criminoso... – O embaixador fingiu que estava tentando lembrar. Afinal, abriu a pasta de guadamecim e retirou um documento. – Perdoe-me, Excelência, mas *memoria fragilis est*... Tenho-o aqui. É um certo Cahir Mawr Dyffryn aep Ceallach. Foram feitas graves acusações contra ele. Está sendo procurado por assassinato, deserção, *raptus puellae*, estupro, roubo e falsificação de documentos. Foi para o exterior fugindo da ira do imperador.

– Para a Redânia? Escolheu um longo caminho.

— Excelência — Shilard Fitz-Oesterlen sorriu levemente —, ele não limita seus interesses apenas à Redânia. Não tenho a menor sombra de dúvida que se esse criminoso fosse preso em qualquer um dos países aliados, Vossa Excelência o saberia pelos relatórios de seus numerosos... conhecidos.

— Pode repetir o nome desse facínora?

— Cahir Mawr Dyffryn aep Ceallach.

Dijkstra permaneceu calado por um bom tempo, fingindo recorrer à memória.

— Não — disse finalmente. — Não prendemos ninguém com esse nome.

— Deveras?

— Minha *memoria* não costuma ser *fragilis* nesse tipo de assunto. Sinto muito, Excelência.

— Eu também — respondeu Shilard Fitz-Oesterlen friamente —, sobretudo pelo fato de não poder, em tais condições, executar a extradição de criminosos. Não vou mais aborrecer Vossa Excelência. Desejo-lhe saúde e sorte.

— Igualmente. Passe bem, Excelência.

O embaixador curvou-se uma série de vezes de maneira complicada e cerimoniosa e saiu.

— Pode me beijar no *sempiternum meam*, seu pão-duro — murmurou Dijkstra, cruzando os braços sobre o peito. — Ori! Saia daí!

O secretário, vermelho de tanto segurar o pigarro e a tosse, saiu de trás da cortina.

— Filippa ainda está em Montecalvo?

— Está... uhum, uhum... Está lá com as senhoras Laux-Antille, Merigold e Metz.

— Daqui a um ou dois dias a guerra pode eclodir. A qualquer momento a fronteira do Jaruga vai ser tomada pelo fogo, e elas se fecharam em um castelo abandonado! Pegue a pena e escreva. "Querida Fil..." Droga!

— Escrevi: "Cara Filippa."

— Muito bem. Continue. "Talvez você fique interessada em saber que aquele palhaço de elmo emplumado, desaparecido de Thanedd de maneira tão misteriosa quanto aparecera por lá, chama-se Cahir Mawr Dyffryn e é filho do senescal Ceallach. Não somos os únicos à procura desse ser bizarro. Aparentemente, também estão atrás dele o serviço de Vattier de Rideaux e os homens daquele filho da puta...

— A senhora Filippa... uhum, uhum... não gosta de palavras desse tipo. Escrevi: "daquele canalha".

— Pode ser. "... daquele canalha Stefan Skellen. Você e eu sabemos, querida Fil, que o serviço secreto de Emhyr está à procura só daqueles agentes e emissários dos quais Emhyr prometeu se vingar. Daqueles que, em vez de cumprir as ordens ou morrer, traíram e desobedeceram. As coisas parecem bastante esquisitas, pois tínhamos certeza de que as ordens desse tal Cahir eram de prender a princesa Cirilla e levá-la para Nilfgaard." Novo parágrafo. "Esse assunto tem despertado em mim suspeitas estranhas, embora plausíveis, assim como teorias surpreendentes, mas não desprovidas de sentido. Gostaria de abordá-las com você a sós. Respeitosamente..." etc. etc.

Milva seguiu diretamente para o sul, primeiro ao longo do Wstazka, por Queimados, e, depois de cruzar o rio, pelos barrancos úmidos, cobertos por um fofíssimo tapete de musgo verde-limão. Imaginava que o bruxo, não conhecendo o terreno tão bem quanto ela, não se arriscaria a atravessar para o lado dos humanos. Cortando a curva do rio, virada em direção a Brokilon, poderia alcançá-lo nas redondezas da cascata de Ceann Treise e então, deslocando-se rapidamente e sem parar, ultrapassá-lo.

Os tentilhões não erravam quando cantavam. No sul, o céu começou a escurecer. O ar ficou espesso e pesado, os mosquitos e as mutucas se tornaram insistentes e implicantes.

Quando entrou na mata ciliar, onde cresciam aveleiras cheias de frutos ainda verdes e a cáscara-sagrada nua em seu negror, sentiu a presença de alguém. Não ouviu. Apenas sentiu. Sabia que eram os elfos.

Deteve o cavalo para que os arqueiros escondidos na mata pudessem olhar bem para ela. Segurou a respiração com a esperança de que não se precipitassem.

Uma mosca zumbia sobre o corço estendido na garupa do cavalo.

Farfalhar de folhas. Um assobio baixinho. Milva assobiou em resposta. Os Scoia'tael saíram da mata feito fantasmas. Foi quando Milva pôde respirar normalmente. Conhecia-os. Pertenciam ao comando de Coinneach Dé Reo.

— Hael — disse, descendo do cavalo. — Que'ss va?

— Ne'ss — respondeu secamente o elfo, cujo nome ela não lembrava. — Caemm.

Havia outros acampados ali perto, na clareira. Eram aproximadamente trinta elfos, mais do que no comando de Coinneach. Milva ficou surpresa. Nos últimos tempos, os destacamentos dos Esquilos tendiam a diminuir, não a crescer, e os comandos com os quais ela tivera contato eram grupos de maltrapilhos ensanguentados e febris que mal se sustentavam nas selas e quase não se mantinham em pé. Esse comando, porém, era diferente.

— Cead, Coinneach — cumprimentou ela o comandante, que se aproximava.

— Ceadmill, sor'ca.

"Sor'ca." Irmãzinha. Era assim que a chamavam aqueles com quem mantinha amizade quando queriam expressar respeito e simpatia, sem contar que eles tinham vivido muitos invernos a mais do que ela, muitos mesmo. No início, para os elfos, ela era apenas uma Dh'oine, uma humana. Depois, quando já os ajudava com regularidade, passaram a chamá-la de Aen Woedbeanna, a moça da floresta, e, mais tarde, conhecendo-a melhor, de Milva, ou Milhafre. Seu verdadeiro nome, que ela revelava só aos mais próximos, retribuindo gestos semelhantes, não lhes caía bem: pronunciavam-no "Mear'ya", fazendo uma leve careta, como se em sua língua houvesse associações pouco agradáveis. E automaticamente começaram a usar a forma "sor'ca".

— Para onde vão? — Milva olhou com mais atenção, mas não viu nem feridos, nem doentes. — Para a Oitava Milha? Para Brokilon?

— Não.

Desistiu de fazer mais perguntas, conhecia-os bem. Olhar apenas algumas vezes para os rostos imóveis, concentrados, observar a calma exagerada e ostensiva com que arrumavam o equipamento e as armas, mirar uma única vez o abismo dos olhos profundos era o suficiente. Sabia que se preparavam para a luta.

No sul, o tempo fechava ainda mais.

– E para onde você vai, sor'ca? – perguntou Coinneach. Depois deu uma olhada para o corço estendido no cavalo e soltou um leve sorriso.

– Para o sul – respondeu friamente, para desfazer o engano. – Rumo a Drieschot.

O elfo deixou de sorrir.

– Pela margem dos humanos?

– Pelo menos até Ceann Treise. – Deu de ombros, indiferente. – Na altura das cascatas com certeza voltarei para o lado de Brokilon, porque...

Virou-se ao ouvir relinchos. Outros Scoia'tael se juntavam ao comando, já impressionantemente numeroso. Milva conhecia melhor ainda os que chegavam.

– Ciaran! – exclamou, não escondendo o espanto. – Toruviel! O que estão fazendo aqui? Mal os levei até Brokilon e vocês já...

– Ess'creasa, sor'ca – disse Ciaran aep Dearbh, sério. A atadura que cobria sua cabeça estava ensanguentada.

– Tem de ser assim – repetiu Toruviel enquanto desmontava com cuidado para não machucar o braço preso em uma tipoia. – Recebemos notícias. Não podemos permanecer em Brokilon quando todos os arcos disponíveis são necessários.

– Se eu soubesse – amuou-se –, não teria me esforçado tanto por vocês. Não teria me arriscado na travessia do rio.

– As notícias chegaram ontem à noite – explicou Toruviel, baixinho. – Não poderíamos... Não podemos numa hora dessas deixar nossos companheiros de armas. Não podemos, entenda, sor'ca.

O céu escurecia cada vez mais. Dessa vez, Milva ouviu claramente um trovão a distância.

– Não vá para o sul, sor'ca – aconselhou Coinneach Dé Reo. – Uma tempestade se aproxima.

– O que uma tempestade pode me... – interrompeu-se, olhando para ele com mais atenção. – Ah! Então essas foram as notícias que receberam? Nilfgaard, não é? Estão atravessando o Jaruga em Sodden? Vão atacar Brugge? Por isso vocês estão se preparando para partir?

O elfo não respondeu.

— Será do mesmo jeito que em Dol Angra. — Ela olhou para seus olhos escuros. — O imperador nilfgaardiano os usará de novo para pegar os humanos na retaguarda com espada e fogo. E depois ele fará as pazes com os reis e vocês serão arrasados. O fogo que vocês atiçarem os consumirá.

— O fogo purifica. E fortalece. É preciso passar por ele. Aenyell'hael, ell'ea, sor'ca? Em sua língua: batismo de fogo.

— Prefiro outro fogo. — Milva desamarrou o corço e jogou-o no chão aos pés dos elfos. — Aquele que faísca na grelha. Peguem-no para não ficarem fracos de fome durante a marcha. Eu não preciso mais dele.

— Você não vai para o sul, vai?

— Vou, sim.

"Vou", pensou, "e depressa. Preciso avisar o tolo do bruxo, alertá-lo sobre a confusão em que está se metendo. Tenho de fazê-lo retornar."

— Não vá, sor'ca.

— Deixe-me em paz, Coinneach.

— Uma tempestade se aproxima — repetiu o elfo. — Vem uma grande tormenta. E um grande fogo. Refugie-se em Brokilon, irmãzinha, não vá para o sul. Você já fez o suficiente por nós, não precisa fazer mais nada. Nós é que precisamos. Ess'tedd, esse creasa! Nossa hora chegou. Adeus.

O ar estava espesso e pesado.

O encanto por teleprojeção era complicado. Elas tiveram de fazê-lo juntas, unindo as mãos e os pensamentos. Mesmo assim, foi necessário um esforço sobrenatural, porque a distância também não era pequena. As pálpebras fechadas de Filippa Eilhart tremiam, Triss Merigold ofegava, a testa alta de Keira Metz estava coberta de gotas de suor. Só no rosto de Margarita Laux-Antille não havia sinal de cansaço.

De repente, a câmara mal iluminada ficou muito clara e um mosaico de lampejos cobriu o escuro revestimento de madeira das paredes. Uma bola de brilho leitoso flutuava sobre a mesa redonda. Filippa Eilhart proferiu as últimas palavras do encanto e a bola pousou na frente dela, em uma das doze cadeiras posicionadas ao redor da mesa. A projeção de um vulto apareceu dentro da bola. A imagem tremia, a projeção era instável, mas ganhava nitidez rapidamente.

— Droga — murmurou Keira, limpando a testa. — Em Nilfgaard não conhecem glamarye ou feitiços de beleza?

— Pelo visto, não — declarou Triss pelo canto da boca. — Parece que nunca ouviram falar de moda também.

— Nem de maquiagem — disse Filippa, baixinho. — Mas agora, quietinhas, meninas. E não fiquem olhando para ela. Precisamos estabilizar mais a projeção e cumprimentar nossa convidada. Fortaleça-me, Rita.

Margarita Laux-Antille repetiu a fórmula do encanto e o gesto de Filippa. A imagem estremeceu algumas vezes, perdeu a instabilidade nebulosa e o brilho artificial, e os contornos e as cores ficaram mais nítidos. As feiticeiras podiam agora ver melhor a figura do outro lado da mesa. Triss mordeu os lábios e piscou para Keira significativamente.

A mulher da projeção tinha rosto pálido, de tez feia, olhos vagos, sem expressão, lábios finos, sem cor, e nariz levemente adunco. Usava um estranho chapéu cilíndrico, um tanto amassado, e sob sua borda estiravam-se cabelos escuros, aos quais faltava frescor. Parecia pouco atraente e descuidada, sensação realçada pelo vestido preto, solto e sem formato, bordado no ombro com linha de prata desfiada. O bordado retratava uma meia-lua rodeada de estrelas. Era o único adorno exibido pela feiticeira nilfgaardiana.

Filippa Eilhart levantou-se. Procurou não expor excessivamente as joias, as rendas e o decote.

— Venerada senhora Assire — disse. — Bem-vinda a Montecalvo. Estamos muito contentes por ter aceitado nosso convite.

— Fiz isso por curiosidade — respondeu a feiticeira de Nilfgaard com uma voz surpreendentemente agradável e melodiosa, ajeitando o chapéu com um gesto involuntário. Tinha mãos finas, com manchas amarelas, unhas quebradas e irregulares, evidentemente roídas. — Só por curiosidade — repetiu —, cujas consequências podem ser catastróficas para mim. Gostaria de pedir um esclarecimento.

– Vou passar a ele imediatamente – Filippa acenou com a cabeça, dando um sinal às outras feiticeiras. – Mas, primeiro, permita-me recorrer às projeções das outras participantes da reunião e fazer uma apresentação mútua. Peço-lhe um pouquinho de paciência.

As feiticeiras de novo juntaram as mãos e reiniciaram o encanto. O ar na câmara tiniu como uma corda de aço estirada e uma neblina luminosa desceu do teto, cobrindo a mesa e enchendo o espaço com sombras tremeluzentes. Sobre três das cadeiras desocupadas surgiram esferas de luz pulsante, e dentro delas vultos começaram a tomar forma. A primeira a manifestar-se foi Sabrina Glevissig, usando um vestido turquesa decotado de forma ostentosa com uma enorme gola rígida e levantada que sublinhava a beleza de seus cabelos presos por um diadema de brilhantes. Ao lado dela, do brilho da projeção surgiu Sheala de Tancarville, vestida de veludo negro bordado com pérolas e xale de pele de raposa. A feiticeira de Nilfgaard lambeu os lábios nervosamente. "Aguarde a chegada de Francesca", pensou Triss. "Quando você a vir, ratazana preta, seus olhos vão saltar das órbitas."

Francesca Findabair não decepcionou, nem pelo opulento vestido cor de sangue de boi, nem pelo penteado estruturado, nem pelo colar de rubis, nem pelos olhos de corça intensamente maquiados à moda élfica.

– Bem-vindas, senhoras – disse Filippa –, ao castelo Montecalvo, onde me permiti convidá-las para discutir alguns assuntos de grande importância. Lamento o fato de estarmos reunidas por teleprojeção, mas um encontro em pessoa não seria possível por causa do tempo, da distância e da situação em que todas nós nos encontramos. Sou Filippa Eilhart, senhora deste castelo. Por ser a anfitriã e ter tomado a iniciativa para organizar este encontro, vou apresentar todas as presentes. A minha direita está Margarita Laux-Antille, reitora da escola de Aretusa. A minha esquerda, Triss Merigold de Maribor e Keira Metz de Carreras. A seguir, Sabrina Glevissig de Ard Carraigh. Sheala de Tancarville veio de Creyden, em Kovir. Francesca Findabair, conhecida também como Enid an Gleanna, atual senhora do vale das Flores. E, finalmente, Assire var Anahid de Vicovaro, no Império de Nilfgaard. E agora...

— E agora eu me despeço! — gritou Sabrina Glevissig, apontando para Francesca com a mão cheia de anéis. — Você abusou, Filippa! Não pretendo ficar sentada à mesma mesa com essa maldita elfa, ainda que em forma ilusória! O sangue nos muros e no piso de Garstang ainda não secou! E foi ela quem o derramou! Ela e Vilgeforz!

— Gostaria de pedir que mantenhamos a boa educação — Filippa apoiou-se com as duas mãos na beira da mesa — e o sangue-frio. Ouçam o que eu tenho a dizer. Não peço mais nada. Quando eu terminar, cada uma de vocês decidirá por ficar ou ir embora. A projeção é voluntária, podemos interrompê-la a qualquer momento. A única coisa que peço é, caso alguém decida ir embora, que mantenha o encontro em segredo.

— Sabia! — Sabrina se mexeu com tanto ímpeto que por um momento saiu da projeção. — Um encontro secreto! Acordos clandestinos! Ou seja, um complô! E parece óbvio contra quem foi armado. Está zombando de nós, Filippa? Você pede que mantenhamos um segredo diante de nossos reis e colegas, os quais não achou conveniente convidar. E aí está Enid Findabair, que reina em Dol Blathanna com a graça de Emhyr var Emreis, a rainha dos elfos que apoiam Nilfgaard ativamente e com armas. Mais ainda, constato, pasmada, nesta sala, a projeção da feiticeira de Nilfgaard. Desde quando os feiticeiros de Nilfgaard deixaram de praticar a subordinação cega e o servilismo escravo perante o imperador? De que segredos estamos falando? Se ela está aqui, só pode ser mediante o consentimento e o conhecimento de Emhyr! Por ordem dele! Como seus olhos e ouvidos!

— Contesto — disse calmamente Assire var Anahid. — Ninguém sabe que estou participando deste encontro. Foi-me pedido que mantivesse segredo, mantive-o e vou mantê-lo. Isso é de meu próprio interesse, pois, se o segredo fosse revelado, minha cabeça não seria poupada. É assim que funciona o servilismo dos feiticeiros no Império. Eles têm uma escolha: servilismo ou cadafalso. Eu tomei o risco. Nego o fato de estar aqui como espiã. Posso comprová-lo apenas de uma forma: com minha morte. É só quebrar o segredo pelo qual a senhora Eilhart apela. Basta a notícia sobre nosso encontro sair desses muros que perco minha vida.

— Para mim, quebrar o segredo também poderia ter consequências pouco agradáveis. — Francesca sorriu com graça. — Você tem uma bela oportunidade de revanche, Sabrina.

— A revanche virá de outra maneira, elfa. — Os olhos negros de Sabrina lampejaram chamas agourentas. — Se o segredo for revelado, definitivamente não será por minha causa ou imprudência!

— Você está sugerindo alguma coisa?

— Claro — intrometeu-se Filippa. — Claro que Sabrina está sugerindo. Está lembrando delicadamente a todas minha cooperação com Sigismund Dijkstra. Como se ela própria não mantivesse contato como o serviço secreto do rei Henselt!

— Há uma diferença — resmungou Sabrina. — Eu não fui amante de Henselt por três anos! Nem do serviço secreto dele!

— Basta! Cale-se!

— Tem meu apoio — de súbito pronunciou-se com voz alta Sheala de Tancarville. — Cale-se, Sabrina. Basta de Thanedd, de escândalos amorosos e de espionagem. Não vim aqui para presenciar disputas, nem para ouvir ressentimentos e despeito mútuos. Tampouco estou interessada em fazer o papel de mediadora e, se fui convidada para isso, declaro que foi em vão. Pois suspeito de que participo desta reunião em vão, de que estou perdendo meu tempo reservado com sacrifício para meu trabalho de pesquisa. No entanto, vou conter minhas pressuposições. Proponho dar a palavra a Filippa Eilhart para que saibamos finalmente o objetivo de nosso encontro e o papel que devemos desempenhar aqui. Decidiremos então, sem emoções desnecessárias, se continuaremos o espetáculo ou se fecharemos a cortina. A discrição, é obvio, tem de ser mantida por todas. Do contrário, eu, Sheala de Tancarville, pessoalmente farei as indiscretas pagarem as consequências.

Nenhuma das feiticeiras se moveu ou contestou. Triss não duvidou nem por um instante da advertência feita por Sheala. A solitária feiticeira de Kovir não tinha o costume de jogar palavras ao vento.

— Nós lhe passamos a palavra, Filippa, e peço a todas as excelentíssimas senhoras reunidas aqui que mantenham silêncio até Filippa avisar que terminou.

Filippa Eilhart levantou-se. Com o movimento, seu vestido farfalhou.

— Estimadas companheiras — disse. — A situação é séria. A magia está ameaçada. Os trágicos episódios em Thanedd, os quais me voltam à memória com pesar e relutância, comprovaram que os efeitos de centenas de anos de uma cooperação aparentemente sem conflitos podem ser desperdiçados se prevalecerem os interesses próprios e as ambições egoístas. Hoje estamos diante da perturbação da ordem pública, do caos, da hostilidade mútua e da desconfiança. Os acontecimentos estão saindo do controle. Para recuperá-lo e impedir um cataclismo incontrolável, é preciso retomar o timão desse navio abalado pela tempestade. Eu, a senhora Laux-Antille, a senhora Merigold e a senhora Metz já discutimos o assunto e chegamos a um acordo. Não basta reconstruir o Capítulo e o Conselho, arruinados em Thanedd. Além disso, não há ninguém para restabelecer ambas as instituições e, mesmo que outras fossem construídas, nada garante que não seriam contagiadas pela mesma doença que destruiu as anteriores. Deve ser fundada uma nova organização secreta, que servirá só aos assuntos relacionados com a magia e que fará de tudo para evitar um cataclismo. Pois, se a magia perecer, este mundo perecerá também. Do mesmo jeito que, há séculos, o mundo desprovido de magia e do progresso assegurado por ela será tomado pelo caos e pela escuridão, mergulhará em sangue e barbaridade. Convidamos todas as senhoras presentes a participar ativamente de nossa iniciativa, a dar sua contribuição à equipe secreta proposta. Tomamos a liberdade de chamá-las aqui para ouvir sua opinião acerca do assunto. Terminei.

— Obrigada. — Sheala de Tancarville acenou com a cabeça. — Se as senhoras me permitirem, vou começar. Minha primeira pergunta, querida Filippa, é: por que eu? Por que fui chamada aqui? Inúmeras vezes recusei candidatar-me ao Capítulo e renunciei a minha cadeira no Conselho. Primeiro, estou completamente ocupada com meus trabalhos. Segundo, acreditava e ainda acredito que em Kovir, Poviss e Hengfors há outros mais dignos dessa honra. Pergunto: por que fizeram o convite a mim, e não a Carduin, Istredd de Aedd Gynvael, Tugdual ou Zangenis?

— Porque são homens — respondeu Filippa. — A organização por mim mencionada será composta apenas de mulheres. Senhora Assire?

— Retiro minha pergunta. — A feiticeira de Nilfgaard sorriu. — Ela era parecida com a da senhora de Tancarville. A resposta foi satisfatória.

— Isso me cheira a chauvinismo feminino — constatou Sabrina Glevissig, irônica —, especialmente quando sai de sua boca, Filippa, após a mudança... de sua orientação sexual. Eu não tenho nada contra os homens. Aliás, eu os adoro e não imagino a vida sem eles. Mas... depois de pensar um pouco... cheguei à conclusão de que é boa ideia. Os homens são psiquicamente instáveis, demasiado propícios a surtos de emoções, e não se pode contar com eles em momentos de crise.

— É verdade — concordou Margarita Laux-Antille, com calma. — Constantemente comparo os resultados das adeptas de Aretusa com os efeitos do trabalho dos meninos da escola de Ban Ard, e essa comparação sempre é favorável às meninas. A magia é paciência, delicadeza, inteligência, prudência, persistência, mas também envolve a capacidade de suportar as derrotas e falhas com humildade. O que desorienta os homens é a ambição. Eles sempre querem aquilo que é inatingível e impossível. Nem percebem o possível.

— Basta, basta, basta — revoltou-se Sheala, não conseguindo esconder um sorriso. — Não há nada pior que um chauvinismo com bases científicas. Que vergonha, Rita! No entanto... também acho adequada a proposta da estrutura unissexual desse... convento ou, se preferirem, loja. Como todas ouvimos, trata-se do futuro da magia, um assunto demasiado sério para ser confiado aos homens.

— Se me permitem — disse Francesca Findabair melodiosamente —, gostaria de interromper por um momento as divagações acerca da indiscutível dominação natural de nosso sexo e concentrar-me nos assuntos relacionados com a iniciativa proposta, cujo objetivo para mim ainda não está claro. O momento não é ocasional e levanta algumas questões. Estamos em guerra. Nilfgaard derrotou e encurralou os reinos do Norte. Então, será que sob esses lemas muito gerais que escutamos aqui não há uma compreensível vontade de reverter a situação, de derrotar e encurralar Nilfgaard? Se assim for, Filippa, não conseguiremos chegar a um acordo.

— Foi por isso que me convidaram? — perguntou Assire var Anahid. — Não dou muita atenção à política, mas sei que o exército imperial está vencendo o exército das senhoras. Fora a senhora Francesca e a senhora de Tancarville, que vêm de um reino neutro, todas as outras representam reinos inimigos do Império de Nilfgaard. Como devo entender as palavras a respeito da solidariedade em torno da magia? Como um incentivo à traição? Lamento muito, mas não me vejo nesse papel.

Ao terminar o discurso, Assire se abaixou como se estivesse passando a mão em algo que não cabia na projeção. Triss teve a impressão de ter ouvido um miado.

— Ela tem um gato — sussurrou Keira Metz. — Aposto que é preto...

— Silêncio — sibilou Filippa. — Cara Francesca, estimada Assire. Nossa iniciativa tem de ser absolutamente apolítica, esse é seu objetivo fundamental. Nós nos guiaremos não pelos interesses das raças, reinos, reis ou imperadores, mas pelo bem da magia e de seu futuro.

— E, guiando-nos pelo bem da magia — Sabrina Glevissig sorriu com sarcasmo —, não nos esqueceremos do bem-estar das feiticeiras? Afinal, sabemos como são tratados os feiticeiros em Nilfgaard. Enquanto conversarmos apoliticamente, Nilfgaard vencerá e, quando cairmos sob o poder imperial, todas nos assemelharemos a...

Triss se remexeu. Filippa suspirou baixinho. Keira abaixou a cabeça. Sheala fingiu estar ajeitando o xale. Francesca mordeu os lábios. O rosto de Assire var Anahid permaneceu imóvel, mas ficou levemente corado.

— Queria dizer que todas nós teríamos um fim trágico — Sabrina encerrou a frase com pressa. — Filippa, Triss e eu, nós três estivemos no Monte de Sodden. Emhyr se vingará por aquela derrota, por Thanedd, pelo conjunto de nossa atuação. Em minha percepção, esse é apenas um dos óbices levantados pela declarada atitude apolítica deste convento. A participação nele significa que temos de desistir imediatamente do serviço ativo e político prestado a nossos reis? Ou devemos permanecer lá e servir duplamente à magia e ao poder?

— Quando alguém — Francesca sorriu — me comunica que é apolítico, pergunto sempre a qual das políticas está se referindo.

— E sei que, com certeza, não está se referindo àquela da qual se ocupa — disse Assire var Anahid, olhando para Filippa.

— Eu sou apolítica. — Margarita Laux-Antille ergueu a cabeça. — Minha escola é apolítica. Estou falando de todos os tipos, gêneros e espécies de política que existem!

— Estimadas senhoras. — Sheala, que permanecera calada por algum tempo, entrou na conversa. — Lembrem-se de que pertencem ao sexo dominante. Não se comportem, então, como meninas sentadas à mesa que tentam arrancar, uma da outra, um prato cheio de guloseimas. O *principium* proposto por Filippa está claro, pelo menos para mim, e por enquanto não tenho razões suficientes para considerá-las menos inteligentes do que eu. Fora desta sala, sejam quem quiserem ser, sirvam a quem ou a que quiserem servir, com tanta dedicação que desejarem. Mas, quando o convento se reunir, trataremos exclusivamente da magia e de seu futuro.

— É assim que eu imagino — confirmou Filippa Eilhart. — Sei que há muitos problemas, dúvidas e incertezas. Discutiremos acerca disso em nosso próximo encontro, do qual participaremos todas não em forma de projeção ou ilusão, mas pessoalmente. Sua presença será considerada não um ato formal de adesão ao convento, mas um gesto de benevolência. Decidiremos juntas se tal convento será fundado. Todas nós, com direitos iguais.

— Todas nós? — repetiu Sheala. — Vejo aqui cadeiras vazias e suponho que não foram postas por acaso.

— O convento deveria ser composto de doze feiticeiras. Gostaria que a senhora Assire nos propusesse e apresentasse uma candidata a uma dessas cadeiras no próximo encontro. No Império de Nilfgaard, certamente haverá outra feiticeira digna. Francesca, sugiro que o segundo lugar seja ocupado por alguém de sua escolha, para que não se sinta sozinha como a única que tem sangue élfico puro. E o terceiro...

Enid an Gleanna ergueu a cabeça.

— Peço duas vagas. Tenho duas candidatas.

— Alguma das senhoras tem algo contra esse pedido? Caso não, estou de acordo. Hoje é o quinto dia de agosto, o quinto dia depois da lua nova. Caras companheiras, nós nos encontraremos novamente no segundo dia após a lua cheia, daqui a catorze dias.

— Espere — interrompeu-a Sheala de Tancarville. — Uma das vagas ainda está desocupada. Quem será a décima segunda feiticeira?

— Esse será o primeiro problema abordado pela loja. — Filippa sorriu misteriosamente. — Daqui a duas semanas, direi quem deve ocupar a décima segunda cadeira e decidiremos juntas como fazer com que ela aceite. Ficarão surpresas com a candidata, pois ela não é uma pessoa comum, estimadas companheiras. É a Morte ou a Vida, a Destruição ou o Renascimento, a Ordem ou o Caos. Depende do ponto de vista.

Todo o vilarejo saiu à rua para ver o bando passar. Tuzik também. Estava ocupado, mas não resistiu. Ultimamente, muito se falava sobre os Ratos. Até correu o boato de que todos tinham sido pegos e enforcados. O boato revelou-se falso, e a prova disso desfilava agora mesmo com calma e ostentação.

— Canalhas insolentes — sussurrou alguém às costas de Tuzik. Era um sussurro cheio de admiração. — Meteram-se no meio do vilarejo...

— E vestidos como se estivessem indo para um casamento...

— Olhe para os cavalos! Nem os nilfgaardianos têm cavalos assim!

— São cavalos roubados. Os Ratos tiram os cavalos de todo mundo. Hoje em dia é fácil vender um cavalo. Mas eles deixam os melhores para eles próprios.

— Esse na frente, vejam, é Giselher... o comandante.

— E, ao lado dele, na égua castanha é aquela elfa... chamam-na de Faísca.

Um vira-lata saiu correndo de trás da cerca e começou a latir, passando entre as patas da frente da montaria de Faísca. A elfa sacudiu a crina escura, virou o cavalo, abaixou-se e fustigou o cachorro com um chicote. O vira-lata uivou e rodopiou três vezes, e Faísca cuspiu nele. Tuzik deixou um palavrão escapar pelos dentes.

Os que estavam ao lado ainda sussurravam, apontando com discrição para os Ratos que seguiam cavalgando a passo calmo pelo vilarejo. Tuzik ouvia porque não podia fazer outra coisa. Conhecia as fofocas e os boatos tão bem como os outros e adivinhava sem dificuldade que aquele com cabelos cor de palha até os ombros, mordendo uma maçã, era Kayleigh, o de ombros largos, Asse, e o de casaco curto bordado, Reef.

Duas jovens fechavam o desfile. Cavalgavam uma ao lado da outra de mãos dadas. A mais alta, montando um alazão, tinha os cabelos raspados, como se tivesse passado por tifo, vestia um casaquinho desabotoado, sob o qual uma blusa de renda reluzia de tanta brancura, e usava colar, pulseiras e brincos tão resplandecentes que os reflexos cegavam.

— Aquela de colar é Mistle... — Tuzik ouviu. — Carrega tantos penduricalhos brilhantes que parece um pinheiro na época do Yule...

— Dizem que matou mais gente do que a idade que tem...

— E a outra? Montando o rosilho? Aquela com a espada nas costas?

— Chamam-na de Falka. Começou a andar com os Ratos neste verão. Pelo que dizem, também é endiabrada...

A endiabrada, calculou Tuzik, não era muito mais velha do que a filha dele, Milenka. Mechas dos cabelos cinzentos da jovem bandida escapavam da boina de veludo ornamentada com um penacho de faisão que saltitava presunçosamente. Usava um lenço de seda cor de papoula ardente, amarrado no pescoço num elaborado laço.

De repente, houve um tumulto entre os camponeses reunidos em frente aos casebres. Giselher, que liderava o bando, deteve o cavalo e, com um gesto descuidado, jogou aos pés da velha Mykitka, apoiada num cajado, um saquinho tilintante.

— Que os deuses cuidem de você, filhinho misericordioso! — bradou ela. — Que tenha saúde, nosso benfeitor, que...

A risada escancarada de Faísca ensurdeceu a fala confusa da velha. A elfa apoiou o pé direito no estribo com ar de bazófia, colocou a mão no bolso e jogou um punhado de moedas por entre o povo. Reef e Asse seguiram seu exemplo. Uma verdadeira chuva de prata caiu sobre a rua arenosa. Kayleigh, às gargalhadas, lançou o resto da maçã na multidão tumultuada que corria atrás das moedas.

– Benfeitores!
– Nossos salvadores!
– Que a dola os encha de graças!

Tuzik não correu atrás dos outros, não caiu de joelhos para pegar as moedas jogadas na areia e nas fezes das galinhas. Permaneceu próximo à cerca, olhando para as jovens que passavam lentamente diante dele. A mais nova, aquela de cabelos cinzentos, notou-lhe o olhar e a expressão no rosto. Soltou a mão da de cabelos raspados, fincou as esporas no cavalo e aproximou-se dele, empurrando-o contra a cerca, quase raspando-o com o estribo. Tuzik viu seus olhos verdes e estremeceu. Havia neles muita maldade e ódio frio.

– Deixe, Falka – gritou a de cabelos raspados, sem necessidade, pois a bandoleira de olhos verdes ficou satisfeita só em empurrá-lo contra a cerca. Depois, foi em direção aos outros Ratos, sem olhar para trás.

– Benfeitores!
– Salvadores!

Tuzik cuspiu.

À tarde, os Negros, os temerosos cavaleiros do forte localizado ao pé de Fen Aspra, tomaram o vilarejo. As ferraduras retumbavam, os cavalos relinchavam, as armas tilintavam. O alcaide e os camponeses interrogados mentiam obsessivamente, desviando a perseguição para a direção errada. Ainda bem que ninguém perguntou nada para Tuzik.

Ouviu vozes quando voltou do pasto e passou pelo jardim. Reconheceu o pipilar das gêmeas do carroceiro Zgarb e os falsetes vacilantes dos filhos dos vizinhos. E a voz de Milenka. "Estão brincando", pensou. Viu-a sair de trás da casinha onde guardava a lenha. Ficou paralisado.

– Milenka!

Milenka, sua única filha viva, sua menina dos olhos, carregava nas costas um pau imitando uma espada. Estava com os cabelos soltos, cobertos por uma touca de lã na qual enfiara uma pena de galo, e usava no pescoço um lenço que pertencia a sua mãe, amarrado num elaborado laço.

Os olhos dela eram verdes.

Tuzik até então nunca tinha batido na filha, nunca tinha usado a cinta paterna.

Essa foi a primeira vez.

Relampejou e trovejou no horizonte. O vendaval raspou como um ancinho a superfície do Wstazka. "A tempestade está chegando", pensou Milva. "E depois da tempestade o tempo vai piorar. Os tentilhões não erraram."

Esporeou o cavalo. Se quisesse alcançar o bruxo antes da tempestade, tinha de se apressar.

CAPÍTULO SEGUNDO

> *Conheci muitos militares na vida. Conheci marechais, generais, paladinos e hétmanes, triunfadores de numerosas campanhas e batalhas. Ouvi suas histórias e lembranças. Vi-os debruçados sobre os mapas, desenhando linhas multicoloridas, fazendo planos, elaborando estratégias. Nessas guerras no papel tudo dava certo, tudo funcionava, tudo estava claro e na mais perfeita ordem. "Assim tem de ser", explicavam os militares. "O exército é, sobretudo, ordem e disciplina. O exército não pode existir sem ordem e disciplina."*
>
> *E estranhamente a verdadeira guerra – e olhe que já vi algumas guerras verdadeiras –, no que se refere a ordem e disciplina, lembra perfeitamente um bordel tomado pelas chamas.*
>
> Jaskier, Meio século de poesia

A água cristalina do Wstazka escorria pela beirada da falha formando um arco suave e perfeito, caía entre rochas negras como ônix numa cascata murmurante e espumosa, requebrava-se sobre elas e despencava no abismo de uma massa líquida branca que desaguava num talvegue de grande profundidade, tão transparente que era possível ver cada pedrinha no mosaico multicolorido do fundo do leito e cada trança verde de algas ondeando na correnteza.

As duas margens estavam cobertas de persicárias, por entre as quais se moviam, em azáfama, os melros-de-água, demonstrando orgulhosamente o peito branco. Acima das persicárias, os arbustos reluziam em tons de verde, castanho e ocre sobrepostos ao fundo dos pinheiros, que pareciam estar cobertos de pó de prata.

– Realmente – Jaskier suspirou –, é um lugar lindo.

Uma enorme truta marrom-escura tentou saltar pelo limiar da cascata. Por um momento, permaneceu suspensa no ar, estendendo as barbatanas e remexendo a cauda. Depois, caiu vagarosamente na espuma formada pela água agitada.

Um relâmpago bifurcado cortou o céu que escurecia no sul. Um trovão rolou num eco ensurdecedor através da floresta. A égua baia do bruxo dançou, sacudiu a cabeça, arreganhou os dentes, tentando tirar a embocadura. Geralt puxou as rédeas com força e a égua deu uns passos leves para trás, fazendo tinir as ferraduras nas pedras.

— Ô! Ôôô! Você viu, Jaskier? Bailarina sem-vergonha! Diabos, na primeira oportunidade vou me desfazer dessa pangaré! Juro que vou trocá-la nem que seja por um burro!

— Para quando você prevê esse tipo de oportunidade? — O poeta coçou a nuca, dolorida por causa das picadas dos mosquitos. — A paisagem selvagem deste vale realmente fornece sensações estéticas incomparáveis, mas, para variar, gostaria de olhar para uma taberna menos estética. Daqui a pouco vai fazer uma semana que fico admirando a natureza romântica, paisagens e horizontes distantes. Sinto falta dos interiores, especialmente daqueles nos quais se servem cerveja fria e comida quente.

— Vai ter de aguentar mais um pouco. — O bruxo se revirou na sela. — Talvez possa aliviar seu sofrimento saber que eu também estou sentindo certa falta da civilização. Como você sabe, fiquei exatamente trinta e seis dias e noites em Brokilon, durante os quais a natureza romântica deixava minha bunda congelada, subia pelas costas e cobria o nariz de orvalho... Ôôôôô! Safada! Afinal, vai parar de fazer doce, maldita égua?

— Os bichos a estão picando. Antes da tempestade, tornaram-se mais insistentes e sanguinários. Está trovejando e relampejando cada vez mais no sul.

— Percebi. — O bruxo olhou para o céu, segurando a irrequieta égua. — O vento também está diferente. Cheira ao mar. O tempo está mudando, não tem jeito. Vamos. Jaskier, esporeie esse capão gordo.

— Meu corcel chama-se Pégaso.

— Lógico que sim. Sabe de uma coisa? Vamos dar um nome a minha égua élfica também. Hummm...

— Talvez Plotka? — zombou o trovador.

— Plotka — concordou o bruxo. — Gostei.

— Geralt?

– Diga.

– Você já teve alguma vez na vida um cavalo que não se chamasse Plotka?

– Não – respondeu o bruxo depois de pensar um pouco. – Não tive. Jaskier, esporeie seu capão Pégaso. Temos um longo caminho à frente.

– É verdade – resmungou o poeta. – Nilfgaard... Quantas milhas você acha que são?

– Muitas.

– Chegaremos lá antes do inverno?

– Primeiro precisamos chegar a Verden. Lá discutiremos acerca... de alguns assuntos.

– Que assuntos? Você não conseguirá me desmotivar nem se livrar de mim. Eu o acompanharei até o fim! Foi o que decidi.

– Vamos ver. Como eu disse, primeiro precisamos chegar a Verden.

– É longe? Você conhece estes terrenos?

– Conheço. Estamos perto da cascata de Ceann Treise. A nossa frente fica um lugar chamado Sétima Milha, e essas colinas atrás do rio são os Montes Corujeiros.

– E estamos indo em direção ao sul, ao longo do rio? O Wstazka deságua no Jaruga na altura da fortaleza de Bodrog...

– Vamos em direção ao sul, mas por aquela margem. O Wstazka dobra para o oeste, nós vamos pelas florestas. Quero chegar a um lugar chamado Drieschot, ou seja, Triângulo. Ali fica a tríplice fronteira entre Verden, Brugge e Brokilon.

– E de lá?

– Até a foz do Jaruga. Rumo a Cintra.

– E depois?

– Depois, vamos ver. Se possível, faça com que esse seu Pégaso preguiçoso ande mais depressa.

O temporal apanhou-os durante a travessia, bem no meio do rio. Primeiro, passou um forte vendaval, que, feito um furacão, revolveu-lhes os cabelos e as capas e arremessou-lhes no rosto folhas e galhos arrancados das árvores ribeirinhas. Apressaram os cavalos gritando e fincando as esporas. Seguiram para a outra margem, formando espuma na água agitada. Foi então que o vento se acalmou e viram um paredão de chuva vindo em sua direção. A superfície do Wstazka tornou-se branca e ferviIhou como se alguém lançasse do céu bilhões de bolas de chumbo.

Ficaram ensopados antes de sair da água. Esconderam-se na floresta às pressas. As copas das árvores formavam sobre eles um espesso telhado verde, mas não era o suficiente para protegê-los de uma bátega tão intensa. As pancadas de chuva abateram as folhas caídas. Num instante o aguaceiro na floresta tornou-se tão violento quanto no campo aberto.

Protegeram-se com as capas, empacotando-se nelas e vestindo os capuzes. A escuridão envolvia a floresta, iluminada apenas pelos relâmpagos, que se tornavam cada vez mais intensos. Os trovões eram prolongados e ressoavam no ar com estrondos ensurdecedores. Assustada, Plotka batia os cascos e se remexia toda. Pégaso mantinha uma calma absoluta.

– Geralt! – gritou Jaskier, tentando se fazer ouvir por entre as trovoadas que retumbavam pela floresta à semelhança de uma monstruosa carruagem. – Vamos parar! Vamos procurar um refúgio!

– Onde? – berrou o bruxo. – Continue andando!

E seguiram em frente.

Depois de algum tempo, a chuva enfraqueceu visivelmente, o vento remexeu as copas das árvores e os estalos das trovoadas deixaram de penetrar nos ouvidos. Entraram numa vereda que atravessava um denso bosque de amieiros. Depois, chegaram a uma clareira, onde crescia uma faia enorme. Debaixo de seus galhos, sobre um grosso e extenso tapete de folhas e frutos secos amarronzados, viram uma carroça com uma parelha de mulas. O condutor estava sentado no banquinho da frente. Nas mãos segurava uma besta apontada diretamente para eles. Geralt xingou, mas o palavrão foi abafado por uma trovoada.

– Abaixe a besta, Kolda – ordenou um homem de baixa estatura e chapéu de palha. Virou as costas para o tronco da faia, deu um pulo em uma perna só e abotoou as calças. – Não são quem esperamos. Mas são clientes. Não os assuste. Temos pouco tempo, porém sempre o bastante para fazer negócios!

– Quem diabos é esse? – murmurou Jaskier atrás de Geralt.
– Aproximem-se, senhores elfos – gritou o homem de chapéu. – Não tenham medo, sou amigo. N'ess a tearth! Va, Seidhe. Ceadmill! Sou amigo, entendem? Faremos negócio? Venham cá, para debaixo da faia, saiam da chuva!

Geralt não ficou surpreso com o equívoco. Jaskier e ele vestiam capas élficas cinza. Ele próprio usava um sobretudo com estampa de folhas, a preferida dos elfos, e cavalgava num cavalo com arreio tipicamente élfico e cabeça ornamentada de maneira muito característica. O capuz encobria parcialmente seu rosto. Quanto ao galã Jaskier, já tinha sido confundido com um elfo ou meio-elfo, especialmente depois que começou a usar os cabelos até os ombros e adquiriu o costume de alisá-los a ferro.

– Tenha cuidado – murmurou Geralt ao descer do cavalo. – Você é um elfo. Não abra a boca sem motivo.

– Por quê?

– São havekars.

Jaskier silvou baixinho. Sabia do que se tratava.

O dinheiro regia tudo, e a demanda criava a oferta. Os Scoia'tael, rondando as florestas, juntavam o saque de que não precisavam, mas faltavam-lhes equipamento e armas. Foi assim que surgiram o comércio ambulante nas florestas e o tipo de gente que se ocupava dele. Nas rotas, veredas, trilhas e clareiras, apareciam, à sorrelfa, carroças dos especuladores que faziam negócios com os Esquilos. Os elfos os chamavam de "hav'caaren", um termo intraduzível, cujas associações remetiam a uma cobiça predatória. Entre os humanos, entrou em uso a palavra "havekars", e as associações eram ainda piores, pois se tratava de pessoas de má índole, cruéis e implacáveis, que não sucumbiam a nada, nem ao assassinato. Um havekar capturado pelo exército não podia contar com misericórdia, por isso também nunca a demonstrava. Ao encontrar alguém capaz de entregá-lo aos soldados, recorria à besta ou à faca.

Não tiveram muita sorte, mas felizmente os havekars os confundiram com elfos. Geralt cobriu quase o rosto todo com o capuz e começou a pensar no que ia acontecer se seu disfarce fosse descoberto.

— Que pé-d'água! — O comerciante esfregou as mãos. — É como se alguém tivesse furado o céu! Feio tedd, ell'ea? Mas não faz mal, já que não existe tempo ruim para os negócios. Existem só mercadorias e dinheiro ruins, he, he! Os senhores elfos entenderam?

Geralt acenou com a cabeça e Jaskier balbuciou algo por dentro do capuz. Para sua sorte, a desdenhosa aversão dos elfos a conversar com os humanos era comumente conhecida e não surpreendia ninguém. O carroceiro, porém, não havia tirado a besta do alvo, o que não era bom sinal.

— Quem é seu chefe? De que comando vocês são? — O havekar, como qualquer outro bom comerciante, não deixava se levar pela reserva e taciturnidade dos clientes. — De Coinneach Dé Reo? De Angus Bri-Cri? Ou talvez de Riordain? Sei que há uma semana Riordain matou os oficiais reais de um comboio de diligências onde estava o tributo arrecadado. Em moedas, não em grãos. Eu não aceito pagamento nem em alcatrão de faia, nem em roupa manchada com sangue animal. E das pelagens aceito apenas doninha, zibelina ou arminho. Mas prefiro mesmo as moedinhas, pedrinhas e joiazinhas! Se vocês as tiverem, podemos fazer negócio! Minha mercadoriazinha é de primeira qualidade! Evelienn vara en ard scedde, ell'ea. Os senhores elfos entendem? Tenho tudo. Vejam só.

O comerciante aproximou-se da carroça e levantou a ponta da lona molhada. Diante de seus olhos surgiram espadas, arcos, plumas de flecha, selas. O havekar remexeu a mercadoria e tirou uma flecha. A ponta era serrilhada e estava lixada.

— Vocês não vão achar isso em outro lugar — gabou-se. — Os outros mascates têm medo, pois a pena pela posse desse tipo de flechas é o cavalo de estiramento. Mas eu sei do que os Esquilos gostam, o cliente é quem manda, e não existe negócio sem risco. O mais importante é lucrar um pouquinho. Comigo vocês podem comprar uma dúzia de pontas de estilhaçamento por nove orens. Naev'de aen tvedeane, ell'ea, entendem, Seidhe? Juro que, cobrando esse preço, não estou tirando vantagem, eu mesmo ganho pouco; juro pela cabeça de meus filhos. Se vocês levarem três dúzias, posso dar um desconto de seis por cento. É um bom negócio, juro, uma boa oportunidadezinha... Ei, Seidhe, fique longe da carroça!

Jaskier, assustado, tirou a mão da lona e enfiou a cabeça mais ainda no capuz para cobrir os olhos. Geralt amaldiçoou em pensamento, pela enésima vez, a curiosidade descontrolada do bardo.

– Mir'me vara – balbuciou Jaskier, levantando a mão num gesto de perdão. – Squaess'me.

– Não foi nada. – O havekar deu um sorriso amarelo. – Mas não olhe ali porque tenho outra mercadoriazinha na carroça. Só que não é para vender, não para Seidhe. É mercadoriazinha encomendada, he, he. Enfim, chega de conversa... Mostrem o dinheiro.

"Está começando", pensou Geralt, olhando para a besta engatada nas mãos do carroceiro. Tinha toda a razão de crer que a ponta da seta podia ser a oportunidadezinha de estilhaçamento oferecida pelo havekar, que ela, acertando a barriga, sairia pelas costas em três ou até quatro lugares, transformando os órgãos internos da vítima em picadinho.

– N'ess tedd – respondeu, disfarçando um sotaque melodioso. – Tearde. Mireann vara, va'en vort. Faremos negócios quando voltarmos do comando. Ell'ea? Dh'oine entende?

– Entendo. – O havekar cuspiu. – Entendo que vocês estão duros, queriam levar a mercadoria, mas não têm grana. Vão embora! E não voltem, porque vou me encontrar aqui com pessoas importantes e seria melhor que vocês não fossem vistos por elas. Vão a... – interrompeu-se ao ouvir relinchos. – Diabos! – rosnou. – Tarde demais! Já estão aqui! Elfos, cabeça para dentro do capuz! Não se mexam, nem se atrevam a abrir a boca! Kolda, burro, solte essa besta, agora!

O barulho da chuva, as trovoadas e a camada grossa de folhas abafaram a batida dos cascos dos cavalos, e foi por isso que os cavaleiros conseguiram, num piscar de olhos, chegar despercebidos e cercar a faia. Não eram Scoia'tael. Os Esquilos não usavam armadura, como aqueles oito cavaleiros ao redor da árvore. O metal dos elmos, das brafoneiras e das cotas de malha brilhava sob a chuva.

Um deles, a passo calmo, aproximou-se do havekar, cobrindo seu campo de visão. Era alto, mas, montado num garanhão de batalha, causava uma impressão maior ainda. Os ombros encouraçados estavam cobertos por pele de lobo, e o rosto, oculto pela viseira do elmo, que chegava até o lábio inferior. Nas mãos segurava um ameaçador martelo bico de corvo.

— Rideaux! — gritou com voz rouca.

— Faoiltiarna! — respondeu o comerciante com voz assustada.

O cavaleiro aproximou-se mais e curvou-se na sela. A água caiu da viseira de aço diretamente sobre a manopla e a ponta brilhante do martelo bico de corvo.

— Faoiltiarna! — repetiu o havekar, inclinando-se diante do cavaleiro. Tirou o chapéu, e imediatamente a chuva deixou seus cabelos ralos grudados na cabeça. — Faoiltiarna! Sou amigo, conheço a senha e a resposta... Venho de Faoiltiarna, Excelência... Estou esperando aqui, como combinado...

— E aqueles ali, quem são?

— Minha escolta. — O havekar inclinou-se mais ainda. — Elfos, sabe...

— E o preso?

— Está na carroça, dentro do caixão.

— Dentro do caixão?! — Um trovão abafou parcialmente o grito louco do cavaleiro de elmo com viseira. — Não vai se safar dessa! O senhor de Rideaux mandou claramente que o preso fosse entregue vivo!

— Está vivo, sim — balbuciou o comerciante às pressas —, como me foi ordenado... Está no caixão, mas vivo... Excelência, o caixão não foi ideia minha... Foi de Faoiltiarna...

O cavaleiro bateu o martelo bico de corvo no estribo. A esse sinal, três dos cavaleiros desceram da sela e tiraram a lona da carroça. Quando jogaram no chão selas, mantas e grandes quantidades de arreios, Geralt, no resplandecer de um relâmpago, realmente viu um caixão de pinheiro fresco. No entanto, não ficou olhando com atenção. Sentia um frio dormente na ponta dos dedos. Sabia o que ia acontecer dentro de um instante.

— Como assim, Excelência? — perguntou o havekar, olhando para as mercadorias jogadas por cima das folhas molhadas. — Estão tirando meus bens de dentro da carroça?

— Estou comprando tudo isso, incluindo o comboio.

– Ah... – Um sorriso repugnante apareceu na cara barbuda do comerciante. – Então é outra coisa. Vão ser... Deixe-me pensar... Quinhentos na moeda de Temeria, Excelência. Se preferir pagar em seus florins, então serão quarenta e cinco.

– Tão barato? – desdenhou o cavaleiro, soltando um riso horripilante por trás da viseira. – Aproxime-se.

– Cuidado, Jaskier – sibilou o bruxo, tentando discretamente soltar a fivela da capa. Trovejou.

O havekar aproximou-se do cavaleiro, contando com a possibilidade de fechar o negócio de sua vida. E realmente foi o negócio de sua vida, talvez não o melhor, mas com certeza o último. O cavaleiro ficou em pé nos estribos e arremessou o martelo bico de corvo com força, cravando-o no meio da cabeça semicalva. O mascate caiu no chão sem soltar um gemido sequer, tremeu, bateu os braços e raspou os pés na camada de folhas molhadas. Um dos homens que estavam remexendo a carroça jogou uma corda no pescoço do carroceiro e apertou-a, enquanto um de seus companheiros o segurava e esfaqueava com um punhal.

Outro cavaleiro levou a besta ao ombro e disparou em direção a Jaskier. No entanto, Geralt tinha na mão uma espada que pegara entre as coisas retiradas da carroça do havekar. Segurando a arma na metade da lâmina, arremessou-a como um dardo.

O besteiro atingido caiu do cavalo com uma expressão de profundo espanto.

– Fuja, Jaskier!

Jaskier alcançou Pégaso e, num salto descontrolado, tentou subir na sela. O salto, porém, foi demasiado descontrolado, pois faltava experiência ao poeta. Não conseguiu segurar o cepilho e caiu no chão do lado oposto do animal. Foi o que lhe salvou a vida, pois a lâmina da espada do cavaleiro que o atacou cortou o ar e silvou nos ouvidos de Pégaso. O capão se assustou, arrancou e esbarrou no cavalo do oponente.

– Eles não são elfos! – berrou o cavaleiro de elmo com viseira, sacando a espada. – Peguem-nos vivos! Vivos!

Um dos homens que saltaram da carroça foi cumprir a ordem, mas vacilou. Geralt, que tivera tempo de desembainhar a própria espada, não hesitou nem por um segundo. O entusiasmo dos outros dois diminuía à medida que o sangue caía por cima deles como um chafariz. O bruxo aproveitou o momento e matou mais um. Contudo, os cavaleiros montados já estavam atrás dele. Conseguiu se esquivar das espadas, aparou os golpes, deu uma pirueta e de repente sentiu uma forte dor no joelho direito, o que o fez cair. Não estava ferido. A perna tratada em Brokilon simplesmente, sem nenhum aviso, desobedeceu.

O cavaleiro que estava prestes a lançar o machado contra ele gemeu subitamente e cambaleou como se alguém o tivesse empurrado com força. Antes de o homem cair, Geralt distinguiu uma flecha com rêmiges compridas enfiada até a metade da haste no flanco dele. Jaskier soltou um grito alto, mas o trovão o abafou.

O bruxo, agarrado à roda da carroça, viu, na luz do relâmpago, uma jovem de cabelos claros com o arco empinado saindo do bosque de amieiros. Os cavaleiros também a viram. Era impossível que não o tivessem, pois um deles estava sendo arremessado da garupa do cavalo, com a garganta transformada pela flecha numa massa carmim. Os três restantes, entre eles o comandante de elmo com viseira, imediatamente avaliaram o perigo e galoparam em direção à arqueira aos gritos, escondendo-se atrás do pescoço de sua montaria. Achavam que, com isso, se protegeriam das flechas, mas estavam equivocados.

Maria Barring, conhecida como Milva, empinou mais o arco. Mirava calmamente, com a corda encostada no rosto.

O primeiro dos homens gritou e caiu do cavalo; seu pé ficou preso no estribo, e as ferraduras fixadas nos cascos esmagaram-no. O segundo foi literalmente varrido da sela pela flecha. O terceiro, o comandante, já bastante perto, ficou em pé nos estribos e ergueu a espada para executar o golpe. Milva nem se mexeu. Olhando sem medo para o atacante, empinou o arco e de uma distância de cinco passos disparou a flecha diretamente em seu rosto, bem ao lado da viseira de aço. A flecha atravessou a cabeça, arremessando o elmo. O cavalo não diminuiu o galope. O cavaleiro, sem o elmo e com grande parte do crânio arrancada, manteve-se sentado na sela por um tempo, depois curvou-se devagarinho e caiu dentro de uma poça de água. O cavalo relinchou e correu.

Geralt levantou-se com dificuldade e massageou a perna dolorida, que, no entanto, parecia surpreendentemente hábil, pois ele conseguia ficar em pé e andar. Jaskier estava a seu lado, arrastando-se no chão e tentando se erguer. Para isso, tinha de se livrar do cadáver com a garganta estilhaçada que o esmagava. O rosto do poeta estava pálido, da cor de cal viva.

Milva foi se aproximando e no caminho arrancou uma flecha enfiada num dos cadáveres.

— Obrigado — disse o bruxo. — Jaskier, agradeça também. Essa é Maria Barring. Graças a ela estamos vivos.

Milva arrancou a flecha de outro cadáver e olhou para a ponta ensanguentada. Jaskier balbuciou algo ininteligível e curvou-se com cortesia, embora não conseguisse manter o equilíbrio. Logo em seguida, caiu de joelhos e vomitou.

— Quem é ele? — A arqueira limpou a ponta da flecha nas folhas molhadas e enfiou a arma na aljava. — É seu amigo, bruxo?

— Sim. Ele se chama Jaskier. É poeta.

— Poeta. — Milva olhou para o trovador, que agora vomitava em seco. Depois, levantou o olhar. — Entendo... O que não entendo é por que ele está aqui, vomitando, em vez de compor rimas com tranquilidade. Mas isso não é de minha conta.

— De certa maneira, é. Você o salvou. E a mim também.

Milva enxugou o rosto molhado pela chuva, no qual ainda se via a marca da corda. Embora tivesse empinado o arco várias vezes, havia apenas uma marca; ela sempre estirava a corda no mesmo lugar.

— Já estava no bosque de amieiros quando vocês conversavam com o havekar — disse. — Não queria que o patife me visse; não havia necessidade. Então os outros chegaram e começou a carnificina. Você conseguiu massacrar alguns. Preciso admitir que sabe manusear uma espada, apesar de ser coxo. Deveria ter ficado em Brokilon tratando da perna. Se piorar, talvez continue mancando pelo resto da vida. Você tem consciência disso?

— Vou sobreviver.

— Também acho. Foi por isso que o segui, para avisá-lo e fazê-lo recuar. Sua expedição não vai dar em nada. A guerra eclodiu no sul. O exército de Nilfgaard está marchando de Drieschot para Brugge.

— Como você sabe disso?

— Por exemplo, vendo isto. — A jovem fez um gesto largo com a mão, mostrando os cadáveres e os cavalos. — São nilfgaardianos! Você não reparou no sol dos elmos e nos bordados das mantas? Vamos, temos de sair daqui. A qualquer momento podem chegar outros. Esses estavam fazendo uma incursão.

— Não acho — Geralt acenou com a cabeça — que tenha sido uma incursão ou vanguarda. Eles vieram por outro motivo.

— Por qual então? Por curiosidade?

— Foi por isso. — Ele apontou para o caixão de pinheiro, agora escurecido pela chuva, que estava na carroça. Chovia menos e o trovejar havia cessado. A tempestade deslocava-se para o norte. O bruxo pegou a espada largada por entre as folhas e subiu na carroça, xingando baixinho, pois o joelho ainda doía. — Ajude-me a abri-lo.

— O quê? Você quer um morto... — Milva interrompeu-se ao ver os furos no caixão. — Droga! O havekar trouxe-o vivo nesse esquife?

— É algum preso. — Geralt levantou a tampa do caixão com uma alavanca. — O mascate esperava aqui pelos nilfgaardianos para entregá-lo a eles. Trocaram a senha e o sinal...

Estalos acompanharam a abertura do caixão, que revelou comportar um homem amordaçado e com as mãos e pernas presas aos lados do esquife com tiras de couro. O bruxo se inclinou. Olhou atentamente. De novo, com mais atenção ainda. E xingou.

— Aaaaaah! — falou, alongando a sílaba. — Que surpresa! Quem diria?

— Você o conhece?

— Só de passagem. — O bruxo soltou um sorriso horrendo. — Milva, largue a faca. Não corte as tiras. Pelo que vejo, é um assunto interno dos nilfgaardianos. Não deveríamos nos meter nisso. Vamos deixá-lo do jeito que está.

— Estou ouvindo bem? — perguntou Jaskier atrás deles. Ainda estava pálido, mas a curiosidade prevalecia sobre as outras emoções. – Você quer deixar um homem preso na floresta? Suponho que reconheceu nele alguém com quem tem alguma desforra para tirar, mas é um preso, diabos! Foi mantido em cativeiro por pessoas que também nos procuravam e quase nos mataram. É o inimigo de nossos inimigos... – Emudeceu quando viu o bruxo tirar uma faca de dentro da bota.

Milva pigarreou baixinho. Seus olhos azul-escuros, até agora semicerrados por causa das gotas de chuva que caíam, de repente se abriram. Geralt inclinou-se e cortou a tira que prendia o braço esquerdo do preso.

– Olhe, Jaskier – disse, segurando o pulso e levantando a mão solta. – Está vendo essa cicatriz em sua mão? Foi Ciri que a fez, na ilha de Thanedd, há um mês. É um nilfgaardiano. Ele se dirigiu a Thanedd especialmente para sequestrar Ciri, que o cortou em defesa.

– Não adiantou nada essa defesa – resmungou Milva. – Mas algo não está se encaixando. Se ele sequestrou sua Ciri da ilha e levou-a para Nilfgaard, como acabou preso nesse caixão? Por que o havekar ia entregá-lo aos nilfgaardianos? Tire a mordaça, bruxo. Talvez ele nos conte alguma coisa.

– Eu nem quero ouvi-lo – disse o bruxo com voz baixa. – Minha vontade é esfaqueá-lo, vendo-o assim deitado, olhando para mim. Mal consigo me segurar. Se ele abrir a boca, não vou me segurar. Ainda não lhes contei tudo sobre ele.

– Não fique se segurando, então. – A jovem deu de ombros. – Se for um canalha, esfaqueie-o, mas faça-o já, porque o tempo está correndo. Como eu disse, outros nilfgaardianos estão chegando. Vou pegar meu cavalo.

Geralt levantou-se e soltou a mão do preso, que imediatamente arrancou a mordaça da boca e cuspiu-a. No entanto, não falou nada. O bruxo jogou a faca sobre o peito dele.

– Não sei o que você aprontou para que eles o colocassem nesse esquife, nilfgaardiano – disse –, nem quero saber. Deixo-lhe essa faca, livre-se sozinho. Espere aqui pelos seus ou fuja para a floresta, a escolha é sua.

O cativo ficou calado. Preso com as tiras de couro e deitado no caixão, parecia mais indefeso e miserável do que na ilha de

Thanedd, onde Geralt o vira ajoelhado, ferido, trêmulo de medo numa poça de sangue. Parecia também mais jovem. Para o bruxo, não tinha mais que vinte e cinco anos.

— Eu o poupei na ilha — acrescentou. — Poupo-o agora também. No entanto, esta é a última vez. No próximo encontro, vou matá-lo sem remorso. Lembre-se disso. Se você, por acaso, der a seus camaradas a ideia de nos seguir, leve esse caixão junto. Vai precisar dele. Vamos, Jaskier.

— Rápido! — gritou Milva, retornando a galope da trilha que levava para o oeste. — Mas não por aqui! Vamos pela floresta, droga! Pela floresta!

— O que aconteceu?

— Um grande esquadrão de cavalaria está chegando da direção do Wstazka! São os nilfgaardianos! Para o que vocês estão olhando? Peguem os cavalos, antes que os nilfgaardianos nos alcancem!

Fazia uma hora que a batalha no vilarejo começara e nada indicava que estivesse chegando ao fim. A infantaria que se defendia atrás de muretas, cercas e carroças dispostas em forma de barricada já havia repelido três ataques da cavalaria que entrava pelo dique. A largura do dique não permitia que a cavalaria desenvolvesse velocidade para atacar de frente e possibilitava, assim, que a infantaria concentrasse a defesa. Em consequência, levas de cavaleiros estraçalhavam-se continuamente nas barricadas, por trás das quais os desesperados mas irredutíveis lansquenês disparavam uma chuva de dardos e flechas. A cavalaria sob ataque rodopiava como um redemoinho e a defesa rapidamente partia para o contra-ataque com machados, lanças e maças. Os cavaleiros retiravam-se para as lagoas, deixando cadáveres de homens e cavalos, enquanto os soldados a pé escondiam-se atrás da barricada, soltando palavrões sórdidos contra os inimigos. Depois de algum tempo, a cavalaria formava-se novamente e retomava o ataque.

E assim continuavam.

— Por curiosidade, quem está lutando contra quem? — perguntou Jaskier pela enésima vez, com a fala meio embolada, pois tentava amolecer na boca uma fatia de pão duro que Milva lhe dera depois de ele implorar.

Estavam sentados na beira do precipício, bem escondidos entre os zimbros. Podiam observar a batalha sem medo de que alguém os visse. Na verdade, tinham de observar. Não havia outra saída. À frente deles, dava-se a batalha; atrás, as florestas ardiam em chamas.

– Não é difícil adivinhar – Geralt finalmente decidiu, embora com relutância, responder à pergunta de Jaskier. – Os cavaleiros são nilfgaardianos.

– E os soldados a pé?

– Os da infantaria não são nilfgaardianos.

– Os homens a cavalo são do regimento regular da cavalaria de Verden – explicou Milva, até então pensativa e suspeitosamente calada. – Usam gibão xadrez. E esses que estão no vilarejo são da infantaria pesada de Brugge. Dá para reconhecer pela bandeira.

Os lansquenês, entusiasmados com o sucesso consecutivo, haviam levantado sobre a barricada uma bandeira verde com cruz branca. Geralt olhava atentamente, mas não a tinha visto antes, e concluiu que os defensores a levantaram apenas agora. Provavelmente, a bandeira extraviara-se no início da batalha.

– Vamos ficar aqui por muito tempo? – perguntou Jaskier.

– Que pergunta é essa? – resmungou Milva. – Olhe ao redor! Para onde você se virar, há merda.

Jaskier não precisava olhar ao redor ou virar-se. Todo o horizonte estava esfumaçado. A fumaça mais espessa subia no norte e no oeste, onde uma das tropas incendiara as florestas. O céu no sul, para onde se dirigiam quando a batalha lhes bloqueara a passagem, estava enegrecido também, e, durante a hora que passaram na colina, a fumaça aparecera no leste.

– Pois é, bruxo – começou a falar a arqueira, olhando para Geralt. – Estou curiosa sobre o que você planeja fazer agora. Atrás de nós estão Nilfgaard e a floresta em chamas, e à frente você mesmo pode enxergar. Quais são seus planos?

– Meus planos não mudaram. Vou esperar essa batalha acabar e me dirigir para o sul. Para o Jaruga.

– Você deve ter perdido a razão. – Milva franziu o cenho. – Não vê o que está acontecendo? Pois dá para perceber nitidamente que não é uma batalha, mas uma guerra. Nilfgaard se juntou a

Verden. Logo os soldados atravessarão o Jaruga no sul e é provável que Brugge e Sodden fiquem em chamas...

— Preciso chegar ao Jaruga.

— Maravilha. E depois?

— Vou achar um barco e descer com a correnteza até a foz. Depois pegarei um navio... Diabos, de lá deve haver navios...

— Para Nilfgaard? — bufou Milva. — Então, seus planos não mudaram...

— Você não é obrigada a me acompanhar.

— Verdade, não sou. Graças aos deuses, pois não procuro a morte. Não tenho medo dela, mas vou lhe dizer uma coisa: não é preciso se esforçar muito para se deixar morrer.

— Eu sei — respondeu ele com calma. — Tenho experiência. Não estaria indo para lá se não fosse necessário. Mas tenho de ir. Nada vai me deter.

— Ah! — Milva o encarou com censura. — Que vozeirão! Como se alguém raspasse o fundo de uma panela velha. Se o imperador Emhyr o ouvisse, provavelmente se cagaria de medo. "Venham, guardas! Venham, esquadrões imperiais! Estamos perdidos! O bruxo vem de canoa até Nilfgaard, logo estará aqui e me tirará a vida e a coroa! Estamos perdidos!"

— Pare, Milva.

— Você acha o quê? Está na hora de alguém finalmente lhe dizer a verdade na cara. O diabo que me carregue se já vi alguma vez na vida um homem mais tolo! Vai tirar a garota de Emhyr? Aquela que ele escolheu para ser imperatriz? Aquela que ele próprio tirou dos reis? Emhyr tem garras fortes, não vai soltá-la facilmente. Os reis não conseguiram entrar em acordo com ele e você acha que vai conseguir?

O bruxo não respondeu.

— Você vai para Nilfgaard — repetiu Milva, movendo a cabeça num gesto de piedade. — Lutar contra o imperador, tirar-lhe a noiva. Já pensou no que pode acontecer? Quando chegar lá e encontrar a tal Ciri nas câmaras palacianas, toda ornamentada de ouro e de seda, o que vai lhe dizer? "Venha comigo, querida, não precisa do trono imperial. Venha morar comigo em uma cabana, comer cortiça na passagem do inverno para a primavera..." Olhe para você, mendigo coxo. Até a capa e os sapatos que pertenciam a um elfo morto em Brokilon lhe foram dados pelas dríades. Sabe o que vai acontecer quando sua garota o vir? Ela vai cuspir em seus olhos, debochar de você e mandar os guardas o atirarem aos cachorros!

Milva, que falava cada vez mais alto, no fim do discurso estava quase gritando. Não só de raiva, mas também porque tinha de se fazer ouvir por cima do intenso barulho. Lá embaixo, dezenas, talvez centenas de gargantas soltaram um brado. Os lancenês de Brugge sofriam outro ataque, agora dos dois lados simultaneamente. Os verdenianos, de túnica azul-escura, estavam galopando pelo dique, e do outro lado da lagoa, atacando o flanco da defesa, saiu galopando, vestido de preto, um esquadrão de cavalaria pesada.

– Nilfgaard – falou Milva rapidamente.

Dessa vez a infantaria de Brugge não tinha nenhuma chance. A cavalaria conseguiu ultrapassar a barricada e, num instante, investiu contra os soldados com as espadas. A bandeira com a cruz caiu. Alguns homens da infantaria jogaram a arma no chão e se entregaram; outros tentaram fugir em direção à floresta, quando saiu de lá uma terceira força de ataque, um esquadrão de cavalaria leve, vestido de maneira não uniforme.

– Scoia'tael – disse Milva, levantando-se. – Agora você entende o que está acontecendo, bruxo? Já percebeu? Nilfgaard, Verden e os Esquilos juntos. Guerra. Como em Aedirn há um mês.

– É uma pilhagem. – Geralt balançou a cabeça. – Um saque. Só a cavalaria, nenhum soldado a pé...

– A infantaria está tomando os fortes e as fortalezas. Você acha que aquela fumaça vem de onde? Dos defumadores?

Lá em cima, onde estavam, ouviam-se os horripilantes gritos dos fugitivos vindos da vila, apanhados e massacrados pelos Esquilos. Dos telhados dos casebres subiam chamas e fumaça. Depois da chuva matinal, um vento forte secara a palha de que eram feitos, e o fogo se espalhava instantaneamente.

– Oh – murmurou Milva –, o vilarejo será queimado. Mal conseguiram reconstruí-lo depois da guerra anterior. Demoraram dois anos para erguer as estruturas das casas, e será uma questão de minutos destruí-las novamente. Que arquem com as consequências!

— Que consequências? — perguntou Geralt bruscamente.

Milva não respondeu. A fumaça do vilarejo em chamas subiu, atingiu o precipício, fez arder seus olhos e escorrer lágrimas. Ouviam-se gritos dispersos no incêndio. De repente, Jaskier empalideceu.

Os cativos foram reunidos e cercados. A mando do cavaleiro de elmo com pluma negra, os cavaleiros começaram a retalhar e apunhalar os indefesos. Os que caíam eram esmagados pelos cavalos. O cerco se fechava. Os gritos que chegavam ao precipício não pareciam mais humanos.

— E você quer que nós vamos para o sul? — perguntou o poeta, olhando expressivamente para o bruxo. — No meio desse fogo? Para o lugar de onde vêm esses carniceiros?

— Parece-me — Geralt demorou para dar a resposta — que não temos escolha.

— Temos — retrucou Milva. — Posso guiá-los pelas florestas para os Montes Corujeiros, de volta para Ceann Treise. Para Brokilon.

— Pelas florestas em chamas? Pelo campo do qual escapamos por pouco?

— É mais seguro do que o caminho para o sul. No total são catorze milhas até Ceann Treise e eu conheço as trilhas.

O bruxo olhou para baixo, para o vilarejo sendo consumido pelo fogo. Os nilfgaardianos acabaram com os cativos, a cavalaria estava formando a coluna de marcha. O bando multicolorido dos Scoia'tael seguiu pelo caminho que levava para o leste.

— Eu não volto — contestou com insistência. — Mas escolte Jaskier para Brokilon.

— Não! — protestou o poeta, embora ainda não tivesse recuperado a cor normal. — Vou com você.

Milva acenou com a mão, levantou a aljava e o arco, deu um passo em direção aos cavalos e virou-se bruscamente.

— Droga — resmungou. — Há anos vivo salvando os elfos do perigo e não serei capaz agora de vê-los morrer! Vou escoltá-los até o Jaruga, seus loucos. Mas não pela rota do sul, e sim pela do leste.

— Lá as florestas também estão em chamas.
— Vou guiá-los pelo fogo. Já estou acostumada.
— Não precisa fazer isso, Milva.
— Claro que não preciso. Vamos! Às selas! Andem, enfim!

Não conseguiram avançar muito. Os cavalos tinham dificuldade em passar pelas trilhas na mata fechada e eles não tinham coragem de usar as estradas de terra batida, pois ao redor ouvia-se o som de cascos de cavalo e tilintar de espadas, comprovando a movimentação de tropas armadas. O anoitecer pegou-os entre os barrancos cheios de arbustos, onde pararam para dormir. Não chovia e o céu estava iluminado pelos incêndios.

Acharam um lugar relativamente seco, sentaram-se e cobriram-se com as capas e mantas. Milva foi explorar as redondezas. Quando se afastou, Jaskier não perdeu tempo para matar a curiosidade, contida por muito tempo, a respeito da arqueira de Brokilon.

— Parece uma corça — murmurou. — Geralt, você tem sorte com esse tipo de amizades. É alta e graciosa, anda como se estivesse dançando. Tem ancas um tanto estreitas, para meu gosto, e ombros um pouco largos, mas é feminina, bem feminina... Aquelas duas maçãzinhas na frente, ai, ai... Só falta a blusinha arrebentar...

— Cale a boca, Jaskier.

— No caminho — continuou a devanear o poeta — por acaso rocei sua coxa, que parece feita de mármore, eu que o diga. Hummm... você não ficou entediado durante esse mês em Brokilon...

Milva, de volta da patrulha, ouviu o sussurro teatral e notou os olhares.

— Está falando de mim, poeta? Mal viro as costas, você não tira os olhos de mim. Por quê, hein? Será que um pássaro cagou nelas?

— Estamos admirando suas habilidades de arqueira. — Jaskier deu um sorriso amarelo. — Você teria poucos rivais em um concurso de tiro.

— Sei... Conte-me mais...

— Li — Jaskier olhou expressivamente para Geralt — que as melhores arqueiras são as zerricanas, dos clãs da estepe. Parece que algumas até tiram o seio esquerdo para que não incomode na hora de empinar o arco. Dizem que os seios atrapalham a corda.

— Só um poeta poderia inventar algo assim — bufou Milva. — Um sujeito desses senta-se e escreve asneiras, mergulhando a pena num penico, e o povo burro acredita. Você acha que se atira com as tetas? É preciso empinar o arco puxando a corda em direção à cara, em pé, de lado... assim, ó. Nada atrapalha a corda. Essa história de cortar o seio é asneira, invenção de uma cabeça vazia que só pensa em tetas.

— Muito obrigado por suas palavras cheias de admiração pelos poetas e pela poesia. E pelos ensinamentos acerca da técnica do arqueirismo. O arco é uma boa arma. Sabem de uma coisa? Acho que a arte da guerra se desenvolverá nessa direção. Nas guerras do futuro se lutará a distância. Será descoberta uma arma de tão longo alcance que os adversários poderão se matar sem se ver.

— Besteira — avaliou Milva. — O arco é muito bom, mas a guerra é um embate de dois homens à distância de uma espada, e o mais forte destroça a cabeça do mais fraco. Sempre foi assim e sempre será. E, quando isso acabar, as guerras acabarão também. Por enquanto você viu como se luta naquele vilarejo perto do dique. Mas não vale a pena gastar saliva. Vou lá dar uma olhada. Os cavalos estão relinchando como se um lobo estivesse por perto...

— Parece uma corça. — Jaskier a seguiu com o olhar. — Hummm... Bem, voltando ao assunto do vilarejo perto do dique e àquilo que ela lhe disse quando estávamos sentados no precipício... Você não acha que tinha um pouco de razão?

— Em relação a quê?

— Em relação a... Ciri — gaguejou o poeta levemente. — Nossa bela e formidável arqueira parece não entender a relação entre você e Ciri. Acha, pelo que me parece, que você pretende disputar sua mão com o imperador de Nilfgaard e que é esse o verdadeiro motivo de sua expedição para Nilfgaard.

— Nisso ela não tem nem um pouco de razão. Em que teria então?

— Espere, não se exalte, mas admita se não é verdade. Você acolheu Ciri e se considera seu tutor, só que ela não é uma garota qualquer, é da realeza, Geralt. O trono, o palácio, a coroa foram-lhe predestinados. Não sei se exatamente os de Nilfgaard, nem se Emhyr será o melhor esposo para ela...

— Exatamente. Você não sabe.

— E você sabe?

O bruxo envolveu-se na manta.

— Obviamente você está chegando a uma conclusão — disse. — Mas não se esforce tanto; eu sei que conclusão é essa. Não vale a pena salvar Ciri daquilo a que ela foi predestinada desde o nascimento, porque Ciri, uma vez salva, estará prestes a mandar os guardas nos jogarem das escadas. Então vamos desistir, é isso?

Jaskier abriu a boca, mas Geralt não o deixou falar.

— A garota — continuou, com uma voz que aos poucos mudava de timbre — não foi sequestrada por um dragão ou um bruxo mau, nem por piratas que pedem resgate. Não está presa em uma torre, masmorra ou gaiola, não está passando por torturas, tampouco passando fome. Ao contrário. Dorme em lençóis de damasco, come com talheres de prata, veste-se de seda e renda, enfeita-se com joias. É só esperar para vê-la ser coroada. Enfim, está feliz. E um bruxo que por azar atravessou seu caminho está determinado a estragar essa felicidade, aniquilá-la, pisá-la com botas furadas que ele herdou de um elfo. É isso?

— Não foi o que pensei — resmungou Jaskier.

— Ele não falou isso para você. — Milva emergiu da escuridão de repente. Após um momento de hesitação, sentou-se ao lado do bruxo. — Isso foi dirigido a mim, pois foram minhas palavras que o feriram. Falei aquilo por raiva, sem querer... Perdoe-me, Geralt. Sei como é meter as garras numa ferida aberta... Não me leve a mal. Nunca mais vou fazê-lo. Você me perdoa? Ou quer que lhe dê um beijo para fazer as pazes?

Milva nem esperou pela resposta ou consentimento. Agarrou-o pelo pescoço e beijou-o na bochecha. O bruxo apertou seu braço com firmeza.

— Chegue mais perto. — Tossiu. — E você também, Jaskier. Juntos... vamos sentir menos frio.

Ficaram em silêncio por um bom tempo. No céu reluzente, iluminado pelas chamas, passavam nuvens que cobriam as estrelas cintilantes.

— Queria falar algo para vocês — disse Geralt por fim. — Mas jurem que não vão rir.

— Fale.

— Tive sonhos estranhos. Em Brokilon. No início, pensei que estivesse delirando, que fosse algo de minha cabeça, pois em Thanedd levei muitas pancadas no crânio. Mas há algumas noites o mesmo sonho vem me perturbar. Sempre o mesmo sonho.

Jaskier e Milva permaneceram calados.

— Ciri — continuou o bruxo após um momento — não dorme num palácio sob um baldaquino de brocado. Ela cavalga por uma vila empoeirada... Os camponeses apontam os dedos para ela. Chamam-na com um nome que eu não conheço. Os cachorros latem. Não está sozinha, há outros também. Uma garota de cabelos curtos lhe segura a mão... Ciri sorri para ela. Não gosto desse sorriso. Não gosto de sua maquiagem forte... E o que mais me preocupa é que a morte a persegue.

— E onde ela está? — murmurou Milva, encostando-se nele como um gato. — Em Nilfgaard?

— Não sei — respondeu Geralt com dificuldade. — Mas tenho sonhado com isso repetidamente. O problema é que não acredito nesse tipo de sonhos.

— Não seja bobo. Eu acredito.

— Não sei... — repetiu o bruxo. — Mas eu o sinto. Diante dela há chamas e atrás dela há morte. Tenho de me apressar.

Na alvorada, começou a chover, porém não como no dia anterior, quando, depois da tempestade, despencara um breve aguaceiro forte. O tempo fechou e o céu se cobriu de nuvens cinza-chumbo. Caía agora uma chuva fina, regular e tediosa.

Estavam indo para o leste, Milva à frente. Quando Geralt chamou sua atenção dizendo que o Jaruga ficava no sul, a arqueira deu-lhe uma bronca, lembrando-lhe de que quem os guiava era ela e de que sabia o que estava fazendo. O bruxo não falou mais nada. O que importava é que enfim estavam andando. O rumo não fazia grande diferença.

Cavalgavam em silêncio, molhados, com frio, encolhidos nas selas. Mantinham-se nas trilhas da floresta, percorriam veredas, cortavam estradas de terra batida. Escondiam-se na mata quando ouviam o retumbar de cascos de cavalo, indicando a passagem da cavalaria. Passavam longe dos brados e do tumulto das batalhas. Cruzavam vilarejos devorados pelas chamas, junto aos destroços de casas esfumaçadas e ainda em brasa. Transitavam por povoados dos quais restavam somente quadrados pretos de terra queimada e um forte odor dos escombros molhados pela chuva. Espantavam bandos de corvos que se alimentavam dos cadáveres. Passavam por grupos de camponeses que fugiam dos horrores da guerra, entorpecidos e recurvados sob o peso das trouxas, que reagiam às perguntas apenas levantando um olhar temeroso, incompreensível, vazio por toda a desgraça e pavor testemunhados.

Dirigiam-se para o leste por entre o fogo e a fumaça, o chuvisco e a neblina, e diante de seus olhos estendia-se um tapete tecido com cenas de guerra.

Havia a cena de uma grua, com uma corda negra projetando-se entre as ruínas de um vilarejo queimado. Dela pendia um cadáver nu, de cabeça para baixo. O sangue da virilha e da barriga massacradas caíra no peito e no rosto e cobrira os cabelos, transformando-os em estalactites. Nas costas, via-se a runa de Ard, gravada com uma faca.

— An'givare — disse Milva, afastando os cabelos molhados da nuca. — Os Esquilos estiveram aqui.

— O que significa an'givare?

— Delator.

Havia a cena de um cavalo, um tordilho selado com um xairel preto. O animal dava passos inseguros na beirada do campo de batalha, desviando dos corpos empilhados e dos pedaços de lanças fincados no solo. Relinchando baixinho e de maneira comovente, carregava atrás de si as vísceras de uma barriga que fora estripada. Não conseguiram matá-lo, pois, além do cavalo, havia homens perambulando por ali, pilhando os cadáveres.

Havia a cena de uma jovem deitada de braços e pernas abertos, perto de uma fazenda queimada, nua, ensanguentada, os olhos vidrados voltados para o céu.

— Dizem que a guerra é coisa de homens — rosnou Milva —, mas nem das mulheres têm piedade, pois precisam satisfazer suas necessidades. Heróis filhos da puta.

— Você tem razão, só que não vai conseguir mudar isso.
— Já mudei. Fugi de casa. Não queria varrer e esfregar o chão. Nem esperar que chegassem, queimassem a casa, me jogassem no chão e...

Não terminou; apressou o cavalo.

Havia a cena de uma serraria. Jaskier logo vomitou tudo o que comera naquele dia — uma fatia de pão duro e metade de uma sardinha seca.

Ali, os nilfgaardianos, ou talvez os Scoia'tael, dissecaram alguns prisioneiros. Não foi possível nem mesmo estimar o número de vítimas, pois, para tal, haviam usado não apenas flechas, espadas e lanças, mas também o equipamento encontrado na serraria — machados, cortechés e serrotes.

Havia outras cenas, mas Geralt, Jaskier e Milva já não se lembravam delas. Tiraram-nas da memória.

Ficaram indiferentes.

Durante os dois dias seguintes, não avançaram mais do que vinte milhas. Ainda chovia. A terra, ressecada depois da estiagem do verão, não conseguia absorver a água da chuva, por isso as trilhas na floresta ficaram lamacentas, escorregadias. A neblina e a bruma não permitiam distinguir a fumaça produzida pelos incêndios, mas o cheiro de queimado indicava que os exércitos ainda estavam por perto e continuavam incendiando tudo o que pegava fogo.

Não viram fugitivos. Estavam sozinhos nas florestas. Pelo menos era o que pensavam.

Geralt foi o primeiro a ouvir o relincho de um cavalo atrás deles. Virou Plotka sem demonstrar nenhuma emoção. Jaskier abriu a boca, porém Milva ordenou com um gesto que ficasse calado e tirou o arco da aljava presa à sela.

O cavaleiro que os seguia emergiu da mata. Viu que estavam esperando por ele e deteve o cavalo, um garanhão castanho. Ficaram assim, parados, em silêncio, interrompido apenas pelo barulho da chuva.

— Eu o proibi de nos seguir — falou o bruxo finalmente.

O nilfgaardiano, visto por Jaskier pela última vez no caixão, fixou o olhar na crina molhada. O poeta mal conseguia reconhecê-lo, pois usava cota de malha, couraça e capa, certamente tiradas de um dos soldados mortos na carroça do havekar. No entanto, guardava na memória o rosto jovem, que não havia mudado desde a aventura ocorrida na faia, embora agora o cobrisse uma barba rala.

— Eu o proibi — repetiu o bruxo.

— Você me proibiu — admitiu o jovem. Falava sem o sotaque nilfgaardiano. — Mas eu preciso fazê-lo.

Geralt desceu do cavalo, passou as rédeas ao poeta e sacou a espada.

— Desça — disse com calma. — Pelo visto, você já se equipou com um pedaço de ferro. Muito bem. Não fazia sentido matá-lo quando estava indefeso. Agora é outra coisa. Desça.

— Não vou lutar com você. Não quero.

— É o que eu acho. Assim como todos os seus conterrâneos, você prefere outro tipo de luta, como aquela na serraria. Você deve ter passado por lá enquanto nos seguia. Desça, eu disse.

— Sou Cahir Mawr Dyffryn aep Ceallach.

— Não pedi que você se apresentasse. Ordenei que descesse.

— Não vou descer. Não quero lutar com você.

— Milva. — O bruxo acenou com a cabeça. — Faça-me um favor. Mate o cavalo dele.

— Não! — O nilfgaardiano levantou o braço antes que Milva empinasse o arco. — Não, por favor. Estou descendo.

— Melhor assim. Agora, garoto, saque sua espada.

O jovem cruzou os braços sobre o peito.

— Mate-me se quiser. Se preferir, mande essa elfa me matar com uma flecha. Não vou lutar com você. Sou Cahir Mawr Dyffryn... o filho de Ceallach. Eu quero... quero me juntar a vocês.

— Acho que não ouvi bem. Repita.

— Quero me juntar a vocês. Você está à procura da menina. Quero ajudá-lo. Preciso ajudá-lo.

— Ele está louco. — Geralt virou-se para Milva e Jaskier. — Enlouqueceu. Estamos falando com um louco.

— Combinaria com a companhia — murmurou Milva. — Combinaria perfeitamente.

— Pense na proposta dele, Geralt — falou Jaskier com ironia. — Afinal de contas, é um nobre nilfgaardiano. Talvez com sua ajuda seja mais fácil chegar a...

— Fique quieto — interrompeu-o o bruxo ferozmente. — Vamos, saque sua espada, nilfgaardiano.

— Não vou lutar. Não sou nilfgaardiano. Sou de Vicovaro e chamo-me...

— Não me interessa como você se chama. Saque sua arma.

— Não.

— Bruxo — Milva inclinou-se na sela e cuspiu no chão —, o tempo passa e a chuva está ficando cada vez mais intensa. O nilfgaardiano não quer lutar, e você, embora esteja fazendo cara de mau, não vai matá-lo a sangue-frio. Vamos ficar parados aqui até a morte? Vou cravar uma flecha no cavalo dele e aí poderemos prosseguir para nosso destino. Não vai conseguir nos alcançar a pé.

Cahir, o filho de Ceallach, galgou até o garanhão castanho, subiu na sela e recuou a galope, apressando o corcel aos gritos. O bruxo ficou olhando para ele por um momento, depois montou Plotka em silêncio e sem olhar para trás.

— Estou ficando velho — resmungou, passado algum tempo, quando Plotka alcançou o cavalo negro de Milva. — Começo a ter escrúpulos.

— Pois é, isso acontece com os velhos. — A arqueira olhou para ele com compaixão. — Chá de pulmonária ajuda, mas por enquanto coloque uma almofadinha na sela.

— Escrúpulos — esclareceu Jaskier com seriedade — não são o mesmo que hemorroidas, Milva. Você está confundindo os termos.

— E quem é que tem a capacidade de entender esse seu papo de sábio! Vocês só falam, só sabem fazer isso! Vamos, adiante!

— Milva — perguntou o bruxo pouco depois, protegendo o rosto da chuva, que o esmagava a galope —, você mataria o cavalo dele?

— Não — admitiu ela com relutância. — O cavalo não deve nada a ninguém. E esse nilfgaardiano... Por que está nos seguindo? Por que diz que precisa fazê-lo?

— Se eu soubesse...

Ainda chovia quando, de repente, a floresta acabou e entraram numa estrada de terra batida que se estendia do sul para o norte por entre as colinas – ou ao contrário, dependendo do ponto de vista.

Não ficaram surpresos com o que viram ali. Já o tinham visto. Carroças viradas e despedaçadas, cadáveres de cavalos, embrulhos, sacos e cestos jogados no chão. E figuras esfarrapadas, congeladas em poses estranhas, que até havia pouco eram pessoas vivas.

Aproximaram-se sem medo, pois era visível que a carnificina tivera lugar não nesse dia, mas no anterior ou mesmo antes. Aprenderam a reconhecer esse tipo de coisas, ou talvez o sentissem com o instinto animalesco despertado e aguçado nos últimos dias. Aprenderam também a penetrar os campos de batalha, porque às vezes, raras vezes, conseguiam achar um pouco de comida ou um saco de forragem.

Pararam ao lado da última carroça da coluna derrotada, largada no fosso de ponta-cabeça e apoiada no casquilho da roda destroçada. Debaixo da carroça havia uma mulher gorda com o pescoço virado numa posição não natural. O colarinho de sua capa curta estava manchado de gotejos de sangue borrados pela chuva, escorridos da orelha mutilada, da qual alguém arrancara o brinco. Na lona que cobria a carroça havia um letreiro: "Vera Loewenhaupt e Filhos". Mas os filhos não estavam por perto.

– Não são camponeses. – Milva mordeu os lábios. – São comerciantes. Estavam vindo do sul, de Dillingen em direção a Brugge. Foram pegos aqui. As coisas não estão indo bem, bruxo. Eu tinha pensado em virar aqui para o sul, mas agora já não sei o que fazer. Dillingen e toda Brugge já estão inevitavelmente nas mãos dos nilfgaardianos. Não conseguiremos chegar ao Jaruga por este caminho. Precisamos continuar em direção ao leste, por Turlough. Ali há florestas e áreas afastadas, por ali o exército não passará.

– Não vou continuar mais para o leste – protestou Geralt. – Preciso chegar ao Jaruga.

– Vai chegar – respondeu Milva com calma surpreendente –, mas por um caminho mais seguro. Se você se dirigir daqui para o sul, dará de frente com os nilfgaardianos. Não ganhará nada com isso.

– Ganharei tempo – rosnou ele. – Indo para o leste, continuarei perdendo-o. Já falei para vocês que não posso...

– Silêncio – disse Jaskier do nada, virando o cavalo. – Fiquem quietos por um momento.

– O que houve?

– Estou ouvindo... alguém cantando.

O bruxo balançou a cabeça. A arqueira suspirou.

– Você está delirando, poeta.

– Silêncio! Fiquem calados! Alguém está cantando, tenho certeza! Não estão ouvindo?

Geralt tirou o capuz. Milva também ficou atenta. Após um momento, olhou para o bruxo e, calada, acenou com a cabeça.

O ouvido musical não enganara o trovador. Aquilo que parecia impossível virou verdade. Estava chuviscando. Ficaram parados no meio da floresta, num caminho cheio de cadáveres, e, de longe, ouvia-se um canto. Alguém estava chegando do sul, cantando com alegria e ânimo.

Milva puxou as rédeas do cavalo, pronta para a fuga, mas o bruxo a deteve com um gesto. Estava curioso, porque o canto que ouviam não era o de um exército marchando, rítmico, assustador, retumbante e polifônico, tampouco o da cavalaria, bazofiador. O canto que chegava a seus ouvidos não provocava medo. Ao contrário.

A chuva pingava nas folhas, rumorejando. Começaram a distinguir as palavras da canção com mais nitidez, uma canção alegre, que naquela paisagem de guerra e morte parecia algo estranho, absolutamente fora de lugar.

Olhem, na beira da floresta um lobão anda dançando.
Com um sorriso largo balança a borla saltitando.
Que motivo de alegria essa besta da floresta tem?
Não pode se casar para poder dançar tão bem!
U-ha ha, u-hu ha, u-ha ha, u-hu ha!

Jaskier riu no mesmo instante, tirou o alaúde de debaixo de sua capa molhada e, ignorando os sibilos articulados por Geralt e Milva, tangeu as cordas e entoou:

Olhem, vai pela mata ribeirinha um lobinho arrastando os pezinhos,
De cabeça abaixada, borla enroscada, lágrimas nos olhinhos.
Que motivo de tristeza essa besta da floresta tem?
Pois ontem noivou ou casou e de sua dama virou refém!

— U-ha ha, u-hu ha!!! — replicou uma polifonia de vozes, bem perto.

Uma gargalhada ressoou, alguém assobiou usando os dedos, produzindo um som pungente e agudo, e logo depois surgiu, na curva da estrada, um grupo estranho, embora pitoresco, andando em fila indiana e esparramando a lama com a batida rítmica das botas pesadas.

— Anões — reparou Milva com voz baixa. — Mas não são Scoia'tael. Não têm barba trançada.

Eram seis, de capas curtas com capuz que emanavam inúmeras tonalidades de cinza e marrom, do tipo que os anões costumavam usar nos dias de chuva. Geralt sabia que tais capas tinham a vantagem de ser absolutamente impermeáveis, graças a vários anos de impregnação com alcatrão de faia, poeira das estradas e restos de comida gordurosa. Essa vestimenta prática passava do pai para o filho mais velho, por isso apenas os anões adultos dispunham dela. Os anões atingiam a idade adulta quando sua barba chegava até a cintura, o que acontecia normalmente por volta dos cinquenta e cinco anos.

Nenhum dos anões que se aproximavam parecia mais novo que isso, embora tampouco parecesse mais velho.

— Há humanos com eles — murmurou Milva para Geralt, apontando com um movimento da cabeça para lhe mostrar o séquito que surgia da floresta atrás dos seis anões. — Decerto são fugitivos, pois estão sobrecarregados de trouxas.

— Os anões também estão levando coisas — observou Jaskier.

Realmente, todos eles carregavam objetos, cujo peso faria um humano ou um cavalo tombar em pouco tempo. Além de sacos e bolsas comuns, Geralt viu baús fechados a cadeado, panelas de cobre e algo que parecia uma pequena cômoda. Um deles tinha nas costas a roda de uma carroça.

O líder não carregava nada. Trazia no cinto um pequeno machado, nas costas uma espada embainhada envolta em pele de cabra e no ombro um papagaio verde, encharcado, com as penas arrepiadas. Foi esse anão quem os cumprimentou.

— Como vão? — bradou, parando no meio da estrada e pondo os braços na cintura. — Nos tempos de hoje é melhor encontrar um lobo na floresta do que um humano. Mas, caso o encontre, é melhor acertá-lo com uma seta lançada de uma besta do que com uma palavra meiga! No entanto, quem com canto cumprimenta e com música se apresenta pode ser considerado um bom homem! Ou, perdoe-me a senhorita, uma boa mulher! Boas-vindas. Sou Zoltan Chivay.

— Sou Geralt — apresentou-se o bruxo depois de um momento de hesitação. — Aquele que cantou é Jaskier. E esta aqui é Milva.

— Porrrraaa! — grazinou o papagaio.

— Cale-se! — rosnou Zoltan Chivay para a ave. — Perdoem-me. Esse pássaro ultramarino, embora muito inteligente, é mal-educado. Comprei esse palhaço por dez táleres. Chama-se Marechal de Campo Duda. E aqui está o resto de minha companhia. Munro Bruys, Yazon Varda, Caleb Stratton, Figgis Merluzzo e Percival Schuttenbach.

Percival Schuttenbach não era anão. Em vez de uma barba emaranhada, sob seu capuz sobressaía um nariz longo e pontudo, revelando, sem sombra de dúvida, que pertencia à antiga e nobre raça dos gnomos.

— E aqueles — Zoltan Chivay apontou para um grupo próximo, parado e concentrado — são fugitivos de Kernow. Como podem ver, são apenas mulheres com filhos. Havia mais integrantes, mas Nilfgaard os atacou há três dias, matou-os e dispersou. Nós os encontramos nas florestas e agora seguimos juntos.

— Vão com tudo — permitiu-se comentar o bruxo —, cantando pela estrada.

— Não acho — o anão cofiou a barba — que uma marcha fúnebre seria uma solução melhor. A partir de Dillingen íamos caminhando pelas florestas em silêncio e às escondidas. Quando os exércitos passaram, pegamos a estrada para recuperar o tempo – interrompeu-se, olhando para o campo de batalha. – Já nos acostumamos a esse tipo de imagens – disse, apontando para os cadáveres. – Desde Dillingen e o Jaruga, nas estradas só há morte... Vocês estavam com eles aqui?

– Não. Nilfgaard massacrou os comerciantes.

– Não foi Nilfgaard. – O anão balançou a cabeça negativamente, olhando sem emoção para os mortos. – Foram os Scoia'tael. Um exército regular não se dá ao trabalho de tirar as flechas dos cadáveres. Uma com boa ponta custa meia coroa.

– Pois é – resmungou Milva.

– Vocês vão para onde?

– Para o sul – respondeu Geralt na hora.

– Não recomendo. – Zoltan Chivay novamente balançou a cabeça. – Lá está um inferno, só há fogo e extermínio. Dillingen com certeza já foi conquistada; forças cada vez maiores dos Negros estão atravessando o Jaruga e logo dominarão todo o vale na margem direita. Como vocês podem ver, também estão avançando a nossa frente, no norte, para tomar a cidade de Brugge. A única direção razoável de fuga é o leste.

Milva olhou para o bruxo de maneira significativa, mas ele se absteve de fazer qualquer comentário.

– Nós estamos indo justamente para o leste – continuou Zoltan Chivay. – A única possibilidade é esconder-se atrás da frente de batalha, pois daqui a pouco o exército de Temeria vai se movimentar a partir do leste, do rio Ina. Queremos ir pelas trilhas da floresta até as colinas de Turlough, depois pela Estrada Antiga até Sodden e de lá até o rio Chotla, que deságua no Ina. Se quiserem, podemos ir juntos. Se não se incomodarem com a baixa velocidade, é claro. Vocês têm cavalos, e em nosso caso são os fugitivos que estão diminuindo o passo.

– No entanto – falou Milva, focando o olhar no anão –, vocês não se incomodam muito com isso. Um anão, mesmo carregando peso, pode caminhar trinta milhas por dia, o mesmo tanto que um homem cavalgando. Eu conheço a Estrada Antiga. Sem os fugitivos vocês chegariam ao Chotla em três dias.

— São mulheres com crianças. — Zoltan Chivay empinou a barba e a barriga para a frente. — Não vamos deixá-las à própria sorte. Vocês aconselhariam outra coisa?

— Não — respondeu o bruxo. — Não aconselharíamos.

— Então fico feliz em sabê-lo. Isso significa que a primeira impressão foi certa. Que tal continuarmos juntos?

Geralt olhou para Milva. A arqueira acenou afirmativamente com a cabeça.

— Tudo bem. — Zoltan Chivay notou o gesto. — Vamos embora então, antes que alguém nos ataque aqui na estrada. Mas primeiro... Yazon, Munro, deem uma olhada nas carroças. Se acharem algo útil, peguem-no rapidinho. Figgis, verifique se nossa roda encaixa naquela carrocinha. Seria ideal para nós.

— Encaixa! — gritou o anão que carregava a roda após um momento. — Como se fosse a roda dela mesma!

— Está vendo, imbecil? Você estranhou quando ontem o mandei pegar a roda! Ajude-o, Caleb!

Em pouco tempo conseguiram tirar do fosso a carroça da falecida Vera Loewenhaupt, esvaziá-la de todos os elementos desnecessários, instalar a nova roda, arrancar a lona que a cobria e arrastá-la para a estrada. Toda a tralha foi logo colocada nela. Depois de pensar um pouco, Zoltan Chivay mandou que as crianças subissem na carroça também. A ordem foi executada com hesitação — Geralt percebeu que as fugitivas estavam zangadas com os anões e procuravam ficar afastadas.

Jaskier observava com desgosto indisfarçado dois anões que provavam peças de roupa tiradas dos cadáveres. Os restantes remexiam as outras carroças, mas não acharam nada que fosse útil. Zoltan Chivay assobiou com os dedos anunciando que estava na hora de encerrar o saque e lançou um olhar de entendedor para Plotka, Pégaso e o cavalo negro de Milva.

— Ginetes — afirmou, franzindo o nariz com desaprovação —, ou seja, servem para nada. Figgis, Caleb, vão até a barra de tração. Vamos nos revezando! Avaaaaante!

Geralt tinha certeza de que os anões iam largar a carroça assim que ela atolasse nas trilhas lamacentas, mas estava enganado.

Os anões eram fortes como bois, e os caminhos na floresta que levavam para o leste revelaram ter uma espessa cobertura de grama. A chuva não parava. Milva estava sombria e de mau humor. Quando abria a boca, era só para expressar a convicção de que logo os cascos dos cavalos iam rachar de tão moles que estavam por causa da umidade. A reação de Zoltan Chivay era lamber os lábios, olhar para os cascos e se dizer mestre em preparar carne de cavalo, o que deixava Milva furiosa.

Mantinham uma formação fixa, em cujo centro vinha a carroça, puxada pelos anões, que se revezavam na tarefa. Zoltan marchava à frente. Jaskier ia ao lado dele, montado em Pégaso, implicando com o papagaio. Geralt e Milva cavalgavam atrás da carroça. Na parte posterior, as seis mulheres de Kernow arrastavam-se, fechando o séquito.

Percival Schuttenbach, o gnomo de nariz comprido, era normalmente quem guiava. Embora fosse mais baixo e menos forte do que os anões, mostrava-se tão resistente quanto eles e muito mais ágil. Durante a marcha, punha-se a correr, metia-se entre os arbustos e desaparecia, para, de repente, reaparecer e, com gestos nervosos, à semelhança de um macaco, dar sinais de que tudo estava em ordem e a companhia podia seguir adiante. Quando voltava, às vezes descrevia rapidamente os obstáculos no caminho, mas sempre trazia para as quatro crianças sentadas na carroça um punhado de amoras, nozes e uns rizomas estranhos, embora, pelo visto, saborosos.

Seguindo a passo muito lento, demoraram três dias para marchar pelas veredas. Não encontraram nenhum exército, não viram fumaça, nem o céu iluminado pelos incêndios. Entretanto, não estavam sozinhos. Percival, o explorador, relatava a presença de grupos de fugitivos que se escondiam na floresta. Passaram rapidamente por alguns deles, porém a expressão dos camponeses armados de forcados e estacas não os encorajava a fazer contato. Alguém propôs tentar negociar e deixar as mulheres de Kernow com um dos grupos de fugitivos, mas Zoltan contestou a ideia e Milva o apoiou. As mulheres também não demonstravam iniciativa para largar a companhia, o que era um tanto estranho, pois dirigiam-se aos anões com uma visível relutância cheia de medo e reserva, quase não falavam e em cada parada se afastavam.

 Geralt justificava o comportamento delas com a tragédia pela qual acabaram de passar, mas suspeitava de que o modo descontraído dos anões também podia ser a razão da relutância. Zoltan e sua companhia falavam palavrões muito chulos e os usavam com a mesma frequência que o papagaio Marechal de Campo Duda, embora seu repertório fosse mais vasto. Cantavam canções de sacanagem, acompanhados pelo animado Jaskier. Cuspiam, assoavam o nariz às catarradas e soltavam peidos, o que era motivo de risadas, piadas e competições. Faziam as necessidades fisiológicas no mato apenas em casos extremos; de resto não se afastavam muito. Isso deixou Milva tão enraivecida que repreendeu Zoltan quando mijou nas cinzas da fogueira ainda não apagada, sem se preocupar com a plateia. Nem um pouco envergonhado com a bronca, Zoltan declarou que só seres falsos, pérfidos e denunciadores tinham o costume de se esconder para fazer esse tipo de coisas e que era isso que os desmascarava. No entanto, a arqueira não ficou impressionada com uma explicação tão eloquente. Os anões foram bombardeados com um vasto leque de palavrões e sérias ameaças, o que, pelo visto, funcionou, pois todos obedeceram e começaram a fazer as necessidades no mato. Contudo, para não serem tachados de denunciadores pérfidos, iam acompanhados.

 Jaskier estava mudado na presença da nova companhia. O poeta havia se tornado camarada dos anões, especialmente depois de saber que alguns ouviram falar dele e até conheciam seus versos e baladas. Jaskier não desgrudava da companhia de Zoltan. Usava um casaco acolchoado, que adquirira bajulando os anões, e um extravagante gorro de pele de marta no lugar de seu desgastado chapéu com pena. Colocara um cinturão largo com tachas de latão e enfiara nele uma faca pontiaguda que lhe deram de presente. Normalmente, quando tentava se abaixar, ela lhe espetava a virilha. Por sorte, perdeu a faca assassina e não ganhou outra em compensação.

 Caminhavam por entre florestas espessas que cobriam as encostas das colinas de Turlough. Pareciam desabitadas; não havia vestígios de animais, que provavelmente debandaram assustados pelos exércitos e fugitivos. Não havia como caçar, mas por um tempo não ficaram ameaçados de fome, pois os anões carregavam bastante comida. Quando, porém, ela acabou – e isso aconteceu depressa, já que havia muitas bocas para alimentar –, Yazon Varda e Munro Bruys desapareceram ao anoitecer, levando consigo uns sacos vazios. Ao voltarem de manhã, carregavam dois sacos, ambos cheios. Em um deles havia forragem para os cavalos; no outro, grãos, farinha, carne-seca, uma barra quase inteira de queijo e até um skilandis – uma guloseima feita de tripa de porco recheada com vísceras, amarrada na forma de um fole de forja e então defumada.

Geralt suspeitava de onde vinham as conquistas. Não comentou na hora; preferiu esperar por um momento mais propício. Quando estava a sós com Zoltan, perguntou-lhe com boa educação se não via nada de errado em roubar outros fugitivos, também famintos, lutando pela sobrevivência. O anão respondeu com seriedade que, obviamente, tinha vergonha disso, mas era o jeito dele.

– Minha grande falha – explicou – é uma bondade descontrolada. Eu simplesmente preciso fazer o bem, embora seja um anão sensato e saiba que é impossível ser bondoso com todos. Se eu tentasse ser bondoso com todos, com o mundo todo e todos os seres que o habitam, seria uma gota de água potável num oceano salgado. Em outras palavras, seria um esforço em vão. Decidi então praticar uma bondade palpável, concreta, que não seja desperdiçada. Sou bom para mim mesmo e para os mais próximos.

Geralt não fez mais perguntas.

Numa das paradas, Geralt e Milva conversaram mais com Zoltan Chivay, o altruísta incorrigível e convicto. Estava bem informado sobre o decorrer das manobras militares, ou pelo menos passava essa impressão.

– O ataque – contou, silenciando toda hora o Marechal de Campo Duda, que grazinava palavrões – partiu de Drieschot e começou de madrugada no sétimo dia de Lammas. O exército de Nilfgaard contava com o apoio do exército aliado de Verden, pois, como devem saber, Verden é um protetorado imperial. Avançaram rapidamente, queimando todos os vilarejos depois de Drieschot e derrotando o exército de Brugge que estava posicionado nas fortalezas militares. A fortaleza em Dillingen foi atacada pela Infantaria Negra de Nilgaard, que atravessou o Jaruga no ponto menos esperado. Vocês acreditam que em meio dia construíram uma ponte em cima de barcos?

– Pode-se acreditar em tudo – resmungou Milva. – Vocês estavam em Dillingen quando tudo começou?

– Nas redondezas – respondeu o anão evasivamente. – Quando recebemos as notícias sobre o ataque, já estávamos nos dirigindo para a cidade de Brugge. Havia tumulto na estrada, por causa da grande quantidade de fugitivos, uns correndo do sul para o norte, outros ao contrário. O caminho estava obstruído, por isso ficamos parados. Nilfgaard, como vimos depois, estava tanto atrás de nós como a nossa frente. Aqueles que saíram de Drieschot tiveram de se separar. Acho que um grande esquadrão de cavalaria foi para o nordeste, exatamente em direção à cidade de Brugge.

– Então os Negros estão ao norte de Turlough. Pelo visto, estamos no meio, entre dois destacamentos. No vazio.

– No meio – admitiu o anão –, mas não no vazio. Nos flancos dos esquadrões imperiais vão os Esquilos, voluntários de Verden e grupos isolados que são até piores que os nilfgaardianos. Foram eles que queimaram Kernow e quase nos pegaram antes de conseguirmos entrar na floresta. Não podemos sair da mata e precisamos ficar atentos. Chegaremos à Estrada Antiga e de lá seguiremos o curso do rio Chotla até o Ina, onde já encontraremos o exército temeriano. Os soldados do rei Foltest provavelmente já se recuperaram do baque e conseguiram rebater os nilfgaardianos.

– Tomara – disse Milva, olhando para o bruxo. – O problema é que precisamos resolver assuntos importantes e urgentes no sul. Pensamos em seguir para lá a partir de Turlough, rumo ao Jaruga.

– Não sei que assuntos são esses para fazer vocês se apressarem tanto – Zoltan os encarou com desconfiança –, mas devem mesmo ser importantes e urgentes para que arrisquem a própria vida.

Interrompeu-se e esperou, só que ninguém se apressou para dar explicações. O anão coçou o traseiro, pigarreou, cuspiu.

— Não ficaria surpreso — falou enfim — se Nilfgaard tivesse tomado as duas margens do Jaruga até a foz do Ina. Vocês precisam chegar até que ponto do Jaruga?

— A nenhum ponto específico — decidiu responder Geralt. — O que importa é chegar ao rio. Quero pegar um barco para ir até a foz.

Zoltan olhou para ele e começou a rir, porém ficou calado quando percebeu que o bruxo não estava brincando.

— Preciso admitir — disse após um momento — que sonham com caminhos difíceis. Mas deixem essas fantasias. Todo o sul de Brugge está em chamas. Até vocês chegarem ao Jaruga, vão ser empalados ou agrilhoados e levados à força para Nilfgaard. E, se por algum milagre conseguirem chegar ao rio, não terão nenhuma chance de ir até a foz de barco. Já mencionei aquela ponte construída sobre barcos que liga Cintra com a margem de Brugge. Sei que essa ponte é vigiada noite e dia. Nada vai conseguir passar pelo rio nesse ponto, talvez um salmão. Seus assuntos importantes e urgentes precisam perder a importância e a urgência. Há coisas impossíveis de ultrapassar. Eu vejo assim.

A expressão no rosto de Milva e seu olhar revelavam claramente que concordava com o anão. Geralt não fez nenhum comentário. Estava passando mal. O osso do antebraço esquerdo e o joelho direito haviam sido tomados por uma dor cega e persistente que se tornava cada vez mais forte por causa do esforço e da umidade onipresente. Assombravam-no, também, sentimentos pungentes, deprimentes e muito desagradáveis, sentimentos alheios que jamais experimentara e com os quais não sabia lidar.

Eram a impotência e a resignação.

Dois dias mais tarde, a chuva parou e o sol reapareceu. A bruma e a neblina dissiparam-se rapidamente, aliviando a floresta e deixando-a respirar. Os pássaros entoaram seu canto às pressas após o silêncio forçado pela chuva. Zoltan ficou mais alegre e ordenou uma parada mais longa, prometendo que depois acelerariam o passo e chegariam à Estrada Antiga no máximo em um dia.

As mulheres de Kernow enfeitaram todos os galhos das redondezas com suas vestes pretas e cinza. Usando apenas as roupas de baixo, esconderam-se envergonhadas na mata e prepararam a comida. As crianças nuas brincavam, perturbando, de modos bastante elaborados, a majestosa paz da floresta úmida. Jaskier dormia, aliviando o cansaço. Milva sumira.

Os anões descansavam de maneira ativa. Figgis Merluzzo e Munro Bruys foram catar cogumelos. Zoltan, Yazon Varda, Caleb Stratton e Percival Schuttenbach sentaram-se perto da carroça e entretinham-se com seu jogo de cartas preferido, o Gwent, ao qual dedicavam todo o tempo livre, como durante as tardes chuvosas anteriores.

Às vezes, o bruxo sentava-se com eles e torcia, e assim o fez agora. Ainda não conseguia entender as complicadas regras desse jogo típico dos anões, mas ficava impressionado com o trabalho excepcional das cartas, com a alta qualidade dos desenhos. Em comparação com as cartas usadas pelos humanos, as dos anões eram verdadeiras obras-primas de poligrafia. Mais uma vez Geralt constatava que a tecnologia desse povo barbudo era bastante avançada, e não apenas nas áreas de mineração, siderurgia e metalurgia. As habilidades dos anões na área do carteado só não haviam conseguido monopolizar o mercado porque as cartas eram menos populares do que os dados entre os humanos, que, além do mais, não se importavam com questões estéticas. Os aficionados de carteado, gente que o bruxo teve a oportunidade de observar inúmeras vezes, usavam sempre cartas amassadas, tão sujas que antes de colocá-las na mesa era necessário desgrudá-las cuidadosamente dos dedos. As figuras eram desenhadas de maneira tão desleixada que só se podia diferenciar a dama do valete porque este montava um cavalo, que, aliás, parecia mais uma doninha coxa

As figuras nas cartas dos anões não apresentavam tais erros. O rei com sua coroa era verdadeiramente real, a dama mostrava-se bela e formosa, e o valete, armado com alabarda, tinha um bigode arrogante. Na língua dos anões, essas figuras chamavam-se *hraval, vaina* e *ballet*, mas Zoltan e sua companhia usavam no jogo a língua comum e os nomes humanos.

O sol esquentava, a floresta exalava vapores, Geralt torcia.

A regra fundamental desse jogo lembrava um leilão no mercado de cavalos, tanto em intensidade como no timbre da voz dos participantes. A dupla que oferecia o "preço" mais alto tentava conquistar o maior número de cartas, e a outra dupla procurava interferir de todas as maneiras possíveis. O jogo transcorria de forma brusca e barulhenta. Todos os jogadores mantinham um pau grosso a seu lado, que raras vezes cumpria sua função, mas com frequência era usado para ameaçar o adversário.

— É assim que você joga, idiota? Como você é burro! Por que apostou nas espadas em vez de nas copas? Fui eu, por acaso, que brinquei apostando nas copas? Ah, queria pegar esse pau e dar uma porrada em sua cabeça!

— Tinha quatro espadas e um valete; precisava escolher a melhor opção!

— Aqui, ó, quatro espadas! Só se você contou seu próprio pau enquanto segurava as cartas no colo. Pense um pouco, Stratton, porque aqui não é universidade! Aqui jogamos cartas! Até um burro conseguiu bater o prefeito com os trunfos na mão. Distribua as cartas, Varda.

— Um bolo de paus.

— Uma cagadinha de ouros!

— O rei que jogou com os ouros cagou no comedouro. Par de espadas!

— Gwent!

— Não durma, Caleb. Foi um par com gwent! O que você vai apostar?

— Um cocozão de ouros!

— Aumento. Ah! E aí? Ninguém vai apostar? Estão com medo, filhotes? Comece, Varda. Percival, se você piscar para ele mais uma vez, vou lhe dar uma porrada nesse seu olho que você não vai conseguir mexê-lo até o inverno.

— Valete.

— Dama!

— Passe o valete nela! Dama sem-vergonha! Eu bato e... ha, ha... tenho copas ainda, escondidas para a hora H! Valete, duas vezes dez...

— Trunfo nelas! Quem não usa o trunfo vai ter de tomar... ouros! Zoltan? Peguei você!

— Vocês viram esse gnomo de merda? Vou pegar esse pau...

Antes que ele fizesse uso do pau, um grito horripilante cortou a floresta.

Geralt foi o primeiro a se levantar e correr em socorro, mas logo xingou, porque uma dor aguda lhe atravessou o joelho. Atrás dele estava Zoltan Chivay, que conseguiu pegar na carroça sua espada embainhada envolta em pele de cabra. Percival Shuttenbach e os outros anões os seguiam, armados com paus, e bem no finalzinho se arrastava Jaskier, acordado pelo grito. Figgis e Munro surgiram dos lados, da mata, largaram as cestas com cogumelos, seguraram as crianças em fuga e as afastaram. Milva também apareceu do nada e, enquanto corria, tirou uma flecha da aljava e apontou para o bruxo o lugar de onde vinha o grito, mas sem necessidade, pois Geralt já ouvira, vira e sabia do que se tratava.

Quem gritava era uma criança, uma menina sardenta de tranças que devia ter por volta de nove anos. Estava parada, feito uma pedra, à distância de alguns passos diante de uma pilha de troncos putrefatos. Geralt saltou num instante e pegou-a pelo braço, interrompendo o grito descontrolado enquanto observava, pelo canto dos olhos, a movimentação entre os troncos. Recuou rapidamente, esbarrando em Zoltan e seus anões. Milva, que também notara a movimentação entre os troncos, empinou o arco.

— Não atire – sibilou o bruxo. – Tire a criança daqui, rápido. E vocês, vão para trás, com calma. Não façam movimentos bruscos.

De início, parecia-lhes que um dos troncos decompostos empilhados se mexia como se quisesse descer e procurar uma sombra entre as árvores. Foi só depois de olhar bem que conseguiram ver elementos atípicos para um tronco, sobretudo quatro pares de patas finas articuladas que saíam de uma carapaça fissurada, manchada e dividida em segmentos.

— Com calma – repetiu Geralt, baixinho. – Não o provoquem. Não deixem se enganar por sua imobilidade aparente. Ele não é agressivo, mas sabe se movimentar bruscamente. Se ele se sentir ameaçado, pode atacar, e não há antídoto para seu veneno.

A criatura subiu no tronco sem pressa. Ficou olhando para os humanos e anões, mexendo lentamente os olhos localizados em dois pedúnculos. Quase não se movia; apenas limpava a ponta das patas, uma por uma, levantando-as e beliscando-as com os imponentes e afiados pedipalpos.

– Foi um grito tão estrondoso – afirmou Zoltan sem emoção ao lado do bruxo – que parecia algo realmente assustador, como um cavaleiro de um destacamento verdeniano ou um promotor de justiça. E isso aí é apenas um grande artrópode. É preciso reconhecer que a natureza pode tomar formas interessantes.

– Já não pode – respondeu Geralt. – Esse bicho sentado aí é um polifemo, uma criatura do Caos, um relicto pós-Conjunção das Esferas, se você sabe do que estou falando.

– Claro que sei – o anão mirou seus olhos –, embora não seja um bruxo especialista no Caos e nesse tipo de criaturas. Estou muito curioso para ver o que o bruxo vai fazer com esse relicto pós-Conjunção, ou, expressando-me com mais exatidão, estou curioso para ver como o bruxo vai fazê-lo. Vai usar sua espada ou prefere meu sihill?

– Bela arma – Geralt deu uma olhada na espada que Zoltan sacara da bainha de laca envolta em pele de cabra –, mas não vou precisar dela.

– Interessante – disse Zoltan. – Devemos então ficar olhando um para o outro? Esperar até que o relicto se sinta ameaçado? Ou talvez recuar e chamar os nilfgaardianos para nos socorrer? O que você propõe, matador de monstros?

– Pegue na carroça uma concha e a tampa do caldeirão e traga-as para cá.

– O quê?

– Não discuta com um profissional, Zoltan – aconselhou Jaskier.

Percival Schuttenbach correu até a carroça e num instante trouxe os objetos solicitados. O bruxo piscou o olho para a companhia e, logo em seguida, começou a bater a concha na tampa do caldeirão.

– Chega! Chega! – gritou Zoltan Chivay após um momento, tapando os ouvidos com as mãos. – Você vai estragar a concha, caralho! O artrópode fugiu! Já fugiu, droga!

– E como ele fugiu! – Percival ficou impressionado. – Até levantou poeira! Está úmido, mas que poeira levantou, hein?

— O polifemo — explicou Geralt friamente, devolvendo os utensílios culinários — tem a audição muito sensível e delicada. Não tem ouvidos, mas ele ouve, digamos, por inteiro. Particularmente não suporta os sons metálicos. Fica com dor...

— Até no cu — interrompeu-o Zoltan. — Eu sei porque também fiquei dolorido quando você começou a bater a concha na tampa. Se esse monstro tem a audição mais aguçada do que eu, então fico com pena dele. Mas será que ele não vai voltar e trazer seus amigos?

— Não acho que haja no mundo muitos de seus amigos. E ele certamente não vai voltar para estes lados. Não há o que temer.

— Não vou discutir sobre monstros. — O anão fechou a cara. — Mas com certeza deu para ouvir seu concerto de bateria até nas ilhas de Skellige, e estou convencido de que alguns aficionados de música já estão vindo para cá. Seria melhor que não nos encontrassem aqui. Desmontem o acampamento, rapazes! E, mulheres, vistam-se e contem as crianças! Vamos embora já!

Quando pararam para pernoitar, Geralt decidiu esclarecer as dúvidas. Dessa vez, Zoltan Chivay não estava jogando Gwent, então podiam se afastar para um lugar mais isolado e ter uma conversa de homem para homem. Foi diretamente ao assunto:

— Diga, como você sabia que eu era bruxo?

O anão olhou para ele e deu um sorriso astuto.

— Poderia me gabar diante de você de minha perspicácia. Poderia dizer que percebi como seus olhos mudam ao anoitecer e à luz do sol. Poderia também comprovar que sou um anão experiente e ouvira falar de Geralt de Rívia inúmeras vezes. Mas a verdade é mais banal. Não me olhe com hostilidade. Você é discreto, porém seu amigo bardo canta e fala demais, a boca dele nunca fica fechada. Foi assim que soube de seu ofício.

Geralt se conteve para fazer outra pergunta, e fez bem.

— Então — prosseguiu Zoltan —, Jaskier contou tudo. Deve ter sentido que damos valor à sinceridade, e não lhe foi difícil perceber nossa atitude amigável perante vocês, pois não escondemos nossas atitudes. Mas indo direto ao ponto: sei por que você tem tanta pressa em chegar ao sul. Sei como são importantes e urgentes os assuntos que o levam até lá. Sei quem você planeja procurar, e não apenas das fofocas espalhadas pelo poeta. Antes da guerra, eu morava em Cintra e ouvira falar da Criança Surpresa e do bruxo de cabelos brancos, a quem ela fora predestinada.

Geralt novamente não fez nenhum comentário.

– O resto – continuou o anão – é questão de observação. Embora seja um bruxo com o dever de exterminar monstros, você não matou aquele ser nojento. Como ele não causou nenhum mal a sua Surpresa, você desistiu de usar a espada e apenas o espantou batendo na tampa. É que agora você não é bruxo, mas um cavaleiro nobre que vai em socorro de sua virgem capturada e oprimida.

O bruxo mais uma vez nada disse. Zoltan então acrescentou:

– Você continua encravando o olhar em mim, continua farejando traição, desassossegado, pensando em como o segredo revelado pode ser usado contra você. Não se aflija. Chegaremos juntos ao Ina, ajudando-nos e apoiando-nos. Tanto você como nós temos o mesmo objetivo: sobreviver e seguir em frente para persistir em nossa nobre missão ou para viver normalmente, mas de tal maneira que não sintamos vergonha na hora de morrer. Você acha que mudou e que o mundo mudou. No entanto, o mundo continua o mesmo que antes. E você também é o mesmo que antes. Não se aflija.

Não se desconcertando pelo fato de Geralt permanecer calado, Zoltan retomou o monólogo:

– Esqueça a ideia de se separar e continuar a viagem para o sul sozinho por Brugge e Sodden rumo ao Jaruga. Você precisa procurar outro caminho para Nilfgaard. Se quiser, eu o conselho...

– Não me aconselhe. – Geralt massageou o joelho que estava doendo havia alguns dias. – Não me aconselhe, Zoltan.

Foi atrás de Jaskier, que torcia pelos anões em seu jogo de cartas. Pegou o poeta pela manga e entrou com ele na mata. Jaskier logo percebeu do que se tratava; bastou olhar apenas uma vez para a expressão do bruxo.

– Falastrão – disse Geralt, baixinho. – Linguarudo. Fofoqueiro. Eu deveria prender essa sua língua com uma placa de freio ou lhe enfiar uma embocadura, seu imbecil.

O trovador ficou calado, embora com ar de soberba.

– Quando se espalhou a notícia de que comecei a andar com você – continuou o bruxo –, algumas pessoas sensatas estranharam essa amizade. Ficaram espantadas com o fato de eu deixar você viajar comigo. Elas me aconselharam que o saqueasse, estrangulasse, jogasse numa cova e a cobrisse com mato e folhagem seca. Realmente me arrependo de não tê-las escutado.

– É um segredo tão grande quem você é e o que planeja? – Jaskier levantou a voz. – Precisamos disfarçar e nos esconder de todos? Esses anões... são nossa companhia...

– Eu não tenho companhia – resmungou Geralt. – Não tenho. E não quero ter. Não preciso dela, entendeu?

– Claro que ele entendeu – disse Milva atrás dele. – E eu também entendi. Você não precisa de ninguém, bruxo. Você o demonstra com frequência.

– Eu não estou envolvido numa guerra pessoal. – Geralt voltou-se bruscamente. – Não preciso de uma companhia de anões porque não vou até Nilfgaard para salvar o mundo ou abalar o império do mal – disse, dando as costas para os dois. – Vou até Ciri, por isso posso ir sozinho. Perdoem-me se isso soar arrogante, mas o resto não me importa. E agora se afastem, me deixem sozinho.

Quando, após um momento, virou-se, viu que apenas Jaskier fora embora.

– Sonhei de novo – falou rapidamente. – Milva, estou perdendo tempo. Estou perdendo tempo! Ela precisa de mim. Ela precisa de ajuda.

– Conte-me – pediu ela, baixinho. – Ponha para fora; por pior que seja, ponha para fora.

– O sonho não era assustador. Ela... dançava... numa taberna esfumaçada. E estava feliz, porra. A música tocava, alguém gritava... Toda a espelunca estremecia de gritos, alguém tocava rabeca... E ela dançava, dançava, batia o pé no chão... E sobre o telhado dessa maldita espelunca, no frio ar noturno... dançava a morte. Milva... Maria... Ela precisa de mim.

Milva olhou para o lado.

– Ela não é a única – sussurrou, para que ele não a ouvisse.

Na parada seguinte, o bruxo se interessou pelo sihill, a espada de Zoltan que ele já vira durante a aventura com o polifemo. O anão retirou a pele de cabra com rapidez e sacou a arma da bainha de laca.

A espada media aproximadamente quarenta polegadas e pesava menos que trinta e cinco onças. Misteriosos sinais rúnicos cobriam quase toda a extensão da lâmina, que era azulada e bem afiada. Com um pouco de experiência, podia ser usada para fazer a barba. A empunhadura, de doze polegadas e coberta de tiras de pele de lagartixa entrelaçadas, tinha, no lugar do pomo, um castão cilíndrico. A guarda era pequena e laborada de maneira intrincada.

– Um belo objeto. – Geralt girou o sihill num movimento brusco e sibilante e executou um golpe rápido da esquerda para a direita. – Realmente é um belo pedaço de ferro.

– Ah! – bufou Percival Schuttenbach. – Um pedaço de ferro! É melhor você olhar melhor, porque daqui a pouco vai chamá-lo de um pedaço de raiz-forte.

– Já tive uma espada melhor.

– Não duvido – Zoltan deu de ombros –, porque certamente foi confeccionada em uma de nossas forjas. Vocês, bruxos, sabem manusear as espadas, mas não as produzem. Esse tipo de armas é feito só em nossas terras, em Mahakam, aos pés do Monte Carbon.

– Os anões forjam o aço – acrescentou Percival – e dobram as lâminas. Mas somos nós, os gnomos, que as limamos e afiamos em oficinas próprias usando nossa tecnologia, da mesma forma que antigamente produzíamos nossos gwyhyrs, as melhores espadas do mundo.

– A espada que agora uso – Geralt sacou-a da bainha – é de Brokilon, das catacumbas em Craag An. Ganhei-a das dríades. É uma arma de primeira qualidade, e olhem que não foi feita nem pelos anões, nem pelos gnomos. A lâmina é trabalho dos elfos; tem por volta de cem ou até duzentos anos.

– Ele não tem a menor ideia sobre espadas! – gritou o gnomo, pegando a espada e passando os dedos nela. – O acabamento é élfico, realmente, assim como a empunhadura, a guarda e o pomo. O banho ácido, a confecção dos adornos e a gravura também foram feitos pelos elfos, mas a lâmina foi forjada e afiada em Mahakam. E é verdade que tem alguns séculos; dá para ver pela qualidade inferior do aço e pelo modelamento primitivo. Compare só com o sihill de Zoltan. Vê a diferença?

— Vejo, sim. Tenho a impressão de que o acabamento de minha espada não é menos bem-feito.

O gnomo resfolegou e acenou com a mão. Zoltan soltou um sorriso arrogante.

— A lâmina — explicou em tom de mestre — tem de cortar e não dar impressão. Além disso, não é pela impressão que a avaliamos. O problema é que sua espada é uma liga de aço e ferro, e meu sihill tem a lâmina forjada de uma liga enobrecida com grafite e bórax...

— Uma tecnologia nova! — Percival não se conteve, pois ficou animado com o assunto, que era de seu interesse. — A construção e a composição da lâmina, várias camadas moles dobradas com aço duro...

— Calma — interrompeu-o o anão. — Você não vai transformá-lo num metalúrgico; não o aborreça com detalhes. Eu vou explicar de um jeito menos complicado. O bom aço, duro, com magnetita, é difícil de afiar. Sabe por quê? Porque é duro! Quando não se dispõe de tecnologia, como nós antigamente e vocês até hoje, e quando se quer ter uma espada afiada, o que se faz é envolver a base dura da lâmina em aço mole, menos resistente para ser moldado, e formar o gume. Foi com essa tecnologia simples que sua espada de Brokilon foi forjada. As lâminas modernas são feitas de maneira oposta: a base é mole, e o gume, duro. O processo é mais duradouro e, como já disse, requer tecnologia avançada. Mas o resultado é uma lâmina capaz de cortar um fular de cambraia.

— Seu sihill é capaz de fazer isso?

— Não. — O anão sorriu. — Armas desse tipo, tão afiadas, são pouquíssimas e é raro alguma delas sair de Mahakam. Mas posso garantir que a carapaça fissurada daquela criatura não resistiria ao sihill. Você conseguiria cortá-la em pedaços e nem ficaria cansado.

A conversa sobre espadas e metalurgia ainda se estendeu por algum tempo. Geralt ouvia atentamente, compartilhava conhecimentos, aprendia, perguntava por uma coisa ou outra, observava e experimentava usar o sihill de Zoltan. Não sabia que no dia seguinte teria de juntar a teoria à prática.

O primeiro sinal avistado por Percival Schuttenbach, posicionado na vanguarda, de que havia humanos morando nas redondezas foi uma pilha de lenha ordenada cuidadosamente entre cascas e gravetos perto da estrada.

Zoltan parou o séquito e mandou o gnomo investigar. Percival desapareceu e depois de meia hora voltou correndo, excitado, baforando e gesticulando de longe. Alcançou-os, mas, em vez de fazer o relatório, apertou o longo nariz com os dedos e assuo-o com toda a força, produzindo um som parecido com o de um corno pastoril.

– Não espante os animais – resmungou Zoltan Chivay. – E fale. O que temos a nossa frente?

– Um povoado... – O gnomo respirou com dificuldade, limpando os dedos na capa cheia de bolsos. – Na clareira há três casebres, um celeiro, algumas palhoças... Um cão anda pelo quintal e a chaminé está fumegando. Estão preparando comida: mingau de aveia e... leite!

– Então você entrou na cozinha? – Jaskier riu. – Olhou o que havia nas panelas? Como sabe que era mingau?

O gnomo lançou para ele um olhar presunçoso e Zoltan bufou com raiva.

– Não o ofenda, poeta. Ele é capaz de farejar comida à distância de uma milha. Se ele diz que é mingau de aveia, então é. Droga, não estou gostando disso.

– E por quê? Eu gosto de mingau. Comeria com muito gosto.

– Zoltan está certo – disse Milva. – E você, Jaskier, fique quieto, porque não se trata de poesia. Se o mingau é de aveia com leite, há uma vaca lá. E o camponês, quando vê fumaça, pega a vaca e vai para a mata. Por que esse não foi? É melhor adentrarmos a floresta e nos afastar. Isso não me cheira bem.

– Calma, calma – resmungou o anão. – Teremos tempo de fugir. Será que a guerra acabou e o exército temeriano avançou? Que informações nos chegam aqui, nesta floresta? Talvez a grande batalha já tenha ocorrido, talvez Nilfgaard já tenha recuado, talvez a linha de frente tenha ficado atrás de nós, talvez os camponeses e as vacas já estejam voltando para casa. É preciso verificar, investigar. Figgis, Munro, fiquem aqui e mantenham os olhos abertos. Nós vamos fazer um reconhecimento. Se descobrirmos que estamos seguros, vou imitar a voz de um gavião.

– Voz de um gavião? – Munro Bruys cofiou a barba com nervosismo. – Zoltan, você não tem a mínima ideia de como imitar pássaros.

– Bem, se você ouvir uma voz estranha que não se assemelhará a nada, serei eu. Guie-nos, Percival. Geralt, vai conosco?

– Vamos todos. – Jaskier desceu do cavalo. – Se for uma armadilha, estaremos mais seguros num grupo grande.

– Deixo o Marechal de Campo com vocês. – Zoltan tirou o papagaio do ombro e entregou-o a Figgis Merluzzo. – De repente, seria capaz de gritar uns palavrões e estaríamos fodidos. Vamos.

Percival os conduziu até a beira da floresta, por entre os sabugueiros. Na frente dos arbustos, o terreno descia levemente, e lá estava a lenha empilhada. Mais adiante, estendia-se a clareira. Colocaram a cabeça para fora dos sabugueiros, espreitando com cuidado. Como dissera o gnomo, na clareira havia três casebres, um celeiro e algumas palhoças. No quintal brilhava uma enorme poça de estrume. Em volta das casas e do pequeno retângulo da horta descuidada estendia-se uma cerca baixa, parcialmente quebrada, atrás da qual corria um cão cinza. Da chaminé de um dos casebres saía fumaça, que se esvanecia sobre o telhado desabado.

– Realmente – sussurrou Zoltan, aspirando –, essa fumaça está cheirando bem, ainda mais pelo fato de o nariz ter se acostumado ao fedor dos campos de batalha. Não vejo cavalos, nem guardas. Isso é bom sinal, porque pessoalmente não excluía a possibilidade de a casa estar ocupada por malandros. Hummm, pelo visto, o negócio é seguro.

– Vou até lá – declarou Milva.

– Não – protestou o anão. – Você se parece demais com um Esquilo. Se virem você, podem ficar assustados, e as pessoas tomadas pelo medo são imprevisíveis. Yazon e Caleb vão até lá. Quanto a você, mantenha o arco empinado, para cobri-los se necessário.

Percival, volte à companhia. Aguardem e estejam prontos caso seja preciso dar o sinal de recuar.

Yazon Varda e Caleb Stratton saíram da mata com cuidado e foram até os casebres. Andavam devagar, olhando com atenção para os lados.

O cão os farejou logo, latiu descontroladamente, dando voltas pelo quintal, e não reagiu aos assobios amigáveis e às tentativas de chamá-lo. A porta do casebre abriu. Milva empinou o arco e estirou a corda num movimento natural. E logo a soltou.

Uma moça gorda, de baixa estatura e com tranças longas apareceu no batente. Gritou algo e gesticulou. Yazon Varda vociferou uma resposta e abriu as mãos, confuso. A jovem continuou a gritar. Os que estavam na mata ouviam a gritaria, mas não eram capazes de distinguir as palavras.

Contudo, Yazon e Caleb devem tê-las entendido e ficado impressionados. Os dois anões, como por um comando, viraram as costas ao mesmo tempo e correram de volta para os sabugueiros. Milva empinou o arco novamente e procurou mirar o alvo com a ponta da flecha.

– Diabos! – Zoltan tossiu. – O que está acontecendo? De que eles estão correndo? Milva?

– Cale a boca – sibilou a arqueira, apontando a flecha de um casebre a outro, de uma palhoça a outra. No entanto, não conseguia achar nenhum alvo. A moça com tranças desapareceu no casebre, fechando a porta atrás de si.

Os anões corriam feito loucos, como se todos os demônios do Caos estivessem em seus calcanhares. Yazon gritou algo, talvez um xingamento. De repente Jaskier ficou pálido.

– Ele está gritando... Nossa!

– Que... – Zoltan cortou a frase porque Yazon e Caleb já estavam chegando, vermelhos de tanto esforço. – O que houve? Falem!

– Doença... – respondeu Caleb, ofegante. – Varíola...

– Vocês tocaram em algo? – Zoltan Chivay deu um passo brusco para trás, quase esbarrando em Jaskier. – Vocês tocaram em algo no quintal?

– Não... O cachorro não deixou que nos aproximássemos...

— Então, que esse filho da mãe seja louvado! — Zoltan levantou os olhos para o céu. — Que os deuses lhe deem uma vida longa e um monte de ossos, maior que o Monte Carbon! Aquela moça gorda tinha pústulas?

— Não. Ela não está doente. Os infectados estão no último casebre; é sua gente. E disse que muitos já morreram. Ai, ai, Zoltan, o vento estava soprando em nossa direção!

— Chega de lamentações — disse Milva, abaixando o arco. — Se vocês não tocaram nos infectados, não vão ficar doentes, não se preocupem. Logicamente, se essa informação sobre a varíola for verdadeira. A moça talvez tenha querido espantar vocês.

— Não — Yazon negou, ainda tremendo. — Atrás da casa havia uma vala... com cadáveres. A moça não tem força para enterrar os mortos, por isso joga os corpos dentro da vala...

— Pois é... — Zoltan deu uma fungada. — Aí está seu mingau, Jaskier. Mas eu perdi a vontade de comê-lo. Vamos embora, rápido.

O cão solto no quintal começou a latir.

— Escondam-se — sibilou o bruxo, ajoelhando-se.

Do outro lado da clareira apareceu um grupo de homens assobiando e cavalgando a galope por entre as árvores. Cercaram as casas e depois entraram no quintal. Os cavaleiros estavam armados, mas não usavam cores distintivas homogêneas. Ao contrário, suas roupas eram multicoloridas e davam a impressão de desleixadas, como se tivessem sido vestidas ao acaso.

— São treze — contou Percival Schuttenbach num instante.

— Quem são?

— Não são nilfgaardianos, nem fazem parte de nenhum exército regular — avaliou Zoltan. — Tampouco Scoia'tael. Acho que são voluntários. Um grupo independente.

— Ou saqueadores.

Os homens gritavam, rondando o quintal. O cão foi golpeado com a haste de uma lança e fugiu. A moça com tranças apareceu na porta e gritou, mas dessa vez a advertência não teve impacto ou não foi levada a sério. Um dos homens galopou até ela e pegou-a por uma das tranças, tirou-a da soleira e arrastou-a pela poça. Os outros desceram dos cavalos, ajudaram-no, arrastaram a jovem até a ponta do quintal, rasgaram-lhe a roupa e a jogaram numa pilha de palha em decomposição. A moça se debatia com força, mas não tinha chances de se livrar.

Apenas um dos saqueadores não se juntou à diversão; ficou vigiando os cavalos amarrados à cerca. A jovem soltou um grito longo, pungente, depois um curto, doloroso. E então não a ouviram mais.

– Guerreiros! – Milva levantou-se. – Heróis do caralho!

– Não têm medo de varíola. – Yazon Varda balançou a cabeça.

– Medo – balbuciou Jaskier – é algo humano. Neles, não restou nada de humano.

– Apenas as tripas – falou Milva com voz rouca, posicionando uma flecha na corda do arco –, que eu já vou furar. Filhos da puta!

– Treze – frisou Zoltan Chivay. – E têm cavalos. Se você pegar um ou dois, os demais vão nos cercar. Além disso, pode ser um ataque. Não sabemos que força pode estar na retaguarda.

– Então você quer que eu fique olhando com calma?

– Não. – Geralt ajeitou a espada nas costas e a faixa nos cabelos. – Estou farto de observar e não agir. Mas eles não devem se dispersar. Vê aquele que está segurando os cavalos? Quando eu chegar lá, derrube-o da sela. Se conseguir, acerte mais um. Porém só quando eu chegar lá.

– Vão ficar onze. – A arqueira virou-se.

– Eu sei contar.

– E ainda ficamos com a varíola – resmungou Zoltan Chivay. – Se você for para lá, vai trazer a doença... Vá para o inferno, bruxo! Você está expondo-nos ao perigo por causa... Droga, não é essa a garota que você está procurando!

– Cale a boca, Zoltan. Voltem à carroça, escondam-se na floresta.

– Vou com você – declarou Milva com voz rouca.

– Não. Dê-me cobertura de longe, assim sua ajuda será mais eficiente.

– E eu? – perguntou Jaskier. – O que tenho de fazer?

– O de sempre: nada.

– Você enlouqueceu... – rosnou Zoltan. – Sozinho contra um bando... O que tem na cabeça? Quer se fazer de herói, salvador de virgens?

— Cale a boca.

— Vá para o inferno! Espere. Deixe sua espada. São muitos, então é melhor não precisar repetir os cortes. Leve meu sihill, assim você poderá cortar apenas uma vez.

O bruxo aceitou a arma do anão sem hesitar e sem proferir uma palavra. Mais uma vez indicou a Milva o saqueador que estava vigiando os cavalos. Depois pulou os arbustos e seguiu em direção aos casebres a passo rápido.

Fazia sol e os gafanhotos pipocavam sob seus pés.

Aquele que vigiava os cavalos viu o bruxo e pegou a lança presa à sela. Tinha longos cabelos desgrenhados, que caíam por cima de uma cota de malha esburacada, remendada com um arame enferrujado. Usava sapatos com fivelas reluzentes, pelo visto novos, recém-roubados.

Quando o vigia gritou, outro saqueador saiu por trás da cerca. Usava um cinto com espada no pescoço e acabava de ajeitar a calça. Geralt já estava bem perto. Escutou, vindo da pilha de palha, o riso gorgolejante dos que se entretinham com a moça. Respirava fundo, e a cada inspiração aumentava nele o desejo de matar. Podia se acalmar, mas não queria. Desejava ter um pouquinho de prazer.

— Quem é você? Pare! — gritou o de cabelos longos, balançando a lança na mão. — O que quer aqui?

— Estou farto de olhar.

— O quê?

— O nome Ciri lhe diz alguma coisa?

— Eu lhe...

O saqueador não conseguiu falar mais nada. Uma flecha com empenagem cinza atingiu-o no meio do peito e arremessou-o da sela. Antes que ele caísse no chão, Geralt ouviu o silvo de mais uma flecha. O outro saqueador foi atingido na parte inferior da barriga, entre os dedos que fechavam a braguilha. Uivou feito um animal, curvou-se e caiu de costas sobre a cerca, quebrando e derrubando as tábuas de madeira.

O bruxo já estava entre os outros antes que eles conseguissem perceber o que acontecia e pegar em armas. A espada feita pelos anões sibilou e brilhou, e no silvo do aço leve como pluma e afiado como navalha havia um desejo louco de sangue. Os corpos cortados não resistiam a ela. Geralt não tinha tempo de limpar o sangue que salpicava seu rosto.

Mesmo que os saqueadores pensassem em lutar, a visão dos corpos que caíam no chão e do sangue que jorrava feito um chafariz fez com que desistissem. Um deles estava com as calças abaixadas na altura dos joelhos e nem teve tempo de levantá-las. Foi atingido na artéria do pescoço e caiu de costas no chão, balançando o órgão sexual insaciado de maneira esquisita. Outro, garoto ainda, cobriu o rosto com as mãos e o sihill cortou as duas na altura dos pulsos. Os demais fugiram, espalhando-se por todos os lados. O bruxo perseguia-os, maldizendo a dor que novamente latejava no joelho. Nutria a esperança de que a perna não desobedecesse.

Conseguiu empurrar mais dois contra a cerca. Eles tentaram se defender com as espadas, mas, paralisados pelo medo, faziam-no com pouco vigor. O sangue das artérias cortadas pela espada anã novamente cobriu o rosto do bruxo. Os outros aproveitaram o momento e montaram os cavalos para fugir. Um deles caiu imediatamente, atingido por uma flecha, contorcendo-se e debatendo-se feito um peixe jogado fora da rede. Dois fincaram as esporas nos animais e lançaram-se a galope, mas apenas um conseguiu escapar, pois Zoltan Chivay apareceu, de repente, no campo de batalha. O anão girou seu machadinho e arremessou-o, acertando um dos fugitivos no meio das costas. O saqueador soltou um bramido, caiu da sela e rolou no chão. O último pousou a cabeça na nuca do cavalo, saltou a vala cheia de cadáveres e partiu a todo galope em direção à floresta.

– Milva! – gritaram o bruxo e o anão simultaneamente.

A arqueira já estava correndo em sua direção, quando parou e ficou imóvel com as pernas abertas. Abaixou o arco e começou a levantá-lo aos poucos. Não a ouviram soltar a corda. Milva também não mudou de posição, nem tremeu. Viram a flecha só depois de ela inclinar no vértice da parábola de sua trajetória e começar a cair. O cavaleiro se soltou da sela, mas não caiu no chão. A haste empenada estava encravada em seu ombro. Endireitou-se e, aos gritos, fincou as esporas no cavalo para apressar o galope.

— Que parábola! — Zoltan Chivay deu um gemido de admiração. — Que disparo!

— Disparo de merda. — O bruxo enxugou o sangue do rosto. — O filho da puta fugiu e vai voltar com seus camaradas.

— Ela acertou! De uma distância de cerca de duzentos passos!

— Podia ter alvejado o cavalo.

— O cavalo não tem culpa de nada — bufou Milva com raiva, aproximando-se deles. Cuspiu, olhando o cavaleiro fugir para dentro da floresta. — Eu não acertei o vagabundo porque estava ofegante... Vá, monstro, fuja com minha flecha! Que ela lhe traga muito azar!

Ouviram um cavalo relinchar na floresta e logo depois um grito horripilante de um homem sendo assassinado.

— Ah! — Zoltan olhou para a arqueira com admiração. — Não conseguiu se afastar muito! Suas flechas funcionam bem! Veneno? Ou feitiço? Mesmo que ele tivesse contraído varíola, não ficaria doente tão depressa!

— Não fui eu. — Milva lançou um olhar significativo para o bruxo. — Nem a varíola. Mas eu acho que sei quem foi.

— Eu também. — O anão mordiscou o bigode e deu um sorriso astuto. — Notei que vocês olhavam para trás toda hora, sei que alguém está nos seguindo secretamente num cavalo castanho. Não sei quem é, mas se vocês não se incomodam... Bem, não é de meu interesse.

— Especialmente quando se tira proveito de uma retaguarda assim. — Milva olhou enfaticamente para o bruxo. — Você tem certeza de que esse Cahir é seu inimigo?

O bruxo não respondeu. Devolveu a espada para Zoltan.

— Obrigado. Corta bem.

— Em boas mãos. — O anão sorriu. — Ouvi falar de bruxos, mas matar oito homens em menos de dois minutos...

— Não tenho motivo para me gabar. Não sabiam se defender.

A moça de tranças se pôs de cócoras, depois se levantou, vacilou e, com as mãos trêmulas, tentou, sem resultado, ajeitar os trapos da roupa rasgada. O bruxo ficou surpreso ao ver que não se assemelhava nem um pouco, absolutamente em nada, a Ciri, mas um momento antes teria jurado que podia ser sua irmã gêmea.

A jovem passou a mão no rosto num gesto desajeitado e, cambaleando, dirigiu-se ao casebre sem desviar da poça.

— Ei, espere — gritou Milva. — Psiu... Precisa de ajuda? Ei!

A moça nem olhou em sua direção. Tropeçou na soleira da porta, quase caiu, mas conseguiu se apoiar no batente. Depois se trancou dentro.

— A gratidão dos humanos não tem limites — falou o anão.

Milva virou-se com ímpeto; seu rosto estava petrificado.

— Ela teria de agradecer pelo quê?

— Pois é — acrescentou o bruxo. — Pelo quê?

— Pelos cavalos dos saqueadores. — Zoltan não abaixou os olhos. — Vai abatê-los para ter carne, não vai precisar abater as vacas. Pelo visto, está imune à varíola e agora não corre o risco de passar fome. Vai sobreviver. Só daqui a alguns dias, quando retomar o raciocínio, é que ela vai entender que conseguiu escapar a torturas mais demoradas e às chamas das casas graças a você. Vamos embora antes que o ar contagiado nos atinja... E você, bruxo, está indo para onde? Para receber votos de agradecimento?

— Para pegar os sapatos — disse Geralt friamente, inclinando-se por cima do saqueador de cabelos longos e olhos esbugalhados apontados para o céu. — Parece que vão caber certinho em mim.

Durante os dias seguintes, comeram carne de cavalo. Os sapatos com fivelas reluzentes eram bastante confortáveis. O nilfgaardiano chamado Cahir ainda os seguia em seu garanhão castanho, porém o bruxo não olhava para trás.

Finalmente conseguiu desvendar os segredos do Gwent e até jogou com os anões, mas perdeu.

Não falavam do acontecido na clareira da floresta. Não valia a pena.

CAPÍTULO TERCEIRO

> **Mandrágora** – Planta da família das solanáceas, herbácea, acaule, de raízes tuberosas que lembram feições humanas e folhas dispostas em forma de roseta. As espécies Mandragora autumnalis e M. officinalis são cultivadas em pequena escala em Vicovaro, Rowan e Ymlac e raramente crescem em estado selvagem. As bagas verdes tornam-se amarelas e são consumidas acompanhadas de vinagre e pimenta. As folhas podem ser ingeridas em estado cru. A raiz da **m.**, hoje valorizada na medicina e farmácia, antigamente tinha grande papel nas crendices populares, sobretudo entre os povos do Norte; talhavam-se nela figuras humanoides (alruniki, alraune), que eram guardadas nas casas como valiosos talismãs. Acreditava-se que protegia das doenças, garantia sorte nos processos, propiciava fertilidade às mulheres e um parto sem complicações. Costumava-se vesti-la de roupa feminina e na lua nova providenciava-se outro traje. A raiz de **m.** era comercializada e seu preço chegava a sessenta florins. Para esse fim usavam-se as raízes de briônia (v.). De acordo com as crendices populares, empregava-se a raiz de **m.** em feitiços e na preparação de elixires, assim como de venenos, uma superstição que voltou na época da caça às bruxas. A acusação de uso mortal da **m.** foi apresentada, entre outros casos, durante o processo de Lucrezia Vigo (v.). A lendária Filippa Alhard (v.) também teria utilizado **m.** na forma de veneno.
>
> Effenberg e Talbot,
> Encyclopaedia Maxima Mundi, volume IX

A Estrada Antiga mudara desde os tempos em que o bruxo a percorrera pela última vez. O caminho formado de placas de basalto, de superfície lisa, construído pelos elfos e anões havia centenas de anos, era agora uma ruína esburacada. Em certos lugares, os buracos eram tão fundos que pareciam pequenos fossos. O passo da marcha diminuiu; a carroça dos anões desviava das concavidades com grande dificuldade, de vez em quando atolando nelas.

Zoltan Chivay conhecia o motivo da devastação da estrada. Explicou que, depois da última guerra contra Nilfgaard, aumentou a procura de materiais de construção. As pessoas lembraram-se então de que a Estrada Antiga era uma fonte inesgotável de pedras limadas. Devastavam-na sem piedade e sem moderação, pois era um caminho descuidado que levava a lugar nenhum, localizado numa área deserta e por isso usado por poucas pessoas, perdendo, aos poucos, sua importância como uma via de transporte.

— Vocês construíram todas as suas maiores cidades — reclamou o anão, acompanhado dos estridentes xingamentos proferidos pelo papagaio — sobre nossas fundações e as dos elfos. Quanto aos castelos e às vilas menores, vocês mesmos fizeram os alicerces, mas ainda levam nossas pedras para revestir as fachadas. E continuam dizendo que é graças a vocês, humanos, que se dão o progresso e o desenvolvimento.

Geralt ficou calado.

— Mas vocês nem sabem devastar com juízo — continuou Zoltan, comandando mais uma ação de remover a roda da carroça de um buraco. — Por que vocês não tiram as pedras aos poucos, começando pelas pontas da estrada? Vocês são como crianças! Em vez de comerem um sonho como se deve, enfiam o dedo no meio do doce, comem o recheio e depois jogam fora o resto porque já perdeu o sabor.

Geralt explicou que a geografia política era a culpada de tudo. A ponta ocidental da Estrada Antiga ficava em Brugge; a oriental, em Temeria; e o meio, em Sodden. Assim, cada reinado devastava seu pedaço de acordo com a própria decisão. Em resposta, Zoltan mandou os reis à merda e enumerou as sofisticadas obscenidades às quais se atreveria perante sua política, enquanto o Marechal de Campo Duda emitia suas observações acerca das rainhas-mães.

Quanto mais se afastavam, a situação piorava. A comparação a um sonho com recheio, proferida por Zoltan, não se mostrava fidedigna, pois a estrada se assemelhava cada vez mais com um panetone do qual haviam sido tiradas todas as passas e frutas secas. Parecia que chegava a inevitável hora de a carroça quebrar ou ficar entalada para sempre. No entanto, foram salvos pelo mesmo fator que devastara a estrada. Encontraram um caminho que levava em direção ao sudeste, aplainado e endurecido pelas pesadas carroças que transportavam as pedras de basalto saqueadas. Zoltan se animou e avaliou que por ali certamente chegariam a uma das fortalezas às margens do rio Ina, onde esperava encontrar o exército temeriano. O anão nutria uma fé inabalável de que, assim como na última guerra, o contra-ataque vitorioso dos reinados do Norte partiria de Sodden, junto ao rio Ina, depois do qual os restos do derrotado e esmagado Nilfgaard recuariam em fuga para a outra margem do Jaruga.

E realmente a mudança do rumo da marcha os reaproximou da guerra. À noite, de repente, o céu foi iluminado por um clarão de fogo, e de dia viram as colunas de fumaça marcando o horizonte no sul e no leste. Como ainda não tinham certeza de quem era o responsável pelos ataques e pelos incêndios, avançavam com cuidado, enviando Percival Schuttenbach para fazer o reconhecimento das áreas mais afastadas.

Uma manhã ficaram surpresos: foram alcançados por um garanhão castanho, sem cavaleiro. A manta verde bordada nilfgaardiana estava coberta de escuras manchas de sangue. Não havia como reconhecer se o sangue era do cavaleiro morto perto da carroça do havekar ou se fora derramado posteriormente, quando o cavalo ganhara um novo proprietário.

— Então, o problema se foi — disse Milva, olhando para Geralt. — Se realmente era um problema.

— O verdadeiro problema é que não sabemos quem tirou o cavaleiro da sela — resmungou Zoltan — e se essa pessoa não está seguindo nossos rastros e os de nossa estranha ex-retaguarda.

— Ele era nilfgaardiano. — Geralt cerrou os dentes. — Falava quase sem sotaque, mas os camponeses fugitivos podem tê-lo reconhecido...

Milva virou a cabeça.

— Deveria tê-lo matado naquela vez, bruxo — disse baixinho. — Teria uma morte mais leve.

— Saiu do caixão — Jaskier balançou a cabeça afirmativamente, olhando para Geralt com desdém — só para apodrecer em algum fosso.

Foi assim que se pronunciou o epitáfio para Cahir, o filho de Ceallach, o nilfgaardiano que fora solto de um caixão e que dizia não ser nilfgaardiano. Não falaram mais nele. Como Geralt, apesar das várias ameaças, não queria se separar da irrequieta Plotka,

Zoltan Chivay montou o cavalo castanho. O anão não conseguia alcançar os estribos com os pés, mas o garanhão era manso e se deixava guiar.

À noite, o horizonte ainda estava iluminado pelo clarão das chamas; durante o dia, uma cor cinza esfumaçada cobria o céu, esmaecendo o azul. Em pouco tempo encontraram casas queimadas, com o fogo ainda se arrastando por vigas e caibros carbonizados. Perto das ruínas em brasa, havia oito homens esfarrapados e cinco cães. Comiam juntos os restos do cadáver de um cavalo inchado e parcialmente queimado. Quando viram os anões, fugiram assustados. Ficaram apenas um homem e um cão, resistentes a qualquer pavor que pudesse espantá-los do cadáver de costelas expostas. Zoltan e Percival fizeram algumas perguntas ao homem, mas não obtiveram nenhuma informação. O homem apenas choramingava, tremia, encolhia os ombros e engasgava com os restos arrancados dos ossos do cavalo morto. O cão rosnava e mostrava os dentes até a ponta das gengivas. O cadáver exalava um fedor asqueroso.

Arriscaram-se e não se desviaram do caminho, que em pouco tempo os levou a mais um vilarejo queimado. Era uma povoação relativamente grande, perto da qual devia ter havido um embate, pois logo atrás das ruínas, que ainda ardiam em brasa, viram um montículo de terra, indicando que alguém tinha sido enterrado ali recentemente. Um pouco mais adiante, na encruzilhada, havia um enorme carvalho carregado de bolotas. E de gente.

— Precisamos ver isso — decidiu Zoltan Chivay, encerrando a discussão sobre riscos e perigos. — Vamos nos aproximar.

— Para que você quer ver esses homens enforcados, Zoltan? — revoltou-se Jaskier. — Para saqueá-los? Vejo daqui que não têm nem sapatos.

— Imbecil. Não se trata de sapatos, mas da situação militar e do desenrolar dos acontecimentos no teatro das operações militares de guerra. Por que está rindo? Você é poeta, não sabe o que é estratégia.

— Para sua surpresa, eu sei.

— E eu lhe digo que você não reconheceria uma estratégia nem se ela saísse da mata e lhe desse um chute na bunda.

— É verdade, essa aí eu não reconheceria, não. Deixo para os anões as estratégias que saem pulando da mata, assim como aquelas penduradas em carvalhos.

Zoltan fez um gesto de indiferença com a mão e foi até a árvore. Jaskier, que nunca conseguia conter a curiosidade, fincou as esporas em Pégaso e seguiu o anão a passo lento. Geralt, após um momento de hesitação, juntou-se a eles. Percebeu que Milva estava atrás dele.

Os corvos que se alimentavam dos cadáveres não debandaram quando os viram. Grasnando e batendo as asas, alguns voaram em direção à floresta, outros só subiram e pousaram nos galhos mais altos da árvore enorme, observando com grande curiosidade o Marechal de Campo Duda, que, no ombro do anão, xingava sordidamente suas mães.

O primeiro dos sete enforcados tinha uma placa no peito com os dizeres "Traidor do povo"; o segundo, "Colaborador"; o terceiro, "Denunciador élfico"; o quarto, "Desertor". O quinto corpo era de uma mulher com vestido esfarrapado e ensanguentado, marcada como "Puta de Nilfgaard". Dois dos enforcados não tinham placa, o que levava a supor que estavam lá por acaso.

— Bom sinal — alegrou-se Zoltan Chivay, olhando para as placas. — Estão vendo? Nosso exército passou por aqui. Nossos soldados passaram à ofensiva e conseguiram fazer o agressor recuar. E, pelo visto, tiveram tempo para descansar e se entreter.

— E o que isso significa para nós?

— Que a frente de batalha já se deslocou e que o exército temeriano nos separa dos nilfgaardianos. Estamos seguros.

— E a fumaça adiante?

— É nossa gente — declarou o anão com voz firme. — Estão queimando os vilarejos que ofereceram hospedagem e comida aos Esquilos. Asseguro a vocês que já ultrapassamos a linha de frente. Nesta encruzilhada começa o caminho para o sul que leva até Armeria, uma fortaleza que fica no ponto em que o Chotla e o Ina se encontram. O caminho parece bom, podemos segui-lo. Não precisamos ter medo dos nilfgaardianos.

— Onde há fumaça há fogo — falou Milva. — E onde há fogo alguém pode se queimar. Parece-me pouco sensato nos dirigirmos para o fogo. É estupidez nos deslocarmos por um caminho no qual a cavalaria pode nos apanhar num instante. É melhor irmos pela floresta.

— Os temerianos ou o exército de Sodden passaram por aqui — insistiu o anão. — Já ultrapassamos a linha de frente. Podemos seguir pela estrada de terra batida sem medo. Se encontrarmos algum exército, será nosso amigo.

— Nós nos arriscaríamos. — A arqueira balançou a cabeça. — Se você se diz um guerreiro, Zoltan, então deveria saber que Nilfgaard tem o costume de enviar esquadrões de cavalaria para bem longe. Pode ser que os temerianos tenham estado aqui, mas não sabemos o que está a nossa frente. O céu no sul está preto de fumaça e parece que essa sua fortaleza de Armeria arde em chamas. Isso significa que não ultrapassamos a linha da frente; estamos exatamente nela. Podemos deparar com algum exército, saqueadores, bandos de vagabundos ou Esquilos. Vamos até o Chotla, mas pelas trilhas na floresta.

— Ela tem razão — apoiou-a Jaskier. — Eu também não estou gostando dessa fumaça. Mesmo que Temeria tenha passado à ofensiva, pode haver esquadrões de Nilfgaard à frente. Os ataques dos Negros são de grande alcance. Vêm pela retaguarda, juntam-se aos Scoia'tael, causam estragos e recuam. Eu me lembro do que aconteceu no Alto Sodden durante a última guerra. Também acho que deveríamos ir pela floresta, onde estaremos seguros.

— Eu não estaria tão certo. — Geralt apontou para o último enforcado, que, embora estivesse no alto, no lugar dos pés tinha dois cotos arranhados por garras, ensanguentados e com os ossos à mostra. — Olhem. É obra dos ghouls.

— Daqueles vampiros comedores de cadáveres? — Zoltan Chivay deu um passo para trás e cuspiu.

— Isso mesmo. À noite, na floresta, precisamos ter cuidado.

— Puta que parrrriu! — grazinou o Marechal de Campo Duda.

— Passarinho, você leu meu pensamento. — Zoltan Chivay fez uma careta. — Estamos em apuros. O que faremos, então? Entraremos na floresta, onde há vampiros, ou seguiremos pela estrada, onde há exércitos e saqueadores?

– Vamos pela floresta – respondeu Milva, decidida. – Quanto mais densa, melhor. Prefiro os ghouls aos humanos.

De início, caminharam com cuidado, atentos, reagindo a qualquer barulho que ouvissem na mata. Logo, porém, recuperaram a alegria, o bom humor e o passo de antes. Não viram os ghouls, nem traços de sua existência. Zoltan brincava dizendo que os vampiros e todos os outros demônios souberam que os exércitos estavam se aproximando e, quando viram os saqueadores ou os voluntários verdenianos em ação, esconderam-se horrorizados nos covis mais profundos e selvagens, onde permaneciam até agora, tremendo e rangendo os dentes.

– E protegem suas esposas e filhas – rosnou Milva. – Os monstros sabem que um guerreiro em marcha não deixa nem as ovelhas em paz. E, se fosse estendido um vestido num salgueiro, haveria heróis de sobra para cada buraco da árvore.

Jaskier, que fazia algum tempo perdera o bom humor e a eloquência, afinou o alaúde e começou a compor uma balada adequada sobre os salgueiros, as concavidades nas árvores e os guerreiros lascivos. Os anões, assim como o papagaio, revezavam-se em ajudá-lo com as rimas.

– Ó – repetiu Zoltan.

– O quê? Onde? – perguntou Jaskier, ficando em pé nos estribos e olhando para o barranco na direção apontada pelo anão. – Não estou vendo nada!

– Ó.

– Não palre como o papagaio! Ó, o quê?

– O rio – explicou Zoltan com calma. – O afluente direito do Chotla chama-se Ó.

– Aaaaah...

– Não, não pode ser! – Percival Schuttenbach riu. – O rio A deságua no Chotla, a montante do rio, muito longe daqui. Esse aqui não é o A; é o Ó.

O barranco, em cujo leito passava o rio com esse nome simples, estava coberto de urtigas que ultrapassavam a altura dos anões, cheirava a hortelã e madeira putrificada, e nele ressoava um intenso coaxar de sapos. Tinha também encostas íngremes, o que acabou sendo o fator derradeiro para a carroça de Vera Loewenhaupt, que desde o início da viagem ultrapassava com bravura os obstáculos e as fatalidades do destino. No entanto, perdeu no embate com o rio Ó quando se soltou das mãos dos anões que a levavam para baixo, desceu até o fundo do barranco e se despedaçou por completo.

– Puta que parrrriu! – grazinou o Marechal de Campo Duda, entrando em harmonia com o grito coletivo de Zoltan e sua companhia.

– Para dizer a verdade – avaliou Jaskier, olhando para os restos do veículo e para os objetos jogados para todos os lados –, acho bom isso ter acontecido. Essa sua carroça maldita só tornava a marcha mais lenta e sempre dava problemas. Pense objetivamente, Zoltan. Até tivemos sorte de ninguém nos ter surpreendido e perseguido. Se tivéssemos precisado fugir às pressas, teríamos deixado a carroça para trás com todos os seus bens, que agora, nessa situação, podem ser salvos.

O anão bufou, enraivecido, e balbuciou algumas palavras para dentro da barba, mas, surpreendentemente, Percival Schuttenbach apoiou o trovador. Entretanto, o gesto de apoio, como notou o bruxo, foi acompanhado de uma série de piscadas de olhos significativas que deveriam ser discretas, mas a mímica expressiva da pequena face do gnomo excluía qualquer tipo de discrição.

– O poeta tem razão – repetiu Percival, fazendo caretas e piscando. – Estamos muito próximos do Chotla e do Ina. A nossa frente está Fen Carn, nada mais que áreas desabitadas. Ali teríamos dificuldades com a carroça e, se encontrássemos o exército temeriano à margem do Ina, com nossa carga... enfrentaríamos muitos problemas.

Zoltan ficou pensativo, enquanto assoava o nariz.

– Tudo bem – disse, enfim, olhando para os restos da carroça banhados pela preguiçosa corrente do rio Ó. – Vamos nos separar. Munro, Figgis, Yazon e Caleb ficam aqui. Os outros prosseguem. Os cavalos vão ter de carregar mais sacos de comida e o equipamento de maior utilidade. Munro, vocês sabem o que fazer? Têm pás?

— Temos.

— Lembrem-se de não deixar vestígios! E marquem bem o local e decorem sua localização exata!

— Não se preocupe.

— Vão nos alcançar sem dificuldades. — Zoltan colocou o saco e o sihill no ombro e ajeitou o machadinho preso atrás da cintura. — Vamos seguir o curso do Ó, depois o do Chotla até o Ina. Até breve!

— Interessante — murmurou Milva para Geralt quando a companhia enfraquecida seguiu o caminho, despedindo-se com acenos dos quatro anões que ficaram para trás. — Estou curiosa: o que há naqueles baús a ponto de ser necessário enterrá-los e marcar o local de sua sepultura? E de um jeito que ninguém de nós o presenciasse?

— Não é de nosso interesse.

— Não acho — respondeu Jaskier com voz baixa, guiando Pégaso com cuidado por entre troncos de árvores caídos — que aqueles baús contenham cuecas limpas. Eles nutrem grandes esperanças com essa carga. Conversei com eles o suficiente para avaliar do que se trata e o que os baús podem conter.

— E o que você acha que podem conter?

— Seu futuro. — O poeta olhou para trás, verificando se alguém estava escutando. — Percival é lapidador de gemas e quer ter a própria oficina. Figgis e Yazon são ferreiros; falavam de abrir uma ferraria. Caleb Straton quer se casar e já foi mandado embora uma vez pelos pais da noiva por estar duro. E Zoltan...

— Pare, Jaskier. Você fofoca como se fosse mulher. Desculpe-me, Milva.

— Não foi nada.

Depois de atravessarem o rio e uma faixa escura e pantanosa de árvores antigas, a mata ficou mais aberta e passaram por clareiras, um bosque de bétulas de baixa altura e prados secos. No entanto, mantinham o passo lento. Seguindo o exemplo de Milva, que logo após a partida pegou uma menina sardenta de tranças e colocou-a em sua sela, Jaskier fez uma criança sentar com ele em Pégaso. Zoltan, por sua vez, acomodou duas crianças em seu cavalo castanho e caminhava ao lado, segurando as rédeas. Mesmo assim, não conseguiram acelerar o passo, pois as mulheres de Kernow não eram capazes de acompanhá-lo.

Anoitecia quando, depois de quase uma hora dando voltas entre barrancos e ravinas, Zoltan Chivay parou, trocou algumas palavras com Percival Schuttenbach e então se virou para o resto da companhia.

— Não gritem nem riam de mim — disse —, mas parece que me perdi. Não sei, droga, onde estamos e por onde devemos ir.

— Não fale besteiras. — Jaskier ficou nervoso. — O que significa "não sei"? Estamos, afinal, seguindo o curso do rio. E ali, no barranco, é seu rio Ó, não é? Estou certo?

— Está, sim, mas repare em que direção ele flui.

— Droga. Não é possível!

— É possível, sim — falou Milva com resignação, tirando uma por uma as folhas secas e agulhas de pinheiros dos cabelos da menina sardenta que levava na sela. — Ficamos perdidos entre as ravinas. O rio serpeia, faz meandros. Estamos numa curva.

— Mas é ainda o rio Ó — insistiu Jaskier. — Se seguirmos o rio, não nos perderemos. Os rios serpeiam, mas, no fim das contas, todos, sem exceção, deságuam em algo. Essa é a ordem do mundo.

— Não seja tão esperto, bardo. — Zoltan franziu o nariz. — Cale a boca. Não vê que estou pensando?

— Não, não vejo. Repito: vamos seguir o curso do rio e então...

— Pare — rosnou Milva. — Você é burguês. Sua ordem do mundo está cercada por muros. Talvez lá essas suas teorias tenham valor. Olhe em volta! O vale está cheio de barrancos, as encostas são altas e cobertas de mata. Como você quer seguir o curso do rio? Pelas encostas abaixo, para dentro da mata densa e por pântanos, depois de novo para cima, para baixo, para cima, segurando as rédeas? Depois de atravessar duas ravinas, você estará tão ofegante que cairá morto no meio da encosta. Jaskier, estamos com mulheres e crianças, e daqui a pouco o sol vai se pôr.

— Reparei nisso... Tudo bem, vou me calar. Vou ouvir as propostas dos experientes seguidores de rastros na floresta.

Zoltan Chivay deu um tapa na cabeça do papagaio para que parasse de xingar, enrolou o dedo numa mecha de sua barba e puxou-a com força.

— Percival?

— Temos noção do rumo, mais ou menos. — O gnomo olhou para o sol, suspenso bem acima das copas das árvores. — Então a primeira proposta é esta: que se lasque o rio. Vamos retornar, sair das ravinas para o terreno seco e atravessar Fen Carn, entre os rios, até o Chotla.

— E a segunda proposta?

— O rio Ó é raso. Embora após as últimas chuvas esteja com mais água do que normalmente, é possível atravessá-lo. Vamos cortar os meandros, entrando no rio toda vez que ele bloquear nossa passagem. Mantendo o rumo segundo a posição do sol, sairemos diretamente no ponto em que o Chotla e o Ina se encontram.

— Não — disse o bruxo. — Sugiro descartar logo a segunda proposta e nem levá-la em consideração. Na outra margem, mais cedo ou mais tarde, vamos deparar com uma das florestas de Machun. São lugares horrendos; sinceramente recomendo ficar longe deles.

— Você conhece então aqueles terrenos? Esteve neles antes? Sabe como sair de lá?

O bruxo ficou em silêncio por um tempo.

— Estive ali uma vez — respondeu, esfregando a mão na testa. — Há três anos. Mas entrei pelo lado oposto, pelo leste. Ia em direção a Brugge e queria cortar o caminho. Só que não lembro como consegui sair de lá, pois fui retirado semimorto numa carroça.

O anão fixou os olhos nele por um momento, porém não fez mais perguntas.

Retornaram em silêncio. As mulheres de Kernow andavam com dificuldade, cambaleando e apoiando-se em bastões, mas sem reclamar. Milva cavalgava ao lado do bruxo, segurando nos braços a menina de tranças, que estava dormindo.

— Suponho — falou subitamente — que o machucaram lá nas florestas, há três anos. Algum monstro, presumo. Você tem um ofício muito arriscado.

— Não nego.

— Eu sei como foi — gabou-se Jaskier. — Você estava ferido, algum mascate o retirou de lá e depois você encontrou Ciri em Trásrios. Yennefer me contou.

Quando ouviu esse nome, Milva deu um leve sorriso. Geralt percebeu e decidiu, no próximo acampamento, puxar as orelhas de Jaskier pela tagarelice. Entretanto, por sua experiência no convívio com o poeta, tinha certeza de que isso não surtiria efeito, ainda mais levando em conta que provavelmente Jaskier já havia revelado tudo o que sabia.

— Talvez devêssemos ter ido mesmo para a outra margem, em direção às florestas — disse a arqueira após um momento. — Se naquela vez você encontrou a menina... Os elfos dizem que, se voltar a visitar um lugar onde algo aconteceu, então a história pode se repetir... Chamam isso de... droga!... esqueci. Nó do destino?

— Laço — corrigiu o bruxo. — Laço do destino.

— Puf! — Jaskier franziu o cenho. — Poderiam parar de falar em nós ou laços. Uma vez, uma elfa adivinhou que eu ia deixar este mundo cheio de lágrimas num andaime por causa de um mestre nefasto. Não acredito, pois, nesse tipo de profecias baratas, mas há alguns dias sonhei que estavam me enforcando. Acordei todo suado, não conseguia engolir a saliva nem respirar. Por isso não gosto de ouvir quando alguém fala em forcas.

— Não estou conversando com você, e sim com o bruxo — retrucou Milva. — Não ponha os ouvidos em alerta, para que nada de horrendo entre neles. E então, Geralt? O que vai dizer sobre esse laço do destino? Se fôssemos àquelas florestas, talvez o tempo desse uma volta?

— Foi bom termos recuado — respondeu ele asperamente. — Não tenho a menor intenção de repetir o pesadelo.

— Bem. — Zoltan balançou a cabeça afirmativamente e olhou em volta. — Percival, você nos guiou até um lugar encantador.

– Fen Carn – murmurou o gnomo, coçando a ponta do longo nariz. – O Prado dos Túmulos... Sempre quis saber o porquê desse nome...

– Agora você já sabe.

O extenso vale diante deles estava coberto pela bruma do anoitecer que se estendia até o horizonte feito mar, furada por túmulos milenares e monólitos cobertos de musgos. Algumas das rochas eram massas sólidas sem formato definido. Outras, cortadas de maneira homogênea, haviam sido moldadas na forma de obeliscos e menires. Outras ainda, posicionadas mais próximas do centro dessa floresta de pedras, estavam agrupadas em dólmenes, moledros e cromeleques, dispostos em círculos de modo a impedir qualquer atuação ocasional da natureza.

– Realmente um lugar encantador – repetiu o anão – para passar a noite. Um cemitério élfico. Se me lembro bem, bruxo, você falou nos ghouls há pouco? Então saiba que eu os sinto entre esses túmulos. Aqui deve haver de tudo: ghouls, graveirs, vampiros, wichts, espíritos de elfos, fantasmas, um leque muito vasto de monstros. Todos estão sentados ali, e sabem o que estão sussurrando? Que não precisam sair à procura do jantar, pois ele acabou de chegar sozinho.

– Talvez seja melhor voltarmos – propôs Jaskier com voz baixa. – Talvez seja melhor sair daqui enquanto ainda está claro.

– Também acho.

– As mulheres não vão conseguir dar nem um passo – falou Milva com raiva. – As crianças caem dos braços delas. Os cavalos estão cansados. Zoltan, você nos apressava, dizia para continuarmos andando, mais meia milha, repetia, mais duas milhas e meia, falava. E agora? Mais cinco milhas? Merda. Que se dane o cemitério! Vamos pernoitar aqui mesmo.

– Concordo – apoiou-a o bruxo, descendo do cavalo. – Não entrem em pânico. Nem todas as necrópoles são cheias de monstros e fantasmas. Nunca tinha estado em Fen Carn, mas, se fosse um lugar realmente perigoso, teria ouvido falar.

Ninguém falou mais, nem o Marechal de Campo Duda. As mulheres de Kernow, depois de pegarem seus filhos, sentaram-se bem juntas, silenciosas, visivelmente apavoradas. Percival e Jaskier amarraram os cavalos e deixaram-nos no gramado farto. Geralt, Zoltan e Milva aproximaram-se da beira do prado e ficaram observando o cemitério mergulhado na bruma e na escuridão que se aproximava.

— Para nosso azar, a lua está cheia — murmurou o anão. — Hoje à noite os monstros vão fazer a festa, hein? Estou pressentindo que os demônios vão pegar nossos pés... E o que é aquilo relampejando lá no sul? Não é um clarão de fogo?

— É, sim — confirmou o bruxo. — Alguém novamente pôs fogo na casa de outro alguém. Sabe de uma coisa, Zoltan? De alguma forma me sinto mais seguro aqui, em Fen Carn.

— Eu também vou me sentir assim, mas apenas quando o sol raiar. Se os ghouls nos deixarem ver o alvorecer...

Milva revirou a trouxa e sacou um objeto reluzente.

— Uma ponta de flecha prateada — disse. — Guardada para uma ocasião como esta. Custou-me cinco coroas no mercado. Bruxo, dá para matar um ghoul com ela?

— Não acho que aqui haja ghouls.

— Foi você que falou — bufou Zolan — que o enforcado no carvalho tinha sido atacado pelos ghouls. E onde há um cemitério há também ghouls.

— Nem sempre.

— Acredito em sua palavra. Você é bruxo, especialista, vai nos defender, espero, pois cortou os saqueadores fervorosamente... Os ghouls se defendem e lutam melhor que os saqueadores?

— Não há comparação. Já lhes pedi que não entrem em pânico.

— Você acha que é suficiente para matar um vampiro? — Milva girou a ponta de flecha entre os dedos e verificou com o polegar se estava afiada. — Ou uma assombração?

— Pode ser que funcione.

— No meu sihill — rosnou Zoltan, desembainhando a espada — há um encanto inscrito nas antigas runas dos anões. Se um ghoul se aproximar à distância da lâmina, vai se arrepender. Olhem, aqui ó.

— Ah... — Jaskier, que acabara de se juntar a eles, extravasou sua curiosidade: — Então essas são as famosas runas secretas dos anões? O que essa inscrição quer dizer?

– "Fodam-se os filhos da puta!"
– Algo se mexeu entre as pedras! – gritou Percival Schuttenbach do nada. – Um ghoul, um ghoul!
– Onde?
– Ali, ali! Meteu-se entre as rochas!
– Um?
– Vi só um!
– Deve estar com muita fome para tentar nos comer antes que escureça completamente. – O anão cuspiu nas mãos e segurou a empunhadura do sihill. – Ah! Daqui a pouco ele vai ver que a gula leva à perdição! Milva, meta uma flecha no cu dele e eu vou arrancar as vísceras!
– Não vejo nada ali – sibilou Milva, com as rêmiges da flecha tocando-lhe o queixo. – Nenhuma erva está se mexendo entre as pedras. Não foi uma alucinação, gnomo?
– De jeito nenhum – protestou Percival. – Estão vendo aquela pedra que parece uma mesa quebrada? O ghoul se escondeu ali mesmo, atrás dela.
– Fiquem aqui. – Geralt sacou a espada da bainha nas costas num movimento rápido. – Vigiem as mulheres e tomem cuidado com os cavalos. Se os ghouls atacarem, os animais vão ficar agitados. Vou lá verificar o que é.
– Você não vai sozinho – disse Zoltan com firmeza. – Ali, na clareira, não o acompanhei porque fiquei com medo da varíola. E depois não consegui dormir por duas noites de vergonha. Nunca mais! Percival, você está indo para onde? Para a retaguarda? Foi você que viu a assombração, então vá na vanguarda. Não tenha medo; eu vou logo atrás.

Entraram com cuidado entre os túmulos, procurando não fazer barulho no mato, que ultrapassava a altura dos joelhos de Geralt e chegava até a cintura do gnomo e do anão. Aproximando-se do dólmen apontado por Percival, separaram-se habilmente, bloqueando as possíveis vias de fuga do ghoul. Mas a estratégia deu em nada. Geralt sabia que ia ser assim; seu medalhão de bruxo nem tremeu, não sinalizou nada.

– Não há ninguém aqui – constatou Zoltan, olhando em volta. – Nem uma única alma viva. Foi uma alucinação, Percival.

Um alarme falso. Você nos assustou sem necessidade. Sinceramente, você merece um chute na bunda.

— Eu o vi! — O gnomo ficou com raiva. — Eu o vi saltando entre as pedras! Era magro, negro que nem um cobrador de impostos...

— Cale-se, gnomo burro, senão...

— Que cheiro estranho é esse? — perguntou Geralt de repente. — Estão sentindo?

— É mesmo. — O anão farejou como um perdigueiro. — Um cheiro esquisito.

— Ervas. — Percival inspirou o ar com seu sensível nariz, de duas polegadas de comprimento. — Absinto, manjericão, sálvia, anis... Canela? Diabos, que cheiro é esse?

— Geralt, os ghouls fedem a quê?

— A defunto. — O bruxo olhou em volta rapidamente, procurando rastros por entre o mato. Depois, a passos bruscos, voltou ao dólmen e bateu levemente em uma das pedras laterais com a superfície lisa da lâmina da espada. — Saia — disse entre os dentes. — Eu sei que você está aí. Saia já, ou vou enfiar a espada.

Um arranhar baixinho soou do vão do dólmen.

— Saia — repetiu Geralt. — Não vamos machucá-lo.

— Nenhum fio de cabelo cairá de sua cabeça — assegurou Zoltan com voz doce, posicionando o sihill na direção do buraco e remexendo os olhos ameaçadoramente. — Saia, não tenha medo!

Geralt balançou a cabeça e, num gesto firme, mandou que se afastasse. Da cavidade soou mais um arranhar e subiu o cheiro de ervas e especiarias. Após um momento, viram uma cabeça grisalha e, logo depois, um rosto adornado com um nariz aduncos que com certeza não pertencia a um ghoul, mas a um homem esbelto de meia-idade. Percival não errara. O homem realmente lembrava um pouco um cobrador de impostos.

— Posso sair sem medo? — perguntou, erguendo os olhos escondidos sob as sobrancelhas levemente grisalhas e dirigindo-os para Geralt.

— Pode.

O homem saiu do buraco arrastando-se, limpou com as mãos a vestimenta negra e uma espécie de avental amarrado na cintura e ajeitou o saco de linho, de onde se soltou mais uma nuvem de cheiros medicinais.

— Sugiro que guardem as armas — declarou com voz calma, passando os olhos pelos viajantes reunidos em torno dele. — Não vão precisar delas. Eu, como podem ver, não carrego nenhuma arma, nunca. Tampouco tenho algo que possa ser considerado de grande valor. Chamo-me Emiel Regis. Venho de Dilligen. Sou barbeiro-cirurgião.

— Claro... — Zoltan Chivay fez uma careta. — Barbeiro-cirurgião, alquimista ou herbolário. Puxa, sem ofensa, mas esse cheiro de botica é insuportável.

Emiel Regis sorriu de maneira esquisita, com os lábios apertados, e abriu as mãos num gesto de desculpas.

— O cheiro o desmascarou, senhor barbeiro-cirurgião — disse Geralt, enfiando a espada na bainha. — O senhor tinha algum motivo especial para se esconder de nós?

— Motivo especial? — O homem fixou os olhos negros nele. — Não, antes motivos gerais. Simplesmente fiquei com medo de vocês. Vivemos em tempos difíceis.

— É verdade — concordou o anão, apontando com o polegar para o clarão que reluzia no horizonte. — São tempos difíceis. Suponho que o senhor é um fugitivo, como nós. É interessante, porém, que, apesar de estar tão longe de Dillingen, sua cidade de origem, o senhor se esconda sozinho aqui, entre os túmulos. Mas o destino de cada um é imprevisível, especialmente em tempos difíceis. Nós ficamos com medo do senhor, e o senhor, de nós. O medo tem olhos grandes.

— De minha parte — o homem que dizia ser Emiel Regis não tirava os olhos deles — não há nenhum perigo. Espero que isso seja mútuo.

— Ah! — Zoltan deu um largo sorriso. — O senhor acha que somos saqueadores, é isso? Nós, senhor barbeiro-cirurgião, também somos fugitivos. Seguimos rumo à fronteira temeriana. Se quiser, pode juntar-se a nós. É mais agradável e seguro viajar em grupo do que sozinho, e nós talvez, em algum momento, precisemos de um médico. Estamos acompanhados de mulheres e crianças. Será que, entre essas ervas fedorentas que, pelo que posso sentir, o senhor carrega consigo, há algum remédio para pés ralados?

— Talvez eu ache alguma coisa — falou o barbeiro-cirurgião com voz baixa. — Terei prazer em ajudá-los. Mas quanto a viajarmos juntos... Agradeço a proposta, meus senhores, mas não sou fugitivo. Não fugi de Dillingen por causa da guerra. Eu moro aqui.

— O quê? — O anão franziu as sobrancelhas e deu um passo para trás. — O senhor mora aqui, no cemitério?

— No cemitério? Não. Tenho uma choupana perto daqui, além de uma casa e uma loja em Dillingen. Todos os anos passo o verão aqui, entre junho e setembro, desde o solstício até o equinócio. Recolho ervas medicinais e raízes, destilo de algumas delas medicamentos e elixires...

— Mas o senhor sabe da guerra — Geralt não perguntou, afirmou —, embora esteja vivendo como eremita longe do mundo e das pessoas. Quem lhe contou?

— Os fugitivos que passaram por aqui. A menos de duas milhas, às margens do rio Chotla, há um grande acampamento. Juntaram-se lá algumas centenas de fugitivos, camponeses de Brugge e Sodden.

— E o exército temeriano? — perguntou Zoltan, curioso. — Movimentou-se?

— Não tenho nenhuma informação acerca disso.

O anão soltou um palavrão e depois olhou para o barbeiro-cirurgião.

— Então o senhor vive aqui tranquilamente — falou de maneira pausada. — E à noite passeia por entre os túmulos. Não fica com medo?

— Medo de quê?

— Esse senhor aí — Zoltan apontou para Geralt — é bruxo. Há poucos dias viu vestígios de ghouls, comedores de cadáveres, entende? E não é preciso ser bruxo para saber que os ghouls vivem nos cemitérios.

— Bruxo. — O barbeiro-cirurgião olhou para Geralt com visível interesse. — Matador de monstros. Hummm... interessante. O senhor não explicou, senhor bruxo, que esta necrópole tem mais de quinhentos anos? Os ghouls não são muito exigentes quanto à comida, mas não roem ossos tão antigos. Não há ghouls aqui.

— Não estou nem um pouco preocupado com isso — respondeu Zoltan Chivay, olhando para os lados. — Bem, senhor médico, nós o convidamos a ir a nosso acampamento. Temos carne de cavalo fria. O senhor não vai recusar o convite, vai?

Regis o encarou por um longo tempo.

— Obrigado — falou, enfim —, mas tenho uma ideia melhor. Que tal irem a minha choupana? Como ela é pequena, terão de passar a noite ao ar livre, mas há uma nascente de água ao lado e um fogareiro para esquentar a carne.

— Aceitamos o convite com alegria. — O anão fez uma reverência. — Pode ser que aqui não haja ghouls, mas fico angustiado só de pensar em passar a noite neste cemitério. Venha conhecer o resto de nossa companhia.

Quando se aproximaram do acampamento, os cavalos relincharam e bateram os cascos no solo.

— Senhor Regis, vire um pouquinho contra o vento. — Zoltan Chivay deu uma olhada enfática no médico. — O cheiro de sálvia assusta os corcéis, e me envergonho de admitir que eu o associo ao ato de arrancar os dentes.

— Geralt — murmurou Zoltan no mesmo instante em que Emiel Regis desapareceu atrás da cortina pendurada na entrada da choupana —, vamos manter os olhos abertos. Não estou gostando muito desse herbolário fedorento.

— Há algum motivo específico para isso?

— Não gosto de gente que passa o verão perto de cemitérios, ainda mais de cemitérios que ficam muito longe de qualquer povoação. Será que em outros lugares mais agradáveis não há ervas? Esse tal Regis me parece um saqueador de túmulos. Os barbeiros-cirurgiões, alquimistas e outros parecidos desenterram defuntos nos cemitérios para depois fazer várias experiências com eles.

— Experiências. Mas para esse tipo de ofício usam-se cadáveres frescos. Esse cemitério é muito antigo.

— Verdade. — O anão cofiou a barba, enquanto observava as mulheres de Kernow preparando-se para deitar debaixo dos aze-

reiros que cresciam em volta da choupana do barbeiro-cirurgião.
— Então será que ele saqueia os tesouros escondidos nos túmulos?
— Pergunte para ele. — Geralt encolheu os ombros. — Você aceitou na hora o convite para vir aqui, sem refletir, e, de repente, fica desconfiado como uma solteirona quando lhe tecem elogios.
— Hummm... — Zoltan parecia desorientado. — Você tem um pouquinho de razão, mas gostaria de dar uma olhada no que ele tem nessa choupana. Só para ter certeza...
— Entre lá atrás dele e finja que quer pedir um garfo emprestado.
— Por que um garfo?
— E por que não?

O anão ficou olhando para ele por uns instantes até tomar uma decisão. A passo rápido, aproximou-se da choupana, bateu no batente e entrou. Finalmente, depois de um bom tempo, apareceu na porta.

— Geralt, Percival, Jaskier, por favor, venham ver algo interessante. Não demorem, o senhor Regis está nos convidando.

O interior da choupana era escuro, envolto por um cheiro cálido que penetrava as narinas e aturdia, oriundo dos ramos de ervas e raízes pendurados em todas as paredes. Quase não havia móveis, apenas um leito, também coberto de ervas, e uma mesa torta abarrotada de inúmeros frascos de vidro, barro e porcelana. A brasa que ardia no esquisito forno pançudo, cujo formato lembrava uma ampulheta, emitia uma luz fraca que permitia ver tudo isso. Em volta do forno brilhava uma teia de canos de diversos diâmetros, formando arcos e espirais. Embaixo de um deles havia um tonel de madeira, para dentro do qual gotejava um líquido.

Quando viu o forno, Percival Schuttenbach arregalou os olhos, ficou boquiaberto, suspirou e depois deu um pulo.

— Uh-huh! — exclamou, não conseguindo disfarçar a admiração. — O que estou vendo? Eis um verdadeiro atanor ligado a um alambique! Equipado com uma coluna de fracionamento e um condensador de cobre! Belo trabalho! O senhor o construiu sozinho?

— Construí, sim — admitiu Emiel Regis com humildade. — Eu produzo elixires, por isso preciso destilar, triar a quinta-essência, como também...

Interrompeu-se ao ver Zoltan Chivay caçar uma gotícula que caía do cano e, em seguida, lambuzar o dedo. O anão suspirou, e em seu semblante enrubescido surgiu uma expressão de profundo deleite.

Jaskier não aguentou e provou também. Logo gemeu baixinho.

– A quinta-essência – admitiu, estalando a língua. – Talvez a sexta ou sétima, até.

– Pois é... – O barbeiro-cirurgião sorriu levemente. – Falei que era um destilado...

– Aguardente – corrigiu-o Zoltan sutilmente. – E olhem a qualidade. Percival, prove.

– Mas não sei nada de química orgânica – respondeu o gnomo, distraído, olhando, de joelhos, para os detalhes da montagem do forno alquímico. – Duvido que eu reconheça os ingredientes...

– O destilado é de mandrágora – Regis começou a tirar as dúvidas – e enriquecido com beladona e massa de fécula fermentada.

– Ou seja, mosto?

– Pode chamá-lo assim.

– E há algum copo que eu possa usar?

– Zoltan, Jaskier. – O bruxo cruzou os braços sobre o peito. – Estão surdos? É mandrágora. A aguardente é feita de mandrágora. Deixem esse caldeirão em paz.

– Caro senhor Geralt. – O alquimista desencavou uma pequena proveta dentre as retortas e garrafões e limpou-a detalhadamente com um pano. – Não tenham medo. A mandrágora foi seca apropriadamente, e as proporções, medidas com cuidado e precisão. A cada libra de massa de fécula, costumo adicionar apenas cinco onças de mandrágora e só meia dracma de beladona...

– Não se trata disso. – Zoltan olhou para o bruxo e entendeu imediatamente. Ficou sério e se afastou do forno com cuidado. – Não se trata de quantas dracmas o senhor adiciona, senhor Regis, mas de quanto custa a dracma de mandrágora. É uma bebida demasiado cara para nós.

– Mandrágora – sussurrou Jaskier com admiração, apontando para os bulbos empilhados no canto da choupana, cujo aspecto lembrava pequenas beterrabas-sacarina. — Isso é mandrágora? A verdadeira mandrágora?

— Da variedade feminina. — O alquimista acenou afirmativamente com a cabeça. — Cresce em grupos concentrados exatamente no cemitério em que nos conhecemos. Por isso passo o verão aqui.

O bruxo olhou para Zoltan de maneira expressiva. O anão piscou o olho. Regis soltou um leve sorriso.

— Por favor, senhores, se tiverem vontade, convido-os a degustar. Eu estimo seu tato, mas, na atual situação, tenho poucas chances de levar os elixires até Dillingen, tomado pela guerra. Isso tudo se desperdiçaria, então não falemos em preço. Peço desculpas; tenho apenas uma vasilha para beber.

— É suficiente — murmurou Zoltan, mergulhando a proveta no tonel e enchendo-a com muito cuidado. — A sua saúde, senhor Regis. Uuuuuuhhh...

— Peço desculpas. — O barbeiro-cirurgião sorriu de novo. — Provavelmente a qualidade do destilado deixa muito a desejar... Na verdade é um produto intermediário.

— É o melhor produto intermediário que já bebi em toda a minha vida. — Zoltan suspirou. — Pegue aqui, poeta.

— Aaaah... Nossa! Prove, Geralt.

— Dê para o anfitrião. — O bruxo curvou-se ligeiramente na direção de Emiel Regis. — E sua boa educação, Jaskier?

— Peço desculpas, senhores — o alquimista curvou-se em resposta —, mas não faço uso de nenhum tipo de substância estimulante. A saúde já não é a mesma que antigamente, tive de renunciar a... muitos prazeres.

— Nem um golinho sequer?

— É uma questão de princípios — explicou Regis com calma. — Nunca quebro os princípios que eu mesmo tracei.

— Eu o admiro e invejo por isso. — Geralt virou a proveta e derramou na boca só um pouquinho da aguardente, mas, depois de um momento de hesitação, tomou o gole todo. Apenas as lágrimas que lhe escorreram dos olhos o impediram de deleitar-se com o sabor do líquido. Um calor estimulante encheu seu estômago.

– Vou chamar Milva – ofereceu-se, devolvendo a proveta ao anão. – Não bebam tudo antes de voltarmos.

A arqueira estava sentada perto dos cavalos, brincando com a menina sardenta que carregara o dia inteiro na sela. Quando soube da hospitalidade de Regis, deu de ombros, mas não demorou muito para que o bruxo a convencesse.

Quando entraram na choupana, o pessoal estava examinando as raízes de mandrágora armazenadas.

– É a primeira vez que eu as vejo – admitiu Jaskier, apalpando um bulbo com rizomas. – Realmente lembra um pouco um ser humano...

– ... distorcido pelo lumbago – constatou Zoltan. – E esta é idêntica a uma mulher grávida. E aquela ali, então, desculpem-me, parece duas pessoas transando.

– Vocês só têm uma coisa na cabeça... – Milva virou de uma vez a proveta cheia e tossiu com força na mão fechada. – Que diabo... Forte essa aguardente! É mesmo de mandrágora? Ah, então estamos tomando uma bebida mágica! Não é com frequência que se tem esta oportunidade. Obrigada, senhor barbeiro.

– O prazer é meu.

A proveta, reabastecida consecutivamente, rodava por toda a companhia, estimulando o humor, o vigor e a conversa.

– A mandrágora, da qual até agora eu só tinha ouvido falar, é um legume de grandes poderes mágicos – afirmou Percival Schuttenbach, convicto.

– Claro – concordou Jaskier. Em seguida, tomou outro gole, sacudiu o corpo e começou a falar: – Será que há muitas baladas sobre ela? Os feiticeiros usam a mandrágora para preparar elixires, graças aos quais mantêm a eterna juventude. As feiticeiras fazem com a planta um unguento chamado glamarye. Uma feiticeira, depois de passá-lo, fica tão bonita e encantadora que os olhos de quem a vê saltam das órbitas. Vocês devem saber, também, que a mandrágora é um forte afrodisíaco usado para a magia do amor, especialmente para quebrar a resistência das moças. Daí ela ser conhecida como "alcoviteira", ou seja, faz com que as meninas se entreguem.

– Babaca – comentou Milva.

— Eu ouvi falar — disse o gnomo, virando a proveta cheia — que quando se tira a raiz da mandrágora da terra, a planta chora aos prantos como se estivesse viva.

— Bah! — Zoltan encheu a vasilha diretamente do tonel. — Se ela apenas chorasse! Dizem que grita de maneira tão horrenda que faz enlouquecer. Mais ainda: lança sortilégios e encantos naqueles que se atrevem a tirá-la da terra. É arriscar a própria vida.

— Papo furado. — Milva retomou a proveta, deu um gole impetuoso e se sacudiu toda. — Não é possível que uma planta tenha tanto poder.

— É verdade mesmo! — gritou o anão com ardor. — Mas os herbolários sensatos inventaram uma forma de se proteger. Ao encontrar uma mandrágora, é preciso amarrar a ponta de uma corda na raiz e a outra extremidade num cão...

— Ou num porco — interrompeu o gnomo.

— Ou num javali — acrescentou Jaskier com seriedade.

— Que tolice, poeta! A questão é o cão, porco ou javali arrancar a mandrágora da terra, pois aí a planta lançará os sortilégios ou encantos no animal. Assim, o herbolário, escondido em segurança na mata, sairá ileso dessa operação. Não é, senhor Regis? Tenho razão?

— O método é interessante — admitiu o alquimista, sorrindo misteriosamente —, sobretudo pela criatividade. Porém há uma falha, que é sua complicação na hora da execução. Em teoria, apenas uma corda seria o suficiente, sem o animal. Não acredito que a mandrágora tenha a capacidade de reconhecer quem a puxa. Os sortilégios e os encantos deveriam sempre cair sobre a corda, que, além de tudo, é mais barata e menos complicada de ser manobrada que um cão, sem mencionar um porco ou um javali.

— O senhor está debochando?

— Como poderia? Eu disse que admiro a criatividade. No entanto, apesar da crença comum, a mandrágora não tem a capacidade de lançar sortilégios ou encantos, mas no estado fresco é uma planta altamente tóxica, a tal ponto que até o solo em volta da raiz é tóxico. Ser atingido no rosto ou na mão ferida por algumas gotículas do suco fresco ou aspirar os gases emitidos pela planta podem ter consequências graves. Eu sempre uso luvas e protejo o rosto, o que não significa que tenha algo contra o método da corda.

— Hummm... — O anão ficou pensativo. — E é verdade a história do grito horrendo produzido por uma mandrágora arrancada?

— A mandrágora não possui cordas vocais — explicou o alquimista com calma. — Essa é uma caraterística de todas as plantas, não é? Entretanto, a toxina emitida pela raiz tem fortes propriedades alucinógenas. Vozes, gritos, sussurros e outros sons não são nada mais que alucinações provocadas pelo sistema nervoso abalado.

— Ah, esqueci completamente. — Jaskier, que acabara de virar a proveta, soltou um arroto abafado. — A mandrágora é altamente tóxica! E eu a peguei na mão! E agora estamos bebendo essa substância sem parar...

— Apenas a raiz fresca da mandrágora é tóxica — acalmou-o Regis. — Eu seco as minhas e as preparo da maneira adequada, e o destilado é filtrado. Não há motivos para se preocupar.

— Claro que não há — concordou Zoltan. — A aguardente sempre será aguardente; pode ser produzida até de cicuta, urtiga, escamas de peixe ou cadarços velhos. Passe a proveta, Jaskier, a fila anda.

A proveta, sempre cheia, continuou a rodar pela companhia. Todos se sentaram à vontade no chão. O bruxo sibilou e xingou, pois, quando estava se sentando, uma dor penetrou seu joelho. Viu que Regis o observava.

— É uma ferida recente?

— Não muito, mas está me incomodando. Você tem algumas ervas capazes de aliviar a dor?

— Isso depende do tipo de dor — o barbeiro-cirurgião sorriu levemente — e de suas causas. Sinto, bruxo, em seu suor, um cheiro estranho. Você foi tratado com magia, com enzimas e hormônios mágicos?

— Deram-me diversos medicamentos. Não tinha a menor ideia de que ainda dava para senti-los em meu suor. Você tem um olfato supersensível, Regis.

— Todos nós temos algumas qualidades para equilibrar os defeitos. Qual foi a moléstia tratada com a magia?

– Meu braço e a cabeça do fêmur estavam quebrados.
– Há quanto tempo?
– Há um mês e pouco.
– E você já anda? Incrível. As dríades de Brokilon, não é?
– Como sabe?
– Só as dríades conhecem medicamentos capazes de reconstruir o tecido ósseo com tanta rapidez. No dorso de suas mãos vejo pontos escuros, locais penetrados pelas raízes de conynhael e brotos simbióticos de confrei roxo. Apenas as dríades sabem usar conynhael, e o confrei roxo não cresce em nenhum lugar fora de Brokilon.
– Parabéns. Dedução perfeita, mas o que me interessa é outra coisa. Meu fêmur e meu antebraço foram quebrados, porém sinto fortes dores no joelho e no cotovelo.
– Típico. – O barbeiro-cirurgião balançou a cabeça afirmativamente. – A magia das dríades reconstruiu os ossos quebrados, fazendo ao mesmo tempo uma pequena revolução no sistema nervoso periférico. O efeito colateral é sentido com mais força nas articulações.
– E o que pode me recomendar para aliviar isso?
– Infelizmente, nada. Ainda por um longo tempo você vai ter a capacidade de prever a chuva com precisão. No inverno as dores serão mais intensas, mas não recomendaria o uso de fortes analgésicos, especialmente narcóticos. Você é bruxo; em seu caso é absolutamente desaconselhável.
– Vou me tratar então com sua mandrágora. – Geralt levantou a proveta cheia, que Milva acabara de lhe entregar, virou-a de uma vez e tossiu com tanta força que seus olhos começaram a lacrimejar. – Já estou melhor, porra.
– Não sei – Regis sorriu com os lábios semicerrados – se você está tratando a doença certa. Lembre-se de que deve tratar as causas, não apenas os sintomas.
– Não no caso desse bruxo! – exclamou Jaskier, já bastante enrubescido, ao ouvir a conversa. – Quanto a ele e suas preocupações, esta aguardentezinha vai lhe fazer bem.
– E a você também – Geralt congelou o poeta com o olhar –, especialmente se sua língua ficar presa.

— Não contaria com isso. — O barbeiro-cirurgião sorriu de novo. — A aguardente contém beladona, muitos alcaloides, entre eles escopolamina. Antes que a mandrágora os derrube, todos, sem exceção, darão uma amostra de eloquência.

— Uma amostra de quê? — perguntou Percival.

— Desculpem-me, de expressividade. Vamos usar palavras mais fáceis.

Geralt torceu a boca num pseudossorriso.

— Está certo — disse. — É fácil pegar manha e começar a usar esse tipo de palavras no dia a dia. As pessoas, então, tratam seu interlocutor como um bobo arrogante.

— Ou um alquimista — falou Zoltan Chivay, enchendo a proveta diretamente do tonel.

— Ou um bruxo — retrucou Jaskier — que ficava lendo para impressionar uma feiticeira, e a melhor maneira de impressionar as feiticeiras, meus senhores, é por meio de bajulação sofisticada. Não é verdade, Geralt? Conte-nos um pouco sobre...

— Passe sua vez, Jaskier — interrompeu-o o bruxo friamente. — Os alcaloides contidos nessa aguardente estão subindo rápido demais a sua cabeça. Você fala demais.

— Pare, Geralt — Zoltan fez uma careta —, com esses seus segredos. Jaskier não falou nada de novo. Você não pode fazer nada com o fato de ser uma lenda viva. As histórias de suas aventuras são encenadas em teatros de marionetes, inclusive a história sobre você e a feiticeira chamada Guinevere.

— Yennefer — corrigiu Regis com voz baixa. — Assisti a um espetáculo desses; se me lembro bem, uma história sobre a caça a um djinn.

— Acompanhei essa caça — orgulhou-se Jaskier. — Digo a vocês que foi engraçado...

— Conte para todo mundo — Geralt se levantou —, bebericando e exagerando. Eu vou dar uma volta.

— Nossa! — enervou-se o anão. — Não precisa ficar zangado...

— Você não me entendeu, Zoltan. Vou mijar. Até as lendas vivas precisam aliviar a bexiga.

A noite estava muito fria. Os cavalos batiam os cascos, relinchavam e soltavam nuvens de vapor pelas narinas. Iluminada pelo luar, a choupana do barbeiro-cirurgião parecia um lugar mágico, exatamente como a casa de uma fada da floresta. O bruxo abotoou as calças.

Milva, que havia saído logo depois dele, pigarreou, insegura. Sua sombra comprida alcançou a dele.

— Por que está demorando para voltar? — perguntou. — Ficou com raiva deles de verdade?

— Não — negou.

— Então por que está aqui sozinho ao luar?

— Estou contando.

— Hein?

— Passaram-se doze dias desde que saímos de Brokilon. Durante esse tempo, fizemos aproximadamente sessenta milhas. Ciri, de acordo com os boatos, está em Nilfgaard, na capital do Império, que fica, segundo estimativas cuidadosas, a aproximadamente duas mil e quinhentas milhas daqui. Fazendo um cálculo simples, tudo indica que, a esse passo, chegarei lá em um ano e quatro meses. O que acha disso?

— Nada. — Milva deu de ombros e pigarreou novamente. — Não sei contar tão bem quanto você. Tampouco sei escrever ou ler. Sou uma garota do campo burra e simples, que não serve de companhia para você, muito menos de amiga para uma conversa.

— Não fale assim.

— Mas é verdade. — A arqueira virou-se com ímpeto. — Por que você falou para mim desses dias e milhas? Para que eu lhe aconselhasse algo, o animasse, afastasse o medo e abafasse o lamento que fazem você se retorcer mais que a dor na perna quebrada? Não sei fazer isso! Você precisa de outra pessoa, aquela mencionada por Jaskier. Sábia e experiente. E querida.

— Jaskier é um falastrão.

— É, sim, mas às vezes tem razão. Vamos voltar, quero beber um pouco mais.

— Milva?

— O quê?

— Você nunca me falou por que decidiu me acompanhar.

— Você nunca perguntou.

— Agora estou perguntando.
— Agora é tarde demais. Agora nem eu mesma sei por quê.

— Até que enfim vocês voltaram. — Zoltan demonstrou alegria ao vê-los, falando com a voz claramente alterada. — E imaginem que nós aqui combinamos que Regis seguirá viagem conosco.

— É mesmo? — O bruxo olhou atentamente para o barbeiro-cirurgião. — Qual o motivo dessa decisão brusca?

— O senhor Zoltan — Regis não abaixou os olhos — me convenceu de que minha terra foi envolvida numa guerra muito mais séria do que os relatos dos fugitivos deram a entender. Não considero retornar para lá, e permanecer aqui, neste ermo, não parece uma ideia sensata, tampouco andar numa marcha solitária.

— E nós, embora não nos conheça, lhe passamos confiança e segurança. Uma olhada foi suficiente para isso?

— Duas — respondeu o barbeiro-cirurgião com um leve sorriso nos lábios. — Uma olhada para as mulheres que estão a seus cuidados, a segunda para os filhos delas.

Zoltan arrotou alto e arranhou o fundo do tonel com a proveta.

— As aparências podem enganar — ironizou. — Talvez nós queiramos vender essas mulheres como escravas. Percival, faça alguma coisa com este aparelho. Abra a válvula um pouco ou algo assim. Queremos beber, mas não está saindo quase nada.

— O condensador não vai aguentar. A bebida sairá quente.

— Não faz mal. A noite está fria.

A aguardente cálida animou a conversa. Jaskier, Zoltan e Percival estavam corados e com a voz bastante alterada — no caso do poeta e do gnomo, já se podia falar de um leve balbuciar. Quando ficaram com fome, passaram a mastigar carne de cavalo fria e a morder radículas de raiz-forte, o que os fazia derramar lágrimas, pois a planta era tão forte quanto a bebida. Contudo, incitava a conversa mais ainda.

Regis mostrou-se surpreso quando soube que o destino final da peregrinação não era o enclave do Maciço de Mahakam, a antiga e segura sede dos anões. Zoltan, que agora tagarelava mais do que Jaskier, declarou que não ia voltar para Mahakam de jeito nenhum. Demonstrou, também, sua aversão à situação lá instalada, especialmente em relação às políticas e ao poder absoluto de Brouver Hoog, administrador do feudo de Mahakam e de todos os clãs dos anões.

— Sapo velho! — gritou e cuspiu para dentro do forno. — Você olha para ele e não sabe se está vivo ou empalhado. Quase não se mexe, e talvez até seja melhor, porque peida a cada movimento. Não há como entender o que fala, pois a barba colou ao bigode quando os restos da sopa de beterraba secaram. Mas manda em todos e em tudo, todos têm de obedecer a sua vontade...

— No entanto, é difícil constatar que as políticas dele sejam ruins — interrompeu-o Regis. — Foi graças a suas ações firmes que os anões se separaram dos elfos e não lutam com os Scoia'tael. E graças a isso os *pogroms* cessaram e não houve, então, uma expedição punitiva para Mahakam. A condescendência nos contatos interpessoais pode dar frutos.

— Porra nenhuma. — Zoltan virou a proveta. — No caso dos Esquilos, o velho não se preocupava com condescendência, mas com o fato de muitos jovens deixarem o trabalho nas minas e forjas para se juntar aos elfos e aproveitar a liberdade e aventura de machos nos comandos. Quando o fenômeno cresceu até virar um problema, Brouver Hoog pegou os moleques e colocou-os nos eixos. Cagava para os humanos assassinados pelos Esquilos e para as repressões que, em consequência, recaíam sobre os anões, entre elas esses seus famosos *pogroms*. Ele não se importava e ainda não se importa com estes últimos, pois considera os anões que vivem nas cidades uns renegados. Quanto ao perigo em forma de expedições punitivas para Mahakam, meus queridos, não me façam rir. Esse perigo nunca existiu e continuará não existindo, porque nenhum dos reis teria coragem de mexer com Mahakam, nem que fosse com um dedo. Vou lhes dizer mais ainda: nem os nilfgaardianos, se conseguissem dominar os vales que rodeiam o maciço, teriam coragem de mexer com Mahakam. Sabem por quê? Eu lhes digo: Mahakam é aço, e não de um tipo qualquer. Lá há carvão e jazidas de minério de magnetita intocadas por todos os lados e de graça.

— Em Mahakam também há tecnologia — interrompeu-o Percival Schuttenbach. — Siderurgia e metalurgia! Grandes fornalhas, não forninhos de merda. Rodas-d'água e martelos a vapor...

— Pegue aqui, Percival, dê um golinho – Zoltan lhe entregou a proveta que acabara de encher –, senão vai nos entediar com essa sua tecnologia. Todo mundo sabe da tecnologia, mas não que Mahakam exporta aço para os reinos, inclusive para Nilfgaard. E, se alguém mexer conosco, destruiremos as oficinas e inundaremos as minas. E aí lutem, humanos, mas com paus de carvalho, pederneiras e dentaduras de burro.

— Você parece estar com muita raiva de Brouver Hoog e de sua administração em Mahakam – reparou o bruxo –, mas de repente começou a se referir a "nós".

— Claro que sim – confirmou o anão com ardor. – Há algo que se chama solidariedade, não há? Admito que me sinto um pouco orgulhoso pelo fato de sermos mais inteligentes do que os soberbos dos elfos. Vocês não vão negar, vão? Os elfos fingiram durante algumas centenas de anos que vocês, humanos, nem existiam. Olhavam para o céu, cheiravam as flores e, ao verem um humano, viravam os olhos sarapintados. E, quando se deram conta de que aquilo não dava em nada, acordaram e pegaram em armas. Decidiram matar e deixar-se executar. E nós, os anões? Nós nos adaptamos. Não, não deixamos que vocês nos dominassem, nem sonhem com isso. Fomos nós que os dominamos. Economicamente.

— Para dizer a verdade – disse Regis –, a adaptação foi mais fácil para vocês do que para os elfos. Os elfos se integram em torno da terra, do território. Vocês se integram em clãs. Onde estiver o clã, estará a pátria. Se, por acaso, um rei particularmente míope atacasse Mahakam, vocês inundariam as minas e, sem dor, se mudariam para outro lugar. Para outras montanhas distantes. Ou até para as cidades humanas.

— Claro! Em suas cidades a vida é bastante agradável.

— Até nos guetos? – Jaskier resfolegou depois de tomar um gole da aguardente.

— O que há de errado nos guetos? Prefiro viver entre os meus. Qual o objetivo da integração?

— O mais importante é eles nos admitirem nos grêmios. – Percival limpou o nariz na manga.

— Um dia eles vão nos admitir — afirmou o anão, convicto.
— Do contrário, vamos fazer tudo malfeito ou fundar os próprios grêmios para que haja concorrência saudável.

— Mesmo assim, em Mahakam é mais seguro do que nas cidades — observou Regis. — As cidades podem ser queimadas a qualquer momento. Seria mais sensato esperar a guerra acabar nas montanhas.

— Quem quiser, que vá até lá. — Zoltan mergulhou a proveta no tonel. — Eu prefiro a liberdade, e em Mahakam não a encontrarei. Vocês nem imaginam como é o poder do velho. Ultimamente ele tem se ocupado da regulamentação dos assuntos por ele chamados de sociais. Para dar um exemplo: é permitido usar suspensórios ou não? Come-se carpa na hora ou se espera até a gelatina endurecer? Tocar a ocarina faz parte de nossa antiga tradição anã ou é uma influência imoral da podre e decadente cultura humana? Depois de quantos anos é possível solicitar o recurso de uma esposa fixa? Qual das duas mãos se deve usar para limpar a bunda? A que distância de uma mina se pode assobiar? E outros assuntos parecidos com esses. Não, amigos, não volto aos pés do Monte Carbon. Não quero passar a vida num poço de mina. Quarenta anos lá embaixo, caso não haja uma explosão de metano antes disso. Mas nós já temos outros planos, não é, Percival? Já garantimos nosso futuro...

— Futuro, futuro... — O gnomo bebeu da proveta cheia, assoou o nariz e fixou no anão os olhos um tanto nebulosos. — Não vamos apressar os fatos, Zoltan, porque alguém ainda pode nos pegar, e aí nosso futuro será a forca... ou Drakenborg.

— Cale a boca — rosnou o anão, ameaçando-o com o olhar. — Você está falando demais!

— Escopolamina — murmurou Regis.

O gnomo contava histórias. Milva estava taciturna. Zoltan, esquecendo-se de que já contara a história, falava de Hoog, o sapo velho, o administrador de Mahakam. Geralt, esquecendo-se de que já a ouvira, prestava atenção. Regis também escutava e até comentava, desembaraçado pelo fato de ser o único sóbrio entre uma companhia já bastante embriagada. Jaskier dedilhava o alaúde e cantava:

— É natural que as damas formosas sejam soberbas:
Quanto mais altiva a árvore, tanto mais difícil trepá-la...

— Idiota — comentou Milva.
Jaskier não ficou preocupado.

— Se não for tabacudo com a dama ou árvore consegue lidar,
É preciso pegar o machado e com o tormento acabar.

— O cálice... — balbuciou Percival Schuttenbach. — O cálice... Feito de um único pedaço de opala leitosa... Assim ó, enorme. Achei-o no cume do Monte Montsalvat. Tinha a borda incrustada de jaspes e a base era feita de ouro. Uma verdadeira maravilha...
— Não lhe deem mais aguardente — falou Zoltan Chivay.
— Espere... aí... — Jaskier ficou curioso, também balbuciando. — O que aconteceu com esse cálice lendário?
— Troquei-o por uma mula. Precisava de uma mula para levar a carga... de corindo e carbono cristalino. Tinha... um monte disso aí... Eeeep... A carga... era pesada... Não dava para carregar sem uma mula... Que diabos eu ia fazer com esse cálice?
— Corindo? Carbono cristalino?
— É, vocês os chamam de rubis e diamantes. Muito... eeep... úteis.
— Pois é.
— Para as brocas e limas e para os rolamentos axiais. Havia um monte deles...
— Você está ouvindo, Geralt? — Zoltan acenou com a mão e, embora estivesse sentado, quase caiu por causa do movimento. — Ele é pequeno, então ficou bêbado rápido. Sonha com um monte de diamantes. Cuidado, Percival, para que esse sonho não se realize! Pelo menos pela metade... aquela que não trata dos diamantes!
— Sonhos, sonhos — balbuciou Jaskier. — E você, Geralt? Sonhou mais com Ciri? Regis, você precisa saber que Geralt tem sonhos de premonição! Ciri é a Criança Surpresa e Geralt está ligado a ela por laços do destino, por isso a vê em sonhos. Você precisa saber que estamos indo a Nilfgaard para tomar nossa Ciri do imperador Emhyr, que a sequestrou. Para surpresa daquele filho da mãe,

nós a tomaremos antes que ele o perceba! Diria mais, rapazes, mas é um segredo horrível, profundo e sombrio... Ninguém pode saber, entendem? Ninguém!

— Eu não ouvi nada — afirmou Zoltan, olhando para o bruxo impudentemente. — Acho que uma bicha-cadela entrou em meu ouvido.

— Essas bichas-cadelas são uma verdadeira praga — admitiu Regis, fingindo que estava mexendo na orelha.

— Estamos indo a Nilfgaard... — Jaskier apoiou-se no anão para manter o equilíbrio, o que, em certa medida, acabou sendo imprudente. — É, como já falei, um segredo. Um destino secreto!

— E realmente bem guardado. — O barbeiro-cirurgião balançou a cabeça, olhando para Geralt, que estava pálido de raiva. — Analisando o rumo de seu percurso, nem o ser mais desconfiado vai conseguir adivinhar o destino de sua viagem.

— Milva, o que você tem?
— Não fale comigo, seu bêbado imbecil.
— Ah! Ela está chorando! Ei, olhem...
— Vá para o inferno! — A arqueira enxugou as lágrimas. — Ou eu vou lhe dar um murro entre os olhos, seu poetastro tarado... Zoltan, passe a proveta...

— Mas ela se perdeu por aí... — balbuciou o anão. — Está aqui, ó. Obrigado, seu barbeiro... E onde está Schuttenbach, porra?

— Saiu já há algum tempo. Jaskier, só queria lhe lembrar de que você me prometeu contar a história da Criança Surpresa.

— Calma, Regis. Deixe só eu tomar um golezinho... e já vou lhe contar tudo... sobre Ciri, o bruxo... com detalhes...

— Filhos da puta desgraçados!
— Quieto, anão! Vai acordar as crianças lá fora.
— Não fique com raiva, arqueira. Pegue, tome um golezinho.
— Eeep... Queria que a condessa de Lettenhove me visse agora assim... — Jaskier rodou o olhar nebuloso em volta da choupana.
— Quem?
— Não importa. Caralho, essa aguardente solta mesmo a língua... Geralt, quer que eu encha a proveta para você? Geralt!
— Deixe-o em paz — disse Milva. — Deixe-o sonhar.

O celeiro que ficava na parte mais afastada do vilarejo tremia de música, que os apanhou antes de chegarem lá e os encheu de excitação. Inconscientemente, começaram a se balançar na sela dos cavalos, que iam a passo calmo, primeiro ao ritmo do surdo rufar do tambor e da rabeca e depois, quando já estavam mais perto, ao compasso da melodia tocada pelas guzlas e bombardas. A noite era fria, a lua cheia brilhava, o luar iluminava o celeiro, que resplandecia na luz que rutilava pelas fendas entre as tábuas e parecia um castelo encantado.

Das portas do celeiro emanavam sons e brilhos, que tremeluziam pelas sombras dos casais que dançavam.

Quando entraram, num instante a música silenciou, esvanecendo-se num falso acorde prolongado. Os camponeses suados, envolvidos pelo ritmo, abriram espaço, concentrando-se perto das paredes e pilastras. Ciri, que ia ao lado de Mistle, viu os olhos arregalados de medo das garotas, notou os olhares duros, implacáveis, prontos para tudo dos homens e rapazes. Ouviu o murmúrio crescer, até ficar mais alto que o choro das gaitas, que o zumbido dos violinos e das guzlas. Sussurro. Ratos... Ratos... Baderneiros...

— Sem medo — disse Giselher com voz alta, jogando um tilintante saquinho em direção aos músicos emudecidos. — Viemos para nos divertir. A festa é para todos, não é?

— Onde está a cerveja? — Kayleigh sacudiu outro saquinho de moedas. — E onde está a hospitalidade?

— E por que esse silêncio tão grave? — Faísca olhou em volta. — Viemos das montanhas participar de uma festa, e não de um enterro!

Um dos camponeses tomou coragem e aproximou-se de Giselher com uma caneca de barro cheia de cerveja espumando. Giselher aceitou, curvou-se, bebeu e agradeceu educadamente, como é de bom costume. Algumas pessoas gritaram animadas, porém as demais permaneceram caladas.

— Ei, companheiros — gritou Faísca. — A vontade de dançar é grande, mas vejo que primeiro é preciso animá-los.

Junto a uma parede do celeiro havia uma pesada mesa cheia de utensílios de barro. A elfa bateu palmas e saltou com agilidade sobre o tampo de carvalho. Os camponeses recolheram algumas peças o mais rápido possível e, quanto às que ficaram, Faísca as retirou com um pontapé impetuoso.

— Ei, senhores músicos — apoiou os punhos nos quadris e sacudiu os cabelos —, mostrem suas habilidades. Música!

Agitada, tamborilou o ritmo com os saltos. O tambor repetiu, a rabeca e a charamela acompanharam. As bombardas e guzlas pegaram a melodia, complicando-a rapidamente, fazendo com que Faísca mudasse de ritmo e passo. A elfa, colorida e leve feito borboleta, adaptou-se com facilidade, saltitou. Os camponeses começaram a bater palmas.

— Falka! — gritou Faísca, semicerrando os olhos alongados pela forte maquiagem. — Você é rápida quando maneja a espada! E na dança, você consegue me acompanhar?

Ciri soltou-se do braço de Mistle, desamarrou o lenço, tirou a boina e o casaquinho. Num pulo ficou ao lado da elfa, em cima da mesa. Os camponeses gritaram animados, o tambor e a rabeca soaram alto, as gaitas soltaram um gemido prolongado.

— Músicos, toquem! — gritou Faísca. — Sigam o ouvido! E mais ânimo!

Pondo as mãos na cintura e arremessando a cabeça para trás com força, a elfa saltitou, remexeu os pés e marcou o ritmo com os saltos num rápido e cadenciado *staccato*. Ciri, impressionada, repetiu os passos. Faísca riu, pulou, mudou de ritmo. Ciri retirou os cabelos da testa num movimento brusco e repetiu os passos com perfeição. As duas saltitaram simultaneamente, como se uma fosse o reflexo da outra. Os camponeses gritavam, batiam palmas. As guzlas e os violinos emitiam um som alto, cortando em farrapos o zunir sério e cadenciado da rabeca e o gemido lamentoso das gaitas.

As duas dançavam, eretas como juncos, tocando-se nos cotovelos, com as mãos na cintura. Os saltos marcavam o ritmo, a mesa tremia e se agitava, a poeira circulava na luz das tochas e lamparinas.

— Mais rápido! — Faísca apressava os músicos. — Com ânimo!

Isso já não era música, era loucura.

— Dance, Falka! Entregue-se!

Salto, ponta do sapato, salto, ponta do sapato, salto, escanchar as pernas, pular, mexer os braços, colocar os punhos na cintura, salto, salto. A mesa treme, a luz ondeia, a multidão ondeia, tudo ondeia, todo o celeiro dança, dança, dança. A multidão grita, Giselher grita, Asse grita, Mistle ri, bate palmas, todos batem palmas e sapateiam, o celeiro treme, a terra treme, o mundo todo treme. Mundo? Que mundo? Não existe mais mundo, não há nada, apenas dança, dança... Salto, ponta do sapato, salto... O cotovelo de Faísca... Febre, febre... Tocam só os violinos, as bombardas, a rabeca e as gaitas, o tocador de tambor apenas ergue e abaixa as baquetas, já não é preciso, elas marcam o ritmo, Faísca e Ciri, seus saltos, a mesa balança e estrondeia, o celeiro balança e estrondeia... O ritmo, o ritmo está dentro delas, a música está dentro delas, elas são a música. Os cabelos escuros de Faísca dançam sobre sua testa e seus ombros. As cordas das guzlas emitem um canto febril, ardente, que atinge os registros mais altos. O sangue pulsa nas têmporas.

Frenesi. Esquecimento.

– Sou Falka. Sempre fui Falka! Dance, Faísca! Bata palmas, Mistle!

Os violinos e as bombardas encerram a melodia num alto e brusco acorde. Faísca e Ciri marcam o encerramento da dança batendo os saltos simultaneamente, sem perder o contato dos cotovelos. Ambas tremem, estão ofegantes, molhadas, viram-se de frente uma para a outra e afogam-se num abraço, trocando suor, calor e felicidade. O celeiro explode num grande grito uníssono, num bater de dezenas de palmas.

– Falka, sua diabólica! – diz Faísca, arfando. – Quando ficarmos entediadas com a baderna, seguiremos pelo mundo ganhando dinheiro como dançarinas...

Ciri também está ofegante. Não consegue falar uma palavra sequer. Apenas ri, contorcendo-se toda. Uma lágrima escorre por sua bochecha.

De repente, ouve-se um grito na multidão, há confusão. Kayleigh empurra bruscamente um camponês musculoso e alto, o camponês empurra Kayleigh, os dois ficam presos na multidão, manifestam-se punhos levantados. Reef se aproxima, um punhal brilha à luz das tochas.

— Não! Parem! — o grito de Faísca penetra o estabelecimento. — Nada de confusão! É a noite da dança! — A elfa pega Ciri pela mão e as duas voam da mesa num pulo para o chão. — Que a banda recomece a tocar! Quem quiser mostrar suas habilidades de dança, que venha conosco! Quem vai se atrever?

A rabeca emite um zumbido monótono, cortado por um gemido lamentoso das gaitas, e logo em seguida surge um canto delirante das guzlas. Os camponeses riem, cutucam uns aos outros, tomam coragem. Um rapaz forte, de ombros largos, captura Faísca para dançar. Outro, mais novo e mais magro, curva-se com hesitação diante de Ciri, que ergue a cabeça com bazófia, mas logo em seguida sorri em consentimento. O rapaz põe as mãos na cintura dela, Ciri coloca as suas nos ombros dele. O toque penetra-a como uma flecha em chamas, enche-a de um desejo pulsante.

— Músicos! Com ânimo!

O celeiro treme aos gritos, vibra com o ritmo e a melodia. Ciri está dançando.

CAPÍTULO QUARTO

Vampiro — *Assombração, ser humano morto, ressuscitado pelo Caos. Tendo perdido a primeira vida, usa a segunda nos horários noturnos. Sai da sepultura ao luar e só consegue se deslocar à luz da lua. Ataca moças ou jovens peões durante o sono, sem despertá-los, sugando seu doce sangue.*

Physiologus

Os camponeses comeram alho em grande quantidade, e, para terem maior segurança, penduraram colares de alho ao pescoço. Alguns, especialmente as mulheres, usaram cabeças inteiras de alho para se enfeitar, enfiando-as onde possível. Um cheiro horrível de alho tomou todo o vilarejo e os abegões acreditaram que estavam seguros e imunes à ação e ao efeito do vampiro. Contudo, grande foi seu espanto quando o vampiro chegou à meia-noite, deslocando-se pelo ar, e sem se assustar caiu numa gargalhada, rangendo os dentes, debochando, cheio de regozijo. Gritava: "É bom que vocês se tenham temperado, já que vou consumi-los logo, e a carne temperada apetece-me mais. Temperem-se ainda com sal e pimenta e não se esqueçam da mostarda."

Silvester Bugiardo, Liber tenebrarum, ou Livro de casos horripilantes, mas verdadeiros, nunca explicados pela ciência

Ao luar, um morto vai voar.
Mexa, mexa o vestidinho...
Ei, mocinha, não vai se assustar?

Canção popular

Os pássaros, como sempre, antecederam o amanhecer e encheram o silêncio nebuloso e cinzento da alvorada com uma explosão de chilreios. Como sempre, as primeiras prontas para seguir o caminho eram as mulheres caladas de Kernow com seus filhos. O barbeiro-cirurgião Emiel Regis foi igualmente rápido e estava cheio de energia. Juntou-se a eles equipado de um bastão de viagem e uma bolsa de couro no ombro. O restante da companhia, que na noite anterior desfrutara a destilaria, não possuía tanto frescor. O frio do amanhecer despertou e reanimou os farristas, mas não conseguiu extinguir completamente o efeito da aguardente de mandrágora. Geralt acordou no canto da choupana com a cabeça no colo de Milva. Zoltan e Jaskier, abraçados, estavam deitados em cima de uma pilha de raízes de mandrágora, roncando com tamanha força que faziam os ramos de ervas pendurados na parede balançarem. Percival encontrava-se atrás do casebre, com o corpo todo encolhido, ao pé de um azereiro e coberto com um pequeno tapete de palha usado por Regis para limpar os sapatos. Todos os cinco apresentavam sintomas nítidos, embora variados, de cansaço e saciaram a sede tomando água da nascente.

Quando a neblina começava a se dispersar e a bola rubra afogueada do sol surgia por trás das copas dos pinheiros e ciprestes de Fen Carn, a companhia já estava a caminho, deslocando-se com ânimo entre os túmulos. Regis liderava, seguido por Percival e Jaskier, que se animavam cantando a duas vozes uma balada sobre três irmãs e um lobo de ferro. Atrás deles andava Zoltan Chivay, que puxava as rédeas do garanhão castanho. No quintal do barbeiro-cirurgião o anão achara um pau nodoso de madeira de freixo e agora o usava para bater em todos os menires pelos quais passava e desejar descanso eterno aos elfos havia muito tempo falecidos. O Marechal de Campo Duda estava sentado no ombro dele, com as penas arrepiadas. De vez em quando grazinava sem ânimo, sem convicção e de maneira pouco clara.

Milva mostrou-se a menos resistente ao destilado de mandrágora. Era nítido que andava com dificuldade, estava suada, pálida e mal-humorada. Não respondia nem à palrice da menina sardenta que montava o cavalo negro. Geralt não tentava puxar conversa, pois ele próprio também não estava de bom humor.

A neblina, assim como as aventuras do lobo de ferro cantadas em voz muito alta, embora um pouco rouca depois da festança da noite anterior, fez com que, de repente e sem aviso, esbarrassem num grupo de camponeses que já os haviam escutado de longe e esperavam, imóveis, entre os monólitos encravados no solo. Suas capas cinza os encobriam perfeitamente. Faltou pouco para que Zoltan Chivay batesse em um deles com o pau, confundindo-o com uma lápide.

– Óóó! – gritou. – Desculpem-me, amigos! Não os vi. Bom dia! Como vão?

Uma dezena de camponeses balbuciou, num coro pouco harmonioso, a resposta ao cumprimento, observando a companhia com olhar sombrio. Nas mãos seguravam pás, enxadas e compridas estacas de madeira afiadas na ponta.

– Como vão? – repetiu o anão. – Suponho que vocês vêm do acampamento à margem do rio Chotla. Estou certo?

Em vez de dar a resposta, um dos camponeses apontou o cavalo de Milva para os outros membros do grupo.

– Negro – disse. – Estão vendo?

– Negro – ecoou outro, lambendo os lábios. – É negro mesmo. Perfeito.

– Hein? – Zoltan notou os olhares e gestos. – É negro, e daí? Pois é apenas um cavalo, não uma girafa. Não há motivo para estranhar. O que estão fazendo aqui, companheiros, neste cemitério?

– E vocês? – O primeiro camponês olhou para a companhia com desdém. – O que estão fazendo aqui?

– Compramos este terreno. – O anão o encarou e bateu no menir com o pau. – E estamos medindo com passos se não nos enganaram em acres.

– E nós estamos à procura de um vampiro!

– De quê?

– De um vampiro – repetiu enfaticamente o mais velho dos camponeses, coçando a testa debaixo do gorro de feltro, duro de tão sujo. – Deve estar por aqui, maldito. Afiamos as estacas de freixo; vamos achar o condenado e enfiá-las nele para nunca mais se levantar!

– Temos a água benta que nosso sacerdote bendito nos providenciou! – gritou o outro camponês, mostrando um pote de barro. – Vamos jogar a água nele para que morra de uma vez por todas!

– Oba! – disse Zoltan Chivay, sorrindo. – Estou vendo que é uma caça séria, de longo alcance e preparada com detalhes. Um vampiro, vocês dizem? Então têm sorte, boa gente. Temos um especialista em assombrações aqui em nossa companhia, bru... –

interrompeu-se e xingou baixinho, pois o bruxo chutou com força o tornozelo dele.

— Quem viu esse vampiro? — perguntou Geralt, ordenando com um olhar enfático que seus companheiros ficassem calados. — Como sabem que devem procurá-lo exatamente aqui?

Os camponeses sussurraram.

— Ninguém o viu — admitiu, enfim, aquele que usava o gorro de feltro — nem o ouviu. Como é possível vê-lo se ele voa à noite, na escuridão? Como é possível ouvi-lo se ele tem asas de morcego e voa sem fazer o mínimo barulho ou rumor?

— Não vimos o vampiro — acrescentou o outro —, mas havia traços de seu horrendo procedimento. Todas as noites, desde quando a lua ficou cheia, esse monstro mata alguém de nossa gente. Já estraçalhou dois, despedaçou uma mulher e um garoto. Horror e pavor! O vampiro esfrangalhou os dois coitados, bebeu-lhes todo o sangue das veias! É por isso que não podemos ficar sem agir, esperando pela terceira noite seguida.

— Quem disse que o vampiro foi o responsável, e não outro predador? Quem teve a ideia de andar à procura dele no cemitério?

— Foi o santo sacerdote. É um homem sábio e devoto, graças aos deuses que o temos em nosso acampamento. Adivinhou logo que quem nos perseguia era um vampiro. Fomos castigados, pois negligenciamos as orações e as dádivas para o templo. No acampamento é ele que lidera as orações e os diversos exorcismos. Entretanto, pediu que procurássemos o túmulo onde o vampiro passa os dias.

— Aqui mesmo?

— E onde se deve procurar o túmulo de um vampiro senão num cemitério? Este é um cemitério élfico, e todas as crianças sabem que os elfos são uma raça ímpia, terrível. Um de cada dois elfos vira vampiro depois da morte! Os elfos são a causa de todo o mal!

— E os barbeiros-cirurgiões. — Zoltan balançou a cabeça com seriedade. — Verdade. Todas as crianças sabem disso. Seu acampamento fica longe daqui?

— Não, fica perto...

– Não lhes conte mais nada, senhor Owsiwuj – resmungou o camponês barbudo com cabelos sobre as sobrancelhas, o mesmo que antes demonstrara descontentamento. – Só o diabo sabe quem eles podem ser, é um bando suspeito. Vamos, ao trabalho. Entreguem o cavalo e depois prossigam para seu destino.

– Santa verdade – falou o camponês mais velho. – Precisamos terminar nosso trabalho, pois o tempo corre. Passem o cavalo, esse negro. Precisamos dele para achar o vampiro. Moça, tire a criança da sela.

Milva, que durante esse tempo todo ficara olhando para o céu com expressão indiferente, encarou o camponês e seu semblante se contorceu perigosamente.

– Você está falando comigo, peão?

– Claro que é com você. Passe o cavalo, precisamos dele.

Milva enxugou a nuca suada, cerrou os dentes e num instante seu olhar cansado se tornou ameaçador.

– O que vocês querem, gente? – O bruxo sorriu, procurando aliviar a situação tensa. – Para que precisam do cavalo que pedem com tanta gentileza?

– De que outra maneira poderemos achar o túmulo do vampiro? Todos sabem que é preciso percorrer o cemitério num cavalo negro. O vampiro estará no túmulo indicado pelo cavalo, no lugar em que ele parar. É nessa hora que se deve desenterrá-lo e furá-lo com uma estaca de freixo. Não nos contrariem, pois estamos determinados. Precisamos desse cavalo, de qualquer jeito!

– Não pode ser de outra pelagem? – perguntou Jaskier, numa tentativa de apaziguá-los, estendendo as rédeas de Pégaso.

– De jeito nenhum.

– Então coitados de vocês – falou Milva com os dentes cerrados –, pois não vou lhes dar meu cavalo.

– Como? Não vai nos dar? Não escutou o que dissemos, moça? Precisamos ter o cavalo!

– Então têm um problema.

– Há uma solução conciliatória – afirmou Regis com sutileza. – Se entendi bem, a senhora Milva opõe-se a entregar o corcel a mãos alheias...

– É isso. – A arqueira cuspiu com abundância. – Jamais.

— Então, para matar dois coelhos com uma cajadada só – continuou o barbeiro-cirurgião com calma –, proponho que a própria senhora Milva monte o cavalo negro e faça o percurso necessário na necrópole.

— Não vou andar como uma doida pelo cemitério!

— Mas ninguém lhe está pedindo, moça! – gritou o de cabelos sobre as sobrancelhas. – Para isso é preciso um homem corajoso e jovem; as moças devem ficar na cozinha cuidando das panelas. Depois, podem até ser úteis, pois as lágrimas de uma virgem também são necessárias para aniquilar um vampiro. Ele vai queimar que nem uma tora de madeira depois de ser molhado com elas. Mas só uma moça pura e virgem pode verter as lágrimas. Não acho que seja seu caso, moça. Então, aqui você não será de nenhuma utilidade.

Milva deu um passo rápido para a frente e num movimento brusco soltou o punho direito no rosto do camponês. O soco, acompanhado de um estrondo, fez a cabeça do homem pular para trás. Foi então que o pescoço e o queixo barbudos tornaram-se ótimos alvos. Milva deu outro passo e executou o golpe de frente, com o dorso da mão aberta, causando mais ímpeto ao virar os quadris e os ombros. O camponês cambaleou para trás, tropeçou no próprio sapato e caiu, batendo o crânio, com estrépito, num menir.

— Agora você vê do que sou capaz – falou a arqueira com a voz trêmula de raiva, massageando o punho. – E quem é o corajoso e e quem fica cuidando das panelas. Não há nada melhor que uma luta com punhos; depois dela tudo se esclarece. Quem é jovem e corajoso permanece em pé. Quem é velho e fraco cai no chão. Tenho razão, peões?

Os camponeses não se apressaram em responder; ficaram olhando para Milva boquiabertos. O de gorro de feltro ajoelhou-se junto do homem derrubado pelo golpe e deu um leve tapa em sua bochecha, mas sem efeito.

— Abatido – gemeu, erguendo a cabeça. – Está morto. Como é possível, moça? Como é possível pegar e matar uma pessoa?

— Foi sem querer – sussurrou Milva, abaixando as mãos e empalidecendo terrivelmente. E depois fez algo que ninguém esperava que fizesse.

Virou-se, perdeu o equilíbrio, apoiou a testa no menir e vomitou bruscamente.

– O que ele tem?
– Uma leve concussão – respondeu Regis, levantando-se e fechando a bolsa. – O crânio está inteiro. Já recuperou a consciência. Lembra-se do que aconteceu e de seu nome. Isso é um bom sinal. As vivas emoções da senhora Milva não tiveram, felizmente, grandes consequências.

O bruxo olhou para a arqueira, sentada ao pé da rocha, olhando para o horizonte.

– Não é uma moça delicada, suscetível a esse tipo de emoções – resmungou. – Culparia, antes, a aguardente de mandrágora de ontem.

– Ela já tinha vomitado – interrompeu Zoltan, baixinho. – Anteontem, ao amanhecer. Todos ainda dormiam. Acho que é por causa desses cogumelos que devoramos em Turlough. Eu também fiquei com dor de barriga por dois dias.

Regis lançou para o bruxo um olhar estranho sob as sobrancelhas grisalhas e sorriu misteriosamente, envolvendo-se em uma capa de lã negra. Geralt aproximou-se de Milva, pigarreou.

– Como você está?
– Horrível. E o peão?
– Vai sarar. Recuperou a consciência. Regis o proibiu de se levantar. Os camponeses estão montando um leito para ele. Vamos carregá-lo até o acampamento no leito suspenso entre dois cavalos.
– Peguem meu cavalo negro.
– Pegaremos Pégaso e o castanho. São mais calmos. Levante-se, está na hora de seguir o caminho.

A companhia, agora maior em número, assemelhava-se a um séquito fúnebre e andava com a velocidade de tal.

– O que você pode me dizer acerca desse vampiro? – perguntou Zoltan Chivay para o bruxo. – Acredita nessa história?
– Não vi os mortos, portanto não posso dizer nada.

— Evidentemente, é mentira — declarou Jaskier, convicto. — Os peões falaram que os mortos foram dilacerados. Um vampiro não dilacera. Ele perfura a artéria e suga o sangue, deixando duas marcas claras das presas. Acontece que muitas vezes a vítima sobrevive. Li sobre isso num livro especializado. Havia lá também gravuras que mostravam as marcas das mordidas de vampiros deixadas no pescoço alongado de virgens. Confirme, Geralt.

— Como posso confirmar? Não vi essas gravuras. Quanto às virgens, também sei pouca coisa.

— Não deboche. Você deve ter visto as marcas das mordidas de vampiros muitas vezes. Já ouviu falar de um caso de um vampiro que estraçalhou sua vítima?

— Não, isso normalmente não acontece.

— No caso dos vampiros superiores, nunca — falou Emiel Regis com voz suave. — Pelo que eu saiba, a lâmia, o alp, o kathakan, o súcubo e o nosferatu não estraçalham as vítimas. No entanto, o fleder e o ekimmu tratam o corpo delas com crueldade.

— Parabéns. — Geralt olhou para ele com verdadeira admiração. — Você entende de vampiros. E não mencionou nenhum dos míticos, existentes apenas em contos de fadas. De verdade, você tem um conhecimento impressionante. Deve saber, também, que o ekimmu e o fleder não vivem em nosso clima.

— Como assim? — perguntou Zoltan, manobrando o pau de freixo. — Quem, então, estraçalhou a mulher e o garoto em nosso clima? Estraçalharam-se sozinhos num momento de desespero?

— A lista dos monstros que podem ser culpados por esse ato é bastante longa, começando por um bando de cães selvagens, uma praga bastante comum em tempos de guerra. Nem imaginam que tipo de coisas esses cães são capazes de fazer. Metade das vítimas dos supostos monstros do Caos na verdade deveria ser atribuída aos vira-latas selvagens.

— Então você exclui monstros?

— De jeito nenhum. Pode ter sido uma estrige, uma harpia, um graveir, um ghoul...

— E não um vampiro?

— Provavelmente não.

– Os peões falaram em um sacerdote – lembrou Percival Schuttenbach. – Os sacerdotes sabem algo sobre vampiros?

– Alguns têm conhecimento de muitas coisas, e até um bom conhecimento, e, num caso assim, vale a pena ouvir suas opiniões. Infelizmente, não é uma regra.

– Especialmente no que diz respeito àqueles que perambulam pelas florestas com fugitivos – bufou o anão. – Deve ser algum eremita, um ermitão ignorante de um lugar despovoado. Ele dirigiu a expedição dos camponeses para seu cemitério, Regis. Você nunca viu um vampiro lá enquanto colhia mandrágora à luz da lua cheia? Nem mesmo um pequenininho?

– Não, nunca. – O barbeiro-cirurgião sorriu sorrateiramente. – Mas não é de estranhar. O vampiro, como acabaram de ouvir, voa na escuridão graças às asas de morcego, sem fazer nenhum barulho ou rumor. Não é difícil ele passar despercebido.

– E é fácil enxergá-lo onde ele não está e nunca esteve – confirmou Geralt. – Quando era mais novo, várias vezes perdi meu tempo e energia para caçar criaturas que eram frutos de alucinações ou superstições, supostamente vistas e belamente descritas por todo o vilarejo, até pelo próprio administrador. Uma vez, fiquei hospedado durante dois meses num castelo supostamente visitado por um vampiro. Descobri que o vampiro não existia, mas a comida até que era boa.

– Contudo, certamente houve casos em que os relatos sobre os vampiros tinham fundamento – falou Regis, sem olhar para o bruxo. – Então, como suponho, o tempo e a energia não eram desperdiçados. Você matava o monstro com a espada?

– Algumas vezes, sim.

– De toda maneira – disse Zoltan –, os peões têm sorte. Estou pensando na possibilidade de aguardar nesse acampamento por Munro Bryus e o resto da companhia. Um descanso faria bem a vocês também. Qualquer coisa que tenha matado a mulher e o garoto terá muito azar com a presença do bruxo no acampamento.

– E, já que tocamos no assunto – Geralt mordeu os lábios –, peço-lhes, por favor, que não mencionem meu nome nem comentem por aí quem eu sou. Em primeiro lugar, o pedido estende-se a você, Jaskier.

— Que sua vontade seja cumprida. — O anão acenou com a cabeça. — Você deve ter motivos para isso. Foi bom ter nos avisado, pois já avistamos o acampamento.

— E já é possível ouvir os sons vindos de lá também — afirmou Milva, interrompendo o longo silêncio. — Que algazarra! Dá até medo.

— O que estamos ouvindo — Jaskier fez cara de sábio — é uma simples sinfonia do acampamento dos fugitivos. Como sempre, dividida em algumas centenas de gargantas humanas, com o acompanhamento da mesma quantidade de vacas, ovelhas e gansos. Há solos executados por mulheres discutindo, crianças gritando, um galo cocoricando e, se não me engano, até um jumento com um cardo enfiado no rabo. O título da sinfonia: "Uma multidão luta pela sobrevivência".

— A sinfonia — observou Regis, mexendo as asas de seu nobre nariz — é, como sempre, de cunho acústico e olfatório. A multidão que luta pela sobrevivência exala um delicioso cheiro de repolho cozido, verdura sem a qual não se pode sobreviver. Os efeitos das necessidades fisiológicas, espalhados por aí, normalmente nas extremidades do acampamento, formam, também, uma nota olfativa bem característica. Nunca consegui entender por que a luta pela sobrevivência apresenta-se na forma de aversão a cavar latrinas.

— Vá para o inferno com esse seu papo sábio — zangou-se Milva. — Em vez de cinquenta palavras sofisticadas, bastam seis: fede a repolho e a merda!

— O repolho e a merda sempre andam juntos — Percival Schuttenbach proferiu uma frase lapidar. — Um aligeira o outro. *Perpetuum mobile.*

Mal entraram no acampamento algazarrento e fedido, desviando de fogueiras, carroças e barracas, tornaram-se momentaneamente o centro de interesse de todos os fugitivos ali reunidos, que somavam duzentos ou até mais. Logo em seguida, o interesse teve repercussões positivas e surpreendentes: de repente alguém gritou, de repente alguém uivou, de repente alguém abraçou alguém, alguém caiu numa gargalhada desenfreada e alguém começou a soluçar descontroladamente. Constituiu-se uma confusão enorme. De início, foi difícil entender do que se tratava por causa da cacofonia de gritos masculinos, femininos e infantis, mas afinal tudo se esclareceu. Duas das mulheres de Kernow que caminhavam com eles acharam no acampamento o marido e o irmão, considerados mortos ou desaparecidos sem rastros no tumulto provocado pela guerra. A felicidade e as lágrimas pareciam não ter fim.

— Algo tão banal e melodramático — falou Jaskier com convicção, apontando para a cena comovente — pode acontecer apenas na vida real. Se eu quisesse encerrar uma de minhas baladas desse jeito, debochariam de mim sem piedade.

— É mesmo — concordou Zoltan. — Pois uma banalidade assim traz alegria e alivia o coração quando a fortuna lhe é propícia em vez de castigá-lo repetidamente. Então, livramo-nos das mulheres. Conseguimos guiá-las até o destino. Vamos embora, não temos por que ficar aqui.

Por um breve momento, o bruxo teve vontade de esperar antes de partir, pois nutria a esperança de que uma das mulheres considerasse conveniente agradecer aos anões, nem que fosse com uma única palavra. No entanto, desistiu, pois nada indicava isso. As mulheres, felizes com o reencontro, deixaram de notar a presença deles por completo.

— O que você está esperando? — Zoltan olhou para ele com astúcia. — Acha que vão nos cobrir de flores em agradecimento? Que vão nos untar com mel? Vamos embora, não temos nada mais para fazer aqui.

— Você está certo.

Não conseguiram se afastar muito. Uma vozinha aguda os parou. A menina sardenta alcançou-os, ofegante. Segurava nas mãos um grande ramo de flores do campo.

— Obrigada — esganiçou — por tomarem conta de mim, de meu irmão e de minha mãe. E obrigada por nos tratarem bem e coisas assim. Colhi flores para vocês.

— Todos agradecemos — falou Zoltan Chivay.

— Vocês são bons — acrescentou a menina, colocando a ponta da trança na boca. — Eu não acredito no que a tia falou. Vocês não são obscenos anões subterrâneos. Você não é um pária diabólico de cabelos brancos, e você, tio Jaskier, não é um peru grulhento. A tia não falava a verdade. E você, tia Maria, não é nenhuma meretriz com um arco; você é tia Maria e eu gosto muito de você. E colhi as flores mais bonitas especialmente para você.

– Obrigada – respondeu Milva com a voz levemente alterada.

– Todos agradecemos – repetiu Zoltan. – Ei, Percival, obsceno anão subterrâneo, dê alguma lembrancinha para se despedir da criancinha. Por acaso você não tem mais uma pedra em um dos bolsos?

– Tenho. Pegue aqui, menininha. Isto é um berilo verde, cujo nome comum é...

– ... esmeralda – completou o anão. – Não encha a cabeça da criança com coisas inúteis, ela nem vai conseguir decorar o nome.

– Que lindo! Verdinho! Obrigada, muitíssimo obrigada!

– Aproveite.

– E não perca – murmurou Jaskier –, pois a pedrinha vale o mesmo tanto que uma pequena fazenda.

– Ora – Zoltan enfiou em seu gorro de pele de marta o ramo de escovinhas que recebera da menina –, é só uma pedra, mais nada. Passe bem, criancinha. Vamos embora; podemos ficar na vau do rio esperando Bruys, Yazon Varda e os outros. Devem chegar daqui a pouco. É estranho que estejam demorando tanto. Droga, esqueci de confiscar as cartas. Aposto que estão parados em algum lugar jogando!

– É preciso alimentar os cavalos – disse Milva – e dar-lhes água para beber. Vamos ao rio.

– Talvez consigamos alguma comida quente – acrescentou Jaskier. – Percival, dê uma volta no acampamento e faça uso de seu nariz. Comeremos no lugar onde achar a comida mais saborosa.

Para seu espanto, o acesso ao rio estava barrado e vigiado por alguns camponeses, que pediram um centavo por cavalo. Milva e Zoltan ficaram enfurecidos, mas Geralt, querendo evitar brigas e qualquer tipo de fama relacionada com elas, acalmou-os e Jaskier pagou com as moedas que achou no fundo do bolso.

Logo em seguida, depararam com Percival Schuttenbach, sombrio e zangado.

– Encontrou comida?

O gnomo assoou o nariz e limpou os dedos na lã da ovelha que passou por ele.

– Encontrei, mas não sei se teremos dinheiro suficiente. Aqui querem dinheiro por tudo, e os preços são exorbitantes. Pedem uma coroa por uma libra de farinha e cereais. Um prato de sopa rala custa dois nobles. E uma panela pequena de verdemãs pescadas no Chotla vale o mesmo que uma libra de salmão defumado em Dillingen...

– E a comida para os cavalos?

– Uma medida de aveia custa um táler.

– Quanto? – gritou o anão. – Quanto?

– Quanto, quanto – resmungou Milva. – Pergunte quanto aos cavalos. Vão morrer caso tenham de comer grama! De toda maneira, aqui nem cresce grama.

Não havia como discutir diante de fatos óbvios. Foram vãs as tentativas de barganhar com o camponês que dispunha de aveia. O homem tirou de Jaskier seus últimos centavos, foi xingado por Zoltan, mas fez pouco-caso. No entanto, os cavalos enfiaram, com vontade, a cabeça nos sacos de comida.

– Ladrões safados! – gritou o anão, descarregando a raiva batendo com o pau de freixo nas rodas das carroças que passavam. – É até estranho que permitam respirar aqui de graça e não peçam um centavo por inspiração! Ou cinco por cagada dada!

– As necessidades fisiológicas altas também têm preço – declarou Regis com seriedade. – Estão vendo essa lona estendida nas estacas? E o camponês ao lado dela? Está oferecendo os serviços da própria filha por um preço a combinar. Há pouco o vi aceitando uma galinha.

– Estou vendo um futuro negro para sua raça, humanos – disse Zoltan Chivay com ar sombrio. – Qualquer ser que tenha um pouco de juízo neste mundo, quando cai na miséria, pobreza ou infelicidade, normalmente procura unir-se aos semelhantes, porque é mais fácil sobreviver aos tempos difíceis entre eles, já que um ajuda o outro. Mas entre vocês, humanos, cada um visa como lucrar com a pobreza de outrem. Quando há fome, não se divide a comida; devora-se o mais fraco. Esse procedimento dá certo entre os lobos, pois permite que os mais fortes e os mais saudáveis sobrevivam. No entanto, entre as raças racionais, esse tipo de seleção permite que os maiores filhos da puta sobrevivam e dominem. Que vocês próprios tirem suas conclusões e seus prognósticos.

Jaskier protestou impetuosamente, dando exemplos por ele conhecidos de ladroagem e interesse dos anões, mas Zoltan e Percival o fizeram calar, imitando, simultaneamente e em voz alta, os barulhos prolongados emitidos ao soltar um pum. Para ambas as raças, isso significava ignorar os argumentos do adversário na disputa. A briga foi encerrada quando surgiu diante deles um grupo de camponeses liderados pelo já conhecido caçador de vampiros, o velho de gorro de feltro.

— Viemos por causa do Tamanco — falou um dos camponeses.

— Não compramos — rosnaram em uníssono o anão e o gnomo.

— Trata-se daquele a quem quebraram a cabeça — apressou-se a explicar outro camponês. — Nós pensávamos em casá-lo.

— Não temos nada contra isso — retrucou Zoltan, enraivecido. — Desejo para ele tudo de bom em sua nova vida. Saúde, felicidade, prosperidade.

— E muitos filhos — acrescentou Jaskier.

— Por favor, senhores — disse o camponês —, não brinquem. Como vamos conseguir achar uma mulher para ele? Está atordoado, não distingue a noite do dia depois que vocês chacoalharam seu cérebro.

— Não exagerem, não está tão mal — resmungou Milva, olhando para o chão. — Acho que está melhor, muito melhor do que estava de manhã.

— Não sei como ele estava de manhã — respondeu o camponês —, mas acabei de vê-lo diante de uma barra de tração colocada em pé, dizendo que era uma moça bonita. Ah, não adianta falar... Vou direto ao assunto: paguem a indenização.

— O quê?

— Quando um cavalheiro mata um homem, precisa pagar uma indenização. É o que diz a lei.

— Não sou cavalheiro! — gritou Milva.

— Pois é, esse é o primeiro ponto — apoiou-a Jaskier. — Segundo, foi um acidente. Terceiro, Tamanco está vivo, então não se pode falar em indenização, no máximo uma reparação de danos. E quarto, não temos dinheiro.

— Então deem seus cavalos.

— Ei! — Milva estreitou os olhos num sinal de ameaça. — Você deve estar louco, peão. Cuidado para não ultrapassar os limites.

— Puta que parrrriu! — grazinou o Marechal de Campo Duda.

— O pássaro foi direto ao assunto — falou Zoltan Chivay enfaticamente, passando a mão no machadinho enfiado atrás do cinto. — Saibam, camponeses, que eu tampouco tenho uma boa opinião sobre as mães dos indivíduos que pensam apenas em lucrar, inclusive com a cabeça quebrada de um dos seus. Vão embora, peões. Se forem já, prometo não persegui-los.

— Se não querem pagar, então que a suprema autoridade julgue o caso.

O anão rangeu os dentes e quase pegou a arma, mas Geralt segurou seu cotovelo.

— Calma. É assim que você quer resolver o problema? Matando-os?

— Para que matá-los? É só machucá-los devidamente.

— Chega, droga! — sibilou o bruxo. Em seguida, dirigiu-se ao camponês: — Quem é a suprema autoridade que você mencionou?

— O administrador de nosso acampamento, Hector Laabs, alcaide do povoado de Breza, que foi queimado.

— Então leve-nos até ele. Vamos fazer um acordo.

— Agora está ocupado — explicou o camponês. — Está julgando uma feiticeira. Estão vendo ali, aquela multidão ao pé do bordo? Pegaram a feiticeira que conspirava com o vampiro.

— O vampiro de novo. — Jaskier abriu as mãos num gesto de resignação. — Estão ouvindo? De novo o mesmo assunto. Ou cavam no cemitério ou caçam feiticeiras, cúmplices de vampiros. Peões, por que vocês, em vez de arar, semear e colher, não viram feiticeiros?

— Pode continuar brincando — disse o camponês — e fazendo graça. Aqui há um sacerdote, que dá mais segurança do que um bruxo. Ele disse que o vampiro agia com a feiticeira. Ela o chamava e lhe indicava as vítimas; depois, lançava um encanto em todos para que ninguém se desse conta do que havia acontecido.

— E comprovou-se que era assim mesmo — acrescentou outro. — Criávamos entre nós uma feiticeira traidora, mas o sacerdote desmistificou seus encantos e agora vamos queimá-la.

— Como poderia ser diferente... — falou Geralt, baixinho. — Bem, daremos uma olhada nesse seu julgamento. E falaremos com o administrador sobre o acidente em que o coitado do Tamanco se envolveu. Pensaremos em alguma recompensa adequada. Não é, Percival? Posso apostar que você encontrará mais uma pedrinha num de seus bolsos. Guiem-nos, peões.

O séquito foi se dirigindo para o grande bordo, onde havia um amontoado de curiosos excitados. O bruxo ficou um pouco afastado e tentou puxar conversa com um camponês que lhe parecia ser um homem razoavelmente decente.

— Quem é essa feiticeira que foi capturada? Realmente ocupava-se da magia?

— Olhe, senhor — murmurou o camponês —, eu não sei. Essa moça não é daqui, ninguém sabe de onde veio. Em minha percepção, não é uma pessoa completamente normal. Já é quase adulta, mas passava o tempo só brincando com as crianças e ela mesma comportava-se como uma. Quando lhe faziam perguntas, não respondia. Mas não sei de nada, embora todos digam que tinha um pacto com o vampiro e lançava feitiços.

— Todos, salvo a própria ré — sussurrou Regis, que ia ao lado do bruxo. — Porque ela, pelo que entendi, quando perguntada, não falava nada.

Faltou tempo para uma indagação detalhada, pois já estavam chegando ao pé do bordo. Conseguiram passar pela multidão, logicamente com a ajuda do pau de freixo de Zoltan.

A garota, de uns dezesseis anos, estava presa com os braços escarranchados a uma escada posta numa carroça abarrotada de sacos, mal conseguindo alcançar o solo com a ponta dos pés. Assim que chegaram, a parte superior de seu vestido foi rasgado, deixando seus braços magros à mostra. Ela reagiu revirando os olhos e caindo numa mistura estranha de risada nervosa com soluço.

Começaram a fazer uma fogueira ao lado. Alguns acendiam o carvão. Outros pegavam ferraduras com uma tenaz e as colocavam cuidadosamente na brasa. A voz exaltada do sacerdote pairava sobre o amontoado de gente.

— Feiticeira terrível! Ímpia criatura! Confesse a verdade! Ah! Olhem só para ela! Deve ter bebido uma infusão de ervas diabólicas! Olhem só para ela! Tem a feitiçaria marcada na cara!

O sacerdote era magro, tinha o rosto seco e moreno, à semelhança de um peixe defumado. Sua vestimenta negra pendurava-se nele como numa estaca. Em seu pescoço brilhava um símbolo sagrado, mas Geralt não conseguiu reconhecer de que divindade. Afinal, não era especialista nesse tipo de assunto. O panteão, que vinha crescendo muito nos últimos tempos, pouco o interessava. Sem dúvida, o sacerdote pertencia a uma das seitas religiosas mais novas. As antigas ocupavam-se de coisas mais úteis do que capturar garotas, prendê-las em carroças e incitar o povo supersticioso contra elas.

— Desde o início dos tempos, a mulher é a sede de todo o mal! É a ferramenta do Caos, cúmplice da conspiração contra o mundo e o ser humano! A mulher é tomada pela luxúria! Por isso serve aos demônios com tanta vontade, para que possa satisfazer sua concupiscência insaciável e não natural!

— Agora vamos saber mais sobre as mulheres — falou Regis, baixinho. — É uma fobia em seu estado clínico puro. Esse homem devoto deve sonhar com frequência com *vagina dentata*.

— Aposto que é pior — respondeu Jaskier, também com voz baixa. — Posso garantir que ele até conscientemente sonha com uma normal, sem dentes, e que seu sêmen atacou seu cérebro.

— E a garota deficiente vai pagar por isso.

— Se não aparecer ninguém — rosnou Milva — que possa parar esse imbecil.

Jaskier olhou enfaticamente e com esperança para o bruxo, mas Geralt desviou o olhar.

— Nossas derrotas e infelicidades são a consequência de quê, senão da feitiçaria? — continuou a gritar o sacerdote. — Pois foram os feiticeiros, e ninguém mais, que traíram os reis na ilha de Thanedd e conspiraram o atentado ao rei da Redânia! Ninguém mais que a própria feiticeira élfica de Dol Blathanna incita os Esquilos contra nós! Agora vocês estão vendo o tamanho do mal ao qual levou a confiança nos feiticeiros e a tolerância por suas práticas obscenas! Fechar os olhos para sua anarquia, sua presunção, sua riqueza! E quem são os culpados? Os reis! Os governantes soberbos renunciaram aos deuses, afastaram os sacerdotes, extinguiram suas funções e cargos em conselhos. No entanto, deram privilégios aos feiticeiros e os cobriram de ouro! E agora pagam as consequências disso!

— Ah! Aqui está o vampiro da questão — exclamou Jaskier. — Você estava errado, Regis. Trata-se de política, e não de vagina.

— E de dinheiro — acrescentou Zoltan Chivay.

— Portanto — berrou o sacerdote —, digo-lhes que, antes de lutarmos contra Nilfgaard, limpemos nossa casa dessas abominações! Tiremos essa úlcera com o ferro incandescente! Purifiquemos com o batismo de fogo! Não deixemos viver uma criatura que se ocupa da feitiçaria!

— Não deixemos! Que queime na fogueira!

A garota presa à carroça começou a rir histericamente, revirando os olhos.

— Calma, devagarzinho — falou um camponês carrancudo de estatura enorme que até então permanecera em silêncio, rodeado de homens igualmente calados e de mulheres sombrias. — Até agora só ouvimos gritos. Todos sabem gritar, até uma gralha. Contudo, do senhor, sacerdote, espera-se mais respeito do que de uma gralha.

— Administrador Laabs, está negando minhas palavras? As palavras de um sacerdote?

— Não nego nada. — O gigante cuspiu no chão e puxou as calças de linho para cima. — Essa moça é órfã e ninguém sabe de onde veio. Não a conheço. Se for comprovado que está envolvida numa conspiração com o vampiro, que a peguem e matem. Mas, enquanto eu for o administrador deste acampamento, apenas os culpados vão ser castigados. Se quiser castigá-la, prove que é culpada.

— Provarei, sim! — gritou o sacerdote, dando um sinal a seus lacaios, aqueles que pouco antes colocavam ferraduras na fogueira. — Revelarei a seus olhos, senhor Laabs, e aos de todos os presentes!

Os lacaios tiraram de trás da carroça um caldeirão pequeno e esfumaçado e o colocaram no chão.

— Esta é a prova! — bradou o sacerdote, derrubando o caldeirão com um pontapé. Um líquido ralo derramou-se no chão, deixando na areia pedacinhos de cenoura, folhas de origem irreconhecível e alguns ossos pequenos. — A feiticeira preparava decocções mágicas! Um elixir graças ao qual ela podia voar até seu amante vampiro para ter relações sexuais ilícitas com ele e conspirar assassinatos! Conheço os assuntos e os métodos dos feiticeiros, sei de que foi feita essa poção! A feiticeira cozinhou um gato vivo!

A multidão clamou com terror.

— Horrível! — Jaskier arrepiou-se todo. — Cozinhar um ser vivo? Fiquei com pena da garota, mas acho que ela ultrapassou os limites...

— Cale a boca — sibilou Milva.

— Aqui está a prova! — urrou o sacerdote, tirando um osso pequeno da poça quente e levantando-o. — Esta é a prova incontestável! Um osso de gato!

— É um osso de pássaro — constatou Zoltan Chivay com frieza, estreitando os olhos. — Acho que é de um gaio ou de um pombo. A garota estava preparando uma canja, só isso!

— Cale a boca, anão pagão! — vociferou o sacerdote. — Não blasfeme, porque os deuses vão castigá-lo com as mãos dos homens devotos! É uma decocção de gato, eu garanto!

— De gato! Sem dúvida de gato! — gritaram os camponeses que estavam em volta do sacerdote. — A garota tinha um gato! Um gato preto! Todos viram que tinha! Andava sempre atrás dela! E onde está o gato agora? Não está aqui! Então foi cozido!

— Cozido! Transformado numa decocção!

— Verdade! A feiticeira fez uma decocção de gato!

— Não precisamos de outra prova! Levem-na ao fogo! Mas primeiro às torturas! Que ela confesse tudo!

— Puta que parrrriu! — grazinou o Marechal de Campo Duda.

— Fiquei com pena do gato — falou de repente Percival Schuttenbach com voz alta. — Era uma criatura bonita, gordinha, com pelagem que brilhava feito antracito, olhos como dois crisoberilos, bigode comprido e rabo gordo como o taco de um bandido. Uma joia de gato. Deve ter caçado muitos ratos!

Os camponeses silenciaram.

— E como sabe disso, senhor gnomo? — indagou alguém. — Como sabe qual era a aparência do gato?

Percival Schuttenbach assoou o nariz e limpou os dedos nas calças.

— Porque ele está ali, ó, na carroça. Atrás de vocês.

Os camponeses viraram-se simultaneamente e murmuraram, olhando para o gato sentado em cima das trouxas. Fazendo pouco-caso do interesse geral, o bichano levantou a perna traseira e concentrou-se em lamber o rabo.

— Bem, homem devoto, isso mostra — disse Zoltan Chivay em meio ao silêncio absoluto — que o gato não está nem aí para sua prova incontestável. Qual será sua segunda prova? Talvez uma gata? Seria bom; juntaríamos o casal para fazer mais gatos, para nenhum roedor se aproximar do celeiro a uma distância menor que meio tiro de arco.

Alguns camponeses bufaram. Outros, entre eles o administrador Hector Laabs, riram de boca aberta. O sacerdote ficou vermelho de raiva.

— Vou lembrá-lo, blasfemo! — berrou, apontando o dedo para o anão. — Ímpio koboldo! Criatura das trevas! De onde você veio? Quem sabe se você também não andou conspirando com o vampiro? Espere, depois da feiticeira, o castigaremos também! Mas primeiro faremos o julgamento da feiticeira! As ferraduras já foram postas na brasa; veremos o que a pecadora vai nos revelar quando sua pele horrenda sibilar! Garanto que vai confessar o crime da feitiçaria; precisamos de prova maior que uma confissão?

— Precisamos. Precisamos, sim — falou Hector Laabs. — Pois, se encostássemos essas ferraduras incandescentes em seus calcanhares, venerável sacerdote, acredito que confessaria até o fato de ter tido relações pecaminosas com uma égua. Puf! O senhor é um homem devoto, mas fala como um algoz!

— Sim, sou um homem devoto! — vociferou o sacerdote, abafando o crescente murmúrio entre os camponeses. — Acredito na justiça divina, no castigo e na vingança! E no juízo divino! Que a feiticeira seja julgada perante o juízo divino! O juízo divino...

— Ótima ideia — interrompeu-o o bruxo com voz alta, saindo da multidão.

O sacerdote repreendeu-o com o olhar, os camponeses pararam de murmurar e ficaram olhando boquiabertos.

– O juízo divino – retomou Geralt em meio ao silêncio absoluto – é algo inteiramente certo e absolutamente justo. Os ordálios são aceitos também pelos tribunais laicos e têm suas regras. Dizem elas que, no caso da acusação de uma mulher, uma criança, um idoso ou uma pessoa demente, admite-se um defensor. Não é, administrador Laabs? Estou me candidatando para ser o defensor. Delimitem o terreno para o embate. Quem estiver certo da culpa dessa garota e não tiver medo do juízo divino, que lute contra mim.

– Ah! – gritou o sacerdote, ainda o repreendendo com o olhar. – Não é esperto demais, senhor desconhecido? Está me desafiando para um duelo? À primeira vista, percebe-se que é malandro e valentão! Quer executar o juízo divino com sua espada?

– Se o venerável sacerdote não gostar da espada – afirmou Zoltan Chivay enfaticamente, pondo-se ao lado de Geralt – e se não for com a cara desse sujeito, talvez eu possa ser digno. Por favor, que o acusador da garota lute contra mim, mas com um machado.

– Ou contra mim, com arco. – Milva saiu da multidão, estreitando os olhos. – Com apenas uma flecha, de uma distância de cem passos.

– Estão vendo, gente, com que rapidez proliferam os defensores da feiticeira? – bradou o sacerdote, virando as costas e contorcendo o rosto num sorriso malicioso. – Tudo bem, desordeiros, aceito os três ao ordálio. Logo o juízo divino será executado e determinaremos a culpa da feiticeira, mas verificaremos a virtude de vocês também! No entanto, não com espadas, machados, lanças ou flechas! Vocês dizem conhecer as regras do juízo divino? Eu as conheço também! Aqui estão as ferraduras colocadas no fogo, incandescentes! Batismo de fogo! Vamos lá, adeptos da feitiçaria! Quem conseguir levantar uma ferradura da brasa, trazê-la para mim e não tiver vestígios de queimaduras comprovará que a feiticeira não tem culpa. Se o juízo divino constatar o contrário, então ela morrerá, e vocês também! Que assim seja!

Os sussurros relutantes do administrador Laabs e de seu grupo foram abafados pelos gritos entusiásticos da maioria reunida atrás do sacerdote, movida pelo desejo de se divertir e de assistir a um espetáculo. Milva olhou para Zoltan, Zoltan olhou para o bruxo e o bruxo olhou para o céu e depois para Milva.

– Você acredita em deuses? – perguntou com voz baixa.

– Acredito – respondeu num sussurro a arqueira, ranzinza, olhando para a brasa na fogueira. – Mas não acho que eles se preocupem com ferraduras quentes.

– Da fogueira a esse filho da puta há uma distância de três passos – sibilou Zoltan entre os dentes. – Vou aguentar de alguma forma, trabalhei numa siderúrgica... Orem a esses seus deuses por mim...

– Um momento. – Emiel Regis colocou a mão no ombro do anão. – Deixem as orações.

O barbeiro-cirurgião aproximou-se da fogueira e fez uma reverência ao sacerdote e ao público; logo em seguida, abaixou-se rapidamente e pôs a mão na brasa. A multidão gritou em uníssono, Zoltan xingou, Milva encravou os dedos no ombro de Geralt. Regis endireitou-se, olhou com calma para a ferradura incandescente que segurava na mão e, sem pressa, aproximou-se do sacerdote. Este deu um passo para trás, chocando-se contra a parede formada pelos camponeses que estavam atrás dele.

– Se não me engano, tratava-se disso, venerável sacerdote? – perguntou Regis, levantando a ferradura. – Batismo de fogo? Se for assim, suponho que o veredicto seja inequívoco. A garota é inocente. Seus defensores são inocentes. E imaginem que eu, também, sou inocente.

– Mos... mos... tre sua mão... – balbuciou o sacerdote. – Se não está queimada...

O barbeiro-cirurgião sorriu de seu jeito peculiar, com os lábios fechados, passou a ferradura para a mão esquerda e mostrou a direita, completamente ilesa, primeiro ao sacerdote e depois, erguendo-a, a todos. A multidão berrou.

– A quem pertence a ferradura? – indagou Regis. – Que o dono a pegue.

Ninguém se manifestou.

– É um truque diabólico! – uivou o sacerdote. – Você mesmo é um feiticeiro ou o diabo encarnado!

Regis jogou a ferradura no chão e virou-se.

— Então jogue os exorcismos contra mim — propôs com frieza. — Pode fazê-lo. Mas o juízo divino já foi executado, e ouvi falar que é heresia pôr em dúvida os resultados de um ordálio.

— Morra, diabo! — gritou o sacerdote, com uma das mãos agitando um amuleto diante do barbeiro-cirurgião e com a outra fazendo gestos cabalísticos. — Volte às trevas, diabo! Que a terra se abra debaixo de seus pés...

— Chega! — vociferou Zoltan, enraivecido. — Gente! Senhor administrador Laabs! Quanto tempo ainda vocês pretendem olhar para essa tolice? Pretendem...

A voz do anão foi abafada por um grito horripilante:

— Nilfgaaaaaard!

— A cavalaria vem do oeste! Nilfgaard está chegando! Salve-se quem puder!

Num instante o acampamento transformou-se num pandemônio. Os camponeses jogaram-se numa corrida desenfreada para suas carroças e cabanas, caindo e pisando uns nos outros. Um enorme berro uníssono levantou-se até o céu.

— Nossos cavalos! — bradou Milva, dando socos e pontapés para se livrar da multidão que a esmagava. — Bruxo, nossos cavalos! Siga-me, rápido!

— Geralt! — gritou Jaskier. — Ajude-me!

A multidão os separou, espalhando-se como uma onda, e num abrir e fechar de olhos levou Milva com ela. Geralt, agarrando Jaskier pelo colarinho, não se deixou arrastar, porque segurou, na hora certa, a carroça à qual estava presa a garota acusada de feitiçaria. A carroça, no entanto, deu um solavanco, começou a avançar e o bruxo e o poeta caíram no chão. A garota balançou a cabeça e começou a rir histericamente. À medida que a carroça se afastava, o riso se esvanecia entre a gritaria geral.

— Vão pisar em nós! — gritou Jaskier, deitado no chão. — Vão nos esmagar! Socorrrooo!

— Puta que parrrriu! — grazinou o invisível Marechal de Campo Duda.

Geralt levantou a cabeça, cuspiu a areia e viu uma cena engraçada.

Apenas quatro pessoas não se juntaram ao pânico geral, uma delas contra a própria vontade. Tratava-se do sacerdote, imobilizado pelo administrador Hector Laabs, que o agarrava pelo pescoço. As duas outras pessoas eram Zoltan e Percival. Num movimento rápido, o gnomo rasgou a parte de trás da vestimenta do sacerdote, e o anão, usando uma tenaz, tirou da fogueira uma ferradura incandescente e jogou-a dentro da cueca do venerável. Quando Laabs o soltou, o sacerdote correu feito um cometa com o rabo esfumaçado, mas seu grito foi abafado pelo berro da turba. Geralt viu que o administrador, o gnomo e o anão iam parabenizar um ao outro pelo ordálio bem-sucedido, quando outra onda da multidão que fugia em pânico os atropelou. Tudo desapareceu na poeira que encobria a cena, o bruxo não via mais nada, tampouco tinha tempo para ficar observando, pois estava ocupado socorrendo Jaskier, derrubado novamente, dessa vez por um porco que corria às cegas. Quando Geralt se abaixou para levantar o poeta, alguém jogou da carroça que passava ao lado uma escada que caiu diretamente sobre suas costas. O peso o esmagou e derrubou de cara para o chão, e, antes que ele conseguisse se livrar, umas quinze pessoas correram pela escada. Quando finalmente conseguiu se soltar, bem ao lado dele desabou uma carroça, provocando um grande estardalhaço. Três sacas de farinha de trigo, que no acampamento custava uma coroa por uma libra, caíram por cima do bruxo. As sacas desamarraram-se e o mundo foi encoberto por uma nuvem branca.

— Levante-se, Geralt! — gritou o trovador. — Levante-se, droga!

— Não consigo — gemeu o bruxo, cego por causa da preciosa farinha, segurando com as duas mãos o joelho tomado por uma dor que o imobilizou. — Salve-se, Jaskier...

— Não vou deixá-lo!

Da extremidade ocidental do acampamento vinham gritos horrendos, que se misturavam com o barulho de cascos e relinchos de cavalos. De repente, a gritaria e o tropel foram sobrepostos pelo som parecido ao de um sino dobrando, o tinir e o ribombar de ferro batendo contra ferro.

— Uma batalha! — exclamou o poeta. — Estão lutando!

– Quem? Contra quem? – Geralt tentava limpar os olhos da farinha e da areia com gestos bruscos. Perto deles algo fora incendiado, envolvendo-os com o calor da brasa e com uma nuvem de fumaça fedorenta. O som dos cascos tornava-se cada vez mais intenso, a terra tremia. Dezenas de cavalos a galope foram a primeira coisa que Geralt distinguiu na nuvem de poeira. Estavam por todos os lados. O bruxo aguentou a dor.

– Debaixo da carroça! Esconda-se debaixo da carroça, Jaskier! Senão vão nos esmagar!

– Vamos ficar imóveis... – gemeu o poeta, arriado no chão. – Vamos ficar deitados... Dizem que um cavalo nunca pisa num homem deitado...

– Não estou certo – Geralt arfou – se todos os cavalos ouviram falar disso. Para debaixo da carroça! Rápido!

Nesse momento, um dos cavalos que passavam, desconhecendo os ditados humanos, chutou-o na parte lateral da cabeça. De repente, todas as constelações do firmamento reluziram em tons de rubro e ouro nos olhos do bruxo, e logo em seguida uma escuridão absoluta cobriu o céu e a terra.

Os Ratos levantaram-se, acordados por um grito prolongado que retumbava num eco que se multiplicava nas paredes da caverna. Asse e Reef pegaram as espadas, e Faísca xingou em voz alta depois de bater a cabeça no rebordo de uma rocha.

– O que foi? – gritou Kayleigh. – O que houve?

A caverna estava imersa na escuridão, embora lá fora fosse dia. Os Ratos dormiram até tarde depois de uma noite passada sobre os cavalos, fugindo de uma perseguição. Giselher colocou uma tocha na brasa, acendeu-a, levantou-a e foi até o lugar onde dormiam Ciri e Mistle, como sempre longe do resto do bando. Ciri estava sentada com a cabeça abaixada, Mistle a abraçava.

Giselher ergueu mais a tocha. Os outros também se aproximaram. Mistle cobriu os ombros nus de Ciri com peles de animais.

– Ouça, Mistle – falou o líder dos Ratos com seriedade. – Nunca me intrometi naquilo que vocês duas fazem no mesmo leito. Nunca pronunciei uma única palavra desagradável, nem debochei. Sempre procuro olhar para o outro lado e não notar. As preferências são suas, e isso não é da conta de ninguém, desde que vocês o façam discretamente e em voz baixa. Mas dessa vez vocês extrapolaram um pouco.

— Não seja idiota — explodiu Mistle. — O que está imaginando? Quê... A garota estava gritando enquanto sonhava! Foi um pesadelo!

— Não grite. Falka?

Ciri balançou a cabeça afirmativamente.

— Esse sonho foi muito ruim? Com o que você sonhou?

— Deixe-a em paz!

— Cale a boca, Mistle. Falka?

— Sonhei com alguém que eu conhecia — disse Ciri, engasgando — e que foi esmagado por cavalos. Cascos... Foi como se estivessem pisando em mim... Senti a dor dele... Na cabeça e no joelho... Ainda estou com dor... Desculpem-me. Acordei vocês.

— Não peça desculpas. — Giselher olhou para os lábios cerrados de Mistle. — Nós é que pedimos desculpas a vocês. E o sonho? Bem, qualquer um pode ter um sonho. Qualquer um.

Ciri fechou os olhos. Não estava certa de Giselher ter razão.

Geralt foi despertado com um chute.

Estava deitado, com a cabeça apoiada na roda de uma carroça caída. Ao lado dele, Jaskier encolhia-se todo. Quem deu o chute foi um lansquenê de gibão e elmo redondo, acompanhado de um colega. Cada um deles segurava as rédeas de um cavalo, com bestas e escudos presos à sela.

— Quem diabos são eles? Moleiros?

O outro lansquenê deu de ombros. Geralt percebeu que Jaskier não tirava os olhos dos escudos. Ele próprio também notou que nos escudos havia lírios, o brasão do Reino de Temeria. Os outros artilheiros a cavalo, em grande número, usavam a mesma insígnia. A maioria estava ocupada apanhando os cavalos e saqueando os pertences dos cadáveres vestidos, predominantemente, de capas negras nilfgaardianas.

O acampamento ainda estava uma ruína esfumaçada depois do assalto, mas os camponeses que não haviam conseguido fugir para longe já voltavam. Os artilheiros com o brasão de lírios temerianos os amontoavam, aos gritos.

O bruxo não viu Milva, Zoltan, Percival, nem Regis por lá.

Bem a seu lado estava o herói do recente julgamento, o gato negro, que, indiferente, fixava nele seus olhos dourado-esverdeados. Geralt estranhou um pouco, pois normalmente os gatos não suportavam ficar perto dele, mas não teve tempo de pensar nesse fenômeno incomum, porque um dos lansquenês o cutucou com a haste da lança.

– Levantem-se os dois! Ei, esse de cabelos brancos tem uma espada!

– Largue a arma! – gritou o outro, chamando os demais. – A espada no chão, agora, ou vou acertá-lo com a archa!

Geralt obedeceu. Um zumbido enchia seus ouvidos.

– Quem são vocês?

– Viajantes – respondeu Jaskier.

– Até parece... – bufou o soldado. – Estão viajando para casa? Desertaram e largaram os distintivos? Neste acampamento há muitos viajantes desse tipo que ficaram com medo dos nilfgaardianos e não gostaram da comida de soldado! Alguns são velhos amigos nossos. De nosso esquadrão!

– Esses viajantes agora vão fazer outro tipo de viagem. – O outro riu, gorgolejando. – Uma viagem curta! Para cima, para o galho!

– Não somos desertores! – gritou o poeta.

– Vamos ver quem são vocês. Vão contar ao comandante.

De trás do anel formado pelos artilheiros a cavalo surgiu um esquadrão de cavalaria leve encabeçada por alguns homens de armadura e elmo com plumas exuberantes.

Jaskier examinou os cavaleiros com cuidado, bateu a roupa para tirar a farinha, ajeitou-a e cuspiu na mão para alisar os cabelos assanhados.

– Você, Geralt, fique calado – avisou. – Eu vou negociar. São cavaleiros de Temeria. Derrotaram os nilfgaardianos. Não vão fazer nada conosco. Sei falar com os condecorados. É preciso mostrar-lhes que não somos do povo, que estão falando com gente igual a eles.

— Jaskier, pelo amor divino...

— Não se preocupe, tudo vai dar certo. Sou especialista em conversas com cavaleiros e nobres, a metade de Temeria me conhece. Ei, saiam do caminho, praças, deixem-me passar! Tenho algo para falar a seus líderes!

Os lansquenês olharam para ele com hesitação, mas levantaram as lanças e abriram passagem. Jaskier e Geralt seguiram em direção aos cavaleiros. O poeta andava orgulhosamente, exalando um ar de soberba que pouco combinava com a roupa amarrotada e suja de farinha.

— Pare! — berrou um dos homens de armadura. — Nem um passo à frente! Quem é você?

— Por acaso, deveria me apresentar a quem? — Jaskier colocou as mãos na cintura. — E por quê? Quem são vocês, senhores nobres, para oprimir viajantes inocentes?

— Não é sua a tarefa de perguntar, pobretão! Você deve é responder!

O trovador inclinou a cabeça para o lado, olhou para os brasões nos escudos e nas túnicas dos cavaleiros.

— Três corações rubros num campo dourado — reparou. — Isso significa que o senhor é um Aubry. Na coroa do brasão há um lambel tridentado, então deve ser o filho primogênito de Anzelmo Aubry. Conheço bem seu pai, senhor cavaleiro. E o senhor, senhor clamoroso, o que há em seu escudo de prata? Um poste negro entre cabeças de grifo? Se não me engano, é o brasão da casa dos Papebrocks, e raramente me engano nesse tipo de assunto. O poste, pelo que dizem, reflete o sucesso que caracteriza os membros dessa família.

— Droga, chega, Jaskier — gemeu Geralt.

— Eu sou o famoso poeta Jaskier! — vangloriou-se o bardo, não prestando a mínima atenção ao bruxo. — Devem ter ouvido falar de mim. Levem-me então a seu comandante, a seu senhor, pois falo apenas com aqueles do mesmo nível que eu!

Os homens de armadura não reagiram, mas seu semblante tornava-se cada vez menos simpático e suas luvas de ferro apertavam com cada vez mais força as rédeas ornamentadas. Jaskier, obviamente, não notava isso.

— O que vocês têm? — perguntou com soberba. — Para o que está olhando, cavaleiro? Sim, estou falando com o senhor, senhor Poste Negro! Por que está fazendo caretas? Alguém lhe falou que, se estreitasse os olhos e colocasse o queixo para a frente, pareceria mais másculo, varonil, eminente e temível? Esse alguém o conduziu a uma ideia errônea. O senhor parece alguém que não tem a sorte de dar uma boa cagada há uma semana!

— Prendam-nos! — berrou para os lansquenês o filho primogênito de Anzelmo Aubry, o portador do escudo com três corações.

O Poste Negro da casa dos Papebrocks fincou as esporas no corcel.

— Prendam os desordeiros!

Iam atrás dos cavalos, seus pulsos atados com cordas, amarradas aos cepilhos das selas. Andavam ou, às vezes, corriam, já que os cavaleiros não tinham dó nem dos corcéis, nem dos prisioneiros. Jaskier caiu duas vezes e foi arrastado por alguns instantes, gritando até despertar pena. Levantaram-no e o apressaram sem piedade com a haste de uma lança. E arrancaram de novo. A poeira cegava e fazia os olhos lacrimejarem, sufocava e subia pelo nariz. A sede queimava a garganta.

No entanto, um elemento os confortava: estavam seguindo para o sul. Finalmente, Geralt viajava pelo caminho certo, e depressa, mas não podia se alegrar, porque imaginara essa viagem de uma forma completamente diferente.

Chegaram ao destino no momento em que Jaskier ficou rouco de tanto xingar e pedir misericórdia, e a dor no cotovelo e no joelho de Geralt se tornou uma verdadeira tortura, incomodando-o tanto que ele começou a considerar agir de maneira radical, até mesmo desesperadora.

Adentraram um acampamento militar localizado em volta de uma fortaleza arruinada, meio queimada pelo fogo. Atrás do anel formado pela guarda, dos palanques e das fogueiras fumegantes, viram as barracas que circundavam o vasto e movimentado arraial atrás de uma paliçada esfumaçada. Esse foi o destino final de sua peregrinação forçada.

Geralt e Jaskier esticaram as cordas assim que viram uma fonte de água, à qual inicialmente os cavaleiros não lhes deram acesso, porém o filho de Anzelmo Aubry provavelmente se lembrou da suposta amizade de Jaskier com seu pai e decidiu ser piedoso. Enfiaram-se por entre os cavalos, beberam, lavaram o rosto com as mãos amarradas, mas o puxar das cordas logo os fez voltar à realidade.

— Quem vocês me trouxeram desta vez? — perguntou um alto e esbelto cavaleiro que usava uma armadura dourada com ricos detalhes, batendo ritmicamente a maça contra o escudo ornamentado. — Não me digam que são outros espiões.

— Espiões ou desertores — confirmou o filho de Anzelmo Aubry. — Nós os prendemos no acampamento à beira do rio Chotla depois de repelir o ataque nilfgaardiano. São elementos particularmente suspeitos!

O cavaleiro de armadura dourada bufou e logo em seguida fixou os olhos em Jaskier. De repente seu rosto jovem, embora severo, animou-se.

— Bobagem. Desamarrem-nos.

— São espiões de Nilfgaard! — revoltou-se o Poste Negro da casa dos Papebrocks. — Especialmente esse sujeito, cheio de marra, que late como um cão raivoso e se diz poeta, vagabundo!

— Então não mentiu. — O cavaleiro de armadura dourada sorriu. — É o bardo Jaskier. Eu o conheço. Desamarrem-no. E esse outro também.

— Tem certeza, senhor conde?

— É uma ordem, cavaleiro Papebrock.

— Você não sabia para que eu prestava, hein? — sussurrou Jaskier para Geralt, esfregando os pulsos, que estavam dormentes por causa das cordas. — Então agora já sabe. Minha fama me ultrapassa, conhecem-me e respeitam-me em tudo que é lugar.

Geralt não fez nenhum comentário, ocupado em massagear os pulsos, o cotovelo e o joelho doloridos.

— Perdoem-me o zelo exagerado desses jovens — falou o cavaleiro com o título de conde. — Procuram espiões de Nilfgaard em todos os cantos. Todas as cargas despachadas trazem alguns indivíduos que levantam suspeitas, ou seja, aqueles que se destacaram de alguma forma das multidões em fuga. E o senhor, nobre Jaskier, obviamente se destaca. O que faziam entre os fugitivos no acampamento à beira do Chotla?

– Estávamos no caminho de Dillingen para Maribor – mentiu o poeta rapidamente – quando caímos nesse inferno, eu e meu... colega de ofício. Devem conhecê-lo. Chama-se... Giraldus.

– É claro que conheço, li suas obras – vangloriou-se o cavaleiro. – É uma honra, senhor Giraldus. Sou Daniel Etcheverry, conde de Garramone. Por minha honra, mestre Jaskier, muita coisa mudou desde os tempos em que cantávamos na corte do rei Foltest!

– Certamente.

– Quem diria – o conde ficou soturno – que as coisas chegariam a esse ponto. Verden submeteu-se a Emhyr, Brugge está praticamente conquistada e Sodden arde em chamas... E nós recuamos, recuamos continuamente... Desculpem-me, queria dizer: estamos executando uma manobra tática. Nilfgaard queima e rouba tudo em volta, está quase chegando ao Ina, falta pouco para que feche o cerco das fortalezas de Mayena e Razwan, e o exército temeriano continua executando essa manobra...

– Quando vi os lírios em seus escudos à beira do Chotla – disse Jaskier –, pensei que já se tratasse da ofensiva.

– Contra-ataque – corrigiu Daniel Etcheverry. – E reconhecimento do combate. Atravessamos o Ina, embatemos algumas incursões nilfgaardianas e alguns comandos dos Scoia'tael que espalhavam fogo. Vocês estão vendo o que sobrou da fortaleza de Armeria, que conseguimos reconquistar. Os fortes de Carcano e Vidort foram queimados completamente... O sul inteiro está cheio de sangue, fogo e fumaça... Ah, estou entediando os senhores. Sabem bem o que está acontecendo em Brugge e Sodden, pois acompanharam os fugitivos de lá. E meus soldados acharam que eram espiões! Mais uma vez, peço-lhes desculpas. E convido-os para o almoço. Alguns dos nobres e oficiais terão prazer em conhecê-los, senhores poetas.

– É uma verdadeira honra para nós, senhor conde – Geralt curvou-se, todo teso –, mas o tempo corre. Precisamos continuar a marcha.

— Ora, não fiquem constrangidos. — Daniel Etcheverry sorriu. — É apenas uma simples refeição de soldado. Carne de corça, perdizes, esturjão, trufas...

— Negar — Jaskier engoliu a saliva e olhou enfaticamente para o bruxo — seria um grande despeito. Vamos sem demora, senhor conde. Sua barraca é aquela opulenta, áureo-celeste?

— Não. Essa é a barraca do comandante em chefe. O azul e o dourado são as cores de seu país.

— Como assim? — estranhou Jaskier. — Achava que este era o exército de Temeria e que o senhor o comandava.

— Este é um destacamento independente do exército temeriano. Sou o oficial de contato do rei Foltest. Há também muitos nobres temerianos com suas companhias, que, para manter a ordem, usam o brasão de lírios nos escudos. No entanto, a base é constituída pelos súditos de outro país. Estão vendo a bandeira na frente da barraca?

— Um leão. — Geralt parou. — Um leão dourado num campo azul. É... é o brasão de...

— Cintra — confirmou o conde. — São emigrantes do Reino de Cintra, atualmente ocupado por Nilfgaard. Quem os comanda é o marechal Vissegerd.

O bruxo virou-se com a intenção de declarar ao conde que assuntos urgentes forçavam-no a desistir da carne de corça, das perdizes, do esturjão e das trufas. Não teve tempo. Viu um grupo se aproximando, à frente do qual estava um cavaleiro de boa postura, barrigudo, de cabelos brancos, com capa azul-celeste e uma corrente de ouro na armadura.

— Este aqui, senhores poetas, é o marechal Vissegerd em pessoa — disse Daniel Etcheverry. — Sua excelência, permita-me apresentar...

— Não é necessário — interrompeu-o o marechal Vissegerd com voz rouca, cravando os olhos em Geralt. — Já fomos apresentados, em Cintra, na corte da rainha Calanthe, no dia em que a princesa Pavetta noivou. Foi há quinze anos, mas tenho boa memória. E você, seu bruxo canalha? Lembra-se de mim?

— Lembro. — Geralt balançou a cabeça afirmativamente, esticando as mãos em direção aos soldados para que fossem amarradas.

Daniel Etcheverry, conde de Garramone, já tentara interceder por eles assim que os lansquenês fizeram Geralt e Jaskier, amarrados com cordas, sentar-se nas cadeiras de madeira dentro da barraca. Agora que os lansquenês saíram por ordem do marechal Vissegerd, o conde recomeçou os esforços.

– É o poeta e trovador Jaskier, senhor marechal – repetiu. – Eu o conheço. Todo mundo o conhece. Não acho que convenha tratá-lo assim. Dou minha palavra de cavaleiro de que não é um agente nilfgaardiano.

– Não dê garantias precipitadamente – rosnou Vissegerd sem tirar os olhos dos prisioneiros. – Talvez seja poeta, mas, se ele foi preso na companhia desse patife do bruxo, eu não daria garantias por ele. O senhor, pelo que parece, ainda não se deu conta do tipo de peixe que caiu em nossa rede.

– Bruxo?

– Pois é. Geralt, chamado de Lobo. O mesmo canalha que reivindicou os direitos a Cirilla, filha de Pavetta, neta de Calanthe, a mesma Ciri, sobre a qual tanto se fala agora. O senhor, conde, é demasiado jovem para se lembrar dos tempos em que esse assunto predominava em muitas cortes, mas eu, por acaso, fui testemunha ocular.

– E qual pode ser sua ligação com a princesa Cirilla?

– Esse cachorro – Vissegerd apontou o dedo para Geralt – contribuiu para o casamento de Pavetta, filha da rainha Calanthe, com Duny, um vagabundo vindo do sul e desconhecido de todos. Dessa união vira-lata nasceu Cirilla, o objeto de sua maldita conspiração. Pois o senhor precisa saber que esse bastardo do Duny prometera a menina ao bruxo, como pagamento, por ter possibilitado o casamento. A Lei da Surpresa, entendeu?

– Não entendi bem. Mas continue falando, senhor marechal.

– O bruxo – Vissegerd novamente apontou o dedo para Geralt – queria, depois da morte de Pavetta, levar a menina consigo, mas Calanthe não deixou e o expulsou descaradamente. No entanto, ele esperou pelo momento certo. Quando eclodiu a guerra contra Nilfgaard e Cintra caiu, sequestrou Ciri, aproveitando o tumulto. Mantinha a menina em cativeiro, embora soubesse que a procurávamos. Por fim, ficou entediado com ela e vendeu-a a Emhyr!

– É mentira e calúnia! – gritou Jaskier. – Não há nem um pingo de verdade nisso!

– Cale-se, músico de rua, ou vou mandar amordaçá-lo. Ligue os fatos, conde. O bruxo tinha Cirilla, agora Emhyr var Emreis a tem. E o bruxo foi preso na vanguarda da incursão nilfgaardiana. O que isso significa?

Daniel Etcheverry deu de ombros.

– O que isso significa? – repetiu Vissegerd, inclinando-se sobre Geralt. – E aí, bandoleiro? Fale, cachorro! Há quanto tempo você trabalha como agente de Nilfgaard?

– Não sou agente de ninguém.

– Vou mandar torturá-lo!

– Mande, então.

– Senhor Jaskier – falou o conde de Garramone repentinamente –, será melhor o senhor proceder às explicações o mais rápido possível.

– Eu o teria feito há muito tempo – explodiu o poeta –, mas o ilustríssimo senhor marechal ameaçou me amordaçar! Somos inocentes, tudo isso são calúnias abomináveis e invenções absurdas. Cirilla foi sequestrada da ilha de Thanedd e Geralt se feriu seriamente ao defendê-la. Todos podem confirmá-lo, qualquer feiticeiro que estava em Thanedd. E o secretário de Estado da Redânia, senhor Sigismund Dijkstra...

Jaskier calou-se, pois lembrou que o próprio Dijkstra não era o melhor candidato para ser testemunha de defesa nesse caso, e referir-se aos feiticeiros de Thanedd também não tornava a situação mais favorável.

– Que grande bobagem – retomou o discurso às pressas – é acusar Geralt de sequestrar Ciri em Cintra! Geralt achou a menina quando andava perdida em Trásrios depois da carnificina na cidade. Ele escondeu-a não de vocês, mas dos agentes de Nilfgaard, que estavam atrás dela! Eu mesmo fui preso por eles e levado para ser torturado para confessar onde Ciri estava! Mas não deixei escapar uma única palavra, e esses agentes já estão mortos. Não sabiam com quem estavam lidando!

– No entanto – interrompeu-o o conde –, sua coragem foi em vão. Emhyr finalmente está com Cirilla. Como se sabe, pretende se casar com ela e torná-la imperatriz de Nilfgaard. Por enquanto, proclamou-a rainha de Cintra e arredores, causando-nos alguns problemas.

– Emhyr – declarou o poeta – poderia ter colocado no trono de Cintra qualquer pessoa que ele desejasse. Ciri, se analisar bem, tem todos os direitos a esse trono.

– Direitos? – gritou Vissegerd, respingando saliva em Geralt. – Direitos de merda! Emhyr pode se casar com ela se quiser. Pode conceder os privilégios e títulos mais fantasiosos que lhe ocorram, tanto a ela como ao filho que tiver com ela. Rainha de Cintra e das ilhas de Skellige? Por que não? Princesa de Brugge? Condessa palatina de Sodden? À vontade, curvamo-nos até o chão! E por que não, pergunto humildemente, rainha do Sol e suserana da Lua? Esse sangue maldito, maculado, não tem nenhum direito ao trono! Sangue maldito, todas da linha feminina dessa casa são criaturas malditas, vis, começando por Riannon! Também a bisavó de Cirilla, Adália, se corrompeu com o próprio primo. E sua tataravó, Muriel, a Bella Infame, que fornicava com todos! Bastardas incestuosas e contaminadas representam essa casa, uma atrás da outra!

– Fale mais baixo, senhor marechal – disse Jaskier com insolência. – Diante de sua barraca há uma bandeira com o leão dourado e o senhor está prestes a chamar de bastarda a própria Calanthe, a avó de Ciri, a Leoa de Cintra, por quem a maioria de seus soldados derramou sangue em Marnadal e Sodden. Nesse caso, não estaria seguro da fidelidade de seu exército.

Vissegerd cobriu a distância que o separava de Jaskier em dois passos, pegou o poeta pelos babados da camisa e o levantou da cadeira. O rosto do marechal, ainda havia pouco salpicado de manchas rubras, agora era todo tomado por um profundo tom de encarnado heráldico. Geralt começou a se preocupar seriamente com o amigo, quando, felizmente, um ajudante entrou na barraca avisando, com voz exaltada, sobre notícias urgentes e importantes trazidas por uma patrulha. Vissegerd jogou Jaskier na cadeira, empurrando-o com força, e saiu.

– Ufa... – gemeu o poeta, virando a cabeça e o pescoço. – Faltou pouco para ele me asfixiar... Senhor conde, pode soltar a corda um pouco?

— Não, senhor Jaskier. Não posso.
— O senhor acredita nesses disparates? Que somos espiões?
— O fato de eu acreditar ou não pouco importa. Permanecerão amarrados.
— Lamento. — Jaskier tossiu. — Que diabo possuiu o marechal? Por que, de repente, foi para cima de mim como um falcão para cima de uma galinhola?

Daniel Etcheverry deu um sorriso amarelo.
— Mencionando a fidelidade dos soldados, senhor poeta, por acaso abriu uma ferida mal cicatrizada.
— Como assim? Que ferida?
— Esses soldados, quando receberam a notícia da morte de Cirilla, choraram sinceramente, do fundo do coração. E logo estourou uma nova notícia, a de que a neta de Calanthe não havia morrido e estava em Nilfgaard, vivendo à mercê do imperador Emhyr. Foi então que houve deserções em massa. Notem que esses homens deixaram a casa e a família, fugiram para Sodden, Brugge e Temeria, porque queriam lutar por Cintra, pelo sangue de Calanthe. Queriam lutar pela libertação do país, expulsar o invasor de Cintra e fazer com que a descendente de Calanthe recuperasse o trono. E então o que acontece? O sangue de Calanthe volta ao trono de Cintra em glória e fama...
— Como um fantoche nas mãos de Emhyr, a mando de quem foi sequestrada.
— Emhyr vai se casar com ela. Quer colocá-la a seu lado no trono imperial, confirmar os títulos e feudos. É assim que se lida com os fantoches? Cirilla foi vista na corte imperial pelos delegados de Kovir. Afirmam que não passava a impressão de ter sido sequestrada à força. Cirilla, a única herdeira do trono de Cintra, volta a esse trono como aliada de Nilfgaard. Foram essas as notícias espalhadas entre os soldados.
— Espalhadas por agentes de Nilfgaard.
— Sei disso — o conde balançou a cabeça —, mas os soldados não. Quando capturamos um desertor, nós o condenamos à força, porém eu os entendo um pouco. São cintrenses. Querem lutar pelos próprios territórios, e não pelos temerianos. Sob o próprio comando, e não sob o temeriano. Sob a própria bandeira. Eles

veem que aqui, neste exército, seu leão dourado curva-se diante dos lírios temerianos. Vissegerd tinha oito mil soldados, entre os quais cinco mil cintrenses nativos e o restante constituído por destacamentos auxiliares temerianos e cavaleiros voluntários de Brugge e Sodden. Neste momento, o corpo de exército conta com seis mil soldados. Os que desertaram eram todos de Cintra. O exército de Vissegerd foi dizimado sem batalhas. Entendem o que isso significa para ele?

– Está perdendo o prestígio e a posição.

– Exatamente. Se mais algumas centenas desertarem, o rei Foltest o destituirá do comando. Já agora é difícil chamar este exército de cintrense. Vissegerd está em apuros, quer acabar com as deserções, por isso espalha boatos sobre a descendência incerta, provavelmente ilegítima, de Cirilla e seus antepassados.

– O que o senhor, conde – Geralt não se conteve –, ouve com nítido desgosto.

– O senhor notou? – Daniel Etcheverry sorriu levemente. – Bem, Vissegerd não conhece minha descendência... Indo direto ao ponto, tenho laços familiares com Cirilla. Muriel, condessa de Garramone, chamada de Bela Infame, tataravó de Cirilla, era também minha tataravó. Na família circulam lendas acerca de suas conquistas amorosas. Contudo, ouço com desgosto quando Vissegerd atribui a minha ancestral tendências incestuosas e libertinas. Mas não reajo porque sou militar. Os senhores me entendem?

– Claro – falou Geralt.

– Não – respondeu Jaskier.

– Vissegerd comanda este corpo de exército, que faz parte das forças armadas de Temeria. No entanto, Cirilla, nas mãos de Emhyr, constitui um perigo para o corpo militar, ou melhor, para todo o exército, para meu rei e para meu país. Não pretendo negar os boatos espalhados por Vissegerd acerca de Cirilla nem contestar sua autoridade. Eu até pretendo apoiá-lo em provar que Cirilla é filha ilegítima e não tem direitos ao trono. Não vou contrariar o marechal. Não vou questionar suas decisões ou ordens. Ao contrário, vou apoiá-las e executá-las, quando for preciso.

O bruxo deu um sorriso amarelo.

— Agora você entende, Jaskier? O senhor conde em nenhum momento considerou que fôssemos espiões, caso contrário não teria dado explicações tão detalhadas. O senhor conde sabe que somos inocentes, mas não vai mexer nem um dedo quando Vissegerd nos condenar.

— Isso significa que... Isso significa que...

O conde desviou o olhar.

— Vissegerd — disse com voz baixa — está enraivecido. Os senhores tiveram muito azar ao cair em suas mãos. Especialmente o senhor bruxo. Quanto ao senhor Jaskier, tentarei...

Foi interrompido por Vissegerd, que entrou com o rosto ainda enrubescido e arfando. O marechal aproximou-se da mesa, bateu com o bastão nos mapas que a cobriam, depois virou-se para Geralt e cravou o olhar nele. O bruxo continuou a encará-lo.

— Um nilfgaardiano ferido capturado pela patrulha — falou Vissegerd devagar — conseguiu tirar o curativo no caminho e sangrou, perdendo a consciência. Preferiu morrer a contribuir para a derrota e morte de seus conterrâneos. Queríamos usá-lo, e ele fugiu para a morte, escapou de nós por entre os dedos, nos quais ficou apenas seu sangue. Boa lição. É pena que os bruxos não ensinam esse tipo de coisa aos filhos da realeza que levam para educar.

Geralt permaneceu calado, embora não desviasse o olhar.

— E aí, monstro? Aberração da natureza? Criatura infernal? O que ensinou a Cirilla em cativeiro? Como a educou? Todos veem e sabem como! Essa degenerada está viva, refestelando-se no trono de Nilfgaard como se não estivesse acontecendo nada! E, quando Emhyr decidir levá-la para a cama, essa puta certamente abrirá as pernas com vontade.

— O senhor está enraivecido — reparou Jaskier. — É correto, senhor marechal, um cavaleiro culpar uma criança por tudo? Uma criança que Emhyr sequestrou à força?

— Há métodos contra a força! São justamente os métodos de cavaleiro, métodos reais! Se o verdadeiro sangue real corresse em suas veias, teria achado um método! Acharia uma faca, uma tesoura, um caco de vidro ou talvez uma sovela! Essa filha da puta poderia ter cortado os pulsos ou até se enforcado na própria meia.

– Não quero mais ouvi-lo, senhor Vissegerd – falou Geralt, baixinho. – Não quero mais ouvi-lo.

O marechal rangeu os dentes alto, depois inclinou-se.

– Não quer – disse com a voz trêmula de raiva. – Isso vem a calhar, pois não tenho mais nada para lhe dizer, a não ser uma coisa. Há quinze anos, em Cintra, falava-se muito no destino. Pensei, na época, que se tratasse de disparates. No entanto, esse era seu destino, bruxo. Naquela noite seu destino já estava determinado, escrito entre as estrelas com runas negras. Ciri, a filha de Pavetta, é seu destino. E sua morte. Porque você morrerá na forca por Ciri, a filha de Pavetta.

CAPÍTULO QUINTO

A brigada entrou na operação Centauro como um destacamento separado do IV Regimento da Cavalaria. Recebemos apoio na forma de três esquadrões de cavalaria leve de Verden, que eu designei ao Grupo de Combate Vreemde. Do restante da brigada, à semelhança da campanha em Aedirn, destaquei os Grupos de Combate Sievers e Morteisen, cada um composto de quatro esquadrões.

Saímos da região de concentração nas redondezas de Drieschot na noite de 4 para 5 de agosto. A ordem dada aos grupos foi: alcançar a fronteira estratégica Vidort-Carcano-Armeria, bloquear a travessia do Ina, aniquilar o inimigo encontrado, mas desviar dos principais pontos de contra-ataque. Iniciando incêndios, particularmente à noite, iluminar o caminho para as divisões do IV Regimento, criar pânico entre a população civil e fazer com que os fugitivos provocassem congestionamento em todas as artérias de comunicação na retaguarda do inimigo. Disfarçando um cerco, empurrar os destacamentos do inimigo em retirada em direção às emboscadas existentes. Eliminando grupos escolhidos da população civil e prisioneiros, despertar pavor, aprofundar a sensação de pânico e quebrar a moral do inimigo.

A brigada executou as tarefas aqui enumeradas com grande empenho militar.

Elan Trahe, Pelo imperador e pela pátria. O glorioso caminho de combate da VII Brigada Daerlana de Cavalaria

Milva não conseguiu alcançar os cavalos e salvá-los. Testemunhou o roubo deles, mas foi uma testemunha impotente. Primeiro, foi levada pela multidão descontrolada, tomada pelo pânico. Depois, o caminho foi barrado por carroças movendo-se a grande velocidade. Em seguida, ficou presa num barulhento e lanoso rebanho de ovelhas, e sair dele foi como se estivesse passando por um monte de neve. Por fim, perto do Chotla, saltar para dentro de um pântano, cujas margens eram cobertas de juncos, salvou-a das espadas dos nilfgaardianos que exterminavam sem piedade os fugitivos amontoados à beira do rio, não poupando nem mulheres e crianças. Milva pulou para dentro da água e passou para a outra margem, ora atravessando o rio a pé, ora nadando de costas entre os cadáveres levados pela correnteza.

Retomou a perseguição dali. Lembrou-se da direção tomada pelos camponeses que roubaram Plotka, Pégaso, o garanhão castanho e seu corcel negro. No cesto junto da sela do cavalo negro estava seu arco de valor inestimável. "Infelizmente", pensou enquanto andava, respingando a água acumulada nos sapatos, "os outros precisam se virar sozinhos. Eu, droga, tenho de recuperar o arco e os cavalos!"

Primeiro recapturou Pégaso. O capão do poeta ignorava os sapatos de palha que cutucavam seus flancos e os gritos de precipitação de um cavaleiro inexperiente. Nem levou em consideração galopar, deslocando-se pelo bosque de bétulas de maneira lenta, sonolenta e preguiçosa. O camponês que o montava ficou bem atrás dos outros ladrões de cavalos. Quando escutou e viu Milva a suas costas, pulou do animal sem hesitar e fugiu para o mato, segurando as calças com as mãos. Milva conseguiu conter o desejo ardente de surrá-lo e não o perseguiu. Saltou sobre o cavalo correndo, com força, fazendo com que as cordas do alaúde, amarrado aos sacos junto da sela, emitissem um zunir prolongado. Experiente em montar, obrigou o capão a galopar, ou melhor, a andar mais rápido, embora pesadamente, o que Pégaso considerava ser um galope.

Contudo, até esse pseudogalope foi suficiente, pois a fuga dos ladrões de cavalos foi freada por outro animal atípico: Plotka, a égua baia de Geralt, que, enraivecido por seu jeito amuado, inúmeras vezes prometera trocá-la nem que fosse por um jumento, uma mula ou até um bode. Milva alcançou os ladrões no momento em que Plotka, nervosa pelo fato de o cavaleiro que a montava puxar as rédeas de maneira errada, jogou-o ao chão. Os outros camponeses pularam da sela para tentar acalmar a égua, que, descontrolada, dava coices. Estavam tão ocupados que notaram a presença de Milva só quando ela os atacou montada em Pégaso e deu um chute na cara de um deles, quebrando seu nariz. Reconheceu-o quando caía no chão, uivando e chamando a ajuda divina. Era Tamanco, o camponês que obviamente não tinha sorte com os outros humanos, sobretudo com Milva.

Infelizmente, Milva também foi abandonada pela sorte. Na verdade, não foi culpa da sorte, mas de sua própria arrogância e convicção, sustentada um pouco pela experiência de que era capaz de dar uma surra da maneira que achasse adequada em qualquer dupla de camponeses. No entanto, quando saltou da sela, levou um soco no olho e caiu no chão, sem se dar conta do momento certo em que isso aconteceu. Sacou uma faca, decidida a extirpar o agressor, porém levou um golpe tão violento na cabeça com um pau de madeira grosso que este quebrou, cobrindo seus olhos de lascas e pó de madeira. Embora cega e ensurdecida, conseguiu segurar o joelho do camponês, que continuava golpeando-a com o que restara do pau de madeira, quando de repente ele uivou e caiu. O outro homem gritou, cobrindo a cabeça com as mãos. Milva esfregou os olhos e viu que o camponês protegia-se de uma chuva de golpes de um azorrague, executados por um cavaleiro sentado num lobuno. Levantou-se e chutou o pescoço do camponês caído. O ladrão de cavalos respirou ruidosamente, sacudiu as pernas e escarranchou-as. Milva aproveitou isso para descarregar sua raiva com mais um chute, medido com precisão. O camponês encolheu-se todo, apertou as mãos na virilha e soltou um uivo tão forte que a folhagem das bétulas começou a cair.

O cavaleiro no lobuno conseguiu imobilizar o outro camponês e Tamanco, cujo nariz sangrava. Depois expulsou-os para dentro da floresta, fustigando-os com o azorrague. Voltou para açoitar aquele que uivava, mas deteve o cavalo, pois Milva conseguira apanhar seu corcel negro e já tinha o arco e a flecha nas mãos. A corda estava meio esticada, e a ponta da flecha, voltada para o coração do cavaleiro.

Por um momento ficaram olhando um para o outro. Então, o cavaleiro, com um movimento demorado, tirou de trás do cinturão uma flecha com empenagem comprida e jogou-a aos pés de Milva.

– Sabia – falou com calma – que teria a oportunidade de lhe devolver sua flecha, elfa.

– Não sou elfa, nilfgaardiano.

– Não sou nilfgaardiano. Abaixe, enfim, esse arco. Se eu desejasse seu mal, teria bastado eu ficar olhando como eles a maltratavam.

– Só o diabo – disse a arqueira entre os dentes – sabe quem você é e o que deseja para mim. Mas fico agradecida pelo resgate. E por minha flecha. E por aquele canalha que acertei mal na clareira.

O ladrão de cavalos chutado e encolhido engasgava com o próprio soluço, enfiando a cara na folhagem que cobria o solo. O cavaleiro não olhava para ele, mas para Milva.

– Pegue os cavalos. Precisamos nos afastar do rio o mais rápido possível. O exército está vasculhando a floresta nas duas margens.

– Precisamos? – Milva franziu o cenho e abaixou o arco. – Juntos? E desde quando somos parceiros? Ou companheiros?

– Eu lhe explicarei – o cavaleiro virou o cavalo e segurou as rédeas – se você me der tempo.

– Mas o problema é que não tenho tempo. O bruxo e os outros...

– Eu sei. Mas não os salvaremos se eles deixarem se prender ou matar. Apanhe os cavalos e vamos fugir para dentro da floresta. Depressa!

"Chama-se Cahir", lembrou-se Milva, olhando para o estranho companheiro, com quem estava sentada no tronco de uma árvore caída. "Um estranho nilfgaardiano que afirma não ser nilfgaardiano. Cahir."

– Achamos que o tivessem matado – falou ela, baixinho. – O cavalo castanho apareceu sem o cavaleiro...

– Tive uma pequena aventura – respondeu o cavaleiro de maneira seca. – Com três bandidos peludos como lobisomens. Saíram de uma emboscada e pularam em cima de mim. O cavalo fugiu. Os bandidos não conseguiram pegá-lo, pois estavam a pé. Até eu encontrar um novo corcel, fiquei muito atrás de vocês. Alcancei-os apenas hoje de manhã, perto do acampamento. Atravessei o rio e fiquei esperando nesta margem. Sabia que iam seguir em direção ao leste.

Um dos cavalos escondidos no bosque de amieiros relinchou e bateu os cascos. Anoitecia. Os mosquitos zuniam nos ouvidos, sobrevoando-os com insistência.

– A floresta está em silêncio – disse Cahir. – Os exércitos foram embora. A batalha acabou.

– A carnificina, você quer dizer.

– Nossa... cavalaria... – gaguejou ele, depois pigarreou. – A cavalaria imperial atacou o acampamento, e nesse momento seu exército iniciou uma ofensiva desde o sul. Acho que eram temerianos.

– Se a batalha já acabou, então seria bom voltar para lá e procurar o bruxo, Jaskier e os demais.

– É melhor esperar até a noite.

– Assustador este lugar – falou Milva, baixinho, segurando o arco. – Um lugar ermo e sombrio, de arrepiar. Parece calmo, mas ouvem-se ruídos no mato... O bruxo disse que os ghouls estão aproximando-se dos acampamentos... E os camponeses contaram histórias de um vampiro...

– Você não está sozinha – afirmou Cahir, também com voz baixa. – Estar sozinho dá mais medo.

– É verdade. – A arqueira entendeu o que ele queria dizer. – Você nos segue já por quase duas semanas, completamente sozinho. Insiste em nos seguir e em sua volta você tem seus conterrâneos... Embora diga que não é nilfgaardiano, são os seus... Que o diabo me carregue se eu entendo... Em vez de voltar para os seus, você persegue o bruxo. Por quê?

– É uma longa história.

Quando o alto Scoia'tael debruçou-se sobre ele, Struycken, sentado com as mãos atadas a um pau colocado embaixo dos joelhos dobrados, cerrou os olhos de medo. Diziam que não existiam elfos feios, que todos eram igualmente belos, que nasciam assim. Talvez o lendário líder dos Esquilos também tivesse nascido belo, mas agora, com uma cicatriz repugnante cortando-lhe transversalmente o rosto e deformando-lhe a testa, a sobrancelha, o nariz e a bochecha, não sobrava nada da característica beleza élfica.

O elfo sentou-se num tronco ao lado Struycken.

– Sou Isengrim Faoiltiarna – disse, novamente debruçando-se sobre o prisioneiro. – Há quatro anos luto contra os humanos, há três sou o chefe do comando. Enterrei meu irmão, morto em combate, quatro primos e mais de quarenta companheiros de armas. Em minha luta, tenho sido aliado de seu imperador, o que demonstrei inúmeras vezes, passando informações de reconhecimento para seu serviço secreto, ajudando seus agentes e residentes, aniquilando pessoas por vocês indicadas.

Faoiltiarna interrompeu-se e fez um sinal com a mão enluvada. O Scoia'tael que estava ao lado levantou do chão uma pequena caixa de casca de bétula, da qual emanava um cheiro doce.

– Considerava e considero Nilfgaard meu aliado – continuou o elfo com a cicatriz. – Por isso inicialmente não acreditei quando meu informante me avisou que preparavam uma emboscada para me pegar. Que eu receberia uma ordem para me encontrar a sós com um emissário nilfgaardiano e, quando chegasse lá, seria preso. Não acreditei no que ouvi, mas, sendo cauteloso por natureza, fui ao encontro um pouco antes e acompanhado. Como foi grande meu espanto quando no lugar do encontro, em vez do emissário, esperavam-me seis bandidos munidos de uma rede de pescar, cordas, um capuz de couro com mordaça e uma camisa com cintos e fivelas. Diria que era o equipamento comumente usado por seu serviço secreto durante os sequestros. O serviço secreto nilfgaardiano queria me pegar vivo e levar para algum lugar, amordaçado, amarrado numa camisa de força. Diria que era um assunto misterioso, que precisava de esclarecimentos. Estou contente por termos conseguido apanhar pelo menos um dos bandidos que estavam lá de tocaia para me pegar, sem dúvida o comandante, que poderá me dar algumas explicações.

Struycken cerrou os dentes e virou a cabeça para não olhar para o rosto deformado do elfo. Preferia olhar para a caixinha de casca de bétula, ao lado da qual zumbiam duas vespas.

– Então agora, senhor sequestrador – continuou Faoiltiarna, enxugando o pescoço suado com um lenço –, vamos conversar. Para facilitar o diálogo, esclarecerei alguns detalhes. Nesta caixinha há xarope de bordo. Se nossa conversa não fluir num clima de entendimento mútuo e de profunda sinceridade, esfregarei esse xarope em abundância em sua cabeça, com especial atenção aos olhos e aos ouvidos. Depois o colocaremos num formigueiro, esse aí, veja, percorrido por insetos simpáticos e trabalhadores.

Só queria acrescentar que o método funcionou muito bem no caso de alguns Dh'oine e an'givare que apresentaram, diante de mim, teimosia e falta de sinceridade.

– Pertenço ao serviço imperial! – gritou o espião, empalidecendo cada vez mais. – Sou oficial do serviço secreto imperial, subordinado do senhor Vattier de Rideaux, visconde de Eiddon! Chamo-me Jan Struycken! Protesto...

– Por um fatal acaso – interrompeu-o o elfo – essas formigas, ávidas por xarope de bordo, nunca ouviram falar do senhor de Rideaux. Vamos começar. Não vou perguntar quem deu a ordem de me sequestrar, porque isso está claro. Então, minha primeira pergunta é: para onde iam me levar?

O agente nilfgaardiano agitou o corpo por entre as cordas e sacudiu a cabeça, pois parecia que as formigas estavam subindo em suas bochechas. No entanto, permaneceu calado.

– É pena. – Faoiltiarna quebrou o silêncio, fazendo um sinal para o elfo com a caixinha. – Esfregue nele.

– Mandaram transportá-lo para Verden, para o castelo de Nastrog! – berrou Struycken. – Por ordem do senhor de Rideaux!

– Obrigado. O que me esperava em Nastrog?

– Um interrogatório...

– Sobre o que iam perguntar?

– Sobre os acontecimentos em Thanedd! Por favor, desamarrem-me! Vou contar tudo!

– É claro que vai contar. – O elfo suspirou, esticando-se. – Já que demos o primeiro passo, e nesses casos o primeiro passo é sempre o mais difícil. Continue.

– Recebi a ordem de forçá-lo a confessar onde se escondiam Vilgeforz e Rience! E Cahir Mawr Dyffryn, o filho de Ceallach!

– Engraçado. Fazem uma emboscada para me perguntar sobre Vilgeforz e Rience? O que eu posso saber sobre eles? Que ligações poderia ter com eles? E o assunto de Cahir é ainda mais engraçado. Enfim, eu o mandei para vocês, do jeito que pediram. Amarrado. Será que a encomenda não chegou?

– O destacamento enviado para o lugar de encontro foi dizimado... Cahir não estava entre os mortos...

– Ah... E o senhor Vattier de Rideaux ficou desconfiado e, em vez de mandar mais um emissário ao comando e pedir esclarecimentos, fez uma emboscada para me pegar? Ordenou que me levassem para Nastrog e me inquirissem sobre os acontecimentos em Thanedd?

O agente permaneceu calado.

– Não entendeu? – O elfo inclinou sobre ele o rosto horripilante. – Isso foi uma pergunta. Afinal, o que está acontecendo?

– Não sei... Juro que não sei...

Faoiltiarna fez um sinal com a mão. Struycken berrava, agitava-se, jurava pelo Sol Grandioso, afirmava que não sabia, chorava, sacudia a cabeça e cuspia o xarope, cuja camada espessa cobria seu rosto. Só depois de ser levado em direção ao formigueiro por quatro Scoia'tael decidiu falar, embora as consequências pudessem ser mais graves do que as formigas.

– Senhor... Se ficarem sabendo, vão me matar... Mas eu vou contar... Vi as ordens secretas. Escutei. Vou falar tudo...

– É claro. – O elfo assentiu com a cabeça. – O recorde no formigueiro, de uma hora e quarenta minutos, pertence a um oficial dos destacamentos especiais do rei Demawend. Mas, afinal, ele também falou. Comece, então. Seja rápido, lógico e direto.

– O imperador está convencido de que foi traído em Thanedd. Vilgeforz de Roggeveen, o feiticeiro, seria um dos traidores, assim como seu auxiliar, chamado Rience, e, sobretudo, Cahir Mawr Dyffryn aep Ceallach. Vattier... O senhor Vattier não tem certeza se o senhor também não participou dessa traição, até inconscientemente... Por isso mandou prendê-lo e levá-lo secretamente a Nastrog... Senhor Faoiltiarna, trabalho no serviço secreto há vinte anos... Vattier de Rideaux é meu terceiro chefe...

– Por favor, seja mais claro. E pare de tremer. Se for sincero comigo, vai ter a chance de servir a mais alguns chefes.

– Embora isso fosse mantido em profundo segredo, eu sabia... sabia quem Vilgeforz e Cahir tinham de capturar na ilha. E parece que o conseguiram, porque trouxeram para Loc Grim... essa... qual é o nome dela... a princesa de Cintra. Pensamos que havia sido um sucesso, que Cahir e Rience seriam nomeados barões, e esse feiticeiro receberia pelo menos o título de conde... E, em vez disso, o imperador chamou Coruja... quer dizer, o senhor Skellen, assim como o senhor Vattier, e mandou prender Cahir... e Rience, e Vilgeforz... Todos que poderiam saber de alguma coisa sobre Thanedd e sobre esse assunto seriam submetidos à tortura... E o senhor também... Não era difícil adivinhar que... se tratava... de uma traição. Que uma princesa falsa fora trazida para Loc Grim...

O agente ficou ofegante, respirando nervosamente com a boca colada com xarope de bordo.

— Desamarrem-no — ordenou Faoiltiarna a seus Esquilos — e o deixem limpar o rosto.

A ordem foi executada imediatamente. Após um momento, o organizador da emboscada malsucedida já estava em pé diante do lendário comandante dos Scoia'tael com a cabeça abaixada. Faoiltiarna olhava para ele com indiferença.

— Tire todo o xarope dos ouvidos — falou enfim. — Ouça bem e aguce a memória, como um espião com longa experiência deve fazer. Darei a prova de minha lealdade ao imperador, relatarei por completo os assuntos de seu interesse. Você vai transmitir tudo, palavra por palavra, a Vattier de Rideaux.

O agente inclinou a cabeça, num gesto de obediência.

— Em meados de Blathe, ou, de acordo com seu calendário, no início de junho — começou o elfo —, Enid an Gleanna, a feiticeira, conhecida como Francesca Findabair, entrou em contato comigo. Logo depois, por ordem dela, chegou a meu comando um tal Rience, supostamente um factótum de Vilgeforz de Roggeveen, também feiticeiro. Foi elaborado um plano de ação, mantido em absoluto segredo, com o objetivo de eliminar certo número de feiticeiros durante o congresso na ilha de Thanedd. Apresentaram-me o plano como uma ação que tinha o total apoio do imperador Emhyr, de Vattier de Rideaux e de Stefan Skellen. Caso contrário, não concordaria em cooperar com os Dh'oine, feiticeiros ou não, pois já vira demasiadas provocações em minha vida. O envolvimento do Império nesse assunto foi confirmado pela chegada à península de Bremervoord de um barco que trazia Cahir, o filho de Ceallach, munido de procurações e ordens especiais. De acordo com essas ordens, destaquei do comando um grupo especial, subordinado exclusivamente a Cahir. Sabia que o grupo tinha a missão de capturar e levar da ilha... certa pessoa. Fomos até Thanedd no barco em que Cahir chegara. Rience tinha amuletos, com a ajuda dos quais encobriu o barco com uma neblina mágica. Navegamos por cavernas ao pé da ilha e, então, passamos para os subterrâneos de Garstang. Já ali nos demos conta de que algo estava errado. Rience recebeu alguns sinais telepáticos de Vilgeforz. Sabíamos que teríamos de participar de uma luta que estava em curso. Estávamos prontos. Tivemos sorte, pois logo depois de sair dos subterrâneos entramos no inferno.

O elfo franziu o rosto ferido, como se a lembrança lhe causasse dor.

— Depois do sucesso inicial, as coisas começaram a complicar. Não conseguimos eliminar todos os feiticeiros reais, tínhamos grandes perdas. Alguns dos feiticeiros que participavam da conspiração também foram mortos; outros, um por um, começaram a se teleportar numa tentativa de salvar a pele. Em certo momento Vilgeforz desapareceu, depois Rience e logo em seguida Enid an Gleanna. Considerei este último desaparecimento o derradeiro sinal para recuar. No entanto, não dei a ordem, pois esperava o retorno de Cahir e seu grupo, que logo no início da ação haviam partido para cumprir sua missão. Já que não voltavam, fomos procurá-los.

Faoiltiarna fixou os olhos no agente nilfgaardiano.

— Do grupo não sobreviveu ninguém, todos foram assassinados de maneira bestial. Achamos Cahir nas escadas que levavam a Tor Lara, a torre que havia explodido durante a luta e desmoronado em ruínas. Estava ferido e inconsciente. Era óbvio que não tinha cumprido a missão que lhe fora dada. Não se via por perto nenhum rastro do objeto dessa missão, e os homens do rei já estavam chegando de baixo, vindo de Aretusa e Loxia. Sabia que Cahir não podia, de forma alguma, cair em suas mãos, porque seria uma prova da participação de Nilfgaard na ação. Nós o retiramos de lá e fugimos para os subterrâneos, para a caverna. Embarcamos e partimos. Sobraram doze do comando, quase todos feridos. O vento era favorável. Descemos a oeste de Hirundum e nos escondemos nas florestas. Cahir tentava rasgar as ataduras, gritava algo sobre uma moça de olhos verdes, sobre a Leoazinha de Cintra, sobre um bruxo que trucidara seu grupo, sobre a Torre da Gaivota e sobre um feiticeiro que voava feito um pássaro. Exigia um cavalo, ordenava voltar à ilha, referia-se às ordens imperiais, que, nessa situação, tive de reconhecer como devaneios de um louco. Em Aedirn, como já sabíamos, a guerra eclodira e considerei mais importante recriar às pressas o comando derrotado e retomar a luta contra os Dh'oine. Cahir ainda estava conosco quando na caixa de contato achei a ordem secreta. Fiquei pasmado. Embora Cahir, evidentemente, não tivesse cumprido sua missão, nada indicava que pudesse ser acusado de traição. Contudo, não deliberei muito, considerei isso um assunto seu, que vocês mesmos deveriam esclarecer. Cahir, quando o amarraram, não relutou, estava calmo e resignado. Mandei colocá-lo num caixão de madeira e, com a ajuda de um havekar conhecido, entregá-lo no local estipulado na carta. Confesso que não estava disposto a desfalcar meu comando para fazer a escolta. Não sei quem matou seus homens no lugar do encontro. E só eu tinha conhecimento da localização. Então, se não se conformam com a versão do assassinato completamente casual de seu destacamento, procurem o traidor entre vocês, pois, além de mim, apenas vocês conheciam a data e o local.

Faoiltiarna levantou-se.

– É tudo. Todas as informações que acabo de lhe dar são verdadeiras. Não falaria mais no calabouço de Nastrog. As mentiras e fabulações com as quais, talvez, eu tentasse agradar ao investigador e aos algozes os prejudicariam mais do que ajudariam. Não sei de mais nada, particularmente não faço ideia do local onde possam estar Vilgeforz e Rience, tampouco sei se vocês têm motivos para suspeitar de que são traidores. Declaro, também, enfaticamente, que não estou em posse de informações acerca da princesa de Cintra, nem a verdadeira, nem a falsa. Falei tudo o que era de meu conhecimento. Espero que o senhor de Rideaux e Stefan Skellen não queiram montar emboscadas para me apanhar. Há muito tempo os Dh'oine tentam me capturar ou matar, por isso adquiri o hábito de exterminar impiedosamente todos os que preparam ciladas. No futuro, também não procurarei saber se os emboscadores não são, por acaso, agentes de Vattier ou

Skellen. Não vou ter nem tempo, nem vontade para tratar desse tipo de coisas. Fui claro?

Struycken assentiu com a cabeça e engoliu a saliva.

— Então, pegue o cavalo, espião, e saia de meus bosques.

— Isso significa que iam levá-lo para o algoz nesse caixão — murmurou Milva. — Estou entendendo, mas tenho uma dúvida: por que você segue o bruxo em vez de se esconder em algum lugar? Ele está com muita raiva de você... Duas vezes poupou sua vida...

— Três vezes.

— Eu presenciei duas. Embora não tenha sido você que quebrou os ossos dele em Thanedd, como eu pensava, não sei se é seguro aproximar-se de sua espada novamente. Não entendo muito dessas suas brigas, mas você me salvou e parece ser um bom homem... Vou lhe dizer em poucas palavras: o bruxo range os dentes e solta faíscas quando se lembra daqueles que sequestraram sua Ciri para Nilfgaard. E, se cuspirem nele, a saliva vai evaporar na hora.

— Ciri — repetiu Cahir. — Ele a chama de maneira bonita.

— Não sabia?

— Não. Quando estava por perto, sempre a chamavam de Cirilla ou Leoazinha de Cintra... E quando esteve comigo... pois já esteve... não proferiu uma única palavra, embora eu tivesse salvado sua vida.

— Só o diabo consegue entender tudo isso. — A arqueira balançou a cabeça. — Seu destino é complicado, Cahir, emaranhado e arrevesado. Não é para minha cabeça.

— E você, como se chama? — perguntou ele, de repente.

— Milva... Maria Barring. Mas me chame de Milva.

— O bruxo está indo para a direção errada, Milva — falou Cahir depois de um momento. — Ciri não está em Nilfgaard. Não foi sequestrada para Nilfgaard. Se é que realmente foi sequestrada.

— Como assim?

— É uma longa história.

– Em nome do Sol Grandioso! – Fringilla ficou parada à porta, inclinou a cabeça para o lado e com espanto olhou para a amiga. – O que você fez com os cabelos, Assire?

– Lavei – respondeu Assire var Anahid secamente. – E penteei. Entre, por favor. Sente-se. Desça da poltrona, Merlin. Chispa!

A feiticeira sentou-se na poltrona abandonada pelo gato, que saíra com relutância, e não tirava os olhos do penteado da amiga.

– Pare de estranhar. – Assire ajeitou os cachos brilhosos e macios com a mão. – Decidi mudar um pouco. Além disso, segui seu exemplo.

– Eu – Fringilla Vigo riu baixinho – sempre fui considerada excêntrica e rebelde. Mas quando a virem na academia ou na corte...

– Não tenho o hábito de frequentar a corte – cortou-a Assire. – E a academia terá de se acostumar. Vivemos no século XIII. Está mais do que na hora de mudar essa superstição de que os cuidados da beleza exterior são prova de instabilidade e superficialidade da mente.

– As unhas também. – Fringilla estreitou levemente os olhos verdes, aos quais nada escapava. – Não a estou reconhecendo, minha querida.

– Um feitiço simples – respondeu Assire com frieza – deveria ser suficiente para você saber que sou eu e não um doppelgänger. Se precisar, lance o feitiço. E depois proceda ao que lhe pedi.

Fringilla Vigo acariciou o gato, que se esfregava em sua canela, miando e espreguiçando-se, fingindo que era um gesto de simpatia, e não uma sugestão disfarçada para que a feiticeira saísse da poltrona.

– No entanto, você – falou sem levantar a cabeça – foi requisitada pelo senescal Ceallach aep Gruffyd, não foi?

– Fui, sim – confirmou Assire com voz baixa. – Ceallach me visitou, desesperado, pedindo ajuda e intercessão para socorrer seu filho, que Emhyr mandou capturar, torturar e matar. A quem ia se dirigir, senão a uma parente? Mawr, a esposa de Ceallach, mãe de Cahir, é minha sobrinha, a filha mais nova de minha irmã. Mesmo assim, não lhe prometi nada, pois não posso fazer nada nesse caso. Recentemente, houve circunstâncias que não me permitem atrair a atenção sobre mim. Vou explicar-lhe, mas só depois de ouvir as informações que pedi que você conseguisse.

Fringilla Vigo discretamente expeliu o ar com alívio. Temia que a amiga quisesse se envolver no assunto de Cahir, o filho de Ceallach, que nada prometia de bom e até cheirava a cadafalso. Receava também que Assire solicitasse sua ajuda, que ela simplesmente não saberia negar.

— Em meados de julho — começou —, a corte toda, reunida em Loc Grim, teve a oportunidade de admirar uma garota de quinze anos, supostamente a princesa de Cintra, que Emhyr, durante a audiência, insistia em chamar de rainha, tratando-a com tanta generosidade que surgiram boatos sobre seu casamento próximo.

— Ouvi falar disso. — Assire acariciou o gato, que, desencorajado por Fringilla, agora tentava apoderar-se de outra poltrona. — Ainda se comenta sobre esse casamento de cunho indubitavelmente político.

— Mas já em tom mais baixo e com menos frequência, pois a cintrense foi levada a Darn Rowan. Em Darn Rowan, como você sabe, costuma-se encarcerar os prisioneiros de Estado. E, quanto às candidatas a imperatriz, é decididamente um caso raro.

Assire não disse nada. Esperava pacientemente, olhando para suas unhas lixadas e pintadas.

— Certamente você se lembra — continuou Fringilla Vigo — de que há três anos Emhyr chamou todos nós e ordenou que localizássemos certa pessoa no território dos reinos do Norte. E certamente você se lembra de como ele ficou enraivecido quando não conseguimos fazê-lo. Albrich, que explicou que não havia a possibilidade de sondar a uma distância tão grande, sem mencionar o fato de furar telas, foi horrivelmente insultado por ele. Agora escute. Uma semana depois da famosa audiência em Loc Grim, quando se festejava a vitória alcançada nas redondezas de Aldersberg, Emhyr viu Albrich e eu na sala do castelo e nos honrou com uma conversa, cujo sentido foi, sem banalizar demais, o seguinte: "Vocês são parasitas, indolentes e preguiçosos. Seus truques mágicos custam-me uma fortuna e não têm nenhuma utilidade. Em quatro dias um astrólogo conseguiria executar a tarefa que toda a sua lastimável academia não conseguiu cumprir."

Assire var Anahid bufou com desdém e continuou a acariciar o gato.

— Fiquei sabendo sem dificuldade — prosseguiu Fringilla Vigo — que esse astrólogo que faz milagres não era ninguém menos que o famoso Xarthisius.

— Então procuravam essa cintrense, candidata a imperatriz. Xarthisius a encontrou. E aí? Foi nomeado secretário de Estado ou chefe do Departamento de Assuntos Inexecutáveis?

— Não. Foi preso numa masmorra na semana seguinte.

— Receio que não estou entendendo o que isso tem a ver com Cahir, o filho de Ceallach.

— Paciência. Permita-me seguir a ordem dos fatos. É necessário.

— Desculpe-me. Sou toda ouvidos.

— Você se lembra do que Emhyr nos deu quando, há três anos, estávamos prestes a iniciar a perseguição?

— Uma mecha de cabelos.

— Isso mesmo. — Fringilla pegou uma bolsa pequena. — Esta aqui. Cabelos clarinhos que pertenciam a uma menina de seis anos. Eu guardei alguns fios. E é importante você saber que quem cuida da princesa cintrense isolada em Darn Rowan é Stella Congreve, condessa de Liddertal. Stella outrora contraíra algumas dívidas de gratidão comigo, por isso entrei em posse de outra mecha de cabelos sem problemas. Esta aqui, ó. Ela é um pouco mais escura, mas é que os cabelos escurecem com a idade. Contudo, as mechas pertencem a duas pessoas completamente distintas. Eu já o verifiquei, não há dúvida acerca disso.

— Quando ouvi que a cintrense foi achada em Darn Rowan — admitiu Assire var Anahid —, logo suspeitei de uma revelação desse tipo. Uma de duas possibilidades: ou o astrólogo debochou do caso, ou se deixou envolver numa conspiração cujo objetivo era entregar a Emhyr a pessoa errada. Uma conspiração que custará a cabeça Cahir aep Ceallach. Obrigada, Fringilla. Tudo está claro.

— Nem tudo. — A feiticeira balançou a cabecinha negra. — Primeiro, não foi Xarthisius que achou a cintrense e a trouxe para Loc Grim. O astrólogo começou a se dedicar aos horóscopos e à astromancia depois de Emhyr ter se dado conta de que lhe haviam trazido uma princesa falsa. Foi quando teve início a intensa busca da verdadeira. E o velho truão foi preso na masmorra por ter cometido um erro básico na arte da feitiçaria ou talvez por fraude, pois determinou, como consegui saber, a localização da pessoa procurada a um raio de cem milhas. E esse local era um deserto, um sertão em algum lugar atrás do Maciço de Tir Tochair, depois das fontes de Velda. Stefan Skellen, mandado para lá, achou no local apenas escorpiões e urubus.

— Não esperava mais desse Xarthisius, porém isso não influirá no destino de Cahir. Emhyr é impetuoso, mas não condena ninguém à tortura ou à morte sem ter um motivo. Alguém, como você mesma falou, fez com que uma princesa falsa chegasse a Loc Grim no lugar da verdadeira. Alguém procurou uma sósia. Então houve uma conspiração e Cahir deixou-se envolver nela. Não excluo a possibilidade de tê-lo feito inconscientemente. Ou de ter sido usado.

— Se fosse assim, teria sido usado até o fim. Teria entregado a sósia pessoalmente a Emhyr. No entanto, Cahir sumiu sem deixar nenhum vestígio. Por quê? Seu desaparecimento deve ter despertado suspeitas. Será que ele imaginava que Emhyr se daria conta da fraude à primeira vista? Pois realmente conseguiu reconhecê-la. Sempre a reconheceria porque tinha...

— A mecha — interrompeu-a Assire. — A mecha dos cabelos de uma menina de seis anos. Fringilla, Emhyr não procura essa menina há três anos, mas há muito mais. Parece que Cahir deixou-se envolver em algo pérfido, algo que começou quando ele ainda cavalgava num pau que imitava um cavalo. Hummm... Deixe essas mechas de cabelo comigo. Gostaria de examiná-las com cuidado.

Fringilla Vigo lentamente moveu a cabeça e estreitou os olhos verdes.

— Deixarei, sim. Mas seja cautelosa, Assire. Não se meta em assuntos pérfidos, pois isso pode atrair a atenção sobre você, e no início de nossa conversa você mencionou que algo a impede a isso. E prometeu revelar os motivos.

Assire var Anahid levantou-se, aproximou-se da janela, olhou, brilhando à luz do sol que se punha, para os telhados e torres de Nilfgaard, a capital do Império, chamada Cidade das Torres Douradas.

– Você falou uma vez e eu lembrei – disse, sem se virar – que a magia não deveria ser separada por nenhum tipo de fronteira. Que o bem da magia deveria ser um bem maior, acima de todo tipo de divisões. Que era preciso instaurar uma espécie de... organização secreta... Algo como um convento ou uma loja...

– Estou pronta. – Fringilla Vigo, feiticeira de Nilfgaard, interrompeu o curto silêncio. – Estou decidida e pronta para aderir. Agradeço a confiança e a distinção. Quando e onde terá lugar o encontro dessa loja, minha amiga cheia de segredos e mistérios?

Assire var Anahid, feiticeira de Nilfgaard, virou-se. Em seus lábios apareceu uma sombra de sorriso.

– Logo – disse. – Já lhe explico tudo. Mas antes, para que eu não esqueça... Fringilla, me passe o endereço de sua costureira.

– Nem um único sinal de fogo – sussurrou Milva, olhando para a margem escura do outro lado do rio que reluzia no luar. – Acho que não há uma alma viva lá. No acampamento havia por volta de duzentos fugitivos. Nenhum deles salvou o pescoço?

– Se os imperiais ganharam, então levaram todos para o cativeiro – respondeu Cahir com voz baixa. – Se os seus ganharam, então os levaram com eles.

Aproximaram-se mais da margem e dos juncos que cobriam o pântano. Milva pisou em algo e pulou para trás, abafando um grito ao ver uma mão endurecida, coberta de sanguessugas, emergir da lama.

– É só um cadáver – murmurou Cahir, segurando seu braço. – Um dos nossos. Um daerlano.

– Quem?

– A Sétima Brigada Daerlana de Cavalaria. Um escorpião prateado nos mangotes...

– Pelos deuses! – Milva estremeceu bruscamente, apertando o arco na mão suada. – Você ouviu aquela voz? Que diabo foi aquilo?

– Um lobo.

– Ou um ghoul... Ou qualquer outro monstro. Ali, no acampamento, deve haver um monte de cadáveres... Droga, não vou para a outra margem à noite!

– Vamos esperar até o amanhecer... Milva? Que cheiro estranho...

– Regis... – A arqueira inalou o aroma de absinto, sálvia, coentro e anis e se conteve para não gritar. – Regis? É você?

– Sou eu. – O barbeiro-cirurgião surgiu da escuridão sem emitir nenhum ruído. – Estava preocupado com você. Pelo que estou vendo, não está sozinha.

– Está vendo bem. – Milva soltou o braço de Cahir, que já estava desembainhando a espada. – Já não estou sozinha, nem ele. Mas é uma longa história, como algumas pessoas dizem. Regis, o que aconteceu com o bruxo? E com Jaskier? E com os outros? Você sabe o que se passou com eles?

– Sei, sim. Vocês têm cavalos?

– Temos. Estão escondidos entre os amieiros...

– Vamos, então, para o sul, seguindo o curso do Chotla. Sem demora. Antes da meia-noite devemos estar nas redondezas de Armeria.

– E o que aconteceu com o bruxo e o poeta? Estão vivos?

– Estão. Mas enfrentam problemas.

– Que problemas?

– É uma longa história.

Jaskier gemeu, tentando virar-se e ficar numa posição apenas um pouco mais confortável. No entanto, era uma tarefa inexecutável para alguém que estava deitado numa pilha de serragem e aparas de madeira que cediam, atado com cordas como um presunto pronto para ser defumado.

– Não nos enforcaram de primeira – gemeu. – Isso é bom. É nisso que devemos depositar toda nossa fé...

– Fique calmo. – O bruxo, também deitado, olhava com serenidade para a lua que se espreitava por um buraco no teto da barraca que servia de depósito de madeira. – Você quer saber por que Vissegerd não nos enforcou de primeira? Porque devemos ser enforcados publicamente, ao amanhecer, quando todo o corpo militar se reunir para partir. Para fins de propaganda.

Jaskier ficou calado. Geralt o ouviu suspirar, preocupado.

– Você ainda tem chance de se safar – falou para tranquilizá-lo.
– Vissegerd, no meu caso, quer simplesmente tirar uma desforra

pessoal, mas não tem nada contra você. O conde, seu conhecido, vai tirá-lo da prisão, você vai ver.

– Merda – respondeu o bardo com calma e equilíbrio, para espanto do bruxo. – Merda, merda, merda. Não me trate como criança. Primeiro, para fins de propaganda, dois enforcados são melhores do que um. Segundo, não se deixa viva a testemunha de uma desforra pessoal. Não, irmão, vamos pender juntos.

– Pare, Jaskier. Fique quieto e pense em algum estratagema.

– Que estratagema, droga?

– Qualquer um.

A tagarelice do poeta incomodava o bruxo, dificultando seu raciocínio, que era intenso. Esperava que a qualquer momento entrassem os agentes do serviço secreto temeriano, que, sem dúvida, faziam parte do corpo militar comandado por Vissegerd. O serviço secreto certamente queria inquiri-lo acerca de vários detalhes relacionados com os acontecimentos em Garstang, na ilha de Thanedd. Geralt não conhecia quase nenhum detalhe, mas sabia que, antes que os agentes acreditassem nisso, ele já estaria muito, muito doente. Depositava toda a sua esperança na possibilidade de Vissegerd, cego pelo desejo de vingança, não tê-los informado sobre sua captura. O serviço secreto talvez quisesse tirar os presos das garras do marechal enfurecido para levá-los ao quartel-general ou, mais precisamente, para levar ao quartel-general aquilo que sobraria dos prisioneiros depois dos primeiros inquéritos.

Entretanto, o poeta pensou num estratagema.

– Geralt! Vamos fingir que temos informações sobre algo importante e que somos espiões de verdade, ou algo do tipo. Aí então...

– Poupe-me, Jaskier.

– Podemos, também, tentar subornar os guardas. Tenho um dinheiro escondido, dobrões, costurados na sola do sapato. Para os momentos difíceis... Vamos chamar os guardas...

– E eles vão tirar tudo de você e ainda lhe dar uma surra.

O poeta resmungou, desconsolado, e ficou calado. Ouviram gritos vindos do acampamento, a batida dos cascos dos cavalo e, pior, sentiram o cheiro da sopa militar de ervilha-forrageira. Nesse momento, Geralt trocaria todos os esturjões e trufas do mundo por uma tigela da sopa. Os guardas parados na frente da barraca conversavam preguiçosamente, gargalhavam e de vez em quando pigarreavam longamente e cuspiam. Eram soldados profissionais, o que se podia perceber pela habilidade impressionante de se comunicar com frases compostas exclusivamente de pronomes e palavrões repugnantes.

— Geralt?
— O quê?
— Fico me perguntando o que aconteceu com Milva... e com Zoltan, Percival, Regis... Você não os viu?
— Não. Não descarto a possibilidade de eles terem sido assassinados durante o embate ou esmagados pelos cavalos. Lá, no acampamento, havia um monte de cadáveres.
— Não acredito — declarou Jaskier com firmeza e esperança. — Não acredito que criaturas tão sagazes como Zoltan e Percival... ou Milva...
— Não se iluda. Não vão nos ajudar, mesmo que tenham sobrevivido.
— Por quê?
— Por três motivos. Primeiro, têm os próprios problemas. Segundo, estamos deitados numa barraca situada no meio do acampamento de um corpo militar que conta com uns tantos milhares de integrantes.
— E o terceiro motivo? Você falou em três.
— Terceiro — respondeu o bruxo com voz cansada —, o limite de milagres para este mês foi esgotado no momento em que as mulheres de Kernow reencontraram os marido desaparecidos.

— Ali. — O barbeiro-cirurgião indicou os pontos flamejantes das fogueiras e tochas. — Ali fica o forte de Armeria, atualmente o acampamento de um destacamento da inteligência militar do exército temeriano concentrado nos arredores de Mayena.
— É ali que o bruxo e Jaskier estão presos? — Milva ficou em pé nos estribos. — Ah, isso não é bom... Deve haver um monte de gente armada e guardas em volta. Não vai ser fácil nos enfiarmos lá.
— Não vão precisar fazer isso — respondeu Regis, descendo de Pégaso. O capão resfolegou longamente e virou a cabeça, sem

dúvida enjoado pelo cheiro de ervas que penetrava suas narinas, exalado pelo barbeiro-cirurgião. – Não vão precisar esgueirar-se – repetiu. – Vou resolver isso sozinho. Vocês vão esperar com os cavalos no lugar onde o rio brilha. Conseguem ver? Abaixo da estrela mais límpida da constelação das Sete Cabras. Ali o Chotla deságua no Ina. Quando eu libertar o bruxo, vou indicar-lhe essa direção. Ele vai encontrá-los lá.

– Muito presunçoso – sussurrou Cahir para Milva quando ficaram junto um do outro depois de descer das selas. – Você ouviu, ele vai libertá-los sozinho, sem a ajuda de ninguém? Quem é ele?

– De verdade, não sei – murmurou Milva. – Mas acredito nele e em sua capacidade de libertá-los. Ontem eu o vi tirar uma ferradura incandescente da brasa com a mão nua...

– Será que é feiticeiro?

– Não – contestou Regis, posicionado atrás de Pégaso, dando prova de uma audição excepcionalmente sensível. – De toda maneira, é importante quem eu sou? Não lhe pergunto acerca de seus dados pessoais.

– Sou Cahir Mawr Dyffryn aep Ceallach.

– Obrigado, e estou cheio de admiração. – Havia um tom de deboche na voz do barbeiro-cirurgião. – Quase não se ouve o sotaque nilfgaardiano nesse sobrenome nilfgaardiano.

– Não sou...

– Chega! – cortou Milva. – Não é hora de discutir ou gastar tempo em bobagens. Regis, o bruxo está esperando pelo resgate.

– Não antes da meia-noite – disse o barbeiro-cirurgião com frieza, olhando para a lua. – Temos então um momento para conversar. Milva, quem é esse homem?

– Esse homem – a arqueira, um pouco zangada, tomou o partido de Cahir – me salvou de uma aventura ruim. Esse homem, quando encontrar o bruxo, vai lhe dizer que está indo para a direção errada. Ciri não está em Nilfgaard.

– Realmente, uma revelação. – A voz do barbeiro-cirurgião aplacou. – E qual é sua fonte de informação, estimado Cahir, filho de Ceallach?

– É uma longa história.

Jaskier não abria a boca havia muito tempo quando um dos soldados que os vigiavam interrompeu a conversa no meio de um palavrão e o outro respirou ruidosamente ou gemeu. Geralt sabia que havia três, portanto aguçou os ouvidos, mas o terceiro soldado não emitiu nem um pio.

O bruxo esperou, segurando a respiração, mas o que escutou depois de um momento não foi o chiar da porta da barraca, aberta por algum salvador. Ao contrário. Escutou um ronco harmonioso, baixo e polífono. Os guardas simplesmente dormiram durante o serviço.

Suspirou, xingou sem emitir um ruído sequer e já ia voltar a mergulhar em seus pensamentos sobre Yennefer quando o medalhão em seu pescoço tremeu com força e o cheiro de absinto, manjericão, coentro, sálvia, anis e só o diabo sabe o que mais penetrou suas narinas.

– Regis? – sussurrou com espanto, tentando, sem êxito, levantar a cabeça das aparas de madeira.

– Regis! – exclamou Jaskier, baixinho, mexendo-se e farfalhando. – Ninguém mais fede assim... Onde ele está? Não o vejo...

– Silêncio.

O medalhão parou de tremer. Geralt escutou o poeta dar um suspiro de alívio e, logo depois, o silvo de um gume cortando as cordas. Após um momento, Jaskier gemia de dor causada pela circulação que voltava a funcionar, abafando o gemido com o punho enfiado entre os dentes.

– Geralt. – O vulto difuso, trêmulo do barbeiro-cirurgião surgiu a seu lado num instante, entregando-se à tarefa de cortar as cordas. – Vocês vão ter de passar sozinhos pelos vigias do acampamento. Sigam para o leste, em direção à estrela mais nítida da constelação das Sete Cabras. Direto para o Ina. Ali Milva espera por vocês com os cavalos.

– Ajude-me a levantar...

O bruxo ficou em pé, primeiro em uma perna, depois na outra, mordendo o punho. A circulação de Jaskier já voltara ao normal. Geralt logo estava pronto também.

– Como vamos sair? – perguntou o poeta. – Os vigias à porta estão roncando, mas podem...

— Não podem — interrompeu Regis, num sussurro. — Mas tomem cuidado ao saírem. A lua está cheia, o acampamento está todo iluminado pela luz das fogueiras e das tochas. Embora seja noite, há movimento por todo lado, mas, de certo modo, isso é bom. Os vigias já estão cansados de gritar. Saiam. Boa sorte.

— E você?

— Não se preocupem comigo. Não esperem por mim nem olhem para trás.

— Mas...

— Jaskier — sibilou o bruxo. — Você não deve se preocupar com ele, escutou?

— Saiam — repetiu Regis. — Boa sorte. Até a vista, Geralt.

O bruxo virou-se para ele.

— Obrigado por me salvar — disse. — Mas é melhor nunca nos encontrarmos. Você me entende?

— Absolutamente. Não percam tempo.

Os vigias dormiam em poses pitorescas, roncando e estalando a língua. Nenhum deles se mexeu quando Geralt e Jaskier esgueiraram-se pela porta entreaberta. Nenhum reagiu quando o bruxo tirou de dois deles, sem cerimônia, as grossas capas de lã.

— Não é um sono normal — sussurrou Jaskier.

— Claro que não. — Geralt, escondido na escuridão e apoiado na parede da barraca, olhou em volta do arraial.

— Entendo. — O poeta suspirou, aliviado. — Regis é feiticeiro?

— Não. Não é feiticeiro.

— Tirou uma ferradura da brasa. Fez os vigias dormirem...

— Pare de falar e se concentre. Ainda não estamos livres. Envolva-se com a capa e vamos atravessar o acampamento. Se alguém nos parar, vamos fingir que somos soldados.

— Tudo bem. Qualquer coisa, eu vou falar...

— Vamos fingir que somos soldados burros. Vamos.

Cortaram o arraial, afastando-se dos soldados concentrados junto das fogueiras e flamejantes vasilhas com alcatrão. Havia homens passeando por ali, então dois a mais não chamavam a atenção. Não levantaram suspeitas, ninguém gritou nada para eles, nem os parou. Chegaram à paliçada rapidamente e sem problemas.

Tudo estava indo tão bem que parecia demasiado fácil. Geralt ficou inquieto, pois instintivamente pressentia o perigo, e esse sentimento, à medida que se afastavam do centro do acampamento, crescia, em vez de diminuir. Assegurava a si mesmo que não havia nada de estranho nisso; numa noite tão movimentada, não chamariam a atenção. O único perigo era o alarme caso alguém notasse os guardas adormecidos encostados na porta da barraca. Agora, porém, aproximavam-se do perímetro, onde as sentinelas tinham de permanecer em alerta em seus postos, e o fato de eles seguirem naquela direção talvez despertasse suspeita. O bruxo lembrou-se da praga de deserções que se alastrava pelo corpo militar comandado por Vissegerd e estava certo de que as sentinelas haviam recebido a ordem de ficarem atentas àqueles que saíam do acampamento.

O luar iluminava o caminho o suficiente para que Jaskier não precisasse tatear no escuro, e nessa luz o bruxo enxergava tão bem quanto de dia. Graças a isso, conseguiram desviar de duas sentinelas e esperar, escondidos no mato, uma patrulha a cavalo passar. A sua frente havia um bosque de amieiros que parecia estar situado fora do anel dos postos de sentinelas. Tudo estava indo bem, demasiado bem.

O que os perdeu foi a falta de conhecimento dos costumes militares.

O baixo e sombrio bosque de amieiros os atraía, pois parecia um bom esconderijo. No entanto, como em qualquer acampamento militar, havia soldados designados para o posto de sentinela que, em vez de ficarem na guarita, iam para o mato. De lá, aqueles que não estavam dormindo podiam observar tanto o inimigo como os próprios oficiais inoportunos, caso eles quisessem aparecer para fazer uma inspeção surpresa.

Mal Geralt e Jaskier se aproximaram do bosque de amieiros, algumas figuras e pontas de lança surgiram diante de seus olhos.

– Qual é a senha?

– Cintra! – falou Jaskier sem hesitar.

Todos os soldados caíram na gargalhada.

– Ah, gente – disse um deles. – Vocês não têm imaginação. Poderiam ter inventado algo mais original, mas não, é sempre

"Cintra". Estão com saudade de casa, hein? O preço é o mesmo de ontem.

Jaskier rangeu os dentes tão alto que foi possível ouvir. Geralt avaliou a situação e suas chances, mas o resultado pareceu pouco promissor.

– Mais rápido! – apressou-os o soldado. – Se quiserem passar, paguem o pedágio, aí fingiremos que nada aconteceu. Mais rápido! Daqui a pouco pode vir uma patrulha.

– Espere. – O poeta mudou o sotaque. – Deixem que eu me sente para tirar os sapatos, porque neles tenho...

Não deu tempo de ele falar mais nada. Quatro soldados derrubaram-no no chão, dois dos quais seguraram, cada um, uma de suas pernas entre as deles e tiraram os sapatos de Jaskier. Aquele que perguntou pela senha arrancou o forro de dentro da gáspea. Algo caiu tinindo.

– Ouro! – berrou o comandante. – Descalcem o outro! E chamem a patrulha!

Contudo, não havia ninguém que pudesse chamar a patrulha nem descalçar o bruxo, pois uma parte das sentinelas estava de joelhos no chão à procura dos dobrões espalhados por entre as folhas, e a outra brigava pelo outro sapato de Jaskier. "É agora ou nunca", pensou Geralt. Imediatamente deu um soco na mandíbula do comandante e ainda o chutou na lateral da cabeça enquanto caía. Os caçadores de ouro nem notaram o que acontecera. Jaskier levantou-se às pressas e foi correndo pelo mato, deixando as ataduras dos pés à solta. Geralt corria atrás dele.

– Socorro! Socorro! – uivou o comandante das sentinelas caído. Após um momento, seus companheiros apoiaram-no nos gritos. – Patrulha!

– Vagabundos! – gritou Jaskier enquanto corria. – Bandoleiros! Vocês roubaram meu dinheiro!

– Economize a respiração, burro! Você está vendo a floresta? Corra para lá!

– Alarme! Alaaaarme!

Corriam. Geralt xingou enraivecido quando ouviu os gritos, os sibilos, a batida dos cascos e os relinchos dos cavalos atrás deles e adiante também. Sua surpresa foi curta; bastou dar uma olhada mais atenta. Aquilo que ele achou ser uma floresta era de fato uma formação da cavalaria que crescia como uma onda.

— Pare, Jaskier! — gritou. Logo em seguida, virou-se para a patrulha que os seguia a galope e assobiou agudamente com os dedos. — Nilfgaard — berrou com toda a força que tinha nos pulmões. — Nilfgaard está vindo! Para o acampamento! Voltem para o acampamento, burros! Deem o alarme! Nilfgaard!

O cavaleiro que liderava a patrulha que os perseguia deteve o cavalo, olhou para a direção apontada, gritou com pavor e tentou recuar. Geralt, porém, chegou à conclusão de que já fizera o suficiente para os leões cintrenses e lírios temerianos. Saltou sobre o soldado e, com uma manobra hábil, tirou-o da sela.

— Pule, Jaskier! E segure-se!

Não precisou repetir duas vezes para o poeta fazê-lo. O cavalo arriou um pouco sob o peso de um cavaleiro a mais, mas logo se jogou num galope desenfreado, fincado com dois pares de calcanhares. A massa de nilfgaardianos que se aproximava constituía um perigo muito maior que Vissegerd e seu corpo militar. O poeta e o bruxo galopavam, então, ao longo do anel de postos de sentinelas do acampamento, tentando fugir da linha do embate das duas forças, que podia irromper a qualquer momento. Contudo, os nilfgaardianos estavam perto e os viram. Jaskier gritou. Geralt virou-se e percebeu que o paredão escuro da incursão nilfgaardiana começava a estender os tentáculos negros da perseguição em sua direção. Dirigiu o cavalo, sem hesitar, para o acampamento, ultrapassando a galope as sentinelas em fuga. Jaskier gritou de novo, mas dessa vez desnecessariamente, pois o bruxo também viu a cavalaria vindo do acampamento e aproximando-se deles. O corpo militar de Vissegerd aprontou-se num tempo admirável. Geralt e Jaskier estavam encurralados.

Não havia saída. O bruxo mudou a direção da fuga novamente e forçou o cavalo a galopar com mais força ainda, procurando escapar do vão que se fechava entre a bigorna e o martelo. Quando reluziu a esperança de uma manobra bem-sucedida, o silvo das rêmiges encheu o ar noturno. Dessa vez Jaskier gritou com toda a força e encravou os dedos nos flancos de Geralt. O bruxo sentiu algo quente derramado em sua nuca.

— Segure-se! — Pegou o poeta pelo cotovelo e o puxou com força para perto de suas costas. — Segure-se, Jaskier!

— Eles me mataram! — uivou o poeta, relativamente alto para um morto. — Estou sangrando! Estou morrendo!

— Segure-se!

A chuva de flechas e setas que cobriu as duas forças e que se tornou quase fatal para Jaskier foi, ao mesmo tempo, sua salvação. Os exércitos atingidos entraram num turbilhão e perderam o ímpeto. O vão que parecia se fechar permaneceu aberto por tempo suficiente para que o cavalo ofegante retirasse os dois cavaleiros da cilada. Geralt forçou o corcel impiedosamente a continuar o galope, pois, embora avistasse o vulto de uma floresta na qual poderiam se salvar, atrás deles ainda ressoava a batida dos cascos. O cavalo gemeu, tropeçou, mas não parou de correr, e talvez conseguissem escapar. Jaskier, porém, gemeu de repente e deslizou da garupa de forma brusca, fazendo o bruxo escorregar também. Geralt esticou as rédeas instintivamente, o cavalo empinou e os dois desabaram no chão entre arbustos de baixa altura. O poeta caiu inerte e não se levantava, apenas gemia pavorosamente. A lateral da cabeça e o braço esquerdos estavam ensanguentados, e o negror do sangue brilhava ao luar.

Atrás deles as forças enfrentavam-se com estrépito, tinidos e gritaria. Contudo, apesar da fervorosa batalha, os perseguidores nilfgaardianos não se esqueceram deles. Três cavaleiros vinham em sua direção.

O bruxo levantou-se, sentindo crescer nele uma onda de raiva fria e ódio. Saltou diante dos cavaleiros, desviando sua atenção de Jaskier. Não é que queria sacrificar-se pelo amigo. Simplesmente queria matar.

O primeiro perseguidor voou por cima dele com um machado, mas não esperava que fosse confrontar um bruxo. Geralt desviou do golpe sem esforço, agarrou com uma das mãos a capa do nilfgaardiano, que estava inclinado, e enfiou os dedos da outra mão atrás de seu cinturão. Puxou o homem com força, tirando-o da sela, jogou-se em cima dele e o esmagou. Só então se deu conta de que não tinha nenhuma arma. Pegou o cavaleiro pela garganta, mas não conseguia asfixiá-lo, por causa da gorjeira de ferro.

O nilfgaardiano conseguiu livrar seu braço e bateu no bruxo com a manopla, cortando-lhe a bochecha. Geralt esmagou-o com todo o corpo, apalpou o cinturão, encontrou um punhal e arrancou-o da bainha. O cavaleiro percebeu o movimento e soltou um uivo. O bruxo empurrou o braço com o símbolo do escorpião prateado no mangote que continuava a bater nele e levantou o punhal para executar o golpe.

O nilfgaardiano crocitou.

O bruxo enfiou o punhal em sua boca aberta, até o cabo.

Quando se levantou, viu cavalos sem cavaleiros, cadáveres e uma pequena formação afastando-se em direção à batalha. Os cintrenses do acampamento haviam aniquilado os outros perseguidores nilfgaardianos e, na escuridão, não viram o poeta entre os arbustos nem os que lutavam no chão.

– Jaskier! Onde você foi atingido? Onde está a flecha?

– Na ca... cabeça... Enfiada na cabeça...

– Não fale besteiras! Droga, você teve sorte... Só passou de raspão...

– Estou sangrando...

Geralt tirou o gibão e rasgou a manga da camisa. A ponta da flecha passara de raspão pela orelha de Jaskier, deixando um corte repugnante que chegava até a têmpora. O poeta encostava toda hora as mãos trêmulas na ferida e, em seguida, ficava olhando para o sangue que manchava com abundância suas mãos e mangas. Seus olhos estavam nebulosos. O bruxo entendeu que tinha diante de si um homem que pela primeira vez na vida estava ferido e com dor, que pela primeira vez na vida via o próprio sangue em tamanha quantidade.

– Levante-se – falou, amarrando improvisada e rapidamente a manga da camisa em volta da cabeça do trovador. – Não foi nada, Jaskier, é só um raspão... Levante-se, precisamos fugir daqui...

A batalha noturna no campo aberto fervia; o tinido de ferro, o relincho dos cavalos e os gritos tornavam-se cada vez mais intensos. Geralt pegou depressa dois corcéis nilfgaardianos, mas só um foi necessário. Jaskier conseguiu se levantar, porém logo em seguida caiu pesado, gemeu e soluçou pavorosamente. O bruxo o ergueu, sacudiu-o para reanimá-lo e o colocou na sela. Sentou-se atrás dele e apressou o cavalo em direção ao leste, lá onde, acima do já visível feixe azul-pálido da alvorada, estava suspensa a estrela mais límpida da constelação das Sete Cabras.

— Já vai amanhecer — disse Milva, olhando não para o céu, mas para a superfície brilhante do rio. — Os bagres estão perseguindo fervorosamente os salmões. E até agora não avistamos nem o bruxo nem Jaskier. Será que Regis negligenciou o assunto?

— Não desperte o diabo — resmungou Cahir, ajeitando a barrigueira do garanhão castanho recuperado.

— Pfft, pfft... Porque de algum modo é assim... Se alguém se aproximar dessa sua Ciri, é como se colocasse a própria cabeça sob um machado... Essa menina traz azar... Azar e morte.

— Cuspa, Milva.

— Pfft, pfft... contra o mau-olhado, contra o Mal... Que frio... estou tiritando... e tenho sede, mas de novo vi um cadáver se decompondo na beira do rio... Brrr... Estou enjoada... Acho que vou vomitar...

— Pegue. — Cahir passou-lhe o cantil. — Beba. E sente-se perto de mim, vou aquecê-la.

No baixio do rio, um bagre bateu num cardume de alburnetes, que se desfez pela superfície feito uma chuva de granizo prateado. Um morcego ou um mocho atravessou o feixe do luar.

— Quem pode saber — murmurou Milva, pensativa, aconchegada nos braços de Cahir — o que o amanhã vai trazer? Quem vai atravessar o rio e quem vai abraçar a terra?

— Vai ser o que tem de ser. Afaste esses pensamentos ruins.

— Você não tem medo?

— Tenho. E você?

— Estou enjoada...

Ficaram calados por algum tempo.

— Conte-me, Cahir, quando você encontrou essa tal Ciri?

— Pela primeira vez? Há três anos, durante a batalha de Cintra. Tirei-a da cidade. Encontrei-a cercada pelo fogo. Passei pelo fogo, pelas chamas e pela fumaça segurando-a nos braços. Ela estava também como uma chama.

— E aí?

— Não há como segurar uma chama nas mãos.
— E, se não é Ciri que está em Nilfgaard — disse ela depois de um longo silêncio —, então quem está?
— Não sei.

Drakenborg, o forte redânio transformado em campo de detenção para elfos e outros elementos subversivos, tinha tradições sombrias, criadas durante os três anos de seu funcionamento. Uma delas era o enforcamento ao amanhecer; outra, juntar antecipadamente os condenados à morte numa grande cela comum, de onde, ao sol nascente, eram levados para o cadafalso.

De dez a vinte condenados eram agrupados na cela, e todas as manhãs eram enforcados três ou quatro. Os demais esperavam sua vez, o que podia durar muito tempo, até uma semana. Eles eram chamados de Brincalhões, porque o ambiente na cela da morte sempre estava alegre. Primeiro, na hora das refeições, os prisioneiros recebiam um vinho ácido e muito aguado, que no jargão do campo recebera o nome de "Dijkstra seco", pois não era segredo que essa bebida que antecedia a morte era servida aos condenados por ordem pessoal do chefe do serviço secreto da Redânia. Segundo, ninguém da cela da morte era arrastado para ser inquerido na agourenta lavanderia subterrânea e os guardas eram proibidos de torturar os prisioneiros.

Naquela noite, a tradição também estava sendo cumprida. A alegria enchia a cela ocupada por seis elfos, um meio-elfo, um metadílio, dois humanos e um nilfgaardiano. O "Dijkstra seco" era derramado, de maneira solidária, num prato de lata, que os condenados sorviam sem a ajuda das mãos. Com isso, teriam maiores chances de ficar aturdidos com o vinho fraco. Apenas um dos elfos, um Scoia'tael do comando derrotado de Iowerth, torturado severamente na lavanderia havia pouco, mantinha a calma e a seriedade, ocupado em arranhar na viga da parede a inscrição "Liberdade ou morte". Havia centenas de dizeres parecidos nas vigas. Os outros condenados, também de acordo com a tradição, cantavam em uníssono o hino dos Brincalhões, uma canção anônima composta em Drakenborg, cuja letra os prisioneiros nas barracas aprendiam ouvindo, à noite, os sons que chegavam da cela da morte, sabendo que um dia eles igualmente participariam do coro.

Dançam os enforcados nos cadafalsos,
Encolhem-se ritmicamente em tremores,
Cantam sua canção com melancolia e pendores.
Os Brincalhões entregam-se à diversão estupendamente.
Todos os mortos relembram a hora
Em que o banco foi sacado, os pés voaram
E seus olhos esgazearam!

O ferrolho bateu, a porta rangeu. Os Brincalhões interromperam a canção. Os guardas que entravam ao amanhecer eram o sinal de apenas uma coisa: num instante o coro ia ser desprovido de algumas vozes. A pergunta era: de quem?

Os guardas entraram em grupo. Carregavam cordas, que serviam para atar as mãos dos condenados levados para a forca. Um deles puxou o ar pelo nariz, enfiou o cassetete debaixo da axila, desenrolou um pergaminho, pigarreou.

– Echel Trogelton!

– Traighlethan – corrigiu o elfo do comando de Iorwerth sem ênfase. Mais uma vez olhou para a inscrição arranhada e levantou-se com dificuldade.

– Cosmo Baldenvegg!

O metadílio engoliu em seco. Nazarian sabia que o haviam prendido sob a acusação de atos de sabotagem, executados por ordem do serviço secreto nilfgaardiano. No entanto, Baldenvegg não reconhecia sua culpa e declarava com insistência que roubara por iniciativa própria os dois cavalos da cavalaria, para ter lucro, e que Nilfgaard não tinha nada a ver com isso. Contudo, obviamente, não acreditaram nele.

– Nazarian!

Nazarian levantou-se às pressas, estendeu as mãos aos guardas para que fossem atadas. Quando os três foram retirados da cela, os Brincalhões restantes retomaram a canção.

Dançam os enforcados nos cadafalsos,
Encolhem-se alegremente em tremores.
O vento leva sua canção
Num refrão entoado nos arredores...

A alvorada fervia em tons de encarnado e púrpura que prometiam um dia formoso e ensolarado.

Nazarian reparou que o hino dos Brincalhões induzia a um erro. Os enforcados não podiam executar uma dança animada dos condenados, pois a pena não era executada numa forca com uma viga transversal, mas num poste comum encravado no solo, e, em vez de um banco sob os pés, usava-se um toco de bétula baixinho, muito prático, com marcas de uso frequente. No entanto, o autor anônimo da canção, enforcado havia um ano, não podia saber disso quando a compunha. Assim como todos os condenados, ele conheceu os detalhes pouco antes da morte. As execuções em Drakenborg nunca eram públicas. Tratava-se de um castigo justo, não de uma vingança sádica. Essas palavras eram, também, atribuídas a Dijkstra.

O elfo do comando de Iorweth livrou-se das garras dos guardas e subiu no toco sem demora, permitindo que lhe colocassem o laço da forca.

— Viva a...

O toco foi sacado de debaixo de seus pés.

Para o metadílio, foram necessários dois tocos, colocados um por cima do outro. O suposto sabotador não emitiu gritos patéticos. Sacudiu as pernas curtas energicamente e ficou suspenso no poste. Sua cabeça caiu frouxa em seu ombro.

Os guardas seguraram Nazarian, que de repente tomou uma decisão.

— Vou falar! — declarou com voz rouca. — Vou falar! Tenho informações importantes para Dijkstra!

— É um pouco tarde — disse, receoso, Vascoigne, vice-comandante de assuntos políticos de Drakenborg, que assistia à execução. — A forca desperta a imaginação em cada dois condenados!

— Não estou inventando! — Nazarian se sacudiu todo, agarrado pelos algozes. — Tenho informações!

Depois de quase uma hora, Nazarian estava sentado numa cela solitária e se deleitava com a beleza da vida. O mensageiro estava pronto, em pé junto do cavalo, e coçava a virilha com ânimo enquanto Vascoigne lia e verificava o relatório destinado a Dijkstra.

Informo, humildemente, a Vossa Graça que o criminoso chamado Nazarian, condenado pelo assalto a um funcionário real, confessou o que segue: cumprindo a ordem de um certo Ryens, em um dia da lua nova do mês de julho deste ano, com dois cúmplices seus, o meio-elfo Schirrú e Jagla, participou do assassinato dos magistrados Codringher e Fenn na cidade de Dorian. Lá Jagla foi morto, enquanto o meio-elfo Schirrú matou os dois magistrados e incendiou sua casa. O criminoso Nazarian culpa o tal Schirrú por tudo o que aconteceu, contesta e nega ter cometido o assassinato sozinho, provavelmente por medo de ser enforcado. Quanto às informações que possam despertar o interesse de Vossa Graça: antes do assassinato dos magistrados, os criminosos Nazarian, Schirrú e Jagla perseguiam o bruxo chamado Geralt de Rívia, que se encontrava em segredo com o magistrado Codringher. O criminoso Nazarian desconhece o motivo desses encontros, pois nem Ryens, mencionado anteriormente, nem o meio-elfo Schirrú revelaram o segredo. Contudo, depois de apresentar o relatório a respeito dessa conspiração a Ryens, este em seguida ordenou assassinar os magistrados.

O criminoso Nazarian confessou também que seu cúmplice Schirrú roubou os documentos da casa dos magistrados, que logo os entregou a Ryens em Carreras, na taberna Raposa Astuta. Nazarian não tem conhecimento dos assuntos abordados por Ryens e Schirrú, mas no dia seguinte o trio de bandidos foi até Brugge e no quarto dia depois da lua nova sequestrou uma moça que vivia numa casa de tijolos vermelhos, com um par de tesouras de latão fixado à porta de entrada. Ryens deixou a moça aturdida com uma bebida mágica, e foi então que os criminosos Schirrú e Nazarian levaram-na num tílburi às pressas para Verden, para a fortaleza de Nastrog. E agora segue uma informação que eu sugiro ser seriamente considerada: os criminosos entregaram a moça sequestrada ao comandante nilfgaardiano da fortaleza, assegurando-lhe de que o nome da jovem era Cirilla de Cintra. O comandante, de acordo com a confissão do criminoso Nazarian, ficou particularmente entusiasmado com tal notícia.

Envio estas informações altamente sigilosas à Vossa Graça por meio de um mensageiro. Enviarei, também, o protocolo detalhado do inquérito logo que o escrivão passá-lo a limpo. Peço humildemente a Vossa Graça instruções acerca do procedimento consequente com o criminoso Nazarian: se efetuar o açoitamento, para que se lembre de mais detalhes, ou o enforcamento, de acordo com as ordens anteriores.

Despeço-me respeitosamente etc. etc.

Vascoigne assinou o relatório veementemente, selou-o e chamou o mensageiro.

Dijkstra conheceu o conteúdo do relatório na noite do mesmo dia. Filippa Eilhart conheceu-o ao meio-dia do dia seguinte.

Quando o cavalo que carregava Geralt e Jaskier surgiu do bosque ribeirinho de amieiros, Milva e Cahir estavam muito nervosos. Antes haviam ouvido os ruídos da batalha, pois a água do Ina propagava os sons a grande distância.

Enquanto ajudava a tirar o poeta da sela, a arqueira viu como o bruxo ficou tenso ao notar a presença do nilfgaardiano. Não teve tempo para dizer nada, tampouco Geralt, pois Jaskier gemia desesperadamente e estava fraco. Pousaram-no na areia e colocaram uma capa enrolada debaixo de sua cabeça. Milva já se preparava para trocar a atadura provisória ensopada de sangue quando sentiu uma mão em seu ombro e um cheiro conhecido de absinto, anis e outras ervas. Regis, como era de seu costume, apareceu do nada, de repente, sem ninguém saber como.

— Permita-me — disse, sacando de sua bolsa funda utensílios e instrumentos médicos. — Eu vou tratar disso.

Jaskier gemeu de dor quando o barbeiro-cirurgião retirou a atadura.

— Calma — falou Regis, lavando a ferida. — Não é nada. É só um pouco de sangue. Apenas um pouco de sangue... Seu sangue tem cheiro bom, poeta.

E foi então que o bruxo comportou-se de uma forma que Milva não esperava. Aproximou-se do cavalo e desembainhou a comprida espada nilfgaardiana que estava presa sob a aba da sela.

— Afaste-se dele — rosnou, aproximando-se do barbeiro-cirurgião.

— Esse sangue tem cheiro bom — Regis repetiu, não prestando a mínima atenção ao bruxo. — Não sinto o odor de nenhuma infecção, que numa ferida poderia provocar consequências trágicas. A artéria e as veias estão inteiras... Agora vai arder um pouco.

Jaskier gemeu, inspirou o ar bruscamente. A espada tremeu nas mãos do bruxo, reluziu à luz refletida pelo rio.

— Vou dar alguns pontos — avisou Regis, ainda ignorando o bruxo e sua espada. — Seja valente, Jaskier.

E Jaskier foi valente.

— Já estou terminando. — Regis começou a pôr a bandagem. — Falando trivialmente, vai cicatrizar no dia de São Nunca. Jaskier, é uma ferida perfeita para um poeta. Você vai andar como um herói de guerra ostentando uma faixa na testa, enquanto o coração das moças que olharão para você derreterá feito cera. Sim, é uma ferida verdadeiramente poética. Não é a mesma coisa que um tiro na barriga, com o fígado danificado, rins e intestinos despedaçados, os fluidos e as fezes espalhados para fora, infecção do peritônio... Pronto, Geralt, já estou a sua disposição.

Levantou-se, e o bruxo então pôs a espada em sua garganta num movimento tão ágil que passou despercebido.

— Afaste-se — rosnou para Milva.

Regis nem tremeu, embora o gume da espada permanecesse apoiado em seu pescoço. A arqueira prendeu a respiração quando viu os olhos do barbeiro-cirurgião acenderem-se na escuridão, brilhando com uma estranha luz felina.

— Vá lá, força — disse Regis com calma. — Enfie a espada.

— Geralt... — Jaskier, deitado no chão, soltou um gemido, parecendo ter recuperado totalmente a consciência. — Você enlouqueceu? Ele nos salvou da forca... Tratou de minha cabeça...

— Salvou a garota no acampamento e nos socorreu também — lembrou Milva, baixinho.

— Calem-se. Vocês não sabem quem ele é.

O barbeiro-cirurgião não se mexeu e, de repente, Milva viu aquilo que já deveria ter percebido havia muito tempo.

Regis não tinha sombra.

— Exatamente — falou devagar. — Vocês não sabem quem eu sou. E está na hora de saberem. Meu nome é Emiel Regis Rohellec Terzieff-Godefroy. Vivo neste mundo há quatrocentos e vinte e oito anos. Sou descendente dos náufragos, das infelizes criaturas presas entre vocês depois do cataclismo que chamam de Conjunção das Esferas. Sou considerado, falando delicadamente, um monstro. Aliás, um monstro sanguinário. E agora caí nas mãos de um bruxo cuja profissão é eliminar criaturas como eu. É tudo.

— E chega. — Geralt abaixou a espada. — Já é demais. Suma daqui, Emiel Regis não sei de quê. Saia daqui.

— É incrível — debochou Regis. — Vai me deixar ir? Eu, que sou uma ameaça para os humanos? Um bruxo deveria usar todas as ocasiões possíveis para eliminar ameaças como esta.

— Caia fora. Afaste-se, já!

— Para que terras longínquas devo me afastar? — perguntou Regis devagar. — Enfim, você é um bruxo. Sabe de minha existência. Quando achar a solução para seu problema, quando resolver aquilo que precisa resolver, certamente voltará para estes lados. Você sabe onde eu moro, por onde ando, o que faço. Vai me seguir?

— Não excluo essa possibilidade. Se houver uma recompensa. Sou um bruxo.

— Desejo-lhe boa sorte. — Regis fechou a bolsa e desenrolou a capa. — Passe bem. Só mais uma coisa: qual deveria ser o valor da recompensa por minha cabeça para você querer se importar? Que valor você me conferiria?

— Muito alto.

— Isso massageia meu ego. Dê-me um valor concreto.

— Vá para a puta que o pariu, Regis.

— Já, mas antes faça uma estimativa de quanto eu valho, por favor.

— Por um vampiro comum, eu cobrava o valor equivalente ao de um bom corcel. Contudo, você não é um vampiro comum.

— Quanto?

— Duvido... — A voz do bruxo estava fria como gelo. — Duvido que alguém possa pagar o preço.

— Entendo e agradeço. — O vampiro sorriu, dessa vez mostrando os dentes. Vendo-o assim, Milva e Cahir deram um passo para trás e Jaskier abafou um grito de pavor.

— Passem bem. Boa sorte.

— Passe bem, Regis. Igualmente.

Emiel Regis Rohellec Terzieff-Godefroy sacudiu a capa, envolveu-se nela com ímpeto e desapareceu. Simplesmente sumiu.

— Agora — Geralt virou-se, segurando ainda a espada desembainhada na mão — chegou sua hora, nilfgaardiano...

— Não — interrompeu-o Milva, enraivecida. — Já estou cheia disso. Às selas, vamos embora daqui! O rio propaga os gritos; daqui a pouco alguém vai nos pegar!

— Eu me recuso a seguir em companhia do nilfgaardiano.

— Então vá sozinho! — gritou Milva, seriamente zangada. — Para o outro lado! Estou cheia de seus humores, bruxo! Você expulsou Regis, embora ele tenha salvado sua vida, mas o problema é seu. No entanto, Cahir me salvou, então é meu companheiro! Se ele for seu inimigo, volte para Armeria, o caminho está livre! Lá seus amigos esperam por você com a forca pronta!

— Não grite.

— Então não fique parado feito um morto. Ajude-me a colocar Jaskier na sela do capão.

— Você salvou nossos cavalos? Salvou Plotka também?

— Foi ele quem a salvou. — Milva apontou para Cahir com a cabeça. — Andem, vamos embora!

Atravessaram o Ina. Seguiram pela margem direita, ao longo do curso do rio, passando por baixios planos, amieiros ribeirinhos, meandros abandonados e pântanos tomados pelo coaxar de sapos e pelo grasnar de patos e marrecos. O dia amanhecia com o sol rubro, cujo brilho ofuscante se refletia na superfície dos lagos cobertos de nenúfares. Viraram em direção ao local onde um dos inúmeros defluentes do Ina desaguava no Jaruga. Avançaram então por florestas sombrias, nas quais as árvores emergiam diretamente dos pântanos cobertos de lemnas.

Milva ia na frente, ao lado do bruxo, o tempo todo relatando, em voz baixa, a história de Cahir. Geralt, calado como se fosse mudo, não se virou nem encarou o nilfgaardiano, que andava atrás e ajudava o poeta. Jaskier gemia um pouco, xingava e reclamava de dor de cabeça, mas mantinha-se firme e não freava a marcha. O fato de ter recuperado Pégaso e seu alaúde amarrado à sela fez com que seu humor melhorasse.

Por volta do meio-dia, entraram na vegetação ribeirinha banhada pelo sol, atrás da qual se estendia uma vasta planície aluvial do Grande Jaruga. Passaram por meandros abandonados, atravessaram a pé baixios e escolhos. E depararam com uma ilha, um lugar seco situado entre pântanos e restingas rodeados de inúmeros defluentes do rio. Na ilha havia um matagal denso, cresciam amieiros em grande quantidade e algumas árvores nuas, secas e brancas, cobertas inteiramente de fezes de corvos-marinhos.

Milva foi a primeira a avistar uma canoa entre os amieiros, que provavelmente fora arrastada até lá pela correnteza do rio. Foi também a primeira a avistar um campo aberto no matagal, um lugar perfeito para a pastagem.

Pararam, e foi então que o bruxo decidiu que estava na hora de ter uma conversa com o nilfgaardiano. A sós.

— Eu o poupei em Thanedd, pois fiquei com pena de você, moleque. Foi o maior erro que já cometi em toda a minha vida. Hoje de manhã deixei escapar um vampiro superior, que sem dúvida tirou muitas vidas humanas. Deveria tê-lo matado, mas não o fiz porque uma única coisa ocupa minha mente: pegar aqueles que machucaram Ciri. Jurei a mim mesmo que aqueles que a machucaram pagarão com o próprio sangue.

Cahir permanecia calado.

— Suas revelações, relatadas por Milva, não mudam nada. Apenas levam a uma conclusão: que em Thanedd você não conseguiu sequestrar Ciri, ainda que tenha se esforçado muito. Por isso agora me segue, para que eu o guie até ela. Para que você possa pôr as mãos nela de novo, pois só então é que seu imperador lhe poupará a vida, não o mandará à forca.

Cahir ainda permanecia calado. Geralt sentia-se mal. Muito mal.

— Ela gritava à noite por sua causa — rosnou. — Em seus olhos de criança, você cresceu à dimensão de um pesadelo. Você era, e continua sendo, apenas um instrumento, um mero servo de seu imperador. Não sei o que você fez a ela para virar um pesadelo. E o pior é que não entendo por que, apesar de tudo, não consigo matá-lo. Não sei o que me detém.

— Talvez o fato — disse Cahir com voz baixa — de que, contra todas as premissas e aparências, temos algo em comum, você e eu.

– E o que seria?

– Como você, quero salvar Ciri. Como você, não me importa se alguém estranha ou fica espantado com isso. Como você, não tenho a menor intenção de explicar o que me motiva.

– E é só?

– Não.

– Diga então, sou todo ouvidos.

– Ciri – começou a falar o nilfgaardiano pausadamente – vai cavalgando por um vilarejo empoeirado acompanhada de seis outros jovens. Entre eles há uma moça de cabelos curtos. Ciri dança em um celeiro e está feliz...

– Milva lhe contou meus sonhos.

– Não, não me contou nada. Não acredita em mim?

– Não.

Cahir abaixou a cabeça, foi cavando um buraco com o salto do sapato na areia.

– Esqueci – disse – que você não pode nem acreditar nem confiar em mim. Entendo isso. Só que você, como eu, teve outro sonho. Um sonho que não contou a ninguém, pois duvido que queira revelá-lo.

Pode-se dizer que Servadio era simplesmente sortudo. Chegou a Loredo sem a pretensão de espionar alguém em particular. No entanto, não era por acaso que o vilarejo era conhecido como Toca dos Bandidos. Loredo estava situado na Trilha dos Bandidos. Bandoleiros e ladrões de todas as localidades ao redor do Velda Superior passavam por ali, encontravam-se para vender ou trocar o butim, abastecer-se, descansar ou divertir-se em companhia de outros bandidos. O vilarejo já fora queimado algumas vezes, mas os poucos moradores e os numerosos recém-chegados continuavam a reconstruí-lo. Viviam à custa dos bandidos, relativamente bem. E os espiões e denunciadores, como Servadio, sempre tinham chance de conseguir lá alguma informação, que para o administrador de Loredo valia alguns florins.

Agora Servadio podia contar com uma quantia maior, pois os Ratos entravam no vilarejo.

Quem os liderava era Giselher. Faísca e Kayleigh cavalgavam nos flancos. Atrás deles estavam Mistle e a nova garota do bando, de cabelos cinzentos, chamada de Falka. Asse e Reef fechavam o séquito, conduzindo uns cavalos de reserva, certamente roubados e trazidos para ser vendidos. Estavam cansados e cobertos de poeira, mas mantinham-se firmes na sela e cumprimentavam de volta os camaradas e conhecidos presentes em Loredo. Quando desmontaram, foram recebidos com cerveja e logo em seguida procederam a negociações ruidosas com os comerciantes e revendedores de coisas roubadas. Todos, salvo Mistle e aquela garota nova, de cabelos cinzentos, que carregava a espada nas costas. As duas foram em direção às barracas que, como de costume, enchiam a praça. Loredo tinha seus dias de feira, nos quais a oferta de mercadorias era exepcionalmente rica e diversificada, por causa da presença dos bandidos. Hoje era um dia desses.

Servadio seguiu as garotas cautelosamente. Para ganhar dinheiro, tinha de denunciar, e para denunciar, tinha de ouvir.

As duas examinavam lenços multicoloridos, miçangas, blusas bordadas, mantas e testeiras ornamentadas para os cavalos. Remexiam as mercadorias, mas não compravam. Mistle segurava o braço da garota de cabelos cinzentos quase o tempo todo.

O espião aproximou-se prudentemente, fingiu que olhava para correias e cintos na barraca do seleiro. As garotas conversavam em voz baixa e ele não conseguia entender. Tinha medo de ficar mais perto, pois poderiam notar e suspeitar de alguma coisa.

Numa das barracas vendia-se algodão-doce. As duas foram até lá. Mistle comprou dois pauzinhos envolvidos no doce níveo e entregou um à garota de cabelos cinzentos, que delicadamente mordiscou um fiapinho. Pequenos flocos brancos colaram em sua boca. Mistle limpou-a com um gesto cuidadoso e terno. A garota arregalou os olhos cor de esmeralda, lambeu os lábios devagarinho e deu um sorriso, inclinando a cabeça num gesto de brincadeira. Servadio arrepiou-se e sentiu uma gota de suor frio descer da nuca por entre as escápulas. Lembrou-se dos boatos que corriam a respeito das duas bandidas.

Decidiu recuar às escondidas, pois estava claro que não conseguiria ouvir nem espiar nada. As garotas falavam coisas sem importância, enquanto perto dali, no lugar onde se reuniam os líderes dos bandos de salteadores, Giselher, Kayleigh e os restantes brigavam aos berros, barganhavam, gritavam e toda hora colocavam as canecas debaixo da torneira do barril. Lá Servadio tinha chances de recolher informações. Um dos Ratos poderia mencionar algo ou mesmo aludir aos próximos planos do bando, seu percurso ou seu destino. Se conseguisse ouvir uma informação importante e repassá-la a tempo aos soldados do administrador do vilarejo ou aos agentes de Nilfgaard, que se interessavam vivamente pelos Ratos, então a recompensa estaria praticamente garantida. E se o administrador, com base em suas informações, conseguisse montar uma emboscada bem-sucedida, Servadio poderia contar com uma quantia bem grande. "Compraria um casaco de pele de carneiro para minha mulher", pensou, entusiasmado, "e para as crianças finalmente compraria sapatos e alguns brinquedos... e para mim..."

As garotas passeavam por entre as barracas, lambendo e mordiscando fiapos do algodão-doce. De repente, Servadio reparou que alguns sujeitos as observavam e apontavam os dedos para elas. Conhecia-os, eram larápios e ladrões de cavalos da quadrilha de Pinto, conhecido como Arrancaborla.

Os bandidos trocaram alguns comentários provocadores em voz alta e caíram numa gargalhada. Mistle estreitou os olhos e segurou o braço da garota de cabelos cinzentos.

– Rolinhas! – bufou um dos ladrões do bando de Arrancaborla, alto e desengonçado, com um bigode que parecia um maço de estopa. – Olhem só, daqui a pouco uma vai dar um beijinho na outra!

Servadio viu a garota de cabelos cinzentos tremer, viu Mistle encravar os dedos no ombro dela. Os outros ladrões também gargalharam. Mistle virou-se devagar. Alguns deles imediatamente pararam de rir, mas o de bigode de estopa ou estava demasiado embriagado ou completamente desprovido de juízo.

– Talvez uma de vocês esteja precisando de um homem. – Aproximou-se, fazendo repugnantes gestos obscenos. – Acreditem, é só dar uma fodidinha em moças como vocês e as perversões passam de vez! Ei! Estou falando com você...

Não teve tempo de tocar nela. A garota de cabelos cinzentos empinou-se como uma víbora em ataque, a espada brilhou e o golpeou antes que o algodão-doce caísse no chão. O bigodudo cambaleou, grugulejou feito um peru, o sangue jorrou do pescoço cortado. A garota empinou-se novamente, acercou-se dele em dois passos leves, cortou-o mais uma vez, uma onda de sangue foi expelida para o ar e atingiu as barracas, o homem desabou no chão, a areia em sua volta avermelhou-se num instante. Alguém gritou. Outro ladrão abaixou-se, tirou uma faca do cano da bota, mas caiu na mesma hora, golpeado por Giselher com a haste de uma lança.

– Basta um cadáver! – gritou o líder dos Ratos. – A culpa é dele mesmo, não sabia com quem estava se metendo! Dê um passo para trás, Falka!

Foi só então que a garota de cabelos cinzentos abaixou a espada. Giselher levantou um saquinho cheio de moedas e sacudiu-o.

– Segundo as leis de nossa irmandade, pagarei pelo morto. Honestamente, de acordo com o peso, um táler por libra desse cadáver asqueroso! E com isso encerramos a briga! Está certo, camaradas? Ei, Pinto, o que você me diz?

Faísca, Kayleigh, Reef e Asse posicionaram-se atrás do chefe. Os rostos estavam imóveis, feito pedras, as mãos postas nos cabos das espadas.

– Está certo – pronunciou-se Arrancaborla do meio do grupo de bandidos. Era um homem de estatura baixa e pernas tortas, usando uma túnica de couro. – Você é justo, Giselher. A briga está encerrada.

Servadio engoliu em seco, tentando passar despercebido pela multidão que cercava o local do tumulto. De súbito, sentiu que não tinha a mínima vontade de ficar próximo dos Ratos e da garota de cabelos cinzentos chamada Falka. De repente, chegou à conclusão de que o prêmio oferecido pelo administrador não era tão alto quanto pensara que fosse.

Falka embainhou a espada calmamente e olhou ao redor. Servadio pasmou quando viu seu rosto fino mudar e contrair-se.

– Meu algodão-doce... – gemeu ela, olhando para a guloseima jogada na areia suja. – Meu algodão-doce caiu...

Mistle abraçou-a.

— Vou comprar outro para você.

O bruxo estava sentado na areia entre os amieiros, sombrio, mal-humorado e pensativo. Olhava para os corvos-marinhos sentados na árvore suja de fezes.

Cahir havia desaparecido no mato depois da conversa e ainda não voltara. Milva e Jaskier procuravam algo para comer. Na canoa arrastada pela correnteza haviam encontrado, debaixo dos bancos, um caldeirão de cobre e um cesto de vime. Colocaram o cesto num canal à beira do rio e entraram na água até os joelhos, batendo paus nas algas para guiar os peixes até a armadilha. O poeta já se sentia bem e andava orgulhosamente exibindo a cabeça atada.

Geralt estava irritado e perdido em pensamentos.

Milva e Jaskier tiraram o cesto da água e começaram a xingar, pois, em vez dos esperados bagres e carpas, dentro dele havia um monte de peixinhos prateados debatendo-se.

O bruxo levantou-se.

— Venham cá, os dois! Deixem esse cesto e venham cá. Tenho algo para lhes dizer.

Quando se aproximaram, molhados e fedendo a peixe, Geralt foi direto ao ponto:

— Vocês vão voltar para casa. Vão para o norte, em direção a Mahakam. Vou continuar sozinho.

— O quê?

— Jaskier, nossos caminhos se separam. Chega de brincadeira. Você vai voltar para casa e escrever poemas. Milva vai atravessar as florestas com você... Qual é o problema?

— Nenhum. — Milva jogou os cabelos para trás bruscamente. — Nada. Fale, bruxo. Estou curiosa para ouvir o que você vai nos dizer.

— Não tenho mais nada para dizer. Vou para o sul, para a outra margem do Jaruga, pelo território nilfgaardiano. É um caminho longo e perigoso. E não posso demorar mais. Por isso vou sozinho.

— Depois de se livrar de uma bagagem incômoda. — Jaskier mexeu a cabeça. — De uma grilheta que retarda a marcha e causa problemas. Em outras palavras, de mim.

— E de mim — acrescentou Milva, olhando para o lado.

— Escutem — falou Geralt, já com mais calma. — Esse é um assunto meu, não tem nada a ver com vocês. Não quero que se arrisquem por algo que só interessa a mim.

— Algo que só interessa a você — repetiu Jaskier lentamente. — Ninguém lhe é necessário. A companhia apenas o incomoda e retarda a marcha. Você não espera a ajuda de ninguém nem tem a mínima intenção de se preocupar com alguém. Além disso, ama a solidão. Esqueci de mencionar alguma coisa?

— Sim — respondeu Geralt, enraivecido. — Você se esqueceu de trocar sua cabeça oca por uma que contenha um cérebro. Se aquela flecha desviasse apenas uma polegada para a direita, idiota, agora os corvos estariam bicando seus olhos. Você é poeta, tem imaginação, procure imaginar uma cena dessas. Repito: vocês voltam para o norte, eu vou na direção oposta. Sozinho.

— Então vá. — Milva levantou-se agilmente. — Você acha que vou implorar? Vá para o inferno, bruxo. Venha, Jaskier, vamos preparar alguma comida. Estou morrendo de fome e, quando o escuto, fico enjoada.

Geralt virou a cabeça. Observava os corvos-marinhos de olhos verdes secando as asas nos galhos da árvore cheia de fezes. De repente, sentiu um forte cheiro de ervas e xingou furiosamente.

— Você está abusando de minha paciência, Regis.

O vampiro, que aparecera do nada, despercebido, não se abalou e sentou-se junto dele.

— Preciso trocar o curativo do poeta — falou com calma.

— Então vá até ele, mas fique longe de mim.

Regis suspirou, sem intenção de se afastar.

— Ouvi, há pouco, sua conversa com Jaskier e a arqueira — disse num tom de leve deboche. — É preciso admitir que você possui um verdadeiro talento para atrair as pessoas. Embora pareça que o mundo inteiro conspire contra você, os companheiros e aliados que querem ajudá-lo são por você ignorados.

— O mundo está às avessas. Um vampiro vai me ensinar como lidar com as pessoas? O que você sabe sobre os humanos, Regis? A única coisa que você conhece é o sabor de seu sangue. Droga, acabei falando com você!

– O mundo está às avessas – admitiu o vampiro com seriedade. – Você já está falando comigo. Não quer, então, ouvir um conselho?

– Não, não quero. Não preciso.

– É verdade. Quase me esqueci. Você não precisa de conselhos, de aliados, nem de companheiros de viagem, sem os quais vai se virar bem. O objetivo de sua viagem é, acima de tudo, pessoal e privado. Além do mais, o caráter do objetivo requer que você o cumpra sozinho, pessoalmente. Risco, perigo, dificuldades, luta contra as dúvidas podem ser um fardo só e unicamente para você, pois fazem parte da expiação de culpa que deseja obter. Diria que se trata de um tipo de batismo de fogo. Você vai atravessar o fogo que queima, porém purifica. Sozinho, solitariamente. Porque, se alguém o apoiasse, o ajudasse nisso, assumiria pelo menos uma pequena parte desse batismo de fogo, dessa dor, dessa penitência. Isso empobreceria o ato, privaria você de sua devida participação numa parte dessa expiação, que, no entanto, é apenas exclusivamente sua expiação. Só você tem uma dívida a pagar, e não quer pagá-la contraindo dívidas com outros fiadores. Estou seguindo um raciocínio lógico?

– Tão lógico que até soa estranho estando sóbrio. Sua presença me incomoda, vampiro. Por favor, deixe-me sozinho com minha expiação. E com minha dívida.

– Agora mesmo. – Regis levantou-se. – Fique aí, pense bem. De todo modo, vou lhe dar um conselho. A necessidade de expiação, de um batismo de fogo purificador, e o sentimento de culpa não são coisas às quais você pode reivindicar um direito exclusivo. A vida difere da atividade bancária: ela admite dívidas que podem ser pagas endividando-se com outros.

– Afaste-se, por favor.

– Agora mesmo.

O vampiro afastou-se e juntou-se a Jaskier e Milva. Enquanto trocavam o curativo, os três debatiam acerca do que comer. A arqueira tirou do cesto os peixes miúdos e ficou fitando-os com olhar crítico.

– Não há o que pensar – disse. – Basta espetar essas baratas pequenas em gravetos de amieiro e assá-las na brasa.

— Não. — Jaskier balançou a cabeça recém-enfaixada. — Não é boa ideia. Os peixes são poucos, não vamos ficar satisfeitos só com eles. Proponho fazer uma sopa de peixe.

— Sopa de peixe?

— Claro. Temos muitos peixes miudinhos, temos sal. — Jaskier indicava as coisas de que dispunham empurrando os dedos, um por um, para trás. — Encontramos cebola, cenoura, salsa, aipo e o caldeirão. Somando todos os elementos, obteremos uma sopa.

— Uns temperos cairiam bem.

— Ah. — Regis sorriu, enfiando a mão em sua bolsa. — Não haverá problemas com isso. Manjericão, pimenta-malagueta, pimenta-do-reino, folha de louro, sálvia...

— Chega, chega — interrompeu-o Jaskier. — Chega, não precisamos de mandrágora na sopa. Bem, mãos à obra. Milva, limpe os peixes.

— Limpe-os você! Vejam só! Acham que só porque há uma mulher no grupo, vão fazê-la ralar na cozinha! Vou trazer a água e acender o fogo. E vocês que se virem sozinhos com esses misgurnos.

— Não são misgurnos — falou Regis. — São escalos, rutilos, acerinas e bremas.

— Ora, ora. — Jaskier não se conteve. — Pelo que vejo, você sabe de peixe.

— Sei de várias coisas — admitiu o vampiro com indiferença, sem um tom de orgulho na voz. — Estudei aqui e acolá.

— Já que você é tão sábio — Milva assoprou mais uma vez em direção ao fogo e levantou-se em seguida —, então esviscere sabiamente esses peixinhos. Vou buscar a água.

— Você consegue trazer um caldeirão inteiro? Geralt, ajude-a!

— Consigo — bufou a arqueira. — Não preciso da ajuda dele. Ele tem seus assuntos pessoais e não se deve atrapalhá-lo!

O bruxo virou a cabeça, fingindo que não ouvira.

O poeta e o vampiro limparam os pequenos peixes com agilidade.

— A sopa vai ser rala — afirmou Jaskier, colocando o caldeirão por cima do fogo. — Seria bom ter um peixe maior.

– Pode ser este aqui? – De repente, Cahir surgiu por entre os amieiros, carregando pelo meio do corpo um lúcio de mais ou menos um quilo e meio, que ainda agitava a cauda e movimentava as guelras.

– Ah! Que beleza! Onde você o pegou, nilfgaardiano?

– Não sou nilfgaardiano. Sou de Vicovaro e chamo-me Cahir...

– Tudo bem, já sabemos. Eu perguntei: onde você pegou esse peixe?

– Eu fiz uma vara de pesca e usei um sapo como isca. Joguei a vara num canal à beira do rio. O lúcio fisgou de primeira.

– Só especialistas. – Jaskier balançou a cabeça enfaixada. – Que pena que não propus que comêssemos bifes, pois trariam logo uma vaca. Mas vamos ajeitar o que já temos. Regis, jogue todos os peixes pequenos no caldeirão, com a cabeça e a cauda. Já o lúcio tem de ser limpo e esviscerado com cuidado. Você sabe, nilf... Cahir?

– Sei.

– Então, mãos à obra. Droga, Geralt, você pretende ficar sentado aí por muito tempo com essa cara fechada? Descasque os legumes!

O bruxo levantou-se, obediente, e aproximou-se, mas sentou-se acintosamente longe de Cahir. Antes que conseguisse reclamar que não tinha uma faca, o nilfgaardiano, ou vicovariano, entregou-lhe a sua e sacou outra do cano da bota. Geralt aceitou, balbuciando um agradecimento.

O trabalho em conjunto corria bem. O caldeirão, cheio de peixes pequenos e legumes, logo levantou fervura e espuma. O vampiro recolheu a espuma habilmente com uma colher talhada por Milva. Depois de Cahir esviscerar e dividir o lúcio, Jaskier jogou no caldeirão a cauda, as barbatanas, a espinha dorsal e a cabeça dentada do predador e mexeu o caldo.

– Nham, nham, que cheiro gostoso. Quando tudo isso cozinhar, vamos coar os resíduos.

– Só se for com a atadura. – Milva franziu o cenho, talhando outra colher. – Como você quer coar se não temos coador?

— Cara Milva — Regis sorriu —, não fale assim! Podemos substituir aquilo que não temos por aquilo que temos. É apenas uma questão de iniciativa e pensamento positivo.

— Vá para o inferno com esse seu papo sábio, vampiro.

— Vamos usar minha cota de malha como coador — falou Cahir. — Qual é o problema? Vou lavá-la depois.

— Você também vai lavá-la antes — declarou Milva. — Do contrário, não vou comer essa sopa.

O procedimento de coar correu com facilidade.

— Cahir, agora jogue o lúcio no caldo — ordenou Jaskier. — Que cheiro gostoso, nham, nham. Não ponham mais madeira, deixem só arder de leve. Geralt, onde você está enfiando essa colher? Agora não pode mais mexer!

— Não grite. Não sabia.

— O desconhecimento — Regis sorriu — não constitui uma desculpa para as ações impensadas. Quando não se sabe, ou quando se tem dúvidas, é bom pedir um conselho...

— Cale a boca, vampiro! — Geralt levantou-se e virou de costas. Jaskier bufou.

— Olhem só, ficou zangado.

— É o jeito dele — afirmou Milva, contorcendo os lábios. — Falastrão. Quando não sabe o que fazer, só fala e fica zangado. Ainda não perceberam?

— Há muito tempo — disse Cahir com voz baixa.

— Acrescentar pimenta. — Jaskier lambeu a colher e estalou a língua. — Acrescentar um pouco mais de sal. Agora, sim, está perfeita. Vamos tirar o caldeirão do fogo. Caramba, está quente! Não tenho luvas...

— Eu tenho — Cahir disse.

— E eu — Regis segurou o caldeirão pelo outro lado — não preciso de luvas.

— Tudo bem. — O poeta limpou a colher nas calças. — Vamos, pessoal, sentem-se! Bom apetite! Geralt, está esperando por um convite especial? Ou talvez pelo arauto e pela fanfarra?

Todos cercaram o caldeirão posto na areia, fazendo um círculo apertado em volta dele. Por um bom tempo o único barulho que se ouvia era o sorver ruidoso, interrompido por um assoprar nas colheres. Depois de comerem metade do caldo, começaram a pescar cuidadosamente os pedaços do lúcio, até, por fim, arranharem com as colheres o fundo do caldeirão.

– Comi que nem uma porca – gemeu Milva. – Até que essa sopa foi boa ideia, Jaskier.

– Exatamente – admitiu Regis. – O que diz, Geralt?

– Digo: obrigado. – O bruxo levantou-se com dificuldade e massageou o joelho, que começou a doer de novo. – É suficiente? Ou precisam de fanfarra?

– Com ele é sempre assim. – O poeta fez um gesto de indiferença com mão. – Não lhe deem atenção. Até que vocês têm sorte; eu tive de ficar com ele quando brigava com aquela tal Yennefer, uma beleza de pele alva e cabelos cor de ébano.

– Seja mais discreto – repreendeu-o o vampiro. – E não se esqueça: ele tem problemas.

– Os problemas – Cahir abafou um arroto – devem ser resolvidos.

– Ah! – falou Jaskier. – Mas como?

Milva bufou e acomodou-se na areia quente.

– O vampiro é sábio, deve saber.

– A questão não é saber, mas ser capaz de avaliar as conjunturas – disse Regis com calma. – E, quando você avaliar as conjunturas, chegará à conclusão de que estamos lidando com um problema insolúvel. Toda essa aventura não tem chance de ser bem-sucedida. A probabilidade de achar Ciri é nula.

– Mas não se pode falar assim – debochou Milva. – É preciso ter iniciativa e pensamento positivo. Como no caso do coador. Se não o temos, podemos substituí-lo por outra coisa. Eu penso assim.

– Até há pouco – continuou o vampiro – pensávamos que Ciri estava em Nilfgaard. Chegar até lá e libertá-la ou até sequestrá-la parecia uma tarefa irrealizável. Agora, depois das revelações de Cahir, não sabemos sequer onde ela está. É difícil falar em iniciativa quando não se tem nem ideia de que direção tomar.

– Então o que devemos fazer? – enervou-se Milva. – O bruxo insiste em seguir para o sul...

— Para ele — Regis sorriu —, os pontos cardeais não têm importância. Para ele, tanto faz para que lado seguir, o que lhe interessa é não ficar parado. É seu verdadeiro princípio. O mundo está cheio de maldade, então é preciso ir para onde a vida levar e aniquilar o mal encontrado no caminho, contribuindo, assim, para o bem. O resto virá sozinho. Ou em outras palavras: o movimento é tudo, o objetivo é nada.

— Burrice — comentou Milva —, já que seu objetivo é Ciri. Então ela seria nada?

— É brincadeira — admitiu o vampiro, olhando sorrateiramente para Geralt, que ainda estava virado de costas. — E uma brincadeira sem tato. Desculpem-me. Você está certa, cara Milva. Nosso objetivo é Ciri. E, como não sabemos onde ela está, seria sensato conseguir essa informação e dirigir adequadamente nossas ações. O assunto da Criança Surpresa, percebo, palpita com questões como magia, destino e outros elementos sobrenaturais. E eu conheço alguém que tem muita familiaridade com esses assuntos e com certeza nos ajudará.

— Ah! — alegrou-se Jaskier. — Quem é? Onde está? É longe daqui?

— Mais perto do que a capital de Nilfgaard. Na verdade, bem perto. Em Angrena, deste lado do Jaruga. Estou falando do círculo druida, que está situado nas florestas antigas em Caed Dhu.

— Vamos sem demora!

— Será que nenhum de vocês — disse Geralt, por fim, nervoso — acha conveniente pedir minha opinião?

— Sua? — Jaskier virou-se para ele. — Você nem sabe o que fazer. Até a sopa que acabou de tomar você nos deve. Se não fosse por nós, estaria com fome. E nós também, caso esperássemos por sua iniciativa. Esse caldeirão de sopa é o fruto de nossa cooperação, o efeito do esforço de todo o grupo, de uma equipe unida pelo mesmo objetivo. Você entende isso, amigo?

— Como ele poderia entender? — Milva franziu o cenho. — Ele vive repetindo que tudo é ele, sozinho. Um lobo solitário! É nítido que não dá nem para caçador, que não é familiarizado com a floresta. Um lobo não caça sozinho! Nunca! O lobo solitário é só uma lenda dos burgueses. Mas ele não entende!

– Entende, entende, sim. – Regis sorriu com os lábios cerrados, como de costume.

– Ele só se faz de bobo – confirmou Jaskier. – Mas eu continuo acreditando que, por fim, ele fará uso de seu cérebro. Quem sabe ele consiga tirar as conclusões certas? Quem sabe entenda que a única atividade que dá certo quando executada sozinha é bater punheta?

Cahir Mawr Dyffryn aep Ceallach ficou em silêncio, por tato.

– Que se danem! – por fim falou o bruxo, guardando a colher no cano da bota. – Que se dane esse grupo de cooperação de idiotas unidos pelo mesmo objetivo, que nenhum de vocês entende. E que eu me dane também.

Dessa vez, todos seguiram o exemplo de Cahir: Jaskier, Maria Barring, conhecida como Milva, e Emiel Regis Rohellec Terzieff-Godefroy também permaneceram em silêncio, por tato.

– Que bela companhia fui arranjar! – prosseguiu Geralt, balançando a cabeça. – Companheiros de armas! Uma equipe de heróis! Não há mais nada a fazer senão rir. Um poetastro com um alaúde. Uma selvagem encrenqueira, meio-dríade, meio-mulher. Um vampiro de mais de quatrocentos anos de idade. E um maldito nilfgaardiano que insiste em dizer que não é nilfgaardiano.

– E o líder da equipe é um bruxo cuja doença são os remorsos, o desespero e a indecisão – completou Regis calmamente. – Então, proponho que viajemos incógnitos para não provocar escândalos.

– Ou risadas – acrescentou Milva.

CAPÍTULO SEXTO

A rainha respondeu: "Não peça misericórdia a mim, mas àqueles que você feriu com seus feitiços. Você teve coragem de cometer atos ilícitos, então tenha coragem agora, quando a perseguição e a justiça estão próximas. Não tenho o poder de absolver seus pecados." Nessa hora a feiticeira emitiu um silvo à semelhança de um gato, seus olhos maus brilharam. "Minha perdição está próxima", gritou, "mas a sua também, rainha. Na hora de sua morte terrível, haverá de lembrar-se de Lara Dorren e seu sortilégio. Saiba que meu sortilégio alcançará seus descendentes até a décima geração." Quando reparou que no peito da rainha batia um coração valente, a má feiticeira élfica parou de maldizer, ameaçar e intimidar por meio do sortilégio e começou a ganir feito uma cadela pedindo sua ajuda e misericórdia...

Conto de Lara Dorren, versão humana

...mas as súplicas não amoleceram o coração de pedra dos Dh'oine, humanos impiedosos e cruéis. E quando Lara, implorando por misericórdia, dessa vez não para si mesma, mas para sua filha, agarrou-se à porta da carruagem, o algoz, por ordem real, executou um golpe com um punhal e lhe cortou os dedos. E naquela noite terrivelmente fria, numa colina entre as florestas, Lara exalou seu último suspiro depois de dar à luz sua filha, protegendo-a com o restante do calor que nela ardia. E, apesar da escuridão, do frio e da nevasca ao redor, a colina foi envolta por uma aura primaveril e ali brotaram as formosas feainnewedd. Até hoje essas flores crescem apenas em dois lugares: em Dol Blathanna e na colina em que faleceu Lara Dorren aep Shiadhal.

Conto de Lara Dorren, versão élfica

— Eu lhe pedi... — rosnou Ciri, que estava deitada de costas. — Eu lhe pedi que não tocasse em mim.

Mistle retirou a mão e o capim que usava para fazer cócegas no pescoço de Ciri. Esticou-se ao lado dela e fixou os olhos no céu, colocando as mãos embaixo da nuca raspada.

— Você está se comportando de maneira esquisita, Falkinha.

— Só não quero que você toque em mim, mais nada!

— É só uma brincadeira.

– Eu sei. – Ciri apertou os lábios. – É só uma brincadeira. Tudo era apenas uma brincadeira. Mas sabe? Já estou farta. Estou farta!

Mistle, ainda deitada de costas, ficou calada por um bom tempo, mirando o céu azul cortado pelos fiapos esfarrapados de nuvens. Um açor rondava no alto da floresta.

– Seus sonhos – falou enfim. – É por causa de seus sonhos, não é? Você se levanta e grita quase todas as noites. Os acontecimentos de seu passado voltam nos sonhos. Eu sei como é.

Ciri não respondeu.

– Nunca me contou nada sobre você – Mistle interrompeu o silêncio novamente –, sobre seu passado, nem sequer de onde você é ou se tem parentes...

Ciri bruscamente levantou a mão até o pescoço, mas dessa vez era apenas uma joaninha.

– Eu tinha parentes – disse surdamente, não olhando para a companheira. – Na verdade, achava que tinha... Parentes que me achariam até aqui, no fim do mundo, se apenas quisessem... ou se estivessem vivos. O que você quer, Mistle? Quer que eu fale de mim para você?

– Não precisa.

– Melhor assim, então. Provavelmente seria só uma brincadeira, como tudo entre vocês.

– Não entendo – Mistle virou a cabeça – por que você não se afasta se se essas coisas a incomodam tanto?

– Não quero ficar sozinha.

– Só isso?

– É muito.

Mistle mordeu os lábios. Antes que conseguisse falar alguma coisa, ouviram um assobio. As duas se levantaram, bateram a roupa cheia de agulhas de pinheiros e correram até os cavalos.

– Vai começar – Mistle pulou na sela e desembainhou a espada – a brincadeira da qual há algum tempo você gosta tanto, Falka. Não pense que eu não notei.

Ciri fincou os calcanhares no cavalo com raiva. Correram desenfreadamente pela encosta do barranco, ouvindo os gritos selvagens dos outros Ratos, que saíam de um bosque situado do outro lado da estrada de terra batida. O cerco estava se fechando.

A audiência privada havia terminado. Vattier de Rideaux, visconde de Eiddon, chefe do serviço secreto militar do imperador Emhyr var Emreis, saía da biblioteca curvando-se diante da rainha do Vale das Flores de maneira mais gentil do que requeria o protocolo da corte. A reverência era, ao mesmo tempo, cuidadosa, com movimentos elaborados e contidos. O espião do imperador não tirava a vista de duas jaguatiricas deitadas aos pés da rainha dos elfos. Os felinos de olhos dourados exalavam preguiça e sono. Contudo, Vattier sabia que não eram mascotes, mas vigias atentos, prontos para, num piscar de olhos, transformar numa massa ensanguentada todos que se atrevessem a aproximar-se da rainha a uma distância menor que aquela determinada pelo protocolo.

Francesca Findabair, chamada Enid an Gleanna, ou Margarida dos Vales, esperou que as portas se fechassem atrás de Vattier e acariciou as jaguatiricas.

— Ida, já — disse.

Ida Emean aep Sivney, feiticeira élfica, Aen Seidhe livre dos Montes Roxos, encoberta pelo feitiço da invisibilidade durante a audiência, materializou-se no canto da biblioteca e ajeitou o vestido e os cabelos cor de cinabre. A única reação das jaguatiricas foi abrir um pouco mais os olhos. Como todos os felinos, viam o invisível e não se podia enganá-las com um feitiço tão simples.

— Esse festival de espiões está começando a me irritar — falou Francesca com ironia, acomodando-se melhor na cadeira de ébano. — Há poucos dias Henselt de Kaedwen me mandou um "cônsul", depois Dijkstra enviou uma "missão comercial" a Dol Blathanna, e agora apareceu o próprio espião-mor Vattier de Rideaux! Ah, e antes Stefan Skellen, o Grande Ninguém Imperial, também esteve por aqui, mas não lhe concedi uma audiência. Eu sou uma rainha e Skellen é ninguém. Mesmo que ocupe um cargo público, continua sendo um ninguém.

— Stefan Skellen — disse Ida Emean lentamente — nos visitou também e teve mais sorte. Falou com Filavandrel e Vanadain.

— E ele também perguntou por Vilgeforz, Yennefer, Rience e Cahir Mawr Dyffryn aep Ceallach, do mesmo jeito que fui indagada por Vattier?

— Entre outros. Você vai estranhar, mas estava mais interessado na versão original da profecia de Ithlinne Aegli aep Aevenien, especialmente nos fragmentos que falam sobre Aen Hen Ichaer, do Sangue Antigo. Demonstrou interesse por Tor Lara, a Torre da Gaivota, e pelo portal lendário que outrora ligava a Torre da Gaivota com Tor Zireael, a Torre da Andorinha. É típico dos humanos, Enid, esperar que, por ordem deles, imediatamente lhes revelemos os mistérios e os segredos que nós mesmos procuramos desvendar há centenas de anos.

Francesca levantou a mão e olhou para seus anéis.

– Será que Filippa sabe dos interesses suspeitos de Skellen e Vattier? – perguntou. – E de Emhyr var Emreis, a quem os dois servem?

– Seria arriscado afirmar que não sabe – Ida Emean olhou com sagacidade para a rainha – e manter em segredo o que sabemos durante a reunião do conselho em Montecalvo, tanto diante de Filippa como de toda a loja. Isso nos colocaria numa posição pouco favorável... Contudo, queremos que essa loja seja criada. Nós, feiticerias élficas, queremos que confiem em nós e não suspeitem de que estejamos fazendo jogo duplo.

– O problema é que estamos fazendo jogo duplo, Ida. E estamos brincando com fogo. Com a Chama Branca de Nilfgaard...

– O fogo queima – Ida Emean ergueu os olhos alongados pela maquiagem forte e direcionou-os para a rainha –, mas purifica também. É preciso passar por ele. É preciso tomar o risco, Enid. Essa loja deve ser criada, deve começar a funcionar com todas as suas integrantes: doze feiticeiras, entre elas aquela sobre a qual fala a profecia. E, se for um jogo, vamos apostar na confiança.

– E se for uma provocação?

– Você conhece melhor as pessoas envolvidas no assunto.

Enid an Gleanna ficou pensativa.

– Sheala de Tancarville – disse finalmente – é uma solitária reservada, não tem conexões. Triss Merigold e Keira Metz tinham, mas ambas agora são emigrantes, pois o rei Foltest expulsou todos os feiticeiros de Temeria. Margarita Laux-Antille não se interessa por nada além de sua escola. Logicamente, neste momento as últimas três estão sob a influência de Filippa e ela mesma constitui um mistério. Sabrina Glevissig não desiste das influências políticas que possui em Kaedwen, mas não vai trair a loja. Ela se sente demasiado atraída pelo poder que a loja oferece.

– E a tal Assire var Anahid? E a outra nilfgaardiana que conheceremos em Montecalvo?

– Sei pouco sobre elas. – Francesca sorriu levemente. – Mas, assim que as vir, vou saber mais. Quando vir como se vestem.

Ida Emean apertou as pálpebras maquiadas, porém desistiu de fazer uma pergunta.

– Só falta a questão da estatueta de nefrita – falou após um momento. – A estatueta insegura e enigmática. É possível também encontrar menções sobre ela em Ithlinnespeath. Parece que está na hora de deixá-la falar. E de contar-lhe o que a espera. Você quer que eu a ajude na descompressão?

– Não, vou fazê-la sozinha. Você sabe como se reage a um desempacotamento. Quanto menos testemunhas, menor será a humilhação.

Francesca Findabair verificou mais uma vez se todo o pátio estava isolado hermeticamente do resto do palácio por um campo de proteção que fechava a vista e bloqueava os sons. Acendeu três velas negras postas em castiçais equipados com refletores côncavos espelhados. Os castiçais estavam posicionados sobre os símbolos de Belleteyn, Lammas e Yule no mosaico circular do piso que ilustrava os oito símbolos de Wicca e o zodíaco élfico. Dentro do círculo do zodíaco havia um mosaico menor, cheio de símbolos mágicos ao redor de um pentagrama. Nos três símbolos do círculo menor, Francesca colocou pequenos tripés de ferro e em cima deles montou cautelosa e cuidadosamente três cristais. O corte da base dos cristais correspondia à forma das pontas dos tripés e por isso o posicionamento tinha de ser preciso. Francesca, então, verificou tudo repetidas vezes. Preferia não arriscar a possibilidade de cometer um erro.

Perto dali sussurrava uma fonte. A água jorrava de um cântaro de mármore segurado por uma náiade também de mármore, desaguava num reservatório e movimentava as folhas de nenúfares, por entre as quais nadavam peixinhos-dourados.

Francesca abriu o porta-joias, tirou de dentro uma pequena estatueta de nefrita, que ao ser tocada parecia sabonete, e colocou-a exatamente no meio do pentagrama. Deu um passo para trás, deu outra olhada para o grimório posto em cima da mesinha, respirou fundo, levantou as mãos e proferiu o encanto.

O brilho das velas momentaneamente ficou mais intenso. As facetas dos cristais reluziram e lançaram feixes de luz, que se concentraram na estatueta. Num instante ela mudou de cor, de verde para dourada, e logo em seguida ficou transparente. O ar estremeceu por causa da energia mágica rebatida na barreira protetora. Uma das velas soltou faíscas, sombras dançaram no piso, o mosaico ganhou vida e começou a se distorcer. Francesca não abaixava as mãos, nem interrompia o encanto.

A estatueta cresceu rapidamente, pulsando e latejando, mudou de estrutura e forma feito uma nuvem esfumaçada que se arrastava no chão. A luz que resplandecia dos cristais cortava a fumaça, e nos raios do fulgor apareceram o movimento e a matéria que endurecia. Depois de um instante, uma figura humana surgiu no meio do círculo mágico, uma mulher de cabelos negros deitada no chão, imóvel.

As velas se apagaram soltando fumaça, o brilho dos cristais se extinguiu. Francesca abaixou as mãos, esticou os dedos e enxugou o suor da testa.

A mulher de cabelos negros deitada no chão encolheu-se toda e começou a gritar.

– Como você se chama? – perguntou Francesca melodiosamente.

A mulher espreguiçou-se e uivou, apertando o abdome com as mãos.

– Qual é seu nome?

– Ye... Yennef... Yennefeeeer!!! Aaaaaaah...

A elfa respirou com alívio. A mulher ainda se encolhia, uivava, gemia, batia os punhos no chão, tentava vomitar. Francesca esperava com paciência e tranquilidade. A mulher, que havia pouco era uma estatueta de nefrita, sofria. Era nítido e normal. No entanto, seu cérebro não fora danificado.

— Então, Yennefer — falou depois de um longo momento, interrompendo os gemidos. — Talvez já chegue, não?

Yennefer ficou de quatro com evidente dificuldade, enxugou o nariz com o braço e começou a observar tudo em volta. Seu olhar perdido passou por Francesca, como se a elfa nem estivesse no pátio, e parou com a visão da fonte de água. Yennefer arrastou-se penosamente, deslizou pela pequena mureta do reservatório e jogou-se na fonte respingando água ao redor. Engasgou, tossiu e cuspiu. Finalmente afastou os nenúfares com as duas mãos, engatinhou até alcançar a náiade de mármore e se sentou, apoiando as costas na base da estátua. A água chegava até seus seios.

— Francesca... — balbuciou, tocando na estrela de obsidiana que lhe pendia do pescoço e fitando a elfa com um olhar um pouco mais consciente. — Você...

— Eu. Do que você se lembra?

— Você me empacotou... Droga, foi você que me empacotou?

— Eu a empacotei e desempacotei. Do que você se lembra?

— Garstang... Elfos. Ciri. Você. E quinhentos quintais caindo de repente sobre minha cabeça... Agora já sei o que foi. Compressão artefatual...

— A memória está funcionando. Isso é bom sinal.

Yennefer abaixou a cabeça e olhou os peixinhos-dourados nadando ao redor de suas coxas.

— Enid, depois mande trocar a água do reservatório — balbuciou. — Acabei de fazer xixi nele.

— É só um detalhe. — Francesca sorriu. — No entanto, repare se na água não há vestígios de sangue. Às vezes a compressão pode danificar os rins.

— Só os rins? — Yennefer respirou com cuidado. — Acho que dentro de mim não há nenhum órgão inteiro... Pelo menos sinto-me assim. Droga, Enid, não sei o que fiz para merecer esse tipo de tratamento...

— Saia da fonte.

— Não, estou bem aqui.

— Eu sei, desidratação.

— Degradação, desmoralização! Por que você fez isso comigo?

— Saia, Yennefer.

A feiticeira levantou-se com dificuldade, apoiando-se na náiade de mármore com as mãos. Sacudiu os nenúfares de seu corpo, com um movimento forte rasgou o vestido ensopado, tirou-o e ficou nua sob os jorros de água. Saiu de lá depois de beber e se enxaguar, sentou-se à beira da fonte, enxugou os cabelos e olhou em volta.

– Onde estou?

– Em Dol Blathanna.

Yennefer enxugou o nariz.

– A confusão em Thanedd ainda não acabou?

– Acabou, sim. Há um mês e meio.

– Eu devo tê-la magoado muito – falou Yennefer depois de um momento. – Devo tê-la enraivecido muito, Enid. Você conseguiu se desforrar de mim, vingou-se com dignidade, mas talvez tenha exagerado no sadismo. Não poderia ter se limitado a cortar minha garganta?

– Não fale besteiras. – A elfa contraiu os lábios. – Eu a empacotei e tirei de Garstang para salvar sua vida. Voltaremos a esse assunto mais tarde. Aqui estão uma toalha e um lençol. Você vai receber um novo vestido depois de tomar banho no lugar adequado, numa banheira com água quente. Você já prejudicou demais os peixinhos-dourados.

Ida Emean e Francesca tomavam vinho; Yennefer, suco de cenoura com glicose em quantidades enormes.

– Resumindo – disse, depois de ouvir o relato de Francesca –, Nilfgaard invadiu Lyria, repartiu Aedirn com Kaedwen, queimou Vengerberg, avassalou Verden e está tomando Brugge e Sodden. Vilgeforz desapareceu sem deixar rastro. Tissaia de Vries se suicidou. E você se tornou rainha do Vale das Flores. O imperador Emhyr entregou-lhe a coroa e o cetro em agradecimento por minha Ciri, pela qual tanto procurava; agora ele a tem e pode usá-la de acordo com sua vontade e desejo. Você me empacotou e durante um mês e meio me guardou como uma estatueta de nefrita. E certamente você espera que eu lhe agradeça tudo isso.

– Não seria nada mal – respondeu Francesca Findabair friamente. – Em Thanedd esteve um tal Rience, cuja questão de honra era levá-la a uma morte lenta e cruel. Vilgeforz prometeu-lhe facilitar isso. Rience correu atrás de você por todo o Garstang, mas não a encontrou, pois você já era uma estatueta de nefrita escondida em meu decote.

— E eu permaneci como essa estatueta durante quarenta e sete dias.

— Sim. No entanto, quando me perguntavam por você, podia responder tranquilamente que Yennefer de Vengerberg não estava em Dol Blathanna. Perguntavam, afinal, por Yennefer, e não pela estátua.

— O que mudou para você decidir me desempacotar?

— Muitas coisas. Já vou lhe explicar.

— Mas antes quero saber de outra coisa. Geralt, o bruxo, esteve em Thanedd. Lembra-se dele? Eu o apresentei a você em Aretusa. Como ele está?

— Acalme-se. Está vivo.

— Estou calma. Diga, Enid.

— Seu bruxo — disse Francesca — em apenas uma hora fez mais do que muitos durante toda a vida. Em poucas palavras: quebrou a perna de Dijkstra, cortou a cabeça de Artaud Terranova e matou com bestialidade cerca de dez Scoia'tael. Ah, quase me esqueci: ainda despertou o desejo desenfreado de Keira Metz.

— Horrível. — Yennefer franziu o cenho exageradamente. — Mas Keira já deve ter se recuperado. Não guarda rancor dele? Certamente foi por falta de tempo, e não por falta de respeito, que ele despertou seu desejo, mas não a possuiu. Assegure-a disso em meu nome.

— Você vai ter a possibilidade de fazê-lo pessoalmente — declarou de modo frio a Margarida dos Vales. — E logo. No entanto, voltemos aos assuntos pelos quais você finge, inabilmente, não estar interessada. Seu bruxo animou-se tanto na defesa de Ciri que agiu de maneira insensata. Lançou-se sobre Vilgeforz, que o feriu gravemente. Sem dúvida, não foi por falta de empenho que não conseguiu matá-lo, mas por falta de tempo. E então? Vai continuar fingindo que isso não a impressiona?

— Não — respondeu Yennefer, torcendo os lábios, sem sarcasmo. — Não, Enid. Isso me impressiona, sim. Em breve algumas pessoas vão se dar conta disso. Você tem minha palavra.

Francesca não se preocupou com a ameaça, assim como antes não se preocupara com o deboche.

— Triss Merigold teleportou o bruxo ferido para Brokilon — disse. — Pelo que eu saiba, as dríades ainda estão cuidando dele e parece que já está bem, mas seria melhor não sair de lá. Os agentes de Dijkstra e os serviços secretos de todos os reis estão à procura dele e de você também.

— O que eu fiz para merecer essa honra? Afinal, não causei nenhum mal a Dijkstra... Espere, não me fale, vou adivinhar. Desapareci de Thanedd sem deixar nenhum vestígio. Ninguém suspeita de que fiquei escondida em seu decote, reduzida e empacotada. Todos estão convencidos de que fugi para Nilfgaard com meus cúmplices conspiradores. Claro, todos salvo os verdadeiros conspiradores, mas eles não vão querer que os outros saibam o que realmente aconteceu. É que estamos em guerra, e a desinformação é uma arma cujo gume tem de se manter sempre afiado. E agora, depois de quarenta e sete dias, chegou a hora de usá-la. Minha casa em Vengerberg foi queimada, estão a minha procura. Não me resta nada mais que aderir a um comando dos Scoia'tael ou de alguma outra maneira apoiar a luta pela independência dos elfos.

Yennefer deu um gole do suco de cenoura e olhou para Ida Emean aep Sivney, que mantinha a calma e o silêncio.

— E então, senhora Ida, senhora Aen Seidhe livre dos Montes Roxos? Adivinho bem meu destino? Por que mantém esse silêncio tão grave?

— Eu, senhora Yennefer — respondeu a elfa de cabelos ruivos —, fico calada quando não tenho nada de sensato a dizer. É sempre melhor fazer isso do que elaborar pressuposições infundadas e mascarar a ansiedade com falatório. Enid, vá direto ao assunto. Explique para a senhora Yennefer do que se trata.

— Sou toda ouvidos. — Yennefer tocou na estrela de obsidiana pendurada numa fita de veludo. — Diga, Francesca.

A Margarida dos Vales apoiou o queixo nas mãos unidas.

— Hoje — declarou — é a segunda noite desde que a lua está cheia. Daqui a pouco nos teleportaremos para o castelo de Montecalvo, sede de Filippa Eilhart. Participaremos da reunião de uma organização que provavelmente vai interessá-la, pois você sempre compartilhou a opinião de que a magia é o bem supremo, acima de quaisquer divisas, conflitos, opções políticas, interesses pessoais, mágoas, ressentimentos ou animosidades. Por isso deve ficar contente com o fato de que há poucos dias foram criados os alicerces de uma instituição, um tipo de loja secreta, dedicada exclusivamente à defesa dos interesses da magia. Tem como objetivo garantir que a magia ocupe sua devida posição na hierarquia de diversos assuntos. Aproveitando o privilégio de recomendar novos membros para essa loja, permiti-me sugerir duas candidatas: Ida Emean aep Sivney e você.

– Que privilégio e promoção inesperados! – debochou Yennefer. – Da inexistência mágica diretamente para uma loja secreta, elitista e onipotente, que fica acima dos ressentimentos e aversões pessoais. Mas será que eu mereço? Será que vou conseguir encontrar em mim mesma a força de caráter suficiente para me livrar da aversão perante as pessoas que tiraram Ciri de mim, torturaram um homem que eu prezo e fizeram comigo...

– Tenho certeza – interrompeu-a a elfa – de que você encontrará a força de caráter suficiente, Yennefer. Eu a conheço e sei que essa força não lhe falta, como tampouco lhe falta a ambição que deveria suprimir as dúvidas quanto a esse privilégio e a essa promoção. No entanto, se é isso que você quer, vou ser direta: eu a recomendo à loja porque a considero uma pessoa que merece tal destaque e que pode contribuir muito para a causa.

– Obrigada. – O sorriso irônico não saía dos lábios da feiticeira. – Obrigada, Enid. Sinto realmente que a ambição, o orgulho e o narcisismo tomarem conta de mim. Estou prestes a explodir a qualquer momento, antes mesmo que comece a analisar por que você não recomenda a essa loja outra elfa de Dol Blathanna ou dos Montes Roxos em meu lugar.

– Você vai saber por quê – respondeu Francesca friamente – em Montecalvo.

– Preferia saber logo.

– Conte a ela – murmurou Ida Emean.

– Isso tem a ver com Ciri – disse Francesca depois de pensar por um momento. Ergueu seu olhar impenetrável e fitou Yennefer. – A loja interessa-se por ela, mas ninguém a conhece tão bem quanto você. Chegando lá, você vai saber mais acerca do assunto.

— Tudo bem. — Yennefer coçou a escápula energicamente. Sentia insuportáveis comichões na pele, ressecada por causa da compressão. — Só me diga uma coisa: quem vai aderir a essa loja, além de vocês e Filippa?

— Margarita Laux-Antille, Triss Merigold e Keira Metz, Sheala de Tancarville de Kovir, Sabrina Glevissig e duas feiticeiras de Nilfgaard.

— É a república internacional das mulheres?

— Pode chamá-la assim.

— Elas devem achar ainda que sou cúmplice de Vilgeforz. Vão me aceitar?

— Elas me aceitaram. Você vai cuidar do resto sozinha. Vão lhe pedir que fale sobre suas ligações com Ciri desde o início, o qual se deu há quinze anos em Cintra, por causa desse seu bruxo, até os acontecimentos de há um mês e meio. A honestidade e a franqueza serão absolutamente indispensáveis e confirmarão sua lealdade ao convento.

— Mas quem disse que há algo para confirmar? Não é cedo demais para falar em lealdade? Não conheço o estatuto nem o programa dessa organização internacional de mulheres...

— Yennefer. — A elfa franziu as sobrancelhas harmoniosas. — Estou recomendando-a para a loja, mas não tenho a mínima intenção de forçá-la a fazer qualquer coisa, especialmente a declarar sua lealdade. Você tem uma opção.

— Eu imagino qual.

— Sim, você imagina, mas continua a ser uma opção livre. De minha parte, eu a aconselho a optar pela loja. Acredite, dessa maneira você ajudará sua Ciri de maneira mais eficaz, em vez de se jogar no meio dos acontecimentos, que é o que, suponho, você pensa em fazer. Ciri corre risco de morte. Apenas nossa atuação solidária pode salvá-la. Quando você ouvir o que for dito em Montecalvo, vai ver que eu falava a verdade... Yennefer, não estou gostando desse brilho em seus olhos. Prometa que não vai tentar fugir.

— Não. — Yennefer balançou a cabeça e tocou na estrela presa à fita de veludo. — Não vou prometer nada, Francesca.

– Gostaria de lhe avisar com lealdade, minha querida, que todos os portais fixos em Montecalvo têm um bloqueio. Qualquer pessoa que queira entrar ou sair de lá sem a autorização de Filippa acaba presa numa masmorra com as paredes revestidas de dvimerito. Você não vai conseguir abrir um teleportal próprio sem dispor dos componentes. Não quero lhe tirar sua estrela, pois você precisa ter plenas capacidades mentais, mas se tentar aprontar... Yennefer, eu não posso permitir... A loja não pode permitir que você corra sozinha, feito louca, para salvar Ciri e procurar vingança. Ainda tenho sua matriz e o algoritmo do encanto. Novamente vou reduzi-la e deixá-la empacotada numa estatueta de nefrita, se for preciso, por alguns meses ou até anos.

– Obrigada pelo aviso, mas mesmo assim não vou lhe prometer nada.

Fringilla Vigo tentava disfarçar, mas estava nervosa e tensa. Ela própria criticava os jovens feiticeiros nilfgaardianos por se sujeitar sem discernimento às opiniões e ao imaginário estereotipados, ela própria ridicularizava a imagem trivial, pintada pela fofoca e propaganda, de uma típica feiticeira do Norte: artificialmente bela, arrogante, vaidosa e tomada por uma decadência que chegava aos limites da perversão e muitas vezes até os ultrapassava. No entanto, agora que as conexões entre os teleportais a aproximavam do castelo em Montecalvo, a insegurança a respeito daquilo com que depararia no local do encontro da loja secreta sacudia-a toda com força cada vez maior. Não sabia o que aconteceria lá. Sua imaginação fértil pintava imagens de mulheres extremamente lindas, enfeitadas de colares de diamantes cobrindo-lhes os seios nus de mamilos carmim, mulheres de lábios úmidos e olhos brilhantes por causa do consumo de álcool e drogas. Em sua imaginação, Fringilla Vigo via a reunião do convento secreto transformando-se numa louca e dissoluta orgia ao som de músicas frenéticas, com o uso de afrodisíacos, escravos dos dois sexos e acessórios sofisticados.

O último teleportal deixou-a entre duas colunas de mármore negro. Estava com a boca ressecada e com lágrimas nos olhos por causa do vento da magia e agarrava com força o colar de esmeraldas sobre o peito. Assire var Anahid materializou-se ao lado dela, também visivelmente nervosa. Fringilla suspeitou de que sua amiga estava insegura ao ver sua vestimenta nova e atípica: um vestido lilás simples, embora muito elegante, adornado com um discreto colar de alexandritos.

A ansiedade esvaneceu-se num instante. A enorme sala iluminada por luminárias mágicas estava fria e silenciosa. Não havia um africano nu tocando tambor nem meninas com lantejoulas no púbis saltitando na mesa. Não se sentia o cheiro de haxixe ou cantárida. As feiticeiras de Nilfgaard foram logo cumprimentadas por Filippa Eilhart, a senhora do castelo, elegante, séria, gentil e objetiva. As outras feiticeiras presentes aproximaram-se e apresentaram-se. Fringilla respirou com alívio. As magas do Norte eram belas, coloridas e reluziam com as joias que portavam. Além do mais, em seus olhos realçados com maquiagem delicada não havia nenhum traço de drogas alucinógenas ou de ninfomania. Tampouco estavam com os seios à mostra. Ao contrário, duas delas usavam vestidos que as cobriam até o pescoço: a severa Sheala de Tancarville, trajada de negro, e a jovem Triss Merigold, de olhos azuis e lindos cabelos castanhos. A morena Sabrina Glevissig e as loiras Margarita Laux-Antille e Keira Metz usavam decotes apenas um pouco mais cavados do que Fringilla.

Uma conversa gentil, durante a qual todas tiveram a possibilidade de falar um pouco de si mesmas, preencheu o tempo de espera pelas outras participantes do convento. As afirmações diplomáticas e os comentários de Filippa Eilhart quebravam o gelo rápida e habilmente, embora o único gelo real ao redor estivesse sobre o bufê coberto por uma pilha de ostras. Fora isso, não se sentiam outros tipos de frieza. Sheala de Tancarville, pesquisadora, logo achou uma variedade de temas em comum com outra pesquisadora, Assire var Anahid, e Fringilla simpatizou com a alegre Triss Merigold. A conversa era acompanhada pela gulosa consumpção das ostras. Apenas Sabrina Glevissig não comia, pois era filha verdadeira das florestas de Kaedwen, e até se permitiu expressar seu desprezo pelas "ostras nojentas" e seu desejo por um pedaço de carne de corço com ameixas. Filippa Eilhart, em vez de reagir à observação com gélida altivez, puxou a corda da campainha e, após um instante, os criados discretos e silenciosos serviram a carne. O espanto de Fringilla era grande, mas concluiu que em tal país esses eram os costumes.

O teleportal situado entre as colunas reluziu e vibrou silenciosamente. Uma expressão de absoluto espanto surgiu no rosto de Sabrina Glevissig. Keira Metz derrubou a ostra e a faca no gelo. Triss abafou um suspiro.

Três feiticeiras emergiram do teleportal. Eram três elfas: uma de cabelos cor de ouro envelhecido, a segunda de cabelos cor de cinabre e a terceira de cabelos negros como asas de graúna.

– Bem-vinda, Francesca – disse Filippa. Sua voz não denunciava a emoção expressa pelos olhos, que se semicerraram rapidamente. – Bem-vinda, Yennefer.

– Recebi o privilégio de apresentar duas candidatas para a loja – falou melodiosamente a elfa de cabelos de ouro envelhecido, chamada Francesca, percebendo o espanto de Filippa. – Aqui estão elas: Yennefer de Vengerberg, conhecida por todas, e a senhora Ida Emean aep Sivney, Aen Saevherne dos Montes Roxos.

Ida Emean inclinou levemente a cabeça ruiva e remexeu o vestido fino amarelo-gema.

– Suponho – Francesca olhou ao redor – que o grupo está completo.

– Falta apenas Vilgeforz – sibilou Sabrina Glevissig em voz baixa, mas com raiva aparente, olhando, contrariada, para Yennefer.

– E os Scoia'tael escondidos nos subterrâneos – murmurou Keira Metz. Triss congelou-a com o olhar.

Filippa completou as apresentações. Fringilla observou com curiosidade Francesca Findabair, Enid an Gleanna, a Margarida dos Vales, a famosa rainha dos elfos de Dol Blathanna, que recuperaram seu país havia pouco tempo. Os boatos acerca da beleza de Francesca não eram exagerados.

Ida Emean, de cabelos ruivos e olhos grandes, evidentemente despertou o interesse de todas, inclusive das magas de Nilfgaard. Os elfos livres dos Montes Roxos não mantinham relações com os humanos, tampouco com seus parentes que viviam mais próximos dos humanos. E os poucos Aen Saevherne, os Versados, entre os elfos livres constituíam um enigma quase lendário. Raros eram aqueles que, até entre os próprios elfos, podiam se orgulhar de um contato mais próximo com Aen Saevherne. Ida destacava-se do grupo não só pela cor dos cabelos. Em suas joias não havia nem uma onça de metais preciosos, nem um quilate de pedras, mas apenas pérolas, corais e âmbar.

Contudo, a que provocou as maiores emoções foi obviamente a terceira feiticeira: Yennefer, de cabelos negros como asas de graúna, vestida de alvinegro, que, apesar da primeira impressão, não era elfa. Sua chegada a Montecalvo parecia ser uma grande surpresa, porém não necessariamente agradável para todas as presentes. Fringilla sentia uma aura de antipatia e inimizade emanando de algumas das feiticeiras.

Quando lhe apresentaram a feiticeira nilfgaardiana, Yennefer fitou Fringilla com seus olhos cor de violeta cansados, com olheiras, algo que nem a maquiagem conseguiu disfarçar.

– Nós nos conhecemos – afirmou, tocando na estrela de obsidiana.

De repente um silêncio carregado, cheio de inquietação, encheu a sala.

– Já nos vimos – insistiu Yennefer.

– Não me lembro disso. – Fringilla sustentou o olhar.

– Não fico surpresa. Mas tenho boa memória para rostos e silhuetas. Eu a vi no Monte Sodden.

– Então não se pode falar em engano. – Fringilla Vigo levantou a cabeça orgulhosamente e olhou em volta para todas as presentes. – Estive ao pé do Monte Sodden.

Filippa Eilhart se manifestou antes que Yennefer respondesse:

– Eu também estive lá. E também me lembro de muitas coisas. Mesmo assim, não acho que uma tentativa de forçar a memória excessivamente e de cavar nas profundezas dela nos traga algum benefício aqui nesta sala. O esquecimento, o perdão e a reconciliação vão trazer mais benefícios a nossa empreitada. Você concorda comigo, Yennefer?

A feiticeira de cabelos negros afastou os cachos da testa.

– Quando eu finalmente souber o que vocês pretendem fazer aqui – respondeu –, eu lhe direi, Filippa, com o que concordo... e com o que não concordo.

– Então, nesse caso é melhor começarmos sem demora. Ocupem seus lugares, estimadas senhoras.

Os lugares à mesa redonda, salvo um, estavam marcados. Fringilla sentava-se ao lado de Assire var Anahid. A sua direita havia uma cadeira vazia, que a separava de Sheala de Tancarville, seguida por Sabrina Glevissig e Keira Metz. À esquerda de Assire estavam Ida Emean, Francesca Findabair e Yennefer. Exatamente na frente de Assire encontrava-se Filippa Eilhart, ladeada por Margarita Laux-Antille à direita e Triss Merigold à esquerda.

Todas as cadeiras tinham os braços esculpidos em forma de esfinge.

Filippa começou. Mais uma vez deu as boas-vindas e logo passou ao assunto. Fringilla, a quem Assire relatara com detalhes o conteúdo da reunião anterior da loja, durante a introdução não obteve nenhuma informação nova. Tampouco ficou surpresa com as declarações feitas por todas as feiticeiras acerca da vontade de aderir ao convento, nem com as primeiras intervenções na discussão que diziam respeito à guerra que o Império levava a cabo contra os nortelungos, especialmente a recém-iniciada operação em Sodden e Brugge, durante a qual o exército imperial confrontara o exército temeriano. De início, os comentários a deixaram um pouco intimidada. Apesar da presumida atitude apolítica do convento, as feiticeiras não conseguiram esconder suas convicções. Algumas estavam evidentemente preocupadas com a presença de Nilfgaard às portas. Fringilla foi tomada por uma mistura de emoções. Achava que pessoas com formação tão boa deveriam entender que o Império levava a cultura, a riqueza, a ordem e a estabilidade política para o Norte. De outro lado, não sabia como ela própria reagiria se um exército inimigo se aproximasse de sua casa.

Filippa Eilhart evidentemente estava farta de discussões a respeito de temas militares.

– Ninguém pode prever o resultado da guerra – disse. – Além do mais, esse tipo de previsão não tem sentido. Vamos finalmente analisar esse assunto com objetividade. Primeiro, a guerra não é um mal tão grande. Estaria com mais medo dos efeitos da superpopulação, o que, nesta etapa do desenvolvimento da agricultura e da indústria, significaria uma calamidade causada pela fome. Segundo, a guerra é a continuação da política dos governantes atuais. Quantos deles estarão vivos daqui a cem anos? Obviamente nenhum. Quantas dinastias sobreviverão? Não há como prever. Daqui a cem anos, os atuais conflitos territoriais e dinásticos, as atuais ambições e esperanças se transformarão em cinzas e pó que cobrirão as crônicas. Mas se não nos protegermos, se deixarmos nos envolver na guerra, então também seremos transformadas em cinzas e pó. No entanto, se olharmos um pouco acima das bandeiras, se fecharmos os ouvidos para os brados patrióticos e gritos de guerra, sobreviveremos. Precisamos sobreviver. Precisamos, porque carregamos uma responsabilidade, mas não perante os reis e seus interesses particulares, limitados a apenas um reino. Somos responsáveis pelo mundo, pelo progresso e pelas mudanças que esse progresso implica. Somos responsáveis pelo futuro.

– Tissaia de Vries entenderia isso de outra maneira – falou Francesca Findabair. – Ela sempre se preocupava com a responsabilidade perante o povo e as pessoas comuns, simples, e não num futuro distante, mas aqui e agora.

– Tissaia de Vries está morta. Se estivesse viva, estaria entre nós.

– Com certeza. – Margarida dos Vales sorriu. – Embora eu não concorde com a teoria da guerra como remédio para uma calamidade causada pela fome ou pela superpopulação. Prestem atenção a esta última palavra, estimadas companheiras. Debatemos aqui na língua comum, que tem como objetivo facilitar o entendimento mútuo. Mas para mim é uma língua estranha, cada vez mais estranha. Em minha língua materna não existe a palavra "superpopulação"; uma palavra élfica para isso seria um neologismo. Tissaia de Vries, que descanse em paz, preocupava-se com o destino das pessoas comuns. Quanto a mim, acho que a vida dos elfos comuns é igualmente importante. Concordaria com a ideia de olhar para o futuro e tratar o dia atual como algo efêmero, mas infelizmente tenho de constatar que o dia de hoje condiciona o dia de amanhã, e sem o amanhã não haverá o futuro. Para vocês, humanos, chorar por um pé de lilás queimado durante a guerra pode parecer ridículo, pois não faltará lilases, e se não houver esse pé de lilás haverá outro, e se não houver lilases haverá acácias. Perdoem-me as metáforas no âmbito da botânica, mas tomem conhecimento do fato de que aquilo que, para vocês, é questão de política, para nós, elfos, é questão de sobrevivência em termos fisiológicos.

— A política não me interessa — declarou Margarita Laux-Antille, reitora da academia de magia. — Simplesmente não quero que as meninas a cuja educação tenho me dedicado sejam usadas como condotieras, enganadas pelos lemas de amor à pátria. A pátria dessas meninas é a magia, e é isso o que eu lhes ensino. Se alguém as engajar na guerra e as colocar no novo Monte Sodden, então elas perderão, independentemente do resultado no campo de batalha. Entendo suas dúvidas, Enid, mas precisamos nos ocupar do futuro da magia, e não dos problemas raciais.

— Precisamos nos ocupar do futuro da magia — repetiu Sabrina Glevissig. — Mas o futuro da magia depende do *status* dos feiticeiros, de nosso *status*, de nossa importância e do papel que desempenhamos na sociedade. Confiança, respeito, credibilidade, crença comum em nossa utilidade e no fato de a magia ser necessária. A alternativa que está diante de nós parece simples: ou perdemos o *status* e nos isolamos em torres de marfim, ou vamos servir, até no Monte Sodden, como condotieras...

— Ou como criadas e mensageiras? — Triss Merigold arremessou os lindos cabelos do ombro. — Com a cabeça abaixada, prontas para exercer qualquer tarefa por ordem do imperador? Pois esse será o papel que a paz nilfgaardiana nos outorgará, se entrar em vigor universalmente.

— Se entrar em vigor — falou Filippa com ênfase —, não teremos alternativa. Precisamos servir, mas à magia e não a reis ou imperadores. Não podemos servir a sua política atual, aos assuntos da integração racial, pois esta também está sujeita aos fins políticos vigentes. Nosso convento, estimadas senhoras, não foi convocado para que nos adequássemos à política atual ou às mudanças diárias na linha de frente, nem para que procurássemos soluções adequadas para determinada situação, mudando a tonalidade da pele à semelhança de um camaleão. O papel de nossa loja tem de ser ativo, contrário às tendências, e deve ser levado a cabo por todos os meios disponíveis.

— Se estou entendendo bem — Sheala de Tancarville ergueu a cabeça —, você está nos aconselhando a influenciar ativamente o curso dos acontecimentos, de todos os modos. De maneira ilegal também?

— De que leis você está falando? Das estabelecidas para o povo ou das inscritas nos códigos que nós mesmas elaboramos e ditamos aos juristas reais? Temos obrigações perante uma única lei: a nossa!

— Entendo. — A feiticeira de Kovir sorriu. — Então vamos influenciar ativamente o curso dos acontecimentos. Se a política dos governantes não estiver de acordo com nossos princípios, então vamos mudá-la. É isso, Filippa? Ou talvez seja melhor depor logo esses burros coroados e expulsá-los? Talvez seja melhor retomar o poder?

— Nós já entronizamos governantes que nos eram favoráveis. Entretanto, nosso erro foi não entronizar a magia. Nunca concedemos o poder absoluto à magia. Está na hora de corrigir esse erro.

— Você, sem dúvida, está pensando em si mesma? — Sabrina Glevissig debruçou-se sobre a mesa. — Certamente no trono da Redânia? Sua alteza Filippa Primeira? Com Dijkstra como príncipe consorte?

— Não estou pensando em mim mesma. Não estou pensando no Reino da Redânia. Estou pensando no grande Reino do Norte, no qual se transformará o atual Reino de Kovir. Um império cuja força vai equivaler à de Nilfgaard. Só assim os pratos da balança do mundo, que agora oscilam, serão equilibrados. Um império governado pela magia, que nós entronizaremos casando o sucessor de Kovir com uma feiticeira. Sim, estão ouvindo bem, minhas companheiras, estão olhando para o lado certo. Sim, aqui mesmo, a esta mesa, naquela cadeira desocupada, colocaremos a décima segunda feiticeira da loja. E depois a entronizaremos.

O silêncio que encheu a sala foi interrompido por Sheala de Tancarville.

— É um projeto verdadeiramente ambicioso — falou num leve tom de ironia. — Realmente, é digno de nós todas sentadas aqui.

E justifica por completo a fundação de tal convento, pois seria humilhante nos ocuparmos de tarefas menos dignas. Não há nada mais digno que oscilar entre os limites da realidade e da realização. É como cravar pregos com a ajuda de um astrolábio. Não, não. É melhor traçar tarefas completamente irrealizáveis.

— Por que irrealizáveis?

— Poupe-me, Filippa — disse Sabrina Glevissig. — Nenhum dos reis jamais se casaria com uma feiticeira e nenhuma sociedade aceitaria uma feiticeira no trono. É um costume secular que impede isso. Talvez seja um costume pouco sábio, mas ele existe.

— Existem também — acrescentou Margarita Laux-Antille — obstáculos de natureza, digamos, técnica. A pessoa que pudesse ser aliada com a casa de Kovir teria de preencher uma série de requisitos, tanto de nosso ponto de vista como do da casa de Kovir. Entretanto, há um conflito entre esses requisitos, que se chocam de maneira evidente. Você não percebe, Filippa? Para nós, a candidata deve ser uma pessoa formada em magia, inteiramente entregue ao assunto, que entenda seu papel e seja capaz de desempenhá-lo hábil e despercebidamente, sem levantar suspeitas, sem a ajuda de maestros ou assessores, sem eminências pardas que ficam nas sombras, contra as quais sempre é dirigida, no primeiro golpe, a raiva dos rebeldes. A esposa do futuro sucessor ao trono deve ser, também, escolhida pelo próprio Kovir, sem nenhum tipo de pressão visível de nossa parte.

— Isso é óbvio.

— E, em sua opinião, qual seria a escolha de Kovir, sem que fosse pressionado? Uma garota de família real, em cujas veias corre o sangue real há gerações. Uma garota jovem, adequada para um príncipe jovem. Uma garota que possa dar à luz, pois se trata de uma dinastia. A barra levantada a tal nível exclui você, Filippa, me exclui, exclui até Keira e Triss, as mais novas entre nós. Exclui também todas as adeptas de minha escola, que são pouco interessantes até para nós mesmas, pois são como flores em botão ainda de cor indeterminada. Nem imagino a possibilidade de alguma delas se sentar a esta mesa e ocupar o décimo segundo lugar. Em outras palavras, mesmo que todos os súditos de Kovir enlouquecessem e aceitassem o casamento do príncipe com uma feiticeira, não acharíamos uma maga assim. Então, quem seria a tal Rainha do Norte?

— Uma garota de família real — respondeu Filippa calmamente —, em cujas veias corre o sangue real de algumas grandes dinastias. Jovem e capaz de dar à luz. Uma garota de habilidades mágicas e proféticas excepcionais, que carrega o Sangue Antigo anunciado nas profecias. Uma garota que vai desempenhar seu papel de maneira brilhante, sem precisar de maestros, assessores, conselheiros ou eminências pardas, pois seu destino determina isso. Uma garota cujas verdadeiras habilidades são e serão apenas de nosso conhecimento. Cirilla, filha de Pavetta de Cintra, neta da Leoa Calanthe. O Sangue Antigo, a Chama Branca do Norte, a Destruidora e a Renovadora, cuja vinda foi profetizada há centenas de anos. Ciri de Cintra, a Rainha do Norte, e seu sangue, do qual nascerá a Rainha do Mundo.

Assim que viram os Ratos saindo de uma emboscada, os dois cavaleiros que escoltavam a carruagem recuaram e tentaram fugir. Não tiveram chance. Giselher, Reef e Faísca impediram seu caminho e, depois de uma luta rápida, mataram-nos sem cerimônia. Kayleigh, Asse e Mistle esbarraram nos outros dois, prontos para defender desesperadamente a carruagem atrelada a quatro cavalos tordilhos. Ciri estava decepcionada e zangada. Não deixaram nenhum para ela. Parecia que não teria ninguém para matar.

No entanto, havia um cavaleiro seguindo à frente da carruagem montado em um ginete como um escudeiro, usando armadura leve. Poderia ter fugido, mas não o fez. Voltou-se, rodou a espada no ar e galopou em direção a Ciri.

A garota o deixou aproximar-se. Deteve ligeiramente o próprio cavalo e, quando o cavaleiro executou o golpe, levantando-se nos estribos, ela inclinou-se para o lado habilmente, desviando do gume da espada. Logo em seguida, endireitou-se, fincou os pés nos estribos e empurrou-os para trás. O nilfgaardiano era veloz e hábil e conseguiu executar mais um golpe. Dessa vez Ciri o bloqueou transversalmente, fazendo a espada deslizar, e efetuou um corte curto por baixo, no pulso dele. Rodou a espada fintando em direção ao rosto e, quando o cavaleiro cobriu instintivamente a cabeça com a mão esquerda, ela girou a espada na mão com agilidade e lhe cortou a axila num golpe que ela treinara por horas seguidas em Kaer Morhen. O nilfgaardiano deslizou da sela, caiu, ficou de joelhos e urrou loucamente, tentando, com movimentos bruscos, estancar o sangue que jorrava da artéria cortada. Ciri ficou olhando para ele por um instante, como sempre fascinada pela imagem de um ser humano lutando implacavelmente contra a morte. Esperou que ele sangrasse até morrer. Depois se afastou, sem olhar para trás.

A emboscada funcionara. A escolta fora estraçalhada. Asse e Reef pararam a carruagem, segurando os freios dos cavalos da parelha que ia na frente, e puxaram o postilhão que cavalgava do lado direito, fazendo com que deslizasse da sela. O rapaz, vestido de libré colorida, caiu de joelhos no chão e começou a chorar, clamando por piedade. O cocheiro soltou as rédeas e também suplicou por misericórdia, com as mãos postas em oração. Giselher, Faísca e Mistle galoparam até a carruagem. Kayleigh desceu da sela e abriu as portas com força. Ciri aproximou-se e também desmontou, ainda com a espada ensanguentada na mão.

Dentro da carruagem estava uma matrona gorda de traje cortesão e barrete. Abraçava uma jovem extremamente pálida de vestido negro com gola de guipura alta e um belo camafeu, notou Ciri.

– Que tordilhos lindos! – exclamou Faísca, olhando para os cavalos. – Lindos, malhadinhos, parecem uma pintura! Conseguiremos alguns florins pelos quatro!

– O cocheiro e o postilhão vão puxar a carruagem até a vila. – Kayleigh deu um sorriso largo para as mulheres que estavam dentro dela. – É só usarem cabrestos. E, se houver alguma subida, as duas damas podem ajudá-los!

– Senhores bandidos! – gemeu a matrona de traje cortesão, em quem o sorriso nojento de Kayleigh claramente causava mais pavor do que o ferro ensanguentado na mão de Ciri. – Apelo a sua honra! Não causem desgraça a essa jovem donzela!

– Ei, Mistle – gritou Kayleigh, dando uma risada debochada. – Pelo que ouço, aqui se apela a sua honra!

— Cale a boca. — Giselher franziu o cenho, ainda na sela. — Ninguém acha suas piadas engraçadas. Acalme-se, mulher. Nós somos os Ratos. Não lutamos contra mulheres nem as machucamos. Reef, Faísca, desarreiem os trotadores! Mistle, apanhe os corcéis! E vamos embora daqui!

— Nós, os Ratos, não lutamos contra mulheres. — Kayleigh deu um sorriso largo, olhando para o rosto empalidecido da jovem de vestido negro. — Às vezes apenas brincamos com elas, se tiverem vontade. Você, moça, tem vontade? Por acaso não está com coceira entre as perninhas? Não há nenhuma vergonha nisso. É só acenar com a cabeça.

— Mais respeito! — exclamou, com voz entrecortada, a dama de barrete. — Senhor bandido, como se atreve a falar assim com a ilustre baronesa?

Kayleigh soltou uma gargalhada e, em seguida, curvou-se exageradamente.

— Peço perdão. Não queria ofendê-la. Mas qual é o problema? Não posso nem perguntar?

— Kayleigh! — gritou Faísca. — Venha aqui! Por que está perdendo tempo? Ajude-nos a desarrear os tordilhos! Ande, Falka!

Ciri não conseguia tirar os olhos do brasão na porta da carruagem: um unicórnio branco num campo negro. "Um unicórnio", pensou. "Já vi uma vez um unicórnio assim... Quando? Em outra vida? Ou talvez eu tenha sonhado?"

— Falka! O que você tem?

"Sou Falka, mas nem sempre fui. Nem sempre."

Mordeu os lábios e voltou à realidade. "Fui grosseira com Mistle", pensou. "Devo tê-la magoado. Preciso pedir desculpas de alguma forma."

Pôs o pé no degrau da carruagem, fitando o camafeu no vestido da moça pálida.

— Me dê isso aí — falou rápido.

— Como se atreve? — a matrona engasgou. — Sabe com quem está falando? É a ilustre baronesa Casadei!

Ciri olhou em volta e verificou se ninguém estava ouvindo.

— Baronesa? — sibilou. — É um título de baixo escalão. Mesmo que essa moleca fosse uma condessa, deveria prestar reverência diante de mim, assim, com a bundinha quase batendo no chão e a cabecinha inclinada. Me dê o camafeu! Está esperando o quê? Quer que eu o tire junto com o espartilho?

Uma agitação logo substituiu o silêncio que enchera a sala depois da declaração de Filippa. As feiticeiras revezavam-se em expressar espanto e incredulidade e pediam esclarecimentos. Algumas, sem dúvida, sabiam muito sobre a profetizada Rainha do Norte, Cirilla ou Ciri. Outras sabiam menos, mas já haviam ouvido seu nome. Fringilla Vigo não sabia nada, porém tinha suspeitas e perdia-se em pensamentos, que giravam principalmente em torno de certa mecha de cabelos. Assire, no entanto, permanecia calada e, com o olhar, mandou que Fringilla também mantivesse o silêncio. Filippa Eilhart retomou o discurso:

– A maioria de nós viu Ciri em Thanedd, onde causou muita barafunda com sua clarividência proferida durante o transe. Algumas de nós tiveram um contato próximo, ou mesmo muito próximo, com ela. Estou pensando principalmente em você, Yennefer. Está na hora de você falar.

Enquanto Yennefer falava sobre Ciri para as feiticeiras reunidas, Triss Merigold olhava para a amiga com atenção. Yennefer expressava-se com calma e sem emoção, mas Triss a conhecia muito bem havia bastante tempo. Já a vira em diversas situações, algumas delas tão estressantes que a esgotavam e a levavam à beira de uma doença ou até à própria doença. Agora mesmo Yennefer estava numa situação assim. Parecia abatida, cansada e doente.

A feiticeira falava, e Triss, que conhecia tanto a história como a pessoa da qual ela tratava, observava discretamente todas as ouvintes, em especial as duas feiticeiras de Nilfgaard: a muito mudada Assire var Anahid, de aparência bem cuidada, porém ainda insegura com seu vestido elegante e maquiagem, e Fringilla Vigo, mais nova, simpática, com uma graça inata e elegância discreta, de olhos verdes e cabelos negros como os de Yennefer, mas um pouco menos exuberantes, mais curtos e alisados.

As duas nilfgaardianas não pareciam perdidas nos meandros da história de Ciri, embora o relato de Yennefer fosse longo e bastante emaranhado. Começou pelo famoso caso amoroso de Pavetta de Cintra com o jovem enfeitiçado Ouriço, falou do papel de Geralt e da Lei da Surpresa, do destino que ligava o bruxo a Ciri. Yennefer contou sobre o encontro de Ciri e Geralt em Brokilon, sobre a guerra, sobre seu desaparecimento e achamento, sobre Kaer Morhen, sobre Riens e os agentes nilfgaardianos que procuravam pela garota, sobre o ensinamento no templo de Melitele e as misteriosas habilidades de Ciri.

"Estão ouvindo sem exprimir nenhuma emoção", pensou Triss, olhando para Assire e Fringilla, que pareciam duas esfinges. "Evidentemente estão escondendo alguma coisa. O que será? Espanto, talvez? Será que não sabiam quem foi que Emhyr mandou sequestrar até Nilfgaard? Ou sabiam de tudo há muito tempo, talvez estivessem até mais bem informadas do que nós? Daqui a pouco Yennefer vai falar sobre a chegada de Ciri a Thanedd e a clarividência proferida durante o transe que provocou tanta confusão, sobre a luta sangrenta em Garstang, em consequência da qual Geralt foi gravemente ferido e Ciri sequestrada. Será então que o tempo de disfarce terminará e as máscaras vão cair?", perguntou-se Triss. "Todos sabem que Nilfgaard esteve por trás daquilo que aconteceu em Thanedd. E, quando todos os olhos estiverem fixados em vocês, nilfgaardianas, não haverá saída, terão de falar, e então alguns assuntos serão esclarecidos. Talvez eu também fique sabendo de algumas coisas: de que maneira Yennefer desapareceu de Thanedd, como repentinamente apareceu aqui em Montecalvo em companhia de Francesca; quem é e que papel desempenha Ida Emean, a elfa, Aen Saevherne dos Montes Roxos. Por que tenho a impressão de que Filippa Eilhart fala menos do que sabe, embora declare sua dedicação e lealdade à magia, e não a Dijkstra, com quem ela continua trocando correspondências? E talvez eu por fim fique sabendo quem realmente é Ciri, para elas a Rainha do Norte, para mim uma bruxa de cabelos cinzentos de Kaer Morhen, em quem penso ainda como se fosse minha irmã mais nova."

Fringilla Vigo já ouvira um pouco sobre os bruxos, indivíduos cuja profissão era matar monstros e bestas. Atenta ao relato de Yennefer, escutava o timbre de sua voz, observava suas expressões. Não se deixava enganar. Era nítida a forte relação emocional entre Yennefer e a tal Ciri, que despertava a curiosidade de todos. E a relação entre a feiticeira e o mencionado bruxo também era óbvia e igualmente forte. Fringilla tentava raciocinar, mas as vozes altas a atrapalhavam.

Chegara à conclusão de que algumas das feiticeiras reunidas estiveram em grupos adversários durante a rebelião em Thanedd, por isso não ficou surpresa com as antipatias que ressurgiam à mesa na forma de comentários pungentes dirigidos a Yennefer durante seu relato. Tudo indicava que uma discussão ia estourar, mas Filippa Eilhart não permitiu, batendo sem cerimônia com a palma da mão aberta na mesa com tanta força que as taças e os cálices tiniram.

— Chega! — gritou. — Cale-se, Sabrina! Não se deixe provocar, Francesca! Basta de Thanedd e Garstang! Isso já faz parte da história!

"História", pensou Fringilla com um surpreendente sentimento de decepção. "Mas pelo menos elas tiveram um impacto sobre essa história, embora representassem grupos adversários. Elas tinham importância, sabiam o que faziam e por quê. E nós, as feiticeiras imperiais, não sabemos de nada. Realmente tratam-nos como serviçais que sabem o que buscar, porém desconhecem o motivo da ordem que precisam cumprir. É bom que se estabeleça esta loja. Só o diabo sabe como isso vai terminar, mas é bom que esteja começando."

— Continue, Yennefer — pediu Filippa.

— Não tenho mais nada para dizer. — A feiticeira de cabelos negros cerrou os lábios. — Repito, foi Tissaia de Vries que me ordenou levar Ciri até Garstang.

— O mais fácil é culpar os mortos por tudo — rosnou Sabrina Glevissig, mas Filippa a silenciou com um gesto brusco.

— Não queria me envolver nos acontecimentos daquela noite em Aretusa — continuou Yennefer, pálida e evidentemente nervosa. — Queria levar Ciri e fugir de Thanedd, mas Tissaia me convenceu de que a presença de Ciri em Garstang seria um choque para muitos e que sua clarividência proferida durante o transe encerraria o conflito. Não estou jogando a culpa nela, pois eu pensava da mesma forma. Ambas erramos. No entanto, meu erro foi maior. Se tivesse deixado Ciri sob a custódia de Rita...

– O que aconteceu já não pode ser desfeito – interrompeu-a Filippa. – Qualquer pessoa pode cometer um erro, até Tissaia de Vries. Quando foi a primeira vez que Tissaia viu Ciri?

– Três dias antes do início do congresso – respondeu Margarita Laux-Antille. – Em Gors Velen. Foi também quando eu a conheci. E, mal a vi, sabia logo que era uma criatura extraordinária!

– Excepcionalmente extraordinária – falou Ida Emean aep Sivney, que até então permanecera calada –, pois concentrou-se nela a herança de um sangue extraordinário. Hen Ichaer, o Sangue Antigo, o material genético que predestina a extraordinárias habilidades e ao grande papel que ela há de desempenhar, que precisa desempenhar.

– Só porque é isso que dizem os mitos, as lendas e as profecias dos elfos? – perguntou Sabrina Glevissig com ironia. – Toda essa história desde o início me cheirava a lendas e fantasias! Agora já não tenho dúvida. Estimadas senhoras, para variar, proponho nos ocuparmos de algo sério, racional e real.

– Estimo sua racionalidade frugal, que é a fonte e a força da grande superioridade de sua raça. – Ida Emean sorriu ligeiramente. – No entanto, aqui, entre pessoas capazes de usar poderes que nem sempre se submetem à análise racional ou a explicações, considero um tanto inadequado o menosprezo pelas profecias dos elfos. Nossa raça não é tão racional, e não é da racionalidade que retira sua força. Mesmo assim, existe há dezenas de milhares de anos.

– O material genético conhecido como Sangue Antigo, do qual estamos falando, mostrou-se um pouco menos resistente – observou Sheala de Tancarville. – Até as lendas e profecias élficas, que não menosprezo, consideram o Sangue Antigo completamente extinto, inexistente. Não é verdade, senhora Ida? Não há mais Sangue Antigo no mundo. A última em cujas veias ele correu foi Lara Dorren aep Shiadhal. Todas conhecemos a lenda sobre Lara Dorren e Cregennan de Lod.

– Nem todas – falou Assire var Anahid pela primeira vez. – Meus estudos de sua mitologia foram pouco detalhados e não conheço essa lenda.

— Não é uma lenda — disse Filippa Eilhart. — É uma história que realmente aconteceu. Está aqui conosco alguém que conhece muito bem a história de Lara e Cregennan e suas consequências, que certamente vão ser de grande interesse para todas. Por favor, conte-nos, Francesca.

— Pelo que você fala — a rainha dos elfos sorriu —, parece que conhece a história tão bem quanto eu.

— Não nego. Mesmo assim, peço que você a conte.

— É para testar minha honestidade e lealdade perante a loja? — Enid an Gleanna acenou com a cabeça. — Tudo bem. Peço que as senhoras fiquem à vontade, pois a história não será curta.

— A história de Lara e Cregennan é verdadeira, embora atualmente esteja tão cheia de acréscimos fantasiosos que ficou quase irreconhecível. Há também grandes diferenças entre a versão humana e a élfica da lenda, mas em ambas aparecem o chauvinismo e o ódio racial. Por isso vou retirar os elementos decorativos e me restringir a fatos reais. Então, Cregennan de Lod era feiticeiro, e Lara Dorren aep Shiadhal, maga élfica, Aen Saevherne, a Versada, uma das misteriosas, até para nós, elfos, portadoras de Hen Ichaer, o Sangue Antigo. A amizade e depois o relacionamento amoroso dos dois foram inicialmente recebidos com alegria por ambas as raças. No entanto, logo apareceram inimigos, decididamente contrários à ideia de juntar a magia humana com a élfica. Tanto entre os elfos como entre os humanos havia indivíduos que viam isso como traição. Havia também certos conflitos pessoais, até hoje não esclarecidos, ciúme e inveja. Em poucas palavras: Cregennan foi morto em consequência de uma intriga. Lara Dorren, caçada e perseguida, morreu definhando em algum lugar ermo ao dar à luz sua filha. A criança foi salva por um milagre e acolhida por Cerro, rainha da Redânia.

— Ficou apavorada por causa do sortilégio lançado por Lara quando Cerro lhe negou ajuda e a expulsou para o frio — intrometeu-se Keira Metz. — Se não acolhesse a criança, pragas horrorosas cairiam sobre ela e toda a dinastia...

— Esses são exatamente os acréscimos fantasiosos que Francesca deixou de lado — interrompeu-a Filippa Eilhart. — Vamos nos concentrar nos fatos.

— O dom de profetizar dos Versados do Sangue Antigo é fato — disse Ida Emean, erguendo os olhos para Filippa. — E o tema sugestivo da profecia que se repete em todas as versões da lenda é instigante.

— Instigante hoje e antigamente — confirmou Francesca. — Os boatos acerca do sortilégio de Lara não cessaram e foram lembrados depois de dezessete anos, quando a menina acolhida por Cerro, chamada Riannon, já havia se tornado uma moça de beleza maior que a beleza lendária de sua mãe. Riannon, devidamente preparada, carregava o título de princesa redânia e despertava o interesse de muitas casas reais. Dentre os vários pretendentes, Riannon escolheu Goidemar, o jovem rei de Temeria. Faltou pouco para que os boatos sobre o sortilégio aniquilassem o casamento. No entanto, foi só depois de três anos de casados, durante a rebelião de Falka, que eles chegaram aos ouvidos do povo e causaram grande impacto.

Fringilla, que nunca ouvira nada sobre Falka, tampouco sobre a rebelião liderada por ela, levantou as sobrancelhas. Francesca o notou.

— Para os reinos do Norte — explicou —, foram acontecimentos trágicos e sangrentos, que até hoje permanecem vivos na memória, mesmo depois de cem anos. Em Nilfgaard, com o qual naquela época o Norte não mantinha quase nenhum contato, a história é desconhecida, por isso me permitam relembrar brevemente alguns fatos. Falka era filha de Vridank, rei da Redânia, do casamento que ele desfez quando viu a bela Cerro, a mesma que depois acolheria a filha de Lara. Preservou-se um documento em que as causas do divórcio são apresentadas ampla e emaranhadamente, assim como um pequeno retrato e algumas informações da primeira esposa de Vridanka. Era uma nobre de Kovir, indubitavelmente meia-elfa, mas com predomínio de traços humanos. Tinha olhos de eremita louca, cabelos de ninfa e lábios de lagartixa. Em poucas palavras: a feiona foi mandada para Kovir com sua filha, então com um ano de idade, chamada Falka. E logo todos se esqueceram de ambas.

— Falka — interferiu Enid an Gleanna — ressurgiu à memória depois de vinte e cinco anos, ao organizar uma rebelião e supostamente assassinar, com as próprias mãos, seu pai, Cerro e dois de seus meios-irmãos. Inicialmente, a rebelião eclodiu como uma luta da filha primogênita pelo devido trono, apoiada por parte da nobreza de Temeria e Kovir, mas logo se transformou numa revolta de camponeses de grandes dimensões. Ambas as partes executavam atos cruéis e horrendos. A imagem de Falka que passou para as lendas foi a de um demônio sanguinário, mas o provável é que simplesmente tenha perdido o controle sobre a situação e sobre os novos lemas inscritos nas bandeiras dos insurgentes: morte aos reis, morte aos feiticeiros, morte aos sacerdotes, à nobreza, aos ricos e senhores, morte, enfim, a todos os vivos, pois era impossível tomar as rédeas de um povo embebedado de sangue. A rebelião começou a se espalhar para os outros países...

— Os historiadores nilfgaardianos escreveram sobre isso — interrompeu-a Sabrina Glessevig num evidente tom de sarcasmo. — E as senhoras Assire e Vigo com certeza leram sobre o assunto. Resuma, Francesca. Passe para Riannon e os trigêmeos de Houtborg.

— Está bem. Riannon, filha de Lara Dorren acolhida por Cerro, naquela época já esposa de Goidemar, rei da Temeria, foi capturada por acaso pelos rebeldes de Falka e presa no castelo de Houtborg. Estava grávida na época da captura. A defesa do castelo durou muito tempo ainda depois da extinção da revolta e da execução de Falka, mas finalmente Goidemar tomou-o de assalto e libertou a esposa com três crianças: duas meninas que já andavam e um menino que começava a andar. Riannon enlouquecera. Goidemar, enraivecido, mandou que todos os prisioneiros fossem torturados e com os fragmentos das confissões interrompidas por urros conseguiu formar uma imagem clara. Falka, que herdara a beleza mais da avó elfa do que da mãe, espalhava sua graça entregando-se a todos os "chefes militares", desde a nobreza até os líderes de bandoleiros e bandidos, assegurando-se de sua lealdade e fidelidade. Enfim ficou grávida e deu à luz exatamente na mesma hora em que nasciam os gêmeos de Riannon, presa em Houtborg. Falka ordenou que seu bebê fosse deixado junto dos filhos de Riannon. Teria dito que apenas as rainhas eram dignas de serem amas de seus bastardos e que era esse o destino de todas as fêmeas coroadas segundo a nova ordem que ela, Falka, determinaria depois de sua vitória.

Francesca fez uma pausa e então continuou:

— O problema era que ninguém, inclusive Riannon, sabia qual dos três era o filho de Falka. Supunha-se, com grande probabilidade, que era uma das meninas, pois hipoteticamente Riannon dera à luz uma menina e um menino. Repito, hipoteticamente, pois, apesar das declarações presunçosas de Falka, as crianças eram alimentadas por amas comuns, camponesas. Riannon, depois de ser curada da loucura, não se lembrava de nada. Claro, dera à luz. Claro, às vezes levavam os trigêmeos até sua cama e os mostravam a ela. Nada além disso. Foi então que chamaram os feiticeiros para examinar as três crianças e determinar quem era quem. Goidemar estava tão furioso que, assim que se descobrisse quem era o filho bastardo de Falka, mandaria executar publicamente a criança. Não poderíamos admitir isso. Depois que se extinguiu a rebelião, os participantes presos foram massacrados. No entanto, tais atos nunca foram revelados. Era necessário dar fim, de uma vez por todas, a um procedimento assim. Imaginem a execução de uma criança de menos de dois anos! Seria um motivo para criar lendas! Já naquela época circulava o boato de que a própria Falka nascera de um monstro em consequência do sortilégio de Lara Dorren, o que obviamente era uma invenção, pois Falka nascera antes de Lara conhecer Cregennan. Entretanto, ninguém estava disposto a contar os anos. Até na Academia de Oxenfurt, sorrateiramente, escreviam-se e publicavam-se panfletos e documentos ridículos. Mas, voltando aos exames que Goidemar ordenou que nós fizéssemos...

— Nós? — Yennefer levantou a cabeça. — Quem eram?

— Tissaia de Vries, Augusta Wagner, Letícia Charbonneau e Hen Gedymdeith — respondeu Francesca calmamente. — Eu aderi a esse grupo mais tarde. Era uma feiticeira novata, mas elfa de sangue puro. E meu pai... biológico, que me renunciou... era um Versado. Eu tinha conhecimento do que era o gene do Sangue Antigo.

— E, quando vocês examinaram Riannon e o rei, antes de examinar as crianças, encontraram esse gene nela — afirmou Sheala de Tancarville. — Depois o encontraram também em duas crianças; isso possibilitou determinar quem era o filho bastardo de Falka, que não era portador do gene. Como vocês conseguiram salvar a criança da fúria do rei?

— De maneira muito simples. — A elfa sorriu. — Fingimos que não sabíamos. Explicamos ao rei que o assunto não era fácil, que precisávamos fazer mais exames, os quais demorariam algum tempo ainda... muito tempo. Goidemar, um homem bom e nobre, esfriou a cabeça e não nos apressou. Os trigêmeos cresciam e corriam pelo palácio, despertando a alegria do casal real e de toda a corte. Seus nomes eram Amavet, Fiona e Adela. Os três eram muito parecidos, como três pardais. Obviamente, as pessoas os examinavam com atenção e de vez em quando surgiam suspeitas, especialmente quando um deles aprontava. Um dia, Fiona derramou todo o conteúdo do penico pela janela diretamente em cima do escudeiro-mor, que a chamou em voz alta de bastarda do diabo e foi destituído do cargo. Algum tempo depois, Amavet esfregou as escadas com gordura e uma dama, quando lhe estavam engessando a mão, gemeu algo sobre sangue maldito e foi expulsa da corte. Os desavergonhados de baixo escalão eram castigados com chicote e azorrague, portanto aprenderam a não soltar a língua. Até certo barão de uma família muito, muito antiga que Adela acertou com uma flecha, enfiando-a em seu traseiro, limitou-se a...

— Não vamos vaguear falando sobre as travessuras das crianças — interrompeu-a Filippa Eilhart. — Quando finalmente contaram a verdade a Goidemar?

— Nunca. Ele não perguntava e isso nos convinha.

— Mas vocês sabiam qual deles era o filho bastardo de Falka?

— Obviamente, era Adela.

— E não Fiona?

— Não. Adela morreu de peste negra. Durante a epidemia, a bastarda do diabo, de sangue maldito, filha da demoníaca Falka, ajudou os sacerdotes no hospital ao pé do castelo, contrariando os protestos do rei, e salvou crianças doentes. Logo ela mesma contraiu a doença e morreu. Tinha dezessete anos. Um ano depois seu suposto irmão, Amavet, teve um caso amoroso com a condessa Anna Kameny e foi assassinado pelos bandidos contratados pelo marido traído. Naquele mesmo ano morreu Riannon, desesperançada e deprimida pela morte dos filhos que adorava. Foi então que Goidemar nos chamou novamente. O rei de Cintra, Coram, interessava-se pela última dos famosos trigêmeos, a princesa Fiona. Queria casá-la com seu filho, cujo nome era também Coram, porém conhecia os boatos que corriam e não queria casar seu filho com uma possível filha bastarda de Falka. Nós lhe asseguramos com toda a autoridade que Fiona era a filha legítima. Não sei se acreditou, mas os jovens gostaram um do outro e dessa maneira a filha de Riannon, tataravó de sua Ciri, foi coroada rainha de Cintra.

— Transmitindo para a dinastia dos Corams o famoso gene que vocês continuavam traçando.

— Fiona — falou Enid an Gleanna com calma — não era a portadora do gene do Sangue Antigo, que já naquela época chamávamos de gene de Lara.

— Como assim?

— O portador do gene era Amavet e nossa experiência ainda não acabara, pois Anna Kameny, pela qual o amante e o esposo perderam a vida, deu à luz gêmeos, um menino e uma menina, ainda durante o luto após a morte dos dois. Indubitavelmente, Amavet era o pai, pois a menina era a portadora do gene. Seu nome era Muriel.

— Muriel, a Bela Infame? — Sheala de Tancarville ficou surpresa.

— Só mais tarde. — Francesca sorriu. — No início, era Muriel, a Amável. Realmente era uma criança dócil e graciosa. Quando fez catorze anos, já a chamavam de Muriel dos Olhos de Veludo. Muitos se afogaram nesses olhos. Por fim, arranjaram seu casamento com Robert, conde de Garramone.

— E o rapaz?

— Crispim. Não era portador do gene, então não nos interessava. Parece que morreu em alguma guerra, pois só esse assunto lhe importava.

— Espere aí. — Sabrina sacudiu os cabelos bruscamente. — Muriel, a Bela Infame, era mãe de Adália, conhecida como a Vidente...

— Isso mesmo — confirmou Francesca. — Adália era uma pessoa interessante, uma poderosa Fonte, um ótimo material para feiticeira. Infelizmente, não quis ser uma. Preferiu se tornar rainha.

— E o gene? – perguntou Assire var Anahid. – Ela era portadora?
— Interessante, mas não.
— Foi o que pensei. – Assire meneou a cabeça. – O gene de Lara pode ser transmitido de maneira consistente apenas pela linha feminina. Se o portador for homem, o gene se perde na segunda geração ou no máximo na terceira.
— Mas depois ele se ativa – falou Filippa Eilhart. – Adália, que não carregava o gene, era, no entanto, mãe de Calanthe, avó de Ciri, esta, sim, portadora.
— A primeira depois de Riannon – disse Sheala de Tancarville repentinamente. – Francesca, vocês cometeram um erro. Havia dois genes. Um, o autêntico, estava oculto, latente. Vocês o omitiram no caso de Fiona, confundidos pelo forte e nítido gene de Amavet. No entanto, Amavet não era portador do gene, mas de seu ativador. A senhora Assire tem razão. No caso de Adália, o ativador transmitido pela linha masculina já era tão fraco que vocês não o detectaram. Adália era filha primogênita de Muriel, e as seguintes com certeza não tinham um traço sequer do ativador. O gene latente de Fiona desapareceria em seus filhos do sexo masculino no máximo na terceira geração, mas isso não aconteceu. E eu sei por quê.
— Droga – sibilou Yennefer entre os dentes.
— Eu me perdi nessa selva de genética e genealogia – declarou Sabrina Glevissig.
Francesca puxou a travessa com as frutas, estendeu a mão e murmurou um encanto.
— Peço desculpas por essa telecinesia banal. – Sorrindo, fez com que uma maçã vermelha se erguesse no alto da mesa. – Entretanto, com a levitação das frutas, será mais fácil explicar tudo, inclusive o erro que cometemos. A maçã vermelha simboliza o gene de Lara, o Sangue Antigo; a maçã verde, o gene latente; a romã, o pseudogene, o ativador. Comecemos, então. Riannon é indicada pela maçã vermelha; seu filho, Amavet, pela romã; a filha de Amavet, Muriel, a Bela Infame, e sua neta, Adália, também pelas romãs, embora a última já quase em extinção. E esta é a segunda linha: Fiona, filha de Riannon, representada pela maçã verde; seu filho Corbett, rei de Cintra, pela verde; o filho de Corbett e Elen

de Kaedwen, Dagorad, pela verde. Como devem ter notado, nas duas gerações seguintes havia apenas descendentes do sexo masculino, então o gene começou a se extinguir e já estava muito fraco. Contudo, embaixo temos uma romã e uma maçã verde: Adália, princesa de Maribor, e Dagorad, rei de Cintra. E então a filha dos dois, Calanthe, uma maçã vermelha, portadora do forte gene de Lara, ressurgido.

– O gene de Fiona – assentiu Margarita Laux-Antille com a cabeça – encontrou-se com o ativador de Amavet por um casamento incestuoso. Ninguém notou o parentesco? Nenhum dos heraldistas ou cronistas reais se deu conta de um evidente incesto?

– Não era tão evidente. Anna Kameny não declarava que seus gêmeos eram bastardos, pois a família de seu esposo não concederia a ela e a seus filhos o brasão, os títulos e a herança. Os boatos surgiram e circulavam obstinadamente, e não apenas entre o povo. Era necessário procurar um marido para Calanthe, contaminada pelo incesto, no longínquo Ebbing, aonde os boatos não chegaram.

– Acrescente a sua pirâmide mais duas maçãs vermelhas, Enid – falou Margarita. – Agora, de acordo com a correta observação da senhora Assire, o renascido gene de Lara é transmitido sem obstáculos pela linha feminina.

– Sim. Aí está Pavetta, filha de Calanthe. E a filha de Pavetta, Cirilla, neste momento a única herdeira do Sangue Antigo e portadora do gene de Lara.

– A única? – perguntou Sheala de Tancarville gravemente. – Você está muito confiante, Enid.

– O que quer dizer com isso?

De repente Sheala se levantou, estendeu os dedos cheios de anéis em direção ao prato e fez com que as outras frutas levitassem também, destruindo o esquema de Francesca e transformando-o numa desordem multicolorida.

– Quero dizer isto – falou friamente, apontando para o caos formado pelas frutas. – Estas são as possíveis combinações genéticas. E sabemos apenas o que vemos aqui, ou seja, nada. Seu erro vingou, Francesca, causou uma avalanche de erros. O gene ressurgiu por acaso, cem anos depois, e durante esse período podem ter ocorrido acontecimentos sobre os quais não temos a menor ideia. Acontecimentos secretos, ocultados, abafados. Filhos antes do casamento, ilegítimos, adotados, até trocados. Incestos. Cruzamentos de raças, o sangue dos ancestrais ressurgindo em gerações posteriores. Concluindo, há cem anos vocês tinham o gene ao alcance das mãos ou até nas próprias mãos. No entanto, ele lhes escapou. Foi um erro, Enid, um tremendo erro! Demasiada espontaneidade, demasiados acidentes. Pouco controle, pouca interferência na casualidade.

– Não lidávamos – Enid an Gleanna apertou os lábios – com coelhos que podiam ser fechados em gaiolas para acasalar.

Fringilla, seguindo o olhar de Triss Merigold, viu as mãos de Yennefer agarrando os braços esculpidos da cadeira.

"O que une Yennefer e Francesca neste momento", pensou Triss fervorosamente, continuando a desviar o olhar da amiga, "é o interesse, pois não dispensaram o acasalamento e a procriação. Sim, seus planos acerca de Ciri e do príncipe de Kovir, mesmo que pareçam impossíveis, são bastante reais. Elas já o fizeram. Colocavam no trono quem quisessem, planejavam matrimônios, criavam dinastias que lhes fossem convenientes. Para isso usavam encantos, afrodisíacos, elixires. Rainhas e princesas contraíam matrimônios estranhos, muitas vezes morganáticos, contra todos os planos, vontades e acordos. E depois aquelas que queriam mas não deviam dar à luz eram tratadas com contraceptivos. Aquelas que não queriam, mas tinham a obrigação de ter filhos recebiam um placebo de água com alcaçuz no lugar dos medicamentos prometidos. Daí as incríveis ligações. Calanthe, Pavetta... e Ciri. Yennefer esteve envolvida nisso. E agora se arrepende. E está certa. Droga, se Geralt souber..."

"Esfinges", pensou Fringilla. "Esfinges esculpidas nos braços das cadeiras. Sim, esse é que deveria ser o símbolo e o brasão da loja. Sabedoria, mistério e silêncio. Elas são como esfinges. Conseguem aquilo que querem sem dificuldade. Para elas, seria fácil casar Kovir com essa Ciri, já que têm força, conhecimento e os meios para fazê-lo. O colar de brilhantes no pescoço de Sabrina

Glevissig vale o mesmo que todo o balanço de pagamentos do rochoso Kaedwen, coberto por florestas. Conseguiriam cumprir seus planos sem dificuldade. Mas há um obstáculo..."

"Ah", pensou Triss Merigold. "Finalmente estão falando sobre aquilo que deveria ter sido mencionado em primeiro lugar, aquilo que vai esfriar e atenuar os ânimos: o fato de Ciri estar em Nilfgaard, sob o poder de Emhyr, muito longe dos planos traçados aqui..."

— Não se pode negar — disse Filippa — que Emhyr procurava por Cirilla havia muito tempo. Todos achavam que se tratava de um casamento político com Cintra com o objetivo de dominar um feudo que constitui a herança legal da garota. Contudo, não se pode descartar a possibilidade de que não se trate de política, mas da vontade de Emhyr de introduzir o gene do Sangue Antigo na linha imperial. Se Emhyr sabe o que nós sabemos, seu desejo pode ser que a profecia se realize em sua família e que a futura Rainha do Mundo nasça em Nilfgaard.

— Um esclarecimento — interrompeu-a Sabrina Glevissig. — Não é Emhyr que o deseja, e sim os feiticeiros nilfgaardianos. Só eles é que poderiam ter rastreado o gene e conscientizado Emhyr acerca de sua importância. Queiram as senhoras de Nilfgaard aqui presentes confirmar isso e esclarecer seu papel nessa intriga.

— É curiosa — Fringilla não aguentou — sua tendência de rastrear os traços de intrigas no longínquo Nilfgaard, enquanto os indícios mostram que se deveria procurar pelos conspiradores e traidores num entorno muito mais próximo das senhoras.

— É uma observação franca e acertada. — Com um olhar crítico, Sheala de Tancarville silenciou Sabrina, que já se preparava para dar a resposta. — Pelo que tudo indica, a informação sobre o Sangue Antigo vazou para Nilfgaard por nossa causa. Será que as senhoras se esqueceram de Vilgeforz?

— Eu não. — Momentaneamente uma chama de ódio se acendeu nos olhos negros de Sabrina. — Eu não esqueci!

— Voltaremos a esse assunto. — Os dentes de Keira Metz brilharam ameaçadoramente. — Por enquanto não estamos tratando dele, mas do fato de que Ciri, esse Sangue Antigo tão importante para nós, está nas mãos de Emhyr var Emreis, o imperador de Nilfgaard.

– O imperador – declarou Assire com calma, dando uma olhadela em Fringilla – não tem nada em suas mãos. A garota presa em Darn Rowan não é portadora de nenhum gene extraordinário. É uma garota muito comum. Certamente não é Ciri de Cintra. Não é a garota procurada pelo imperador. Ele procurava a portadora do gene. Dispunha até dos cabelos dela. Eu os examinei e encontrei algo que não entendia. Agora, porém, já entendo.

– Então Ciri não está em Nilfgaard – murmurou Yennefer. – Não está lá.

– Não está lá – repetiu Filippa Eilhart com seriedade. – Emhyr foi enganado. Entregaram-lhe uma sósia. Eu sei disso desde ontem. Essa informação apenas confirma o fato de que nossa loja já está funcionando.

Yennefer tinha grande dificuldade em controlar o tremor das mãos e dos lábios. "Mantenha a calma", dizia a si mesma. "Mantenha a calma, não deixe a máscara cair, espere pela melhor ocasião. Ouça, ouça, recolha as informações. Esfinge, seja como uma esfinge."

– Então foi Vilgeforz! – Sabrina bateu na mesa com a mão. – Não foi Emhyr, mas Vilgeforz, esse sedutor, galanteador cara de pau! Enganou Emhyr! E nos enganou também!

Yennefer acalmava-se respirando fundo. Assire var Anahid, a feiticeira de Nilfgaard que claramente não se sentia à vontade no vestido apertado, falava sobre um jovem nobre nilfgaardiano. Yennefer sabia de quem se tratava e fechou os punhos instintivamente. O cavalheiro de elmo alado, o monstro dos devaneios de Ciri... Sentia que Francesca e Filippa a observavam. No entanto, Triss, cujo olhar ela procurava atrair, a evitava. "Droga", pensou Yennefer, fingindo, com dificuldade, uma expressão de indiferença. "Onde eu me meti... E em que emboscada meti essa garota. Droga, como vou conseguir encarar o bruxo..."

– Então haverá uma ótima oportunidade – gritou Keira Metz, exaltada – para recuperar Ciri e pegar Vilgeforz. Vamos ferrar o malandro!

— Mas, antes de ferrá-lo, precisamos encontrar o esconderijo dele — ironizou Sheala de Tancarville, a feiticeira de Kovir com a qual Yennefer nunca simpatizara. — Pois até agora ninguém o conseguiu, incluindo as senhoras sentadas a esta mesa, que não pouparam tempo nem seus talentos extraordinários para achá-lo.

— Já foram localizados dois dos inúmeros esconderijos de Vilgeforz — respondeu Filippa Eilhart com voz fria. — Dijkstra está procurando intensamente os restantes. Eu não o menosprezaria. Às vezes, quando a magia falha, os espiões e confidentes funcionam.

Um dos agentes que acompanhavam Dijkstra olhou para dentro da masmorra, deu um brusco passo para trás, encostou-se na parede e empalideceu. Parecia estar prestes a desmaiar. Dijkstra registrou na memória que tinha de transferir o sensível agente para o serviço burocrático, mas, quando olhou para dentro da cela, logo mudou de ideia. Seu estômago subiu até a garganta. No entanto, não podia passar por um vexame na frente de seus subalternos. Sem pressa, tirou um lenço perfumado do bolso, tapou o nariz e a boca com ele e debruçou-se sobre o cadáver jacente no chão de pedra.

— A barriga e o útero cortados — diagnosticou, esforçando-se para manter a calma e a frieza. — Com muita precisão, pela mão de um cirurgião. Um feto foi estirpado do útero da garota. Estava viva quando fizeram isso, e não aqui. Todas estão no mesmo estado? Lennep, estou falando com você.

— Não... — O agente estremeceu e tirou os olhos do cadáver. — O pescoço das outras foi quebrado com um garrote. Não estavam grávidas... Mas vamos fazer a autópsia...

— Quantas, no total, foram encontradas?

— Além desta aqui, quatro. Não foi possível identificar nenhuma delas.

— Mentira — contestou Dijkstra, ainda tapando a boca e o nariz com o lenço. — Eu já consegui identificar esta. É Jolie, a filha mais nova do conde Lanier, aquela que desapareceu há um ano sem deixar nenhum rastro. Vou dar uma olhada nas outras.

— O corpo de algumas foi parcialmente deformado pelas chamas — falou Lennep. — Será difícil identificar... Além disso, senhor... achamos...

– Fale, pare de gaguejar.

– Naquele poço – o agente apontou para o fundo buraco no chão – há ossos. Muitos ossos. Não conseguimos retirá-los e examiná-los, mas aposto que todos são de mulheres jovens. Talvez, se pedirmos aos magos, eles possam reconhecê-las... Então notificaríamos os pais que ainda estão à procura de suas filhas desaparecidas...

– De jeito nenhum. – Dijkstra virou-se de forma brusca. – O que foi achado aqui tem de ser mantido em segredo. Ninguém pode saber, especialmente os feiticeiros. Estou perdendo a confiança neles depois de ver isto. Lennep, os andares superiores foram inspecionados? Não foi encontrado nada que possa nos ajudar na investigação?

– Nada, senhor. – Lennep abaixou a cabeça. – Assim que recebemos a denúncia, viemos correndo até o castelo. Só que chegamos tarde demais. Tudo foi queimado por um fogo muito intenso, certamente mágico. Apenas aqui, no subterrâneo, o feitiço não funcionou tão bem. Não sei por quê...

– Eu sei. O fogo não foi aceso por Vilgeforz, mas por Rience ou outro factótum do feiticeiro. Vilgeforz não cometeria esse erro, não nos deixaria nada além de muros esfumaçados. Sim, ele sabe que o fogo purifica... e apaga os vestígios.

– Apaga, sim – resmungou Lennep. – Nem há vestígios da presença desse Vilgeforz aqui...

– Então produzam-nos. – Dijkstra afastou o lenço do rosto. – Vocês querem que eu lhes ensine como se faz isso? Eu sei que Vilgeforz esteve aqui. No subterrâneo, além dos cadáveres, não se salvou nada? O que há ali, atrás daquelas portas de ferro?

– Permita-me, senhor. – O agente tirou a tocha da mão do auxiliar. – Eu vou lhe mostrar.

Não havia dúvida de que o fogo mágico cujo objetivo era transformar tudo o que havia no subterrâneo em cinzas começara exatamente lá, na grande sala atrás das portas de ferro. Um erro no encanto impediu que tal objetivo fosse alcançado. Mesmo assim, o incêndio fora intenso e brusco. As chamas carbonizaram as prateleiras que ocupavam uma das paredes, fizeram com que as vasilhas de vidro explodissem e derretessem, transformaram tudo numa massa fedorenta. As únicas coisas que permaneciam intactas na sala eram uma mesa com tampo de metal e duas cadeiras de forma esquisita fixadas no chão. A forma das cadeiras era esquisita, mas não deixava dúvida acerca de seu propósito.

– Elas foram construídas de tal maneira – Lennep engoliu em seco, apontando para as cadeiras e os suportes presos nelas – para segurar... as pernas... escarranchadas... bem escarranchadas.

– Filho da puta – rosnou Dijkstra entre os dentes. – Filho da puta safado...

– No esgoto sob a cadeira de madeira – continuou o agente com voz baixa – achamos vestígios de sangue, fezes e urina. A cadeira de aço é novinha em folha, parece que nunca foi usada. Não sei o que achar disso tudo...

– Mas eu sei – falou Dijkstra. – A cadeira de aço foi preparada para alguém especial. Alguém que Vilgeforz suspeitava possuir dons excepcionais.

– Não menosprezo Dijkstra, nem seu serviço secreto – disse Sheala de Tancarville. – Sei que achar Vilgeforz é apenas questão de tempo. Pondo de lado as razões de vingança pessoal, que parece interessar muito algumas das senhoras, permitam-me assinalar que não temos certeza se Ciri está com Vilgeforz.

– Se não está com Vilgeforz, então com quem está? Estava na ilha. Nenhuma de nós, pelo que sei, teleportou-a de lá. Ela não está com Dijkstra nem com nenhum dos reis e seu corpo não foi encontrado na Torre da Gaivota.

– Tor Lara – falou Ida Emean devagar – escondia antigamente um portal muito forte. Vocês não consideram a possibilidade de a menina ter fugido por ele?

Yennefer semicerrou os olhos, encravou as unhas nas esfinges dos braços da cadeira. "Mantenha a calma", pensou. "Mantenha a calma." Sentiu que Margarita a observava, mas não ergueu a cabeça.

– Se Ciri entrou no teleportal de Tor Lara – afirmou a reitora de Aretusa com voz ligeiramente alterada –, então receio que tenhamos de esquecer nossos planos, pois é possível que nunca mais vejamos Ciri. O portal na Torre da Gaivota estava danificado, era letal.

– Sobre o que estamos falando aqui? – explodiu Sabrina. – Para descobrir o teleportal na torre e poder vê-lo, é preciso usar magia de quarto grau! E, para fazê-lo funcionar, são necessárias habilidades de arquimago! Não tenho certeza se Vilgeforz seria capaz disso, quanto mais uma garota de quinze anos! Como podem considerar algo assim? Quem é essa menina para as senhoras? O que ela tem de tão especial?

– Será que é importante o que ela tem de especial, senhor Bonhart? – Stefan Skellen, conhecido como Coruja, agente do imperador Emhyr var Emreis, espreguiçou-se. – E se ela, por acaso, realmente o tem? Meu interesse é que ela nem exista e eu lhe pago cem florins para isso. Se quiser, verifique o que ela tem, antes ou depois de matá-la. No entanto, aviso, leal e solenemente, que o preço não vai subir, mesmo que o senhor ache algo especial.

– E se eu a entregar viva?

– Também não.

O homem chamado Bonhart, de estatura enorme, embora ossudo à semelhança de um esqueleto, enrolou a ponta do bigode branco. Sua outra mão estava o tempo todo apoiada sobre a espada, como se quisesse esconder de Skellen o relevo da empunhadura.

– O senhor quer que eu traga a cabeça?

– Não. – Coruja franziu o cenho. – Para que vou querer a cabeça? Para conservá-la em mel?

– Como prova.

– Acreditarei em sua palavra. O senhor é famoso, senhor Bonhart. É conhecido por sua confiabilidade.

– Obrigado pelo reconhecimento. – O caçador de recompensas sorriu, e Skellen, apesar de estar com vinte homens armados na frente da taberna, ficou todo arrepiado ao ver o sorriso. – Deveria ser sempre assim, mas é algo raro. Preciso mostrar a cabeça de todos os Ratos aos senhores barões e aos senhores Varnhagens, caso contrário não me pagam. Então, se o senhor não precisar da cabeça de Falka, não terá nada contra se eu a incluir no conjunto?

— Para coneguir outra recompensa? E sua ética profissional?

— Eu, excelentíssimo senhor Skellen — Bonhart semicerrou os olhos —, não peço que me paguem pelo ato de assassinar, mas pelo serviço que presto ao matar. Nesse caso, prestarei um serviço ao senhor e aos Varnhagens.

— Lógico — concordou Coruja. — Faça do jeito que achar certo. Quando posso esperá-lo para receber o pagamento?

— Em pouco tempo.

— O que isso significa?

— Os Ratos vão para a Trilha dos Bandidos, estão pensando em passar o inverno nas montanhas. Eu vou cortar seu caminho. No máximo daqui a vinte dias.

— Tem certeza quanto a sua rota?

— Estiveram nas redondezas de Fen Aspra, onde assaltaram um comboio e dois comerciantes. Perambularam pelos arredores de Tyffi. Depois passaram por Druigh, à noite, para dançar numa festa de camponeses. Finalmente chegaram a Loredo, onde essa Falka massacrou um homem de tal jeito que até hoje comentam sobre o assunto rangendo os dentes. Foi por isso que perguntei o que ela tem.

— Talvez o mesmo que o senhor — ironizou Stefan Skellen. — Não, perdoe-me, acho que não é isso. O senhor não recebe dinheiro por matar, mas por prestar um serviço. Senhor Bonhart, o senhor é um verdadeiro artesão, um grande profissional. É um ofício como qualquer outro, há trabalho para fazer. Pagam por ele e isso lhe permite sobreviver. Não é verdade?

O caçador de recompensas fixou os olhos nele por um longo momento, até o sorriso na boca de Coruja finalmente desaparecer.

— É verdade — disse. — É preciso sobreviver. Uns ganham com aquilo que sabem fazer. Outros fazem o que têm de fazer. No entanto, eu tive uma sorte na vida como poucos artesãos têm, sem contar algumas putas. Pagam-me por aquilo que sincera e verdadeiramente amo.

Yennefer recebeu com alegria, alívio e esperança o intervalo proposto por Filippa para lanchar e umedecer as gargantas ressecadas pela conversa, mas logo viu que isso foi em vão. Filippa rapidamente puxou Margarita, que parecia querer falar com ela, para o outro canto da sala. Triss Merigold, que se aproximou dela, estava acompanhada de Francesca. A elfa controlava a conversa sem o mínimo embaraço. Mesmo assim, Yennefer notava inquietação nos olhos cor de cardo de Triss e tinha certeza de que até numa conversa sem testemunhas seria inútil pedir-lhe ajuda. Triss, sem dúvida, já estava entregue com toda a alma à loja. E certamente sentia que a lealdade de Yennefer ainda oscilava.

Triss tentava consolá-la, garantindo que Geralt estava seguro em Brokilon e que se recuperava graças aos cuidados das dríades. Como sempre, quando falava de Geralt, seu rosto corava. "Deve tê-la comido naquele dia", pensou Yennefer com malícia. "Ela nunca tinha conhecido pessoas como ele e não o esqueceria tão rápido. Ainda bem."

Aceitou as conclusões dando de ombros num gesto que aparentemente demonstrava indiferença. Não ficou preocupada com o fato de Triss e Francesca não acreditarem em seu desinteresse. Desejava ficar sozinha e queria que elas o percebessem.

Perceberam.

Foi para uma das pontas do bufê e ocupou-se das ostras. Comia com cuidado, pois ainda sentia dores em consequência da compressão. Tinha medo de tomar vinho, não sabia como reagiria.

– Yennefer?

Virou-se. Fringilla Vigo sorriu ligeiramente, olhando para a faca curta que segurava na mão fechada.

– Vejo e sinto – disse – que você preferia me abrir a abrir a ostra. Trata-se ainda de inimizade?

– A loja – respondeu Yennefer friamente – requer lealdade mútua. A amizade não é obrigatória.

– Não é nem deveria ser. – A feiticeira nilfgaardiana olhou em volta da sala. – A amizade ou se constrói como resultado de um processo duradouro, ou é espontânea.

– O mesmo vale para a inimizade. – Yennefer abriu a ostra e engoliu o conteúdo junto com a água marinha. – Às vezes você vê alguém por um segundo, antes que a ceguem, e já não gosta dessa pessoa.

— Ah, a inimizade é algo muito mais complicado. — Fringilla semicerrou os olhos. — Vamos dizer que um desconhecido, no topo de um monte, estraçalha um amigo seu diante de seus olhos. Você não consegue vê-lo e não o conhece, mas não gosta dele.

— Pode acontecer. — Yennefer deu de ombros. — O destino é imprevisível.

— O destino — falou Fringilla, baixinho — é realmente imprevisível, como uma criança travessa. Às vezes os amigos viram de costas e os inimigos se revelam úteis. Pode-se, por exemplo, conversar com eles, a sós. Ninguém procura interromper, atrapalhar, ouvir. Todos ficam pensando sobre o que esses dois inimigos podem estar conversando; sobre nada importante, apenas coisas banais, alfinetando-se mutuamente de vez em quando.

— Sem dúvida — Yennefer acenou com a cabeça — todos pensam assim. E estão absolutamente certos.

— Então será mais fácil — Fringilla não se intimidou — nessas condições levantar uma questão importante e singular.

— E que questão seria essa?

— A questão da fuga que você está planejando.

Yennefer quase cortou o dedo ao abrir a segunda ostra. Olhou discretamente ao redor, depois fitou a nilfgaardiana por debaixo dos cílios. Fringilla Vigo deu um leve sorriso.

— Por favor, empreste-me a faca para eu abrir a ostra. Suas ostras são deliciosas. Lá no Sul não é fácil consegui-las, especialmente agora, durante o bloqueio provocado pela guerra... O bloqueio é algo muito ruim, não é?

Yennefer pigarreou baixinho.

— Eu notei. — Fringilla engoliu a ostra e estendeu a mão para pegar outra. — Sim, Filippa está olhando em nossa direção. Assire também. Assire deve temer por minha lealdade perante a loja. Uma lealdade ameaçada. Ela está pronta para acreditar que vou me entregar ao sentimento de compaixão. Hummm... O homem amado ferido. A garota, que era como filha, desapareceu e pode estar presa... Talvez esteja correndo risco de morte? Ou será que apenas está sendo usada como um peão num jogo burlador? Juro que eu não aguentaria. Fugiria daqui num instante. Por favor, pegue a faca. Chega de ostras, preciso manter a forma.

– O bloqueio, como você acabou de notar – sussurrou Yennefer, fitando os olhos verdes da feiticeira nilfgaardiana –, é algo muito ruim, até ardiloso. Não deixa que se faça aquilo que se quer fazer. Alguém só pode ultrapassar o bloqueio se tiver... meios para fazê-lo. Eu não os tenho.

– Você está contando com a possibilidade de eu lhe dar as ferramentas? – A nilfgaardiana mirou a concha rugosa da ostra que ainda segurava na mão. – Não, isso está fora de questão. Eu sou leal à loja, e a loja, é claro, não deseja que você se apresse para socorrer pessoas amadas. Além disso, Yennefer, sou sua inimiga, como pode ter se esquecido disso?

– Pois é. Como posso ter me esquecido?

– Se fosse minha amiga – falou Fringilla, baixinho –, eu lhe avisaria que não conseguiria quebrar o bloqueio mesmo que tivesse os componentes para os encantos de teleportação. Uma operação desse tipo requer tempo e chama muita atenção. Seria um pouco melhor usar um atrativo discreto e espontâneo. Repito: um pouco melhor. Como você sabe muito bem, a teleportação por um atrativo improvisado é muito arriscada. Eu desaconselharia uma amiga a correr um risco tão grande. No entanto, nós não somos amigas.

Fringilla virou a concha que segurava na mão e despejou um pouco da água marinha no tampo da mesa.

– E assim termina esta conversa banal – disse. – A loja requer de nós apenas lealdade mútua. A amizade, felizmente, não é obrigatória.

– Ela se teleportou – declarou Francesca Findabair com frieza, sem expressar emoção alguma, quando sossegou a confusão provocada pelo desaparecimento de Yennefer. – Não precisam se exaltar, minhas senhoras. Não podemos fazer nada agora. O erro foi meu. Suspeitava que sua estrela de obsidiana mascarava o eco dos encantos...

– Como ela conseguiu fazê-lo? – gritou Filippa. – Poderia ter abafado o eco, isso não é difícil. Mas como ela conseguiu abrir o portal? Montecalvo tem um bloqueio!

— Nunca gostei dela. — Sheala de Tancarville deu de ombros. — Nunca aprovei seu estilo de vida. No entanto, nunca questionei suas habilidades.

— Ela vai revelar tudo! — vociferou Sabrina Glevissig. — Vai falar tudo sobre a loja! Vai diretamente para...

— Bobagem — interrompeu-a Triss Merigold com ânimo, olhando para Francesca e Ida Emean. — Yennefer não nos trairá. Ela não fugiu daqui para nos trair.

— Triss tem razão — apoiou-a Margarita Laux-Antille. — Sei por que ela fugiu e quem quer resgatar. Eu vi Ciri e ela juntas. E entendo tudo.

— E eu não entendo nada! — gritou Sabrina, e a agitação ressurgiu.

Assire var Anahid inclinou-se em direção à amiga.

— Não pergunto por que você o fez — sussurrou — nem como você o fez. Pergunto: para onde?

Fringilla Vigo sorriu suavemente, acariciando com os dedos a cabeça esculpida da esfinge no braço da cadeira.

— E como você quer que eu saiba — respondeu, também sussurrando — de que litoral são essas ostras?

CAPÍTULO SÉTIMO

> **Itlina** — Nome verdadeiro Ithlinne Aegli, filha de Aevenien, lendária curandeira élfica, astróloga e vidente, famosa por suas adivinhações, previsões e profecias, das quais a mais conhecida é Aen Ithlinnespeath, a Profecia de Itlina. Registrada várias vezes e publicada em diversas formas, a Profecia desfrutou grande popularidade em diferentes épocas. Os comentários, chaves e explicações a ela relacionados adaptaram o texto aos acontecimentos atuais, o que fortaleceu a convicção acerca do grande dom de clarividência de I. Especialmente, considera-se que I. profetizou as Guerras Nórdicas (1239--1268), as Grandes Pestes (1268, 1272 e 1294), a sangrenta Guerra dos Dois Unicórnios (1309-1318) e a invasão dos Haaks (1350). I. teria previsto as mudanças climáticas ("Frio Branco") observadas a partir do século XIII, que a superstição sempre associou ao início do fim do mundo e à vinda profetizada da Destruidora (v.). Essa passagem da Profecia de I. provocou a infame caça às bruxas (1272-1276) e contribuiu para a morte de várias mulheres e moças infelizes, tidas por encarnações da Destruidora. Hoje muitos pesquisadores consideram I. uma personagem fictícia e suas "profecias" textos apócrifos produzidos contemporaneamente e uma hábil mistificação literária.
>
> Effenberg e Talbot,
> Encyclopaedia Maxima Mundi, volume X

As crianças que rodeavam Pogwizd, o contador de histórias ambulante, protestaram, fazendo uma tremenda e caótica algazarra. Por fim, Connor, o filho mais velho, mais forte e mais corajoso do ferreiro, e aquele que lhe trouxera uma vasilha cheia de sopa de repolho e outra de batatas com torresmo, apresentou-se como o porta-voz, transmitindo a opinião geral.

— Como assim? — gritou. — Como é possível, vô? Como assim, já chega por hoje? Como é possível interromper a história nesse ponto e nos deixar curiosos? Queremos saber o que aconteceu depois! Não vamos esperar até que volte ao vilarejo de novo, pois isso pode demorar seis meses ou um ano inteiro! Conte a história até o fim!

— O sol está se pondo — respondeu o velho. — Vão para a cama, meninos. O que seus pais vão dizer quando amanhã vocês bocejarem e gemerem durante suas tarefas? Eu sei o que eles vão dizer: "Mais uma vez o velho Pogwizd ficou contando histórias até tarde, encheu a cabeça das crianças de fantasias, não as deixou dormir. Quando ele voltar ao vilarejo, não receberá nada, nem trigo-sarraceno, nem sopa, nem torresmo. Precisamos expulsar esse velho, pois só traz prejuízo e preocupação com essas suas histórias..."

— Não vão dizer isso, não! — gritaram as crianças em coro. — Conte mais, vô! Por favor...

— Hummm — balbuciou o velho, vendo o sol desaparecer atrás das copas das árvores na outra margem do Jaruga. — Tudo bem, que seja assim, então. Mas vamos fazer um acordo: um de vocês irá para casa e buscará leite coalhado para eu poder umedecer a garganta ressecada. Os demais decidirão sobre quem querem ouvir, pois hoje não vou conseguir contar as aventuras de todos, mesmo que fiquemos aqui até a madrugada. Precisam escolher agora; quanto aos outros, deixaremos suas aventuras para a próxima vez.

As crianças de novo levantaram um alarido, gritando e calando-se mutuamente.

— Silêncio! — berrou Pogwizd, balançando o bastão. — Falei para vocês escolherem e não grasnarem feito gaios! Então, como vai ser? Querem que eu conte as aventuras de quem?

— De Yennefer — esganiçou Nimue, a mais nova entre os ouvintes, apelidada de Polegarzinha por causa da baixa estatura, acariciando o gato que dormia em seu regaço. — Vô, conte o que aconteceu depois com a feiticeira, como ela fugiu daquele *cove... coveno* em Montecalvo de forma mágica para salvar Ciri. Queria ouvir sobre isso porque, quando eu crescer, vou virar feiticeira.

— Sei... — falou Bronik, filho do moleiro. — Limpe o nariz, Polegarzinha, pois não aceitam garotas ranhosas como aprendizes de feitiçaria! E o senhor, vô, em vez de falar sobre Yennefer, conte sobre Ciri e os Ratos e como faziam bandidagem e assaltavam...

— Fiquem quietos — ordenou Connor, pensativo e sombrio. — Vocês são bobos. Se for para ouvirmos outra história hoje, então vamos manter a ordem. Conte-nos, vô, sobre o bruxo e sua companhia, como partiram do Jaruga...

— Eu quero sobre Yennefer — chiou Nimue.

— Eu também — disse Orla, sua irmã mais velha. — Quero ouvir sobre o amor que sentia pelo bruxo e como eles se amavam. Mas que termine bem, vô! Não quero saber de morte, não!

— Quieta, sua boba. Quem se interessa pelo amor? Queremos ouvir sobre lutas!

— Sobre a espada do bruxo!

— Sobre Ciri e os Ratos!

— Calem a boca! — Connor lançou um olhar ameaçador em sua volta. — Ou vou pegar um pau e bater em vocês, moleques! Eu disse: vamos manter a ordem. Que o vô continue contando sobre as aventuras do bruxo e como ele andava com Jaskier e Milva...

— Sim! — esganiçou Nimue novamente. — Sim, sobre Milva! Quero ouvir sobre Milva! Se as feiticeiras não me quiserem, vou virar arqueira!

— Então está decidido — afirmou Connor. — Bem na hora. Vejam: o vô está quase cochilando, balançando a cabeça branca e bicando o nariz como um codornizão... Ei, vô! Não durma! Conte-nos as aventuras do bruxo Geralt a partir do momento em que a companhia se formou à margem do Jaruga.

— Mas antes, vô — intrometeu-se Bronik —, para matar a curiosidade, fale um pouquinho sobre os outros e o que aconteceu com eles. Vai ser mais fácil esperar até que volte ao vilarejo para continuar contando as aventuras. Fale só um pouquinho sobre Yennefer e Ciri, por favor.

— Yennefer — Pogwizd riu baixinho — saiu voando do castelo mágico chamado Montecalvo, levada por um encanto, e caiu direto no mar, entre ondas revoltas e rochas afiadas. Mas não tenham medo, pois isso não foi nada para uma maga. Ela não se afogou. Conseguiu chegar às ilhas de Skellige, onde encontrou aliados. Pois vejam bem: ela estava com muita raiva do feiticeiro Vilgeforz. Convencida de que fora ele que sequestrara Ciri, decidiu achá-lo, vingar-se e libertar Ciri. E é tudo. Outro dia vou falar como foi exatamente.

— E Ciri?

— Ciri continuou com os Ratos, escondendo-se sob o nome de Falka. Gostava do bandoleirismo e, embora ninguém soubesse naquela época, estava cheia de malícia e crueldade. Manifestava-se nela tudo o que de pior existe escondido num ser humano e, aos poucos, tomava conta daquilo que ela possuía de bom. Grande foi o erro dos bruxos de Kaer Morhen que a ensinaram a matar! E a própria Ciri nem suspeitava de que, quando matava, a morte ia ao encalço dela, porque o terrível Bonhart já seguia seus rastros. Estava predestinado o encontro dos dois, de Bonhart e Ciri. Mas vou falar sobre isso outro dia. Agora ouçam então o que aconteceu com o bruxo.

As crianças ficaram em silêncio e sentaram-se em volta do velho. Ouviam. Anoitecia. Durante o dia os cânhamos, as framboeseiras e as malvas que cresciam perto do casebre pareciam amigáveis. No entanto, agora, repentinamente, transformaram-se em uma floresta escura. O que rumorejava dentro dela? Um rato ou um medonho elfo de olhos ardentes? Ou seria uma estrige ou Baba Yaga, que perseguia as crianças? Ou então um boi pateando no estábulo? Ou talvez a batida dos cascos dos cavalos de guerra? Estariam os invasores cruéis novamente atravessando o Jaruga, como cem anos antes? Teria sido um noitibó que voou sobre o telhado ou um vampiro sedento de sangue? Ou uma bela feiticeira voando em direção a um mar longínquo, induzida por um encanto mágico?

— O bruxo Geralt — começou o contador de histórias — foi com sua nova companhia rumo a Angren, um lugar cheio de pântanos e florestas. Naquela época, as florestas lá eram imensas, exuberantes, diferentes das de hoje. Hoje já não há florestas assim, a não ser em Brokilon... O grupo foi para o leste, subindo o Jaruga, em direção aos ermos da Floresta Negra. No início tudo corria bem, mas depois... Contarei o que aconteceu...

Desenredava-se, fluía a história sobre os tempos remotos, esquecidos, e as crianças ouviam atentas.

Geralt estava sentado num toco de madeira em cima de um precipício, do qual se estendia a vista sobre a vegetação e os juncos que cresciam à margem do Jaruga. O sol se punha. Os grous levantaram voo sobre os alagadiços e soltaram a voz, agrupando-se no céu e arquitetando a formação em "V".

"Tudo se complicou", pensou o bruxo, virando-se e olhando para os destroços de uma choupana de lenhadores e para a fraca fumaça que saía da fogueira de Milva. "Tudo foi por água abaixo, embora já estivesse indo tão bem. Essa minha companhia era estranha, mas já estava formada. Tínhamos um alvo próximo, real, concreto para alcançar. Íamos por Angren para o leste, em direção a Caed Dhu. E até que estávamos indo bem. Mas as coisas tiveram de se complicar. Será azar ou destino?"

Os grous tocaram suas cornetas.

Emiel Regis Rohellec Terzieff-Godefroy estava à frente, montado num alazão nilfgaardiano conquistado pelo bruxo nas proximidades de Armeria. Embora de início o garanhão se opusesse ao vampiro e a seu cheiro de ervas, acostumou-se rapidamente e causava menos problemas do que Plotka, que ia a seu lado e que, quando picada por uma mutuca, dava coices. Atrás de Regis e Geralt ia Jaskier, com a cabeça enfaixada e ar de guerreiro, montado em Pégaso. O poeta havia composto uma canção de gesta rítmica em cujas rimas e melodia bélicas ressoavam as reminiscências das aventuras recentes. A forma da obra sugeria nitidamente que durante essas aventuras o próprio autor e intérprete foi o homem mais valente de todos. Milva e Cahir Mawr Dyffryn aep Ceallach fechavam o séquito. Cahir montava o cavalo castanho que ele conseguira recuperar, ao qual estava preso um lobuno que carregava uma parte de seu modesto equipamento.

Por fim, saíram dos alagadiços ribeirinhos e entraram em terreno seco, mais elevado, do qual puderam observar, ao sul, os brilhantes meandros do Grande Jaruga e, ao norte, a alta e rochosa entrada do distante Maciço de Mahakam. O tempo estava ótimo, o sol os aquecia, e os mosquitos pararam de picar e zumbir nos ouvidos. Os sapatos e as pernas das calças secaram. Nas encostas ensolaradas, as amoreiras estavam negras de frutos, os cavalos mordiscavam a abundante grama, e os riachos que desciam das montanhas carregavam águas cristalinas cheias de trutas. Depois do anoitecer, poderiam fazer uma fogueira e deitar-se em volta dela. Estava tudo maravilhoso, e os ânimos deveriam ter melhorado num instante. Isso, porém, não aconteceu. Logo num dos primeiros pernoites soube-se por quê.

– Espere um pouco, Geralt – começou o poeta, olhando em volta e pigarreando. – Não se apresse tanto para voltar ao acampamento. Queremos falar com você, a sós, Milva e eu. Trata-se de... bem... Regis.

– Ah... – O bruxo colocou a pilha de galhos secos no chão. – Vocês começaram a ter medo dele? Só agora?

– Pare. – Jaskier franziu o cenho. – Nós o aceitamos como companheiro. Ele nos ofereceu ajuda para procurar Ciri. Tirou meu pescoço da forca, o que nunca vou esquecer. Mas, droga, estamos sentindo uma espécie de medo. Há algum problema? A vida toda você rastreou e matou seres como ele.

– Eu não o matei nem planejo matá-lo. Essa declaração lhe serve? Se não, embora meu coração esteja cheio de dor, não tenho a capacidade de tratar de seu transtorno de ansiedade. É um paradoxo, mas, cá entre nós, o único que sabe tratar de alguma coisa é o próprio Regis.

– Falei para você parar – irritou-se o trovador. – Você não está falando com Yennefer, então desista dessa eloquência emaranhada. Responda de maneira simples a uma pergunta simples.

– Faça a pergunta sem eloquência emaranhada.

– Regis é um vampiro. Não é segredo de que os vampiros se alimentam. O que pode acontecer quando ele ficar esfomeado? Sim, nós o vimos comendo a sopa de peixe, e a partir daquele momento ele come e bebe conosco, normalmente, como se fosse um de nós. Mas... será que vai conseguir controlar o desejo... Geralt, preciso tirar sua resposta à força?

– Ele controlou o desejo de beber sangue, embora estivesse por perto quando o sangue jorrava de sua cabeça. Nem lambeu os dedos depois de fazer o curativo. E, naquela noite de lua cheia em que ficamos embriagados com a aguardente de mandrágora e dormimos em sua choupana, teve uma ótima oportunidade de nos atacar. Você verificou se há marcas de presas em seu pescoço de cisne?

— Não deboche, bruxo — resmungou Milva. — Você sabe mais sobre os vampiros que nós. Em vez de debochar de Jaskier, responda a mim. Eu cresci na floresta, não frequentei escolas, sou burra, mas isso não é minha culpa, por isso não deboche de mim. Admito com vergonha que também tenho um pouco de medo desse... Regis.

— E tem motivos para isso. — Geralt acenou com a cabeça. — É um vampiro superior, muito perigoso. Se fosse nosso inimigo, também teria medo dele. No entanto, com os diabos, ele é nosso companheiro, por motivos que desconheço. Agora está nos levando a Caed Dhu, aos druidas que podem me ajudar a conseguir informações sobre Ciri. Estou desesperado. Quero aproveitar essa chance, não vou desistir dela. Por isso aceitei a companhia do vampiro.

— Só por isso?

— Não. — O bruxo demorou em responder, mas finalmente optou por ser sincero. — Não só. Ele... Ele é correto. No acampamento à beira do Chotla, não hesitou em agir durante o julgamento da garota, embora soubesse que isso ia desmascará-lo.

— Ele tirou a ferradura incandescente das chamas — lembrou-se Jaskier. — Ficou segurando-a na mão durante alguns instantes e seu rosto nem contraiu. Nenhum de nós conseguiria repetir esse truque nem com uma batata assada.

— Ele é insensível ao fogo.

— O que mais ele sabe fazer?

— Pode, quando quiser, ficar invisível. Pode hipnotizar com o olhar, provocar um sono profundo, como fez com os guardas no acampamento de Vissegerd. Pode tomar a forma de um morcego e voar. Acho que ele consegue fazer essas coisas apenas nas noites de lua cheia, mas posso estar enganado. Já me surpreendeu algumas vezes e talvez tenha algo escondido na manga. Suspeito de que que ele se destaca com suas habilidades até entre os próprios vampiros. Há anos se disfarça de ser humano de maneira excepcional. Além do mais, com o cheiro de ervas que sempre leva consigo, engana os cavalos e os cães, que têm a capacidade de detectar sua verdadeira natureza. Meu medalhão também não reage a ele, embora devesse. Insisto: ele não é igual aos demais vampiros. E, quanto às outras coisas, perguntem a ele mesmo. É nosso companheiro, portanto não deveria haver mal-entendidos entre nós, tampouco desconfiança e medo. Vamos voltar ao acampamento. Ajudem-me com esses galhos secos.

– Geralt?

– Diga, Jaskier.

– E se... Estou perguntando teoricamente... Se...

– Não sei – respondeu o bruxo com franqueza e honestidade. – Não sei se conseguiria matá-lo. Realmente preferia nem tentar fazê-lo.

Levando o conselho de Geralt a sério, Jaskier decidiu tirar as dúvidas e esclarecer os mal-entendidos. Fez isso logo depois de retomarem o caminho, com seu tato peculiar.

– Milva! – gritou repentinamente enquanto cavalgava, olhando para o vampiro com o canto dos olhos. – Você poderia seguir à frente com esse seu arco e acertar algum corço ou javali? Estou farto de amoras, cogumelos, peixes e mexilhões de água doce. Comeria, para variar um pouco, um pedaço de carne de verdade. O que você acha, Regis?

– O quê? – O vampiro ergueu a cabeça sobre o pescoço do cavalo.

– Carne! – repetiu o poeta enfaticamente. – Estou tentando animar Milva a caçar. Você comeria carne fresca?

– Comeria.

– E sangue? Beberia sangue fresco?

– Sangue? – Regis engoliu em seco. – Não, quanto ao sangue, agradeço, mas não quero. No entanto, se tiverem vontade, não fiquem constrangidos.

Geralt, Milva e Cahir ouviam em silêncio, que era carregado, tenso.

– Eu sei do que se trata, Jaskier – falou Regis lentamente. – Permita-me tranquilizá-lo. Sou um vampiro, sim, mas não bebo sangue.

O silêncio ficou mais carregado ainda, feito chumbo. Jaskier, porém, não seria ele mesmo se também permanecesse calado.

— Acho que você me entendeu mal — disse com aparente despreocupação. — Não estou falando de...

— Eu não bebo sangue — interrompeu-o Regis. — Há muito tempo. Perdi o hábito.

— E como você perdeu o costume?

— Normalmente.

— É sério, não entendo...

— Perdoe-me, é um assunto particular.

— Mas...

— Jaskier. — O bruxo não se conteve e virou-se na sela. — Regis disse há um instante que você se foda e o deixe em paz, só que se expressou de maneira gentil. Então tenha, por fim, a gentileza de fechar a boca.

A semente de incerteza e ansiedade brotou e cresceu. Quando pararam para pernoitar, a atmosfera ainda continuava carregada e tensa, nem a gordinha bernaca de aproximadamente quatro quilos, caçada por Milva à beira do rio, os animou. Eles cobriram a ave com uma camada de barro, assaram e comeram, roendo e chupando os ossos mais miúdos dos restos da carne. Mataram a fome, mas a inquietação permaneceu. Não conseguiram manter uma conversa, apesar do esforço titânico de Jaskier. A fala do poeta virou um monólogo tão óbvio que finalmente ele próprio o notou e calou-se. O silêncio tenso à fogueira era interrompido apenas pelo barulho dos cavalos mastigando o feno.

Apesar de já ser tarde, ninguém estava prestes a dormir. Milva aquecia a água num caldeirão suspenso sobre a fogueira e endireitava as rêmiges das flechas ao vapor. Cahir consertava uma fivela da bota. Geralt talhava um pau de madeira. E Regis olhava para todos ao redor.

— Tudo bem — falou finalmente. — Vejo que isso é inevitável. Parece que deveria ter esclarecido certas coisas há muito tempo...

— Ninguém o exige. — Geralt jogou na fogueira a estaca que talhava com dedicação havia um bom tempo e ergueu a cabeça. — Eu não preciso de seus esclarecimentos. Sou um sujeito à moda antiga: quando estendo a mão para alguém e o aceito como companheiro, para mim isso significa mais do que um contrato assinado na presença de um oficial de justiça.

– Eu também sou um sujeito à moda antiga – afirmou Cahir, ainda debruçado sobre a bota.

– Não conheço outras modas – disse Milva de maneira seca, colocando mais uma flecha por cima do vapor que emergia do caldeirão.

– Não se preocupe com a conversa de Jaskier – acrescentou o bruxo. – Ele é assim. E, quanto a nós, você não precisa se confessar ou dar explicações. Também não nos confessamos a você.

– Mesmo assim espero – o vampiro deu um leve sorriso – que queiram ouvir o que gostaria de lhes dizer, sem ser forçado a tal. Sinto necessidade de ser sincero com aqueles para quem estendo a mão e que aceito como companheiros.

Dessa vez ninguém falou nada.

– É preciso começar afirmando que todos os receios que possam estar relacionados com o fato de eu ser vampiro são infundados. Eu não vou atacar ninguém, não vou me esgueirar à noite para encravar os dentes no pescoço de alguém que esteja dormindo. E não se trata apenas de meus companheiros, perante os quais tenho uma atitude à moda antiga igual às outras pessoas à moda antiga aqui presentes. Eu nem toco no sangue. Jamais, e de jeito nenhum. Perdi o hábito quando o sangue virou um grave problema, difícil de resolver.

Interrompeu-se por um instante.

– Um problema – continuou – que apareceu e foi ganhando traços negativos de maneira muito típica. Já quando era jovem, gostava de... hummm... me divertir em boa companhia, como a maioria dos vampiros de minha idade. Vocês sabem como são as coisas, pois também já foram jovens. No entanto, entre vocês, existe um sistema de proibições e limitações: a autoridade paterna, os tutores, superiores e idosos, e, por fim, os costumes. Entre nós não há nada desse tipo. Os jovens têm total liberdade e a aproveitam. E criam os próprios padrões de comportamento, que são estúpidos por causa da falta de juízo, algo tão característico da juventude. "Não vai beber? Que espécie de vampiro você é, então?

Não bebe? Então não vamos convidá-lo, já que você estraga a diversão!" Eu não queria estragar a diversão, e a possibilidade de não ser aceito pelo meio me assustava. Então me divertia. Frequentava as festas, desfrutava a liberdade, participava da bebedeira. Na lua cheia voávamos até o vilarejo e bebíamos o sangue do primeiro que caísse em nossas mãos. Bebíamos... um líquido... horrendo, da pior qualidade. Não fazia diferença de quem, o mais importante era que fosse... hummm... hemoglobina... Sem o sangue a festa não valia! Além disso, não nos atrevíamos a nos aproximar das vampirinhas sem antes ter ingerido pelo menos um pouco de sangue.

Regis ficou calado, pensativo. Ninguém disse uma palavra sequer. Geralt sentiu uma vontade louca de beber.

– As coisas foram ficando cada vez mais intensas – prosseguiu o vampiro – e, com o passar do tempo, pioraram. Às vezes, quando eu bebia sem parar, acabava não voltando para a cripta por três ou quatro noites. Uma quantidade mínima... do líquido... me deixava descontrolado, o que não me impedia de continuar me divertindo. Os amigos faziam o mesmo de sempre. Alguns tentavam me conter, então me zanguei com eles. Outros me animavam, tiravam-me da cripta para me levar às festas e até... me entregavam novas vítimas. E divertiam-se a minha custa.

Milva, ainda ocupada arrumando as rêmiges amassadas das flechas, murmurou algo com raiva. Cahir, que havia terminado de consertar a fivela da bota, parecia estar dormindo.

– Depois – continuou Regis – apareceram sintomas alarmantes. As festas e a companhia passaram para o segundo plano. Vi que conseguia viver sem elas. Para mim, o que bastava e realmente importava era o sangue, que eu bebia até...

– Olhando-se no espelho? – interrompeu-o Jaskier.

– Pior – respondeu o vampiro tranquilamente. – Eu não vejo meu reflexo nos espelhos.

Ficou calado por um tempo.

– Conheci uma... vampirinha. Poderia ter sido algo importante; na verdade, acho que foi. Deixei a diversão de lado. No entanto, por pouco tempo. Ela me deixou. Foi então que comecei a beber em dobro. O desespero e a lamentação, como sabem, são boas desculpas. Todos acham que entendem. Até eu pensava que entendia, mas juntei apenas a teoria à prática. Estou entediando vocês? Já estou terminando. Finalmente comecei a fazer coisas inadmissíveis, coisas que nenhum vampiro faz. Comecei a voar embriagado. Uma noite os colegas me mandaram ir ao vilarejo para buscar sangue, e, na hora de encravar os dentes numa menina que ia ao poço buscar água, não acertei e bati na mureta... Os camponeses tentaram me matar, mas felizmente não sabiam como... Furaram-me todo com estacas, cortaram minha cabeça, jogaram água benta em mim e me enterraram. Vocês imaginam como eu me senti ao acordar?

– Imaginamos – falou Milva, observando a flecha. Todos lançaram um olhar estranho para ela. A arqueira pigarreou e virou a cabeça. Regis sorriu ligeiramente.

– Já estou terminando – disse. – No túmulo, tive tempo suficiente para pensar em mim mesmo...

– Suficiente? – perguntou Geralt. – Quanto tempo?

Regis olhou para ele.

– Trata-se de uma curiosidade profissional? Aproximadamente cinquenta anos. Quando me regenerei, decidi mudar. Não foi fácil, mas consegui. Desde então já não bebo.

– Nem um pouco? – Jaskier bocejou, porém a curiosidade foi mais forte. – Nem um pouquinho? Nunca? Mas...

– Jaskier. – Geralt ergueu um pouco as sobrancelhas. – Contenha-se e pense. Em silêncio.

– Desculpe-me – resmungou o poeta.

– Não precisa se desculpar – disse o vampiro, conciliador. – E você, Geralt, deixe de reprimi-lo. Entendo sua curiosidade. Eu, ou melhor, eu e meu mito personificamos todos os medos dos humanos. É difícil exigir de uma pessoa que se livre dos medos, que em sua mente desempenham um papel tão importante quanto todos os outros estados emocionais. A mente privada de medos seria uma mente deficiente.

– Imagine então – falou Jaskier, recuperando o bom humor – que você não me dá medo. Então eu seria um deficiente?

Por um momento Geralt pensou que Regis fosse mostrar os dentes e curar Jaskier da suposta deficiência, mas estava errado. O vampiro não tinha inclinações a gestos teatrais.

– Eu estava falando sobre os medos enraizados em seu conciente e subconsciente – esclareceu com calma. – Não se sinta ofendido pela metáfora, mas uma gralha não tem medo do chapéu e da capa pendurados num pau depois de ela vencer o medo e se sentar num espantalho. No entanto, quando o vento bate, ela foge.

– O comportamento da gralha pode ser explicado pela luta pela sobrevivência – observou Cahir no escuro.

– Puf! – bufou Milva. – A gralha não tem medo do espantalho, mas do ser humano, pois é ele que tem a pedra e as flechas para matá-la.

– A luta pela sobrevivência – disse Geralt – é inerente a todos os seres vivos, aos humanos e às gralhas. Agradecemos as explicações, Regis, e as aceitamos plenamente. No entanto, não cave nas entranhas do subconsciente humano. Milva tem razão. E, fazendo um paralelo com o exemplo das gralhas, os motivos pelos quais as pessoas reagem com medo ao verem um vampiro não são irracionais. São provocados pelo desejo de sobreviver.

– Estamos ouvindo a voz de um especialista – o vampiro acenou levemente com a cabeça – cujo orgulho profissional não permitiria receber dinheiro por lutar contra medos imaginários. Um bruxo que se preze é contratado apenas para lutar contra um mal real e um risco direto. E, já que você é um especialista, queira, então, nos explicar por que um vampiro constitui uma ameaça maior que um dragão ou um lobo, já que estes também têm presas.

– Talvez porque o dragão e o lobo usem as presas só quando estão com fome ou em defesa própria, nunca para brincar, para quebrar o gelo com os amigos ou para vencer a timidez nas relações com o sexo oposto.

– As pessoas não sabem disso – retrucou Regis. – Você sabe há muito tempo, e os outros da companhia souberam agora. A maioria está profundamente convencida de que os vampiros não se divertem, mas se alimentam de sangue, apenas de sangue e exclusivamente de sangue humano. E o sangue é um líquido que dá vida. Em consequência, sua perda leva ao enfraquecimento do organismo e da força vital. Vocês o entendem assim: "O monstro que derrama nosso sangue é nosso inimigo mortal. E o monstro que espera roubar nosso sangue porque se alimenta dele é ainda mais perigoso, pois aumenta sua força vital à custa da nossa, e, para que sua espécie prolifere, a nossa tem de morrer. Por fim, é um monstro horrendo, pois, mesmo conscientes de que o sangue possui a propriedade de dar a vida, nós o consideramos nojento." Algum de vocês estaria disposto a beber sangue? Duvido. Há pessoas que ficam fracas ou desmaiam só ao ver sangue. Em certas sociedades, as mulheres são consideradas impuras por alguns dias e, por isso, são isoladas dos outros...

– Só se for entre as sociedades não civilizadas – interrompeu-o Cahir. – E acho que só entre vocês, do Norte, é que se desmaia ao ver sangue.

– Estamos tateando no escuro – o bruxo ergueu a cabeça –, desviando de uma trilha reta para o matagal de uma filosofia duvidosa. Você acha, Regis, que para os humanos faria diferença se soubessem que vocês os tratam como fonte que lhes permite não só saciar a fome, mas também se embebedar? Onde você vê a irracionalidade dos medos aqui? Os vampiros sugam o sangue das pessoas, não há como negar esse fato. Um ser humano tratado por um vampiro como uma garrafa de vodca perde as forças, isso também está claro. Um homem, digamos, ressecado perde a vitalidade definitivamente. Simplesmente morre. Desculpe-me, mas não há como tratar o medo da morte da mesma forma que a aversão ao sangue, seja ele de menstruação, seja de outro tipo.

– Sua palavras são tão sábias que minha cabeça não para de rodar – bufou Milva. – Mesmo assim, toda essa sabedoria gira em torno daquilo que a mulher tem debaixo da saia. Filósofos de merda.

– Deixemos de lado por um momento a simbologia do sangue – falou Regis –, pois nesse caso os mitos são realmente justificados em certo grau pelos fatos, e nos concentremos nos mitos que não têm justificação nos fatos, mas são divulgados. Afinal, todo mundo sabe que uma pessoa mordida por um vampiro, se sobreviver, também se torna um vampiro, não é?

– É – falou Jaskier. – Havia uma balada...

– Você conhece as bases da aritmética?

– Estudei todas as sete artes liberais. E obtive um diploma *summa cum laude*.

– Em seu mundo, depois da Conjunção das Esferas, restaram aproximadamente mil e duzentos vampiros superiores. A quantidade de abstinentes completos, pois há vários deles além de mim, é equilibrada pelo número daqueles que bebem em excesso, como eu naquela época. Para calcular a média, um vampiro sempre bebe durante a lua cheia, que é um festejo que costumamos... hummm... celebrar com muito sangue. Usando como base o calendário humano e contando doze luas cheias por ano, obtemos o número teórico de catorze mil e quatrocentas pessoas mordidas por ano. Desde a Conjunção, considerando novamente sua contagem de tempo, passaram-se por volta de mil e quinhentos anos. Segundo o resultado dessa simples multiplicação, podemos chegar à conclusão de que teoricamente, no momento atual, deveriam existir vinte e um milhões e seiscentos mil vampiros no mundo. E se pensarmos no crescimento geométrico...

– Chega. – Jaskier suspirou. – Não tenho ábaco, mas consigo imaginar o número. Na verdade, não o imagino, porque, resumindo, contagiar alguém com o vampirismo é bobagem e invenção.

– Obrigado. – Regis curvou-se. – Passemos então a mais um mito, o que diz que o vampiro é um ser humano que morreu, mas não por completo. Não apodrece no túmulo nem vira pó. Jaz na cova fresquinho e coradinho, pronto para sair e morder. De onde surge tal mito senão de uma aversão subconsciente e irracional perante seus veneráveis falecidos? Presta-se reverência aos mortos que vivem em sua memória, sonha-se com a imortalidade, e em seus mitos e lendas de vez em quando alguém ressurge dos mortos e consegue vencer a morte. No entanto, se um venerável bisavô defunto repentinamente saísse mesmo do túmulo e pedisse cerveja, haveria pânico. E isso não me surpreende. A matéria orgânica na qual os processos vitais cessam passa por uma decomposição que se apresenta por meio de sintomas pouco agradáveis. Fede, transforma-se numa substância gordurosa. O espírito imortal, um elemento instrínseco de seus mitos, larga com nojo a fedorenta carne em decomposição e esvoaça. Permanece limpo, portanto, pode-se venerá-lo sem problemas. Contudo, vocês inventaram um tipo de espírito repugnante que não esvoaça, não deixa o cadáver, nem fede. É nojento e não natural! Um morto-vivo é para vocês a anomalia mais repugnante de todas. Algum cretino até inventou o termo "zumbi", com o qual vocês gostam tanto de nos apelidar.

– Os humanos – Geralt sorriu ligeiramente – são uma raça primitiva e supersticiosa. Para eles é difícil entender e chamar apropriadamente um ser que ressurge dos mortos, embora tenha sido furado com estacas, sua cabeça tenha sido cortada e ele tenha permanecido enterrado por cinquenta anos.

– É realmente difícil. – O vampiro não se deixou abalar pelo deboche. – Sua raça mutante consegue regenerar as unhas, os cabelos e a pele, mas não é capaz de aceitar o fato de existirem raças com um aperfeiçoamento maior nesse quesito. Contudo, essa incapacidade não é consequência do primitivismo. Ao contrário, é fruto do egocentrismo e da convicção de sua perfeição. Algo que apresenta uma perfeição maior que a de vocês tem de ser uma aberração nojenta que vai se inscrever nos mitos. Para fins sociológicos.

– Não entendo merda nenhuma dessa conversa toda – declarou Milva com calma, afastando os cabelos da testa com a haste da flecha. – Entendo apenas que estão falando de contos que também conheço, embora seja uma garota boba da floresta. O que me surpreende muito é que você não tem medo do sol, Regis. Nos contos, o sol queima os vampiros e os transforma em cinzas. Será que isso também é mito?

– Claro – respondeu Regis. – Vocês acreditam que um vampiro constitui um risco apenas à noite e que os primeiros raios do sol o transformam em cinzas. A base desse mito, criado no ambiente das fogueiras primitivas, está na solaridade, ou seja, no gosto pelo calor e no ritmo circadiano que pressupõe a atividade diurna. A noite para vocês é fria, escura, má, ameaçadora, cheia de perigos, e o nascer do sol simboliza mais uma vitória na luta pela sobrevivência, um novo dia, a continuação da existência. A luz solar traz a claridade e o calor, e os raios do sol vivificantes implicam a aniquilação dos monstros inimigos. O vampiro desfaz-se em cinzas, o troll é petrificado, o lobisomem volta à forma humana, o goblin foge cobrindo os olhos. Os predadores noturnos voltam às tocas e deixam de constituir um risco. Até o pôr do sol o mundo pertence aos humanos. Repito e sublinho: o mito foi criado em volta das fogueiras primitivas. Atualmente é de fato mero mito, pois vocês já iluminam e aquecem suas casas, e, embora o ritmo solar ainda determine sua atividade, já conseguiram dominar a noite. Nós, vampiros superiores, também nos afastamos de nossas criptas primitivas e dominamos o dia. A analogia está completa. Essa explicação a satisfaz, Milva?

– Não muito – a arqueira jogou uma flecha para o lado –, mas acho que entendi. Estou aprendendo. Vou ser inteligente. Sociolocia, ativocia, papofuradocia, lobisomenocia. Dizem que nas escolas batem nos alunos com uma verdasca. É mais agradável aprender com vocês. A cabeça dói um pouco, mas a bunda permanece inteira.

– Uma coisa está certa e é fácil notá-la – falou Jaskier. – Os raios do sol não o transformam em cinzas, Regis, e o calor do sol tem um impacto nulo sobre você, como aquela ferradura incandescente que você corajosamente tirou das chamas com a mão nua. Voltando a suas analogias, para nós, humanos, o dia sempre será o período natural para qualquer atividade, e a noite, o período natural para o descanso. Essa é nossa constituição física. Para dar um exemplo, de dia enxergamos melhor do que à noite. Apenas Geralt é uma exceção, pois sempre enxerga da mesma forma, mas ele é um mutante. No caso dos vampiros, trata-se, também, de uma mutação?

– Pode-se chamar assim – concordou Regis –, embora eu ache que uma mutação que se estende por um tempo muito longo deixa de ser uma mutação e vira uma evolução. No entanto, aquilo que você falou sobre a constituição física é certo. A adaptação à luz solar foi para nós uma triste necessidade. Para podermos sobreviver, tivemos de nos assemelhar nesse aspecto aos humanos. Diria que se trata de um mimetismo que provocou certas consequências. Usando uma metáfora: deitamos na cama de um doente.

– Como?

– Há fundamentos para supor que a luz solar é mortal no longo prazo. Uma teoria diz que daqui a uns cinco mil anos, humildemente contando, este mundo vai ser povoado apenas por criaturas lunares, ativas durante a noite.

– Que bom que não vou estar vivo até então. – Cahir suspirou e logo bocejou intensamente. – Não sei como é para você, mas para mim a intensa atividade diurna lembra-me exatamente da necessidade de dormir à noite.

– Para mim também. – O bruxo espreguiçou-se. – Faltam apenas algumas horinhas para o nascer do sol assassino. Mas antes que o sono nos derrube... Regis, em nome da ciência e da divulgação do conhecimento, decifre outro mito sobre o vampirismo. Aposto que você tem um sobrando.

– Claro. – O vampiro acenou com a cabeça. – Mais um, o último, mas igualmente importante. É um mito ditado por suas fobias sexuais.

Cahir bufou baixinho.

– Deixei esse mito por último – Regis o mediu com os olhos –, e eu mesmo, por tato, não o mencionaria, mas Geralt me desafiou, então não vou poupá-los. Os humanos são movidos mais pelos medos com fundamentos sexuais: a virgem que desmaia abraçada pelo vampiro que suga seu sangue, o jovem que está entregue às práticas abomináveis da vampira, que lhe acaricia o corpo com seus lábios. É assim que vocês imaginam. Um estupro oral. O vampiro paralisa a vítima com o medo e a força a praticar o sexo oral. Ou talvez a praticar uma paródia execrável do sexo oral. E esse tipo de sexo que exclui a procriação é considerado nojento.

– Fale por si só – murmurou o bruxo.

– Um ato coroado não com a procriação, mas com o prazer e a morte – continuou Regis. – Vocês o convertem num mito agourento. Vocês mesmos sonham com algo assim, mas hesitam em satisfazer o parceiro ou a parceira dessa maneira. Quem o faz, então, é o vampiro mitológico, que se transforma num fascinante símbolo do mal.

– Não falei? – gritou Milva quando Jaskier terminou de lhe explicar o que Regis quis dizer. – Só falam nesse assunto! Começam de maneira sábia, mas terminam falando de safadezas!

O gruir dos grous começava a silenciar.

"No dia seguinte", lembrou-se o bruxo, "continuamos o caminho mais bem-dispostos. E foi então que, inesperadamente, a guerra nos alcançou."

Viajavam por um território coberto de floresta virgem, quase deserto e sem grande importância estratégica, que provavelmente não atrairia invasores. Embora estivessem perto de Nilfgaard e apenas o talvegue do Grande Jaruga os separasse das terras do Império, tratava-se de um obstáculo difícil de ultrapassar. Por isso, seu espanto foi enorme.

A guerra reapareceu de maneira menos espetacular do que em Brugge e Sodden, onde à noite o horizonte era iluminado pelas chamas e de dia colunas de fumaça negra cortavam o céu. Ali, em Angren, a situação não era tão espetacular; era pior. Repentinamente viram um bando de corvos rodando por cima da floresta com um grasnar louco e, logo em seguida, depararam com alguns cadáveres. Embora estivessem nus e fosse impossível identificá-los, tinham nítidos vestígios de uma morte brusca. Aquelas pessoas haviam sido mortas em combate. Mas não só. A maioria dos corpos jazia por entre os arbustos. No entanto, alguns, mutilados de maneira macabra, estavam suspensos pelas mãos ou pernas nos galhos das árvores, das fogueiras apagadas estendiam os membros queimados ou estavam empalados. E fediam. Repentinamente, um horrível e asqueroso odor de barbárie encheu todo o Angren.

Passado pouco tempo, tiveram de se esconder nos barrancos e no mato, porque de todos os lados ouviram a estrondosa batida dos cascos dos cavalos da cavalaria, e logo vários destacamentos, um atrás do outro, passaram por seu esconderijo, levantando nuvens de poeira.

— De novo... — Jaskier balançou a cabeça. — De novo não sabemos quem luta contra quem e por quê. De novo não sabemos quem está atrás de nós, quem está a nossa frente e quem segue em que direção. Quem ataca e quem recua. Que droga! Não sei se já lhes disse isso, mas afirmo que a guerra lembra um bordel tomado pelas chamas...

— Você já disse isso — interrompeu-o Geralt — uma centena de vezes.

— Pelo que eles estão lutando aqui? — O poeta deu uma boa cusparada. — Pelos zimbros e pela areia? Pois esta terra tão bela não dispõe de mais nada!

— Entre aqueles que jaziam no mato — falou Milva — havia elfos. Os comandos dos Scoia'tael passam por aqui, sempre passaram. É um caminho conveniente quando os voluntários de Dol Blathanna e dos Montes Roxos seguem para Temeria. Acho que alguém quer bloquear-lhes este caminho.

— É possível — admitiu Regis — que o exército temeriano esteja organizando aqui a caça aos Esquilos. No entanto, parece que há muitos soldados nas redondezas. Suspeito de que os nilfgaardianos tenham atravessado o Jaruga.

— Também desconfio da mesma coisa. — Com o cenho franzido, o bruxo olhou para Cahir, que mantinha uma expressão indiferente. — Os cadáveres que vimos de manhã apresentavam vestígios do modo de lutar dos nilfgaardianos.

— Todos eles se merecem — rosnou Milva, inesperadamente defendendo o jovem nilfgaardiano. — E não lance esses olhares para Cahir, pois agora estão ligados pelo mesmo destino estranho. Ele estará condenado à morte quando cair nas mãos dos Negros, e você acabou de fugir da forca dos temerianos. Não faz sentido investigar qual exército está atrás de nós e qual está a nossa frente, quem são os amigos e quem são os inimigos, quem é o bom e quem é o mal. Pois agora todos, não importa que cores usem, são nossos inimigos ao mesmo tempo.

— Você tem razão.

— Interessante — disse Jaskier quando no dia seguinte novamente se esconderam nos barrancos, esperando mais uma cavalgada passar. — Soldados estão galopando pelos morros fazendo a terra estrondear e se ouve um barulho de machados vindo lá de baixo. Os lenhadores estão cortando as árvores na floresta, como se nada estivesse acontecendo. Estão ouvindo?

— Talvez não sejam lenhadores — conjecturou Cahir. — Não seriam soldados também? Alguns sapadores?

— Não, são lenhadores — afirmou Regis. — Evidentemente nada pode interromper a exploração do ouro de Angren.

— Que ouro?

— Olhem para estas árvores. — O vampiro mais uma vez adotou o tom de soberba de um sábio onisciente que instrui crianças e os pouco sagazes. Ele tinha o costume de optar por esse tom com bastante frequência, o que deixava Geralt irritado. — Estas árvores — repetiu Regis — são cedros, bordos e pinheiros de Angren. É um material muito valioso. Aqui por toda parte há portos fluviais, dos quais se escoam troncos em balsas rumo à foz do rio. Por toda parte cortam-se árvores, golpeiam-se os machados dia e noite. A guerra que observamos e ouvimos está começando a ter sentido. Como sabem, Nilfgaard tomou a foz do Jaruga, Cintra e Verden, assim como o Alto Sodden, e neste momento provavelmente Brugge e parte do Baixo Sodden. Isso significa que a madeira escoada pelo rio abastece as serrarias e os estaleiros imperiais. Os reinos do Norte já estão tentando bloquear o escoamento, enquanto os nilfgaardianos, ao contrário, querem que se corte e escoe a maior quantidade possível.

— E nós, como sempre, estamos com azar — Jaskier balançou a cabeça —, pois precisamos ir a Caed Dhu e para isso temos de atravessar exatamente o centro de Angren e essa guerra madeireira. Droga, não há outro caminho?

O bruxo, que olhava o sol se pondo sobre o Jaruga, lembrou-se de que fizera a mesma pergunta a Regis. "Quando tudo se acalmou e o estrondo dos cascos de cavalos se perdeu a distância, finalmente pudemos partir."

— Outro caminho para Caed Dhu? — O vampiro ficou pensativo. — Para desviar dos montes e sair do alcance das tropas? Realmente há um caminho assim. É pouco cômodo e seguro, mais longo, mas com certeza não encontraríamos nele nenhuma tropa.

— Diga.

— Podemos virar em direção ao sul e tentar atravessar a depressão nos meandros do Jaruga, por Ysgith. Bruxo, você conhece Ysgith?

— Conheço.

— Já passou alguma vez por uma floresta temperada?

— Já.

— A calma em sua voz — o vampiro pigarreou — parece confirmar que você aceita a ideia. Bem, somos cinco, e entre nós há um bruxo, um guerreiro e uma arqueira. Experiência, duas espadas e um arco. É pouco para confrontar uma incursão nilfgaardiana, mas deve ser o suficiente para Ysgith.

"Ysgith", pensou Geralt. "Trinta e poucas milhas quadradas de pântanos e lamaçais, salpicadas de lagoas." As áreas úmidas eram separadas por florestas sombrias nas quais cresciam árvores estranhas. Umas tinham o tronco coberto de escamas, bulboso como cebola na base e mais fino quanto mais próximo da copa chata e espessa. Outras eram baixas e tortas, formando pilhas de raízes retorcidas feito tentáculos, e de seus galhos nus pendiam barbas de musgos e liquens pantanosos ressecados. Essas barbas balançavam constantemente, porém não eram movidas pelo vento, mas pelo gás venenoso emitido pelos pântanos. Ysgith, ou seja, Pantanal. No entanto, o nome "Fedorento" seria mais adequado.

E nos pântanos, lagoas e lamaçais cobertos de lemnas e elodeas a vida fervia. O lugar era habitado não apenas por castores, sapos, tartarugas e aves aquáticas. Ysgith estava cheio de criaturas muito mais perigosas, providas de garras, tentáculos e apêndices, com os quais podiam agarrar, ferir, afogar e estraçalhar. Havia uma quantidade tão grande dessas criaturas que ninguém jamais havia conseguido conhecer e classificar todas elas. Nem os bruxos. O próprio Geralt raramente caçava em Ysgith e no Baixo Angren. A região era quase deserta e os poucos humanos que viviam à beira dos pântanos haviam se acostumado a tratar os monstros como um elemento intrínseco da paisagem. Eles os respeitavam e raramente contratavam um bruxo para exterminá-los. E foi numa dessas raras vezes que Geralt pôde conhecer Ysgith e seu terror. "Duas espadas e um arco", pensou. "E minha experiência, minha prática de bruxo. Deve dar certo passar por lá em grupo, especialmente se eu for na vanguarda e ficar atento a tudo: aos troncos apodrecidos, às pilhas de algas, aos arbustos, aos capinzais, às plantas e até às orquídeas, pois em Ysgith algumas orquídeas parecem flores, mas na verdade são aranhas-caranguejo venenosas. Será necessário ficar de olho em Jaskier, segurá-lo para que não toque em nada, até porque lá não faltam plantas que gostam de enriquecer a dieta de clorofila com um pedaço de carne e cujos rebentos no contato com a pele são tão eficazes quanto o veneno de uma aranha-caranguejo. E, claro, há o gás, um vapor venenoso. É preciso pensar em algo para tapar a boca e o nariz..."

– E então? – Regis o arrancou de seus pensamentos. – Você concorda com o plano?

– Concordo. Vamos.

"Alguma coisa me levou", lembrou-se o bruxo, "a não revelar ao resto da companhia o plano de atravessar Ysgith, a pedir que Regis também não contasse nada. Não sei por que hesitei em fazê-lo. Hoje, quando tudo foi completamente por água abaixo, poderia dizer a mim mesmo que prestei atenção ao comportamento de Milva, aos problemas que tinha, aos sintomas evidentes, mas isso não seria verdade. Não notei nada; se notei alguma coisa, eu a ignorei. Fui idiota. E nós seguíamos para o leste, demorando para virar em direção aos pântanos. De outro lado, talvez tenha sido bom ter demorado", pensou, desembainhando a espada e tocando com o polegar a lâmina afiada como uma navalha. "Se tivéssemos seguido logo em direção a Ysgith, hoje não estaria em posse desta arma."

Desde o amanhecer não viam nem ouviam soldados. Milva seguia na vanguarda, bem à frente dos outros. Regis, Jaskier e Cahir conversavam.

– Tomara que os druidas se esforcem para nos ajudar com Ciri. – O poeta estava aflito. – Eu já encontrei os druidas e, acreditem, eram uns confinados estranhos, ranzinzas imprestáveis. Pode ser que eles nem queiram falar conosco, quanto mais usar a magia.

– Regis – lembrou o bruxo – conhece alguém entre esses de Caed Dhu.

– E por acaso essa amizade não é de trezentos ou quatrocentos anos atrás?

– É bem mais recente – afirmou o vampiro, dando um sorriso misterioso. – Outra coisa é que os druidas são conhecidos por sua longevidade, pois vivem ao ar livre entre uma natureza intacta e virgem, e isso faz muito bem à saúde. Respire fundo, Jaskier, encha seus pulmões do ar da floresta, assim você manterá a saúde também.

— Droga, daqui a pouco meu corpo vai se cobrir de pelagem por causa desse ar da floresta — disse Jaskier com sarcasmo. — À noite sonho com tabernas, cerveja e banho. E a natureza virgem pode ir se lascar, levada por uma doença primitiva. Tenho minhas dúvidas quanto a seu impacto positivo sobre a saúde, especialmente a psíquica. Os druidas mencionados aqui constituem o melhor exemplo, pois são uns excêntricos, uns esquisitos. São absolutamente loucos por essa sua natureza e a proteção dela. Inúmeras vezes os vi levando petições aos governantes para que fosse proibido caçar, cortar as árvores, despejar estrume nos rios e outras bobagens desse tipo. E o cúmulo de sua burrice foi quando uma delegação inteira apareceu na corte do rei Ethain em Cidaris toda enfeitada de coroas de visgo. Eu o presenciei...

— O que eles queriam? — Geralt ficou curioso.

— Cidaris, como sabem, é um dos reinos em que a maioria da população sobrevive da pesca. Os druidas exigiram que o rei ordenasse usar redes com determinado tamanho de malhas e que punisse aqueles que utilizassem redes com malhas menores do que as permitidas. Ethain ficou boquiaberto e os visguentos explicaram que as malhas grandes servem para proteger os peixes da extinção. O rei levou-os até o terraço, mostrou-lhes o mar e contou o caso do mais corajoso de seus navegadores, que percorreu as águas em direção ao oeste por dois meses e retornou, pois no navio a água doce estava prestes a acabar e ele não avistava nenhum sinal de terra no horizonte. Como eles, os druidas, conseguiam imaginar que os peixes de um mar tão grande poderiam acabar? Claro que poderiam, afirmaram os visguentos. Mesmo que a pesca marítima fosse a maneira mais duradoura de conseguir alimentos diretamente da natureza, chegaria um tempo em que faltariam peixes e haveria fome. Por isso era preciso usar redes de malhas maiores, pegar peixes crescidos, protegendo os pequenos. Ethain perguntou quando, de acordo com a opinião deles, chegaria esse tempo difícil de fome. Os druidas responderam que, segundo seus prognósticos, dali a dois mil anos. O rei despediu-se com gentileza e pediu que voltassem dali a aproximadamente mil anos, e que então iam pensar em alguma solução. Os visguentos não entenderam a piada e começaram a se revoltar, por isso foram expulsos da cidade.

– Eles são assim, esses druidas – confirmou Cahir. – Nós, os nilfgaardianos...

– Peguei você! – gritou Jaskier com triunfo. – "Nós, os nilfgaardianos!" Ainda ontem, quando o chamei de nilfgaardiano, você dava pulos, como se tivesse sido picado por uma vespa! Cahir, por favor, decida finalmente quem você é.

– Para vocês – Cahir deu de ombros – tenho de ser nilfgaardiano, pois, pelo que vejo, nada vai convencê-los do contrário. Mas, para ser preciso, saibam que no Império essa denominação é dada apenas aos moradores nativos da capital e seus entornos mais próximos, situados à margem do Baixo Alba. Minha família é de Vicovaro, então...

– Calem a boca! – Milva, que ia na vanguarda, repentinamente ordenou de forma grosseira.

Num átimo todos ficaram calados e detiveram os cavalos, pois sabiam que era o sinal de que a arqueira vira, ouvira ou sentira instintivamente algo para comer e havia a oportunidade de se aproximar e acertá-lo com uma flecha. Ela realmente preparou o arco, mas não desceu da sela. Nesse caso não se tratava de caça. Geralt acercou-se com cuidado.

– Fumaça – disse Milva laconicamente.

– Não a vejo.

– Dê uma fungada.

O olfato da arqueira era aguçado, embora o cheiro da fumaça fosse muito fraco. Não podia ser fumaça vinda de um incêndio ou de uma queimada. O cheiro, constatou Geralt, era agradável e vinha de uma fogueira em que se assava algum alimento.

– Vamos desviar? – perguntou Milva com voz baixa.

– Só depois de dar uma olhada – respondeu o bruxo, descendo da égua e entregando as rédeas a Jaskier. – É bom saber do que desviamos e quem está a nossas costas. Venha comigo. Quanto a vocês, permaneçam nas selas e fiquem atentos.

Da mata na beira da floresta avistavam-se uma vasta clareira e troncos amontoados em pilhas bem-arrumadas. Um fino rastro de fumaça subia por entre as pilhas. Geralt acalmou-se um pouco: nada se movia nas proximidades e não havia espaço suficiente entre as pilhas onde um grupo maior pudesse esconder-se. Milva também o notou.

— Não há cavalos — sussurrou. — Não é um exército. Acho que são lenhadores.

— Também acho, mas vou verificar. Cubra-me.

Quando se aproximou, escondendo-se atrás dos troncos empilhados, ouviu vozes. Deu alguns passos para a frente. E espantou-se. Sua audição, porém, não o havia enganado.

— Metade de um bolo de paus!
— Uma cagadinha de ouros!
— Gwent!
— Acesso. Aposta! Declarem as vazas. Que mer...
— Rá-rá-rá! É um valete com um pau pequeno! Deu mole! Vai se cagar todo antes de conseguir juntar uma cagadinha!
— Vamos ver. Ponho um valete. Pegou? Ei, Yazon, você apostou mal, seu cu de pato!
— Por que você não entrou com a dama, seu cagão? Pegaria esse pau...

O bruxo decidiu manter a cautela, já que muitos indivíduos também podiam jogar Gwent e se chamar Yazon. No entanto, repentinamente, ele ouviu um conhecido grazinar rouco por entre as vozes dos jogadores.

— Puta que parrrriu!
— Como vão, rapazes? — Geralt saiu de trás dos troncos empilhados. — Estou contente de ver todos vocês, inclusive o papagaio.
— Caralho! — Zoltan Chivay, espantado, deixou as cartas caírem e logo se levantou de maneira tão brusca que o Marechal de Campo Duda, que estava em seu ombro, remexeu as asas e soltou um grito de pavor. — Bruxo, seu filho de uma égua! Ou será que é uma miragem? Percival, você está vendo o mesmo que eu?

Percival Schuttenbach, Munro Bruys, Yazon Varda e Figgis Merluzzo cercaram o bruxo e lhe deram tapinhas amigáveis. E, quando o resto do grupo apareceu por trás das pilhas de madeira, os gritos de alegria aumentaram adequadamente.

— Milva! Regis! — bradou Zoltan, abraçando todos. — Jaskier, vivo, embora com a cabeça enfaixada! E aí, músico safado, que tal compormos mais uma banalidade melodramática? É a vida pura, nada de poesia! E sabe por quê? Porque não se submete à crítica!

— E onde está — Jaskier olhou em volta — Caleb Stratton?

De repente Zoltan e sua companhia ficaram calados e sérios.

— Caleb — finalmente falou o anão, fungando o nariz — dorme enterrado embaixo duma bétula, longe de seu querido Monte Carbon. Quando os Negros nos surpreenderam à beira do Ina, corria muito devagar, não conseguiu chegar até a floresta... Levou um golpe de espada na cabeça e, quando caiu, atravessaram-no com lanças. Mas chega, vamos sorrir, já o lamentamos o suficiente. Precisamos nos alegrar, pois vocês conseguiram sair vivos do tumulto. Aliás, pelo que vejo, a companhia cresceu.

Cahir inclinou a cabeça diante do olhar atento do anão, mas não proferiu nenhuma palavra.

— Sentem-se — convidou Zoltan. — Estamos assando uma ovelha. Nós a encontramos há alguns dias, solitária e triste. Não permitimos que tivesse uma morte ruim, de fome ou na boca de um lobo, então a abatemos com piedade e a preparamos para comer. Sentem-se. Regis, peço que você venha aqui comigo. Geralt, você também.

Atrás das pilhas de madeira havia duas mulheres sentadas. Uma delas amamentava um recém-nascido. Quando os viu se aproximando, virou-se timidamente. Próximo a ela estava uma jovem com o braço envolto num pano sujo brincando na areia com duas crianças. Mal ergueu os olhos embaçados e indiferentes em sua direção, o bruxo a reconheceu.

— Conseguimos desamarrá-la da carroça, que já estava queimando — explicou o anão. — Faltou pouco para ela terminar do jeito que queria aquele sacerdote determinado a acabar com ela. Passou pelo batismo de fogo. Foi atingida pelas chamas, que deixaram seu braço em carne viva. Tratamos do modo que sabíamos, passamos gordura por cima, mas a ferida não está cicatrizando. Barbeiro-cirurgião, se você puder...

— Agora mesmo.

Quando Regis foi tirar a atadura, a jovem soltou um gemido, recuou e cobriu o rosto com a mão sã. Geralt aproximou-se para segurá-la, mas o vampiro o afastou com um gesto. Olhou fundo nos olhos da garota, que logo se acalmou e ficou mais dócil. A cabeça caiu levemente no peito. Ela nem estremeceu quando Regis descolou o pano sujo com cuidado e passou uma pomada com um forte cheiro esquisito no braço queimado.

Geralt virou a cabeça, olhou para as duas mulheres e as duas crianças e depois para o anão. Zoltan pigarreou.

— Encontramos as mulheres e os moleques já aqui, em Angren — explicou com voz baixa. — Perderam-se durante a fuga, estavam sozinhos, amedrontados e com fome, então decidimos agregá-los e estamos cuidando deles. Foi uma coincidência.

— Foi uma coincidência — repetiu Geralt, sorrindo ligeiramente. — Zoltan Chivay, você é um altruísta convencido.

— Todos nós temos algum defeito. Por exemplo, você ainda corre atrás de sua menina para socorrê-la.

— Sim, ainda, embora as coisas tenham se complicado.

— Por causa desse nilfgaardiano que antes o perseguia e agora se juntou à companhia?

— Em parte. Zoltan, de onde são esses fugitivos? De quem fugiram: de Nilfgaard ou dos Esquilos?

— É difícil adivinhar. As crianças não sabem porra nenhuma e as mulheres andam caladas e com medo, sabe-se lá por quê. Se alguém xinga ou peida na frente delas, ficam vermelhas como beterrabas... Mas não importa. Encontramos também outros fugitivos, lenhadores, e foram eles que nos contaram que Nilfgaard está rondando por estas terras. Talvez sejam aqueles nossos velhos conhecidos, da incursão que vinha do oeste, do outro lado do Ina. E provavelmente estão aqui também os destacamentos que vieram do sul, do outro lado do Jaruga.

— Contra quem estão lutando?

— É um mistério. Os lenhadores falaram de um exército comandado por uma tal Rainha Branca, que está derrotando os Negros. De acordo com os relatos, ela seguia em direção à outra margem do Jaruga com sua tropa, levando a espada e o fogo para as terras imperiais.

– Que exército seria esse?

– Não tenho a mínima ideia. – Zoltan coçou a orelha. – Sabe, todos os dias cavaleiros armados passam por aqui rachando a terra com os cascos dos cavalos, mas não perguntamos quem são. Nós nos escondemos no mato...

Regis, que havia conseguido tratar do braço queimado da garota, interrompeu a conversa.

– O curativo tem de ser trocado todos os dias – falou para o anão. – Vou deixar para vocês a pomada e gaze, que não cola nas queimaduras.

– Obrigado, barbeiro-cirurgião.

– O braço vai cicatrizar – informou o vampiro, baixinho, olhando para o bruxo. – Depois de algum tempo até a cicatriz desaparecerá da pele jovem. O pior é o que se passa na cabeça dessa coitada. Minhas pomadas não têm capacidade de tratar desse tipo de problemas.

Geralt permaneceu em silêncio. Regis enxugou as mãos num pano.

– É o destino ou uma maldição – disse, ainda com voz baixa – sentir a doença no sangue, toda a essência da doença, mas não poder curá-la...

– Pois é – Zoltan suspirou –, uma coisa é tratar da pele, mas, quando a mente está enferma, não há o que fazer. Apenas ser atencioso e cuidar dela... Obrigado pela ajuda, barbeiro-cirurgião. Pelo visto, você também se juntou à companhia do bruxo.

– Sim, foi uma coincidência.

– Hummm... – Zoltan alisou a barba. – E onde vocês pretendem procurar Ciri?

– Vamos para o leste, rumo a Caed Dhu, para o círculo druida. Estamos contando com a ajuda dos druidas...

– Não há ajuda – falou com voz melódica e metálica a jovem com bandagem no braço, sentada ao pé da pilha de madeira. – Não há ajuda. Apenas sangue. E batismo de fogo. O fogo purifica, mas também mata.

Regis segurou com força o braço de Zoltan, espantado, e com um gesto ordenou que permanecesse calado. Geralt, que sabia o que era um transe hipnótico, permaneceu em silêncio e não se moveu.

– Os que derramaram sangue e os que beberam sangue – continuou ela, com a cabeça abaixada – pagarão com sangue. Não se passarão nem três dias e um morrerá no segundo, e então algo morrerá em cada um. Morrerão pouco a pouco, devagarinho... E quando finalmente as botas de ferro ficarem desgastadas e as lágrimas secarem, morrerá o restante que sobrar. Morrerá também aquilo que nunca morre.

– Diga – falou Regis, baixinho e com delicadeza. – Diga o que você vê.

– Bruma. Uma torre envolta pela bruma. É a Torre da Gaivota... Num lago congelado.

– O que mais você vê?

– Bruma.

– O que você sente?

– Dor...

Regis não conseguiu fazer mais perguntas. A jovem agitou a cabeça, soltou um grito louco e gemeu. Quando ergueu os olhos, via-se neles apenas uma bruma.

Geralt, que ainda passava os dedos na lâmina com inscrições rúnicas, lembrou-se de que depois desse acontecimento Zoltan começou a tratar Regis com mais respeito e deixou de usar o tom familiar com que antes se dirigia a ele. De acordo com o pedido de Regis, não contaram nada aos outros sobre o episódio estranho. O bruxo não ficou muito preocupado com tudo isso. Já vira transes parecidos e achava que as mensagens transmitidas por pessoas hipnotizadas não eram profecias, mas pensamentos captados e repetidos ou talvez sugestões subconscientes do hipnotizador. Era verdade que nesse caso não se tratava de hipnose, mas de um feitiço lançado pelo vampiro, e Geralt ficou pensando que mensagens a moça enfeitiçada teria captado da mente de Regis se o transe tivesse durado mais.

Durante metade do dia seguiram o caminho com os anões e seus protegidos. Depois Zoltan Chivay parou o séquito e disse que queria falar com Geralt a sós.

– Precisamos nos separar – foi direto ao assunto. – Geralt, nós tomamos uma decisão. Ao norte já é possível avistar os picos celestes de Mahakam e esse vale leva diretamente para as montanhas. Chega de aventuras. Estamos voltando para nossa terra, ao pé do Monte Carbon.

– Entendo.

– Que bom que você entende! Desejo sorte para você e sua companhia. Permita-me observar que é uma companhia um tanto estranha.

– Eles querem me ajudar – falou o bruxo com voz baixa. – É algo novo para mim. Por isso decidi não perguntar sobre os motivos.

– Tomou uma sábia decisão. – Zoltan tirou das costas seu sihill anão guardado na bainha de laca envolta em pele de cabra. – Pegue, leve-o com você. Antes que nossos caminhos se separem.

– Zoltan...

– Não fale, apenas o leve. Vamos passar essa guerra nas montanhas, não precisaremos de ferro. Mas vai ser um prazer lembrar às vezes, enquanto estivermos tomando cerveja, que o sihill forjado em Mahakam está em boas mãos, que será usado para coisas boas e não cairá em desonra. E você, quando for golpear os perseguidores de sua Ciri com essa lâmina, corte pelo menos um por Caleb Stratton. E lembre-se de Zoltan Chivay e das forjas dos anões.

– Vou me lembrar. – Geralt aceitou a espada e pendurou-a tranversalmente nas costas. – Você pode ter certeza de que vou me lembrar de vocês. Neste mundo mal, Zoltan Chivay, a bondade, a honestidade e a justiça permanecem guardadas na memória.

– É verdade. – O anão semicerrou os olhos. – Por isso não vou me esquecer de você nem dos desertores na clareira daquela floresta, assim como não vou me esquecer de Regis e da ferradura na brasa. Quanto à reciprocidade nesse assunto...

Suspendeu a voz, pigarreou, tossiu e cuspiu.

– Geralt, nós assaltamos um comerciante nas redondezas de Dilligen, um ricaço que lucrava com o comércio havekariano. Fizemos uma emboscada depois de ele carregar o ouro e as pedras preciosas na carroça e fugir da cidade. Defendia suas posses como um leão, pedia socorro e por isso levou uns golpes de cunha na cabeça, até ficar calmo e quietinho. Você se lembra daqueles baús que carregamos, depois colocamos na carroça e finalmente enterramos às margens do rio Ó? Esse era o tesouro havekariano roubado. Um saque sobre o qual planejamos construir nosso futuro.

— Por que está me contando isso, Zoltan?

— Porque você, pelo que vejo, ainda há pouco deixou se enganar por um disfarce capcioso. Aquilo que você considerava bondade e integridade era na verdade maldade e desprezo escondidos sob uma bonita máscara. Bruxo, é fácil enganá-lo, pois você não procura descobrir os motivos. Mas eu não quero enganá-lo, por isso não olhe para essas mulheres e crianças, não considere o anão que está a sua frente um ser justo e generoso. Está aqui, diante de você, um ladrão ou talvez um assassino, pois não excluo a possibilidade de o comerciante ter morrido no fosso à beira da estrada de terra batida que leva a Dillingen.

Permaneceram calados por um longo tempo olhando para o norte e as montanhas distantes cobertas de nuvens.

— Passe bem, Zoltan — falou Geralt finalmente. — Talvez as forças, em cuja existência estou começando a acreditar, façam com que nos reencontremos um dia. Gostaria que fosse assim. Gostaria de ter a oportunidade de apresentá-lo a Ciri, gostaria que ela o conhecesse. Mas, mesmo que isso não aconteça, saiba que não vou me esquecer de você. Passe bem, anão.

— Você vai apertar a mão de um ladrão e bandido?

— Sem hesitar, pois já não é tão fácil me enganar como antes. Embora não procure saber os motivos, aos poucos estou aprendendo a espiar aquilo que está escondido sob as máscaras.

Geralt rodou o sihill e cortou ao meio uma mariposa que passava ao lado.

"Depois que nos separamos de Zoltan e seus companheiros", lembrou-se, "encontramos na floresta um grupo de retirantes camponeses. Quando nos viram, parte deles fugiu, mas Milva conseguiu deter alguns, ameaçando-os com o arco. Soubemos que os camponeses tinham sido prisioneiros dos nilfgaardianos, que os forçavam a serrar cedros. No entanto, fazia alguns dias um destacamento atacara os vigias e os libertara. Agora voltavam para casa. Jaskier teimava em saber quem eram esses libertadores, indagava com vigor e insistência."

– Esses soldados – repetiu o camponês – servem à Rainha Branca. Estão derrotando os Negros que é uma beleza! Diziam que eram como gorilas na retaguarda dos inimigos.
– Como o quê?
– Pois eu já falei: como gorilas.
– Gorilas, droga. – Jaskier franziu o cenho e acenou com a mão num gesto de resignação. – Gente, gente... Já perguntei: que distintivos esse exército usava?
– Vários, senhor, especialmente os cavaleiros. Os soldados da infantaria usavam um troço vermelho.
O camponês pegou um pau e desenhou um losango na areia.
– Losango! – Jaskier, que sabia de heráldica, ficou surpreso. – Não é o lírio temeriano, mas um diamante. O brasão de Rívia. Interessante. Rívia fica a mais de duzentas milhas daqui. Sem mencionar que seu exército e o de Lyria foram completamente destroçados durante o combate de Dol Angra e Aldersberg e que Nilfgaard dominou o país... Não estou entendendo nada!
– Isso é normal – cortou-o o bruxo. – Chega de conversa. Vamos embora.

– Ah! – gritou o poeta, que ainda estava pensando e analisando as informações recebidas dos camponeses. – Já entendi! Não se trata de gorilas, mas de guerrilhas! Guerrilhas! Na retaguarda do inimigo, entenderam?
– Entendemos. – Cahir acenou com a cabeça. – Ou seja, neste território há guerrilhas dos nortelungos. Provavelmente são destacamentos formados dos restos dos exércitos de Lyria e Rívia, derrotados em meados de julho nas redondezas de Aldersberg. Ouvi falar dessa batalha quando estava nas mãos dos Esquilos.
– Considero essa notícia consoladora – declarou Jaskier, orgulhoso de ter desvendado o enigma dos gorilas. – Mesmo que os camponeses tenham errado a propósito dos brasões heráldicos, é quase certo que não se trata do exército temeriano. E acho pouco provável que os guerrilheiros de Rívia já saibam sobre

dois espiões que há pouco fugiram misteriosamente da forca do marechal Vissegerd. Se por acaso depararmos com esses guerrilheiros, teremos chance de enganá-los.

— Podemos contar com isso — falou Geralt, acalmando Plotka, que estava inquieta. — Mas, sinceramente, preferia não encontrá-los.

— São, contudo, seus conterrâneos — disse Regis —, pois chamam-no Geralt de Rívia.

— Um erro — afirmou o bruxo com frieza. — Eu mesmo me chamei assim, para que fosse um nome mais atraente, que despertasse mais confiança nos clientes.

— Entendo. — O vampiro sorriu. — Mas por que escolheu justamente Rívia?

— Eu puxava paus de madeira marcados com diversos nomes melodiosos. Quem me sugeriu esse método foi meu preceptor de bruxo. Isso, porém, foi só depois de eu teimar em usar o nome Geralt Roger Eryk du Haute-Bellegarde. Vasemir achou-o rídiculo, pretensioso e cretino. Parece que tinha razão.

Jaskier bufou alto, lançando um olhar significativo para o vampiro e para o nilfgaardiano.

— Meu nome completo, composto por vários sobrenomes — falou Regis, um pouco magoado com o olhar —, é verdadeiro e obedece à tradição dos vampiros.

— O meu também — apressou-se a esclarecer Cahir. — Mawr é o nome de minha mãe, e Dyffryn, o de meu bisavô. E não há nada engraçado nisso, poeta. Aliás, por curiosidade, como você se chama? Pois Jaskier obviamente é um pseudônimo.

— Não posso usar nem revelar meu verdadeiro sobrenome — respondeu o bardo misteriosamente, empinando o nariz com orgulho. — É demasiado famoso.

— E eu — repentinamente Milva, havia algum tempo calada e sombria, entrou na conversa — ficava furiosa quando me chamavam pelos diminutivos Mari, Mariquita ou Marieta. Quando alguém ouve um nome assim, acha logo que pode me dar tapas na bunda.

Escurecia. Os grous voaram, seu gruir silenciou a distância. O vento que soprava das montanhas se acalmou. O bruxo embainhou o sihill.

"Isso aconteceu hoje de manhã... hoje de manhã... e à tarde o problema veio à tona", pensou. "Poderíamos ter começado a suspeitar de alguma coisa antes. Mas quem de nós, além de Regis, tinha noção desse tipo de assunto? É verdade que notamos que Milva vomitava com frequência de madrugada. No entanto, às vezes comíamos coisas que deixavam todos com dor de barriga. Jaskier também vomitou uma ou duas vezes. Cahir chegou a ficar com uma diarreia tão forte que se assustou pensando que estava com disenteria. E eu achava que Milva descia da sela toda hora e ia para o mato por causa de uma inflação na bexiga... Como fui idiota! Parece que Regis suspeitava do que se tratava realmente, mas permaneceu calado. Permaneceu calado até não poder mais aguentar. Quando paramos para pernoitar numa choupana de lenhadores abandonada, Milva adentrou com ele na floresta, onde tiveram uma conversa demorada e às vezes agitada. O vampiro voltou sozinho. Mediu e misturou algumas ervas e logo nos chamou para dentro da choupana. Começou a falar com rodeios, naquele irritante tom de mentor."

— Eu me dirijo a todos — repetiu Regis. — Somos uma equipe e temos responsabilidade uns pelos outros. No entanto, nada muda o fato de que não esteja entre nós aquele que tem a maior responsabilidade. Ou, para me expressar melhor, aquele que tem responsabilidade direta.

— Droga, seja mais claro — irritou-se Jaskier. — Equipe, responsabilidade... O que Milva tem? Ela está doente?

— Não se trata de doença — falou Cahir com voz baixa.

— Pelo menos não no sentido estrito da palavra — confirmou Regis. — Milva está grávida.

Cahir acenou com a cabeça, confirmando o que já suspeitava. Jaskier, no entanto, ficou atônito. Geralt mordeu os lábios.

— De quantos meses?

— Ela se recusou, e de maneira bastante grosseira, a me informar qualquer data, inclusive a das últimas regras. Mas eu tenho meu conhecimento. Vai completar a décima semana.

— Evite então fazer referências patéticas à responsabilidade direta — falou Geralt seriamente. — Não foi nenhum de nós. Se você tinha dúvidas em relação a isso, então estou tirando-as agora. Contudo, você estava certo ao falar que temos responsabilidade uns pelos outros. Ela está conosco agora. Num átimo fomos promovidos ao papel de maridos e pais. Aguardamos ansiosamente o que o médico vai nos dizer.

— Ela precisa alimentar-se bem e com regularidade — começou a enumerar Regis. — Nada de estresse. Tem de dormir bem. E daqui a pouco não poderá andar a cavalo.

Todos ficaram calados por um bom tempo.

— Certo — disse Jaskier finalmente. — Temos um problema, senhores maridos e pais.

— Maior do que pensam — falou o vampiro. — Ou menor. Tudo depende do ponto de vista.

— Não estou entendendo.

— Pois deveria — murmurou Cahir.

— Milva pediu — continuou Regis após um instante — que eu preparasse e lhe desse um medicamento forte e... radical. Ela acha que isso vai remediar o problema. Está decidida.

— E você o deu para ela?

Regis sorriu.

— Sem abordar o assunto com os outros pais?

— O medicamento que ela pede — disse Cahir, baixinho — não é uma panaceia maravilhosa. Tenho três irmãs, sei o que estou dizendo. Parece que ela acha que à noite tomará a infusão e no dia seguinte seguirá o caminho conosco. Nada disso. Por uns dez dias não adiantará nem sonhar que conseguirá subir na sela. Antes que você lhe dê esse medicamento, avise-a sobre isso. E você só poderá lhe dar o medicamento depois de acharmos uma cama para ela. Uma cama limpa.

— Entendi. — Regis acenou com a cabeça. — Uma voz a favor. E você, Geralt?

— Eu o quê?

— Meus senhores — o vampiro fitou todos com seus olhos escuros —, não finjam que não estão entendendo.

— Em Nilfgaard — falou Cahir, enrubescendo e abaixando a cabeça — apenas a mulher decide sobre esse tipo de coisas. Ninguém tem o direito de influir em sua decisão. Regis disse que

Milva estava decidida a tomar... o medicamento. Foi só por esse motivo, exclusivamente por ele, que comecei a pensar nisso tudo como um fato já determinado. E nas consequências desse fato. Mas sou apenas um estrangeiro que não conhece... Não deveria nem abrir a boca. Peço desculpas.

– Pelo quê? – estranhou o trovador. – Você nos considera uns selvagens, nilfgaardiano? Acha que somos uma tribo primitiva que adota algum tabu xamânico? É claro que só a mulher pode tomar uma decisão desse tipo, é seu direito absoluto. Se Milva decidir...

– Cale a boca, Jaskier! – rosnou o bruxo. – Cale a boca, por favor!

– Você tem outra opinião? – irritou-se o poeta. – Você quer proibi-la ou...

– Cale a boca, porra, ou não vou responder por mim! Regis, pelo que vejo, você está conduzindo entre nós uma espécie de plebiscito. Para quê? Você é o médico aqui. O preparado que ela pede... Sim, preparado, pois a palavra "medicamento" não me cai bem... Só você pode fazer esse preparado e dá-lo para ela. E você vai fazê-lo se ela o pedir novamente. Não vai recusar.

– Ele já está pronto. – Regis mostrou a todos um pequeno frasco de vidro escuro. – Se ela voltar a pedi-lo, não vou recusar. Mas só se pedi-lo novamente.

– Do que se trata, então? De nossa unanimidade? Da aceitação geral? É isso que você espera?

– Você sabe exatamente do que se trata – falou o vampiro. – Sente muito bem o que é preciso fazer. Mas, já que pergunta, vou responder. Sim, Geralt, é disso que se trata. Sim, é o que precisa ser feito. Não, não sou eu quem espera isso.

– Você pode ser mais claro?

– Não, Jaskier – respondeu Regis. – Não posso ser mais claro. Até porque não há necessidade. Não é verdade, Geralt?

– É. – O bruxo apoiou a testa nas mãos entrelaçadas. – Sim, porra, é verdade. Mas por que você está olhando para mim? Sou eu quem tem de fazê-lo? Eu não sei como... Não sei... Não sei como desempenhar esse papel... Não sei, entendem?

– Não – contestou Jaskier. – Não entendemos nada. Cahir, você entende?

O nilfgaardiano olhou para Regis e depois para Geralt.

– Acho que entendo – falou devagar. – Parece-me que sim.

– Ah... – O trovador acenou com a cabeça. – Ah... Geralt entendeu logo, Cahir acha que entende e eu claramente preciso de iluminação, mas primeiro mandam que me cale, depois ouço que não preciso entender nada. Obrigado. Vinte anos a serviço da poesia, o suficiente para saber que há coisas que se compreendem instantaneamente, até sem palavras. Caso contrário, nunca será possível entendê-las.

O vampiro sorriu.

– Não conheço ninguém – disse – que soubesse expressá-lo melhor.

Escureceu completamente. O bruxo levantou-se.

"Uma oportunidade única", pensou. "Não vou fugir disso. Não há como demorar mais. É preciso fazê-lo. É preciso e ponto final."

Milva estava sentada sozinha junto de uma pequena fogueira que acendera na floresta, numa cavidade formada por uma árvore derrubada pelo vento, longe da choupana de lenhadores onde pernoitava o resto da companhia. Não se mexeu quando ouviu seus passos, como se estivesse a sua espera. Apenas se afastou um pouco, fazendo espaço para ele no toco da árvore caída.

– E aí? – disse bruscamente, não lhe dando tempo para falar alguma coisa. – Um problemão, não é?

O bruxo não respondeu.

– Você nem suspeitava quando nós partimos, não? Quando você me aceitou na companhia, deve ter pensado: "Não importa que ela é uma garota grosseira e burra do campo." Você simplesmente me deixou ir. "Talvez não seja a melhor companheira de conversa durante o caminho", pensou, "mas pode ser útil. É saudável, forte, sabe manejar o arco, não vai machucar a bunda na sela e numa situação de risco não vai se cagar de medo. Vai ser útil." E, em vez de ser útil, me tornei um obstáculo, um peso. Uma garota burra do campo acabou do mesmo jeito que as mocinhas!

– Por que me seguiu? – perguntou Geralt, baixinho. – Por que não ficou em Brokilon? Você sabia...

– Sabia – interrompeu-o Milva bruscamente. – Estava entre as dríades, que sabem, num instante, o que as meninas têm, não há como esconder delas. Souberam antes de mim... Mas eu não esperava enfraquecer tão rápido. Pensava: "Quando surgir a oportunidade, vou tomar uma infusão de cravagem ou de qualquer outra coisa do tipo e logo o problema desaparecerá..."

– Isso não é tão fácil.

– Eu sei. O vampiro me falou. Demorei demais, meditei, fiquei em dúvida. Agora não vai ser fácil...

– Não me referia a isso.

– Droga – ela falou após um instante. – E eu que achava que Jaskier seria uma boa desculpa! Pois pensava que ele era fraco, mole, despreparado para enfrentar as dificuldades, que só fingia ser forte e depois de algum tempo não conseguiria seguir o caminho e teria de ser escoltado. Imaginava que, se a situação piorasse, eu voltaria com Jaskier... E ele me pegou, está aí, Jaskier, o valente, e eu...

Sua voz tremeu. Geralt abraçou-a e logo sentiu que era o gesto pelo qual ela esperava e do qual precisava muito. A rigidez e a severidade da arqueira de Brokilon desapareceram num átimo e ficou apenas a brandura delicada e trêmula de uma garota apavorada. Contudo, foi ela que interrompeu o longo silêncio.

– E você me falou lá... em Brokilon... que eu ia precisar de um ombro para me apoiar... que à noite ia gritar na escuridão... Você está aqui, sinto seu ombro encostado no meu... Mas ainda tenho vontade de gritar... Puxa... Por que você está tremendo?

– Nada. Uma lembrança.

– O que vai ser de mim?

Geralt não respondeu. A pergunta não foi dirigida a ele.

– Uma vez meu pai me mostrou... lá em minha terra, à beira do rio, um tipo de vespa negra que põe os ovos numa lagarta viva. Dos ovos nascem pequenas vespas, que comem a lagarta viva... por dentro... Agora carrego algo parecido em mim mesma, nas entranhas, em minha barriga. Cresce, continua a crescer e vai me comer viva...

— Milva...
— Maria. Sou Maria, e não Milva. Que Milhafre seria eu? Sou uma galinha com um ovo, e não Milhafre... Milva ria no campo de batalha com as dríades, arrancava as flechas de cadáveres ensanguentados, pois uma boa haste não podia se perder, seria uma pena deixar uma ponta boa! E, se alguém ainda respirasse, mexesse o peito, então cortava-lhe a garganta! Era a tal destino que Milva levava essas pessoas e depois ria... Seu sangue grita agora. Aquele sangue, feito o veneno de uma vespa, come Milva por dentro. Maria paga por Milva.

O bruxo permanecia calado, sobretudo porque não sabia o que falar. A arqueira encostou em seu braço com mais força ainda.

— Eu escoltava um comando para Brokilon – falou, baixinho. – Foi em Queimados, em junho, no domingo anterior ao solstício de verão. Fomos surpreendidos, houve um embate, conseguimos fugir: cinco elfos, uma elfa e eu. Faltava meia milha até o Wstazka; atrás de nós e a nossa frente estava a cavalaria, e, em volta, a escuridão, lamaçais, pântanos... À noite nos escondemos nos amieiros; os cavalos precisavam descansar, e nós também. Foi então que a elfa tirou a roupa sem falar nada e deitou... e o primeiro elfo foi deitar com ela... Fiquei apavorada, não sabia o que fazer... Afastar-me ou fingir que não via? O sangue pulsava em minhas têmporas e de repente ela falou: "Quem sabe o que o amanhã vai trazer? Quem atravessará o Wstazka e quem abraçará a terra? En'ca minne." Ou seja, um pouquinho de amor. Só assim, segundo ela, se pode combater a morte. E o medo. Eles tinham medo, ela e eu também... Então me despi e deitei ao lado, em cima de uma manta... Quando o primeiro me abraçou, cerrei os dentes, pois não estava pronta, e sim apavorada e seca... Mas ele era sábio, pois era elfo, embora parecesse jovem... Sábio... Carinhoso... Cheirava a musgo, capim e orvalho... Depois eu mesma estendi os braços até o segundo... Com vontade... Um pouquinho de amor? Só o diabo sabe quanto amor e medo havia naquilo. No entanto, tenho certeza de que o medo prevalecia... Pois o amor era fingido, mesmo que fingido habilmente, como num teatro de arraial, em que, se os atores forem talentosos, você logo esquece o que é fingimento e o que é real. E havia medo. De verdade.

O bruxo permanecia calado.

— Contudo, não conseguimos vencer a morte. Ao amanhecer mataram dois, antes que chegássemos à margem do Wstazka. Dos três que sobreviveram, não vi mais nenhum. Minha mãe dizia que uma mulher sempre sabe de quem é o fruto que carrega no ventre... Mas eu não sei. Nem sabia o nome daqueles elfos. Como poderia saber? Diga, como?

O bruxo permanecia calado. Deixava que seu ombro falasse por ele.

— Na verdade, por que eu precisaria saber? O vampiro logo vai preparar a infusão de cravagem... Vocês vão me deixar em algum vilarejo... Não, não fale nada, permaneça calado. Sei como você é. Não é capaz sequer de deixar essa égua teimosa, abandoná-la ou substituí-la por outra, embora ameace fazê-lo toda hora. Você não é um daqueles que abandonam. Agora, porém, há uma necessidade maior. Não vou conseguir ficar sentada na sela depois de tomar a infusão. Mas saiba que, quando ficar boa, vou atrás de vocês, pois quero que você encontre sua Ciri, bruxo. Quero que você a encontre e recupere com minha ajuda.

— Foi por isso que você veio comigo — disse Geralt, esfregando a testa. — Foi por isso.

Milva abaixou a cabeça.

— Foi por isso que você veio comigo — repetiu ele. — Você veio comigo para ajudar a salvar um filho que não era seu. Você queria pagar. Queria pagar uma dívida que já naquela época, quando partiu, estava prestes a contrair... O filho de outro em troca do seu. E eu prometi ajudá-la quando fosse preciso. Milva, eu não posso ajudá-la. Acredite, não posso.

Dessa vez foi ela quem permaneceu calada. Ele sentia que não devia ficar em silêncio.

— Naquele tempo, em Brokilon, contraí uma dívida com você e jurei que a pagaria. Agi de forma irrazoável e estúpida. Você me socorreu num momento em que eu precisava muito de ajuda. Não há como pagar uma dívida assim. Não há como pagar por algo que não tem preço. Algumas pessoas dizem que tudo, absolutamente tudo no mundo tem seu preço. É mentira. Há coisas que não têm preço, são inestimáveis. A maneira mais fácil de reconhecê-las é pelo fato de que, uma vez perdidas, ficarão perdidas para sempre. Eu próprio perdi muitas coisas assim. Por isso hoje não posso ajudá-la.

— Você acabou de me ajudar — respondeu Milva, com muita calma. — Você nem imagina como me ajudou. Mas agora se afaste, por favor. Deixe-me sozinha. Vá, bruxo. Vá antes que você destrua meu mundo por completo.

Quando ao amanhecer retomaram o caminho, Milva ia à frente, calma e sorridente. E, quando Jaskier, que cavalgava atrás dela, começou a tocar o alaúde, ela assobiava ao ritmo da melodia.

Geralt e Regis fechavam o séquito. Em determinado momento, o vampiro olhou para o bruxo, sorriu e acenou com a cabeça num gesto de admiração e reconhecimento. Sem proferir uma palavra sequer. Depois tirou um pequeno frasco de vidro escuro de sua bolsa de médico e mostrou-o a Geralt. Sorriu novamente e jogou o frasco no mato.

O bruxo permaneceu calado.

Quando pararam para saciar a sede dos cavalos, Geralt afastou-se com Regis para conversar.

— Mudança de planos — comunicou de maneira seca. — Não vamos atravessar Ysgith.

O vampiro ficou em silêncio por um momento, fitando-o com seus olhos negros.

— Se eu não soubesse — disse finalmente — que você, bruxo, tem medo apenas de verdadeiros riscos, pensaria que ficou preocupado com a fala absurda daquela moça louca.

— Mas você sabe. Então vai pensar com mais lógica.

— Claro. Mesmo assim, gostaria de chamar sua atenção para duas coisas. Primeiro, o estado em que Milva está não é nem doença, nem deficiência. É óbvio que ela tem de se cuidar, mas está completamente saudável e em plena forma física. Diria até que está mais em forma do que antes. Os hormônios...

— Deixe esse tom de mentor e a soberba de lado — interrompeu-o Geralt —, pois está começando a me irritar.

— Esse foi o primeiro assunto — lembrou Regis — dos três que eu queria abordar. O segundo é o seguinte: quando Milva notar sua superproteção, quando perceber que você está paparicando-a e zelando por sua segurança como se ela fosse um ovo, simplesmente vai ficar zangada. E depois vai se estressar, o que eu absolutamente desaconselho. Geralt, não quero ser mentor. Quero ser racional.

O bruxo não respondeu.

— E agora o terceiro assunto — continuou Regis, ainda fitando-o. — O que nos move para atravessar Ysgith não é o entusiasmo ou o desejo de aventuras, mas a necessidade. As tropas perambulam pelos montes e nós precisamos chegar aos druidas em Caed Dhu. Achava que fosse algo urgente e que você estava determinado a conseguir as informações o mais rápido possível e seguir o caminho para resgatar sua Ciri.

— Eu estou determinado. — Geralt desviou o olhar. — Estou muito determinado. Quero socorrer e recuperar Ciri. Até há pouco achei que fosse fazê-lo a qualquer custo, mas a esse custo não vou. Não vou pagar esse preço, nem tomar esse risco. Não vamos atravessar Ysgith.

— Alguma alternativa?

— A outra margem do Jaruga. Vamos subir o curso do rio, longe dos pântanos, e atravessar o Jaruga novamente na altura de Caed Dhu. Se isso for demasiado difícil, iremos até os druidas só nós dois. Eu atravessarei o rio a nado e você voará sobre ele transformado em morcego. Por que você está me olhando assim? Não é também mais um mito e uma superstição que um rio constitui um obstáculo para um vampiro? Ou será que estou errado?

— Não, você não está errado. Mas eu posso voar apenas durante a lua cheia.

— Faltam só duas semanas. Quando chegarmos ao local certo, a lua já estará quase cheia.

— Geralt — falou o vampiro, sem tirar os olhos do bruxo —, você é um homem estranho. Só para esclarecer, não se trata de algo pejorativo. Tudo bem, então. Vamos desistir de Ysgith, perigoso para mulheres grávidas, e atravessar para a outra margem do Jaruga, que, em sua opinião, é o mais seguro.

— Eu sei avaliar os graus de dificuldade.
— Não duvido disso.
— Não fale nada nem para Milva, nem para os outros. Se perguntarem, isso faz parte de nosso plano.
— Claro. Vamos começar a procurar um barco.

Não precisaram procurar muito, e o resultado de sua busca os surpreendeu. Não acharam um barco, mas uma balsa escondida entre as árvores, camuflada com galhos e feixes de junco. O que a revelou foi uma corda que a ligava à margem esquerda. Encontraram também o homem que a navegava. Quando se aproximaram, ele escondeu-se rapidamente no mato, mas Milva o rastreou e o arrastou de lá pelo colarinho, assustando também seu ajudante, um rapaz forte, de ombros largos e rosto de idiota. O balseiro tremia de medo e seus olhos inquietos procuravam algo em sua volta feito dois ratos em um celeiro vazio.

— Para a outra margem? — gemeu, quando soube o que eles queriam. — De jeito nenhum! As terras lá são de Nilfgaard, é tempo de guerra! Se me pegarem, vão me empalar! Não vou! Podem me matar, mas eu não vou!

— Podemos matar, então. — Milva cerrou os dentes. — Mas antes podemos dar porrada. Abra a boca mais uma vez e você vai ver do que somos capazes.

— O tempo de guerra — o vampiro olhou para o balseiro — com certeza não atrapalha o contrabando, não é, bom homem? Pois é para isso que serve sua balsa, instalada espertamente longe dos postos de receita reais e nilfgaardianos. Ou estou equivocado? Então, vamos lá; empurre-a para a água.

— Essa vai ser a solução mais razoável — acrescentou Cahir, acariciando a empunhadura da espada. — Se você demorar, vamos atravessar o rio sozinhos, mas aí sua balsa ficará na outra margem e, para recuperá-la, você terá de ir nadando. Se nos levar, sentirá medo por uma horinha, depois voltará e se esquecerá de tudo.

— E, se você resistir, seu burro — rosnou Milva —, eu vou dar uma porrada tão grande em você que vai se lembrar de nós até o inverno!

Diante de argumentos sólidos e indiscutíveis, o homem cedeu e logo toda a companhia subiu na balsa. Alguns dos cavalos, especialmente Plotka, resistiam e não queriam embarcar, mas o balseiro e seu ajudante bobo colocaram neles alçapremas de paus e cordas. A destreza com que o fizeram comprovava que já haviam transportado cavalos roubados pelo Jaruga. O grandão burro pôs-se a girar a roda que propulsionava a balsa e então desatracaram.

Quando começaram a navegar no talvegue e sentiram o vento soprar, seu humor melhorou. Atravessar o Jaruga era para eles algo novo, uma etapa que marcava de maneira nítida o progresso da viagem. Diante deles estava a margem nilfgaardiana, o limite, a fronteira. Repentinamente todos se animaram, e do nada até o ajudante idiota do balseiro começou a assobiar e cantarolar uma melodia cretina. Geralt também sentia uma estranha euforia, como se a qualquer momento Ciri fosse aparecer no bosque de amieiros na margem esquerda do rio e gritar de alegria ao vê-lo.

No entanto, quem gritou foi o balseiro, e não de alegria.

— Pelos deuses! Estamos perdidos!

Geralt olhou na direção apontada por ele e xingou. Entre os amieiros na margem alta reluziam armaduras e ouvia-se a retumbante batida de cascos. Em poucos segundos, o embarcadouro na margem esquerda encheu-se de cavaleiros.

— Negros! — gritou o balseiro, empalidecendo e soltando a roda. — Nilfgaardianos! Morte! Que os deuses nos salvem!

— Jaskier, segure os cavalos! — berrou Milva, tentando pegar o arco. — Segure os cavalos!

— Não são os imperiais — falou Cahir. — Não parecem...

Sua voz foi abafada pelos berros dos cavaleiros no embarcadouro e pelo uivo do balseiro. O ajudante burro, apressado pela gritaria, pegou um machado, ergueu-o e o fez cair sobre a corda com ímpeto. O balseiro ajudou-o com outro machado. Os homens no embarcadouro viram os movimentos e gritaram ainda mais alto. Alguns entraram na água e agarraram a corda. Outros nadaram em direção à balsa.

— Larguem essa corda! — vociferou Jaskier. — Não é Nilfgaard! Não a cortem...

Era tarde demais. A corda cortada mergulhou na água, a balsa virou ligeiramente e começou a se deslocar rio abaixo. Os cavaleiros que estavam na margem soltaram um grito horripilante.

– Jaskier está certo – disse Cahir, sério. – Não são os imperiais... Estão na margem de Nilfgaard, mas não são nilfgaardianos.

– Claro que não! – gritou o poeta. – Estou reconhecendo os distintivos! Águias e losangos! É o brasão de Lyria! São guerrilheiros lyrianos! Ei, gente...

– Esconda-se atrás do bordo, idiota!

Jaskier, como sempre, em vez de ouvir a advertência, queria saber do que se tratava. E foi então que flechas sibilaram no ar. Algumas se cravaram, com estrondo, no bordo da balsa; outras a sobrevoaram e mergulharam na água. Duas voavam em direção a Jaskier, mas o bruxo, já com a espada na mão, pulou e rebateu ambas com movimentos rápidos.

– Pelo Sol Grandioso! – gemeu Cahir. – Rebateu... Rebateu duas flechas! Incrível! Nunca havia visto nada igual...

– E não verá mais! Pela primeira vez em minha vida consegui rebater duas! Escondam-se atrás do bordo!

Os homens no embarcadouro interromperam as flechadas ao ver que a correnteza empurrava a embarcação solta diretamente para a margem. A água se encheu de espuma junto aos cavalos que haviam entrado nela. O embarcadouro enchia-se de cavaleiros. Eram aproximadamente duzentos.

– Ajudem! – berrou o balseiro. – Peguem as varas, senhores! Estamos sendo levados para a margem!

Entenderam na hora. Felizmente, havia uma quantidade de varas suficiente. Regis e Jaskier seguravam os cavalos. Milva, Cahir e o bruxo ajudavam o balseiro e seu ajudante bobo. A embarcação, empurrada pelo esforço de cinco varas, girou e passou a navegar com a correnteza, que se tornava cada vez mais rápida, deslocando-se nitidamente para o meio. Os cavaleiros na margem começaram de novo a gritar, de novo pegaram os arcos, de novo algumas flechas sibilaram, e um dos cavalos deu um relincho selvagem. Felizmente, a balsa, levada por uma correnteza mais forte, deslizava depressa na água e afastava-se cada vez mais da margem, fora do alcance das flechas.

Logo a embarcação deslocava-se pelo meio do rio, pelo talvegue, girando num redemoinho. Os cavalos batiam os cascos e relinchavam, sacudindo Jaskier e o vampiro, que seguravam as rédeas. Os cavaleiros na margem berravam ameaças com os punhos fechados. Repentinamente, Geralt viu entre eles um homem num cavalo branco rodando a espada e dando ordens. Um momento depois, a cavalaria recuou para a floresta e galopou pela beira da encosta alta. As armaduras reluziam no mato ribeirinho.

– Não vão desistir – gemeu o balseiro. – Sabem que depois do meandro a correnteza vai nos levar de novo para perto da margem... Preparem as varas, senhores! Quando a embarcação virar para a margem direita, vamos ter de remar contra a correnteza e atracar... Do contrário...

Navegavam à deriva, levemente em direção à margem direita, aproximando-se de uma ribanceira alta e íngreme, eriçada de pinheiros tortos. A margem esquerda, da qual se afastavam, tornara-se plana e adentrava o rio formando um cabo semicircular arenoso. Ali apareceram homens a cavalo, que galoparam com impressionante velocidade até a água. Em volta do cabo, o rio era raso, havia um baixio e eles conseguiram afastar-se consideravelmente da margem antes que a água alcançasse a barriga dos cavalos.

– Vão conseguir aproximar-se à distância de um disparo – estimou Milva sombriamente. – Escondam-se.

As flechas sibilaram mais uma vez, algumas atingiram o bordo da embarcação, mas a correnteza, rebatida pelo baixio, rapidamente a levou em direção a uma curva acentuada na margem direita.

– Agora às varas! – clamou o balseiro, trêmulo. – Com ânimo, segurem antes que a correnteza nos leve!

Não era tão fácil assim. A correnteza era forte, a água funda, a balsa grande, pesada e desajeitada. No início, nem reagia a seus esforços, mas finalmente as varas conseguiram tocar o fundo do rio. Tudo parecia correr bem quando, do nada, Milva soltou a vara e apontou para a margem direita sem pronunciar uma palavra sequer.

– Desta vez... – Cahir enxugou o suor da testa. – Desta vez é Nilfgaard, com certeza.

Geralt também os viu. Os cavaleiros que repentinamente surgiram na margem direita usavam capa negra e verde e os cavalos tinham as características cabeçadas em forma de argolas. Havia pelo menos cem homens.

— Agora já era... — gemeu o balseiro. — Minha nossa, são os Negros!

— Às varas! — berrou o bruxo. — Às varas, com a correnteza! Precisamos nos afastar da margem!

Essa também era uma tarefa difícil. A forte correnteza da margem direita empurrava a embarcação diretamente para uma encosta íngreme, da qual já se ouviam os gritos dos nilfgaardianos. Quando depois de um momento Geralt, apoiado na vara, olhou para cima, viu os galhos dos pinheiros debruçados sobre ele. A flecha atirada de cima da escarpa atingiu o bordo da balsa quase verticalmente, a dois pés de distância dele. A segunda flecha, que voava em direção a Cahir, foi rebatida por ele com a espada.

Milva, Cahir, o balseiro e seu ajudante tentavam fazer a embarcação avançar afastando-a com as varas da escarpa e não do fundo do rio. Geralt largou a espada, pegou novamente a vara e ajudou-os. A balsa mais uma vez começou a navegar à deriva em direção ao talvegue. Mesmo assim, estava perigosamente perto da margem direita, onde galopava a cavalaria. Antes que conseguissem se afastar, a escarpa acabou e os nilfgaardianos avançaram pela margem plana no meio dos juncos. As rêmiges das flechas sibilaram no ar.

— Escondam-se!

Repentinamente o ajudante do balseiro tossiu de maneira estranha e deixou a vara cair na água. Geralt viu a ponta de uma flecha ensanguentada e quatro hastes inteiras enfiadas em suas costas. O cavalo castanho de Cahir empinou-se, relinchou dolorosamente, sacudiu o pescoço atravessado por uma flecha, derrubou Jaskier e pulou na água. Os outros corcéis também relinchavam e sacudiam-se, e a embarcação desequilibrava-se com a batida dos cascos.

— Segurem os cavalos! — gritou o vampiro. — Três...

De repente, calou-se, caiu de costas contra o bordo, sentou-se, abaixou a cabeça. Uma flecha de rêmiges negras atravessara seu peito.

Milva também o viu. Gritou loucamente, pegou o arco, tirou as hastes da aljava e jogou-as a seus pés. Começou a atirar sem parar. Rapidamente. Uma flecha atrás da outra. Todas atingiram seu alvo.

Levantou-se um tumulto na margem. Os nilfgaardianos recuaram para a floresta, deixando entre os juncos os mortos e os feridos, que gritavam. Atiravam ainda, escondidos no mato, mas as pontas das flechas mal conseguiam levá-las até o alvo, pois a forte correnteza empurrava a embarcação para o meio do rio. A distância era grande demais para que os arcos dos nilfgaardianos fossem eficientes. No entanto, não era o caso do arco de Milva.

De repente, um oficial de capa negra e elmo enfeitado com um penacho em que tremiam asas de corvo apareceu por entre os nilfgaardianos. Gritou, balançou uma clava, apontou para a jusante do rio. Milva escarranchou as pernas mais ainda, puxou a corda em direção à boca e mirou o alvo rapidamente. A flecha sibilou no ar, o oficial esticou-se para trás na sela e caiu nos braços dos soldados. Milva empunhou o arco de novo e soltou a corda. Um dos nilfgaardianos que seguravam o oficial soltou um grito horripilante e desabou do cavalo. Os demais desapareceram na floresta.

— Disparos de mestre — falou Regis calmamente atrás das costas do bruxo. — Mas é melhor que peguem as varas. Ainda estamos muito próximos da margem, e a correnteza está nos levando para um baixio.

A arqueira e Geralt viraram-se.

— Você está vivo? — perguntaram em uníssono.

— Vocês acharam — o vampiro mostrou-lhes a haste de rêmiges negras — que alguém podia me machucar com um pau qualquer?

Não havia tempo para estranhar. A balsa novamente girava na correnteza, em direção ao talvegue. Então, num meandro do rio surgiu um braço de areia, e a margem enegreceu com os nilfgaardianos. Alguns adentravam a água e preparavam os arcos. Todos, inclusive Jaskier, pegaram as varas. Pouco tempo depois já não conseguiam tocar o fundo do rio com elas, e a correnteza levou a embarcação para o talvegue.

— Finalmente. — Milva resfolegou, jogando a vara para o lado. — Agora já não vão conseguir nos pegar...

— Um deles subiu no banco de areia! — Jaskier apontou. — Está se preparando para atirar! Vamos nos esconder!

— Não vai conseguir acertar o alvo — avaliou Milva com frieza.

A flecha caiu na água a quatro metros da proa da embarcação.

— Está empunhando o arco de novo! — gritou o trovador, olhando pelo bordo. — Cuidado!

— Não vai acertar — repetiu Milva, ajeitando o protetor no antebraço esquerdo. — Tem um arco bom, mas é um arqueiro de merda. Está ansioso. Depois de atirar, sacode-se todo e treme como uma mulher com um caracol preso entre as nádegas. Segurem os cavalos para que nenhum deles esbarre em mim.

Dessa vez a flecha lançada pelo nilfgaardiano cortou o ar acima da embarcação. Milva ergueu o arco, escarranchou as pernas, esticou a corda rapidamente, encostando-a na bochecha, e soltou-a com delicadeza sem mudar a posição nem se deslocar uma polegada sequer. O nilfgaardiano caiu na água impetuosamente como se tivesse sido acertado por um raio e foi levado pela correnteza. Sua capa negra inflou feito um balão.

— É assim que se faz. — Milva abaixou o arco. — Mas é tarde demais para ele aprender.

— Os outros vão galopar atrás de nós. — Cahir apontou para a margem direita. — E garanto que não vão interromper a perseguição, especialmente depois que Milva acertou um oficial. O rio serpeia, no próximo meandro a correnteza vai nos levar de novo até a margem. Eles sabem disso e vão esperar...

— Por enquanto me preocupa outra coisa — gemeu o balseiro, levantando-se dos joelhos e livrando-se do ajudante. — Estamos sendo empurrados para a margem esquerda... Os deuses estão brincando de queimada conosco... E é tudo culpa sua, senhores! Serão responsabilizados pelo sangue derramado...

— Cale a boca e segure a vara!

Na margem esquerda, plana e agora mais próxima, tumultuavam-se os cavaleiros identificados por Jaskier como guerrilheiros lyrianos. Gritavam, acenavam com as mãos. Um deles, montado num cavalo branco, chamou a atenção de Geralt. Não estava certo, mas parecia ser uma mulher de armadura, embora sem elmo, de cabelos claros.

– O que eles estão gritando? – Jaskier aguçou os ouvidos. – Alguma coisa sobre uma rainha ou o quê?

Os gritos na margem esquerda tornaram-se mais altos. Ouviu-se nitidamente o tinido de ferro.

– É uma batalha – constatou Cahir rapidamente. – Olhem só. Os imperiais estão saindo da floresta. Os nortelungos fugiam deles e acabaram caindo numa armadilha.

– A saída dessa armadilha – Geralt cuspiu na água – era a balsa. Queriam, pelo que parece, salvar pelo menos sua rainha e os cavaleiros mais velhos, transportando-os para a outra margem. E nós a sequestramos. Devem estar com raiva de nós, com muita raiva...

– Mas não deveriam – disse Jaskier. – A balsa não salvaria ninguém, apenas os entregaria diretamente nas mãos dos nilfgaardianos estacionados na margem direita. Nós também precisamos evitar essa margem. Poderíamos tentar entrar num acordo com os lyrianos, pois os Negros acabariam conosco...

– A correnteza está cada vez mais rápida – avaliou Milva, cuspindo na água e observando a cusparada se afastar. – E estamos navegando pelo meio do talvegue. Os dois lados podem beijar nossas mãos. Os meandros são calmos, as margens uniformes e cobertas de amieiros. Estamos navegando em direção à jusante do Jaruga. Não conseguirão nos alcançar. Cansarão logo.

– Merda – gemeu o balseiro. – Temos o Pontão Vermelho a nossa frente... A ponte fica ali, ó! E há um baixio! A embarcação vai ficar presa... Se conseguirem nos ultrapassar, vão esperar lá...

– Os nortelungos não vão conseguir nos ultrapassar. – Regis, que estava na popa, apontou para a margem esquerda. – Eles têm outras preocupações.

Realmente, na margem direita ocorria uma batalha. Seu centro estava oculto pela floresta e só se deixava perceber pelo clamor bélico. No entanto, em muitos lugares na água ribeirinha, cavaleiros negros e coloridos chocavam as espadas umas contra as outras, e os cadáveres caíam na correnteza do Jaruga. O tumulto e o tinido de ferro aos poucos silenciavam e a embarcação deslizava majestosa e rapidamente à jusante.

Navegavam pelo meio do talvegue, e nas margens cobertas de vegetação não se viam homens armados, nem se ouviam os sons de perseguição. Geralt começava a achar que tudo ia acabar bem quando depararam com uma ponte de madeira que ligava as duas margens. Embaixo da ponte o rio desviava de bancos de areia e ilhotas. A maior delas sustentava um dos pilares da ponte. Na margem direita havia uma doca, cheia de árvores cortadas e pilhas de madeira.

– Ali o rio é raso – bufou o balseiro. – Podemos passar apenas pelo meio, à direita da ilha. É onde a correnteza está nos levando, mas peguem as varas, pois podemos precisar delas se ficarmos atolados...

– Há soldados – Cahir cobriu os olhos com a mão – nessa ponte. Na ponte e na doca...

Todos já haviam visto os soldados. E então todos viram também um bando de homens a cavalo de capa negra e verde sair correndo da floresta atrás da doca e atacar esse exército. Estavam tão próximos que era possível ouvir o clamor da batalha.

– Nilfgaardianos – afirmou Cahir secamente. – Aqueles que nos perseguiam. Então esses que estão na doca são nortelungos...

– Peguem as varas! – gritou o balseiro. – Talvez consigamos passar enquanto se dá a batalha!

Não conseguiram passar. Estavam muito perto da ponte quando ela estremeceu sob os pés dos soldados que corriam. Por cima da cota de malha usavam túnica branca adornada com o símbolo do losango vermelho. A maioria estava equipada de bestas, logo apoiadas no balaústre da ponte e apontadas para a balsa, que se aproximava cada vez mais.

– Pelos deuses, não atirem! – berrou Jaskier com toda a força. – Não atirem! Não somos inimigos!

Os soldados não ouviram nem pareciam querer ouvir.

A salva das bestas teve consequências trágicas. Acertaram o balseiro enquanto ele tentava regular a posição da balsa com a vara. A seta o atravessou. Cahir, Milva e Regis conseguiram esconder-se atrás do bordo. Geralt desembainhou a espada e rebateu uma seta, mas havia uma série delas. Jaskier, que ainda gritava e acenava com as mãos, não foi atingido apenas por milagre. A chuva de setas provocou um verdadeiro massacre entre os cavalos. O lobuno, acertado por três, caiu de joelhos. O corcel negro de Milva foi abatido e caiu aos coices, assim como o garanhão castanho de Regis. Plotka, acertada na cernelha, empinou-se e pulou na água.

— Não atiiiirrem! — clamava Jaskier. — Não somos inimigos!

Dessa vez funcionou.

A balsa, levada pela correnteza, atascou-se num banco de areia e ficou parada. Todos saltaram para a ilha ou para a água, desviando dos cascos dos cavalos, que se sacudiam de sofrimento, dando patadas. Milva foi a última, pois de um momento para o outro seus movimentos tornaram-se tenebrosamente lentos. "Foi atingida por uma seta", pensou o bruxo, vendo-a arrastar-se com esforço pelo bordo e cair na areia. Correu até ela, mas o vampiro alcançou-a primeiro.

— Alguma coisa se desprendeu de mim — falou Milva muito devagar e de maneira não natural, pondo as mãos no púbis.

Geralt viu as pernas das calças de lã escurecendo com o sangue.

— Derrame isso em minhas mãos. — Regis entregou-lhe um frasco que havia tirado de sua bolsa. — Derrame isso em minhas mãos, rápido!

— O que ela tem?

— Está abortando. Passe-me uma faca, preciso cortar sua vestimenta. E afaste-se.

— Não — disse Milva. — Quero que fique comigo.

Uma lágrima correu por sua bochecha.

A ponte foi tomada por uma troada de botas de soldados.

— Geralt! — berrou Jaskier.

O bruxo, ao ver o que o vampiro fazia com Milva, virou a cabeça, envergonhado. Avistou os soldados de túnica branca correndo a toda pela ponte e ouviu gritos vindos da doca na margem direita.

— Estão fugindo — bufou Jaskier, galgando até ele e puxando-o pela manga. — Os nilfgaardianos já estão chegando à ponte pela direita! Lá a batalha ainda não acabou, mas a maioria dos soldados está fugindo para a margem esquerda! Você está ouvindo? Nós também precisamos fugir!

— Não podemos. — Geralt cerrou os dentes. — Milva abortou. Não poderá andar.

Jaskier xingou sordidamente.

— Então vamos carregá-la — declarou. — É nossa única chance...

— Não é a única — falou Cahir. — Geralt, para a ponte.

— Para quê?

— Vamos impedir a fuga. Se os nortelungos conseguirem bloquear a entrada da ponte do lado direito por tempo suficiente, talvez consigamos escapar pelo lado esquerdo.

— Como você quer impedir a fuga?

— Eu já comandei um exército. Suba na ponte pelo pilar!

Assim que subiram, Cahir comprovou que realmente tinha experiência em controlar um surto de pânico entre os soldados.

— Aonde vocês estão indo, seus cagões? Aonde, filhos da puta? — berrava, acentuando as palavras com socos contra os fugitivos, que caíam sobre as tábuas da ponte. — Parem! Parem, seus merdas!

Alguns fugitivos, apenas alguns, paravam, apavorados pelos gritos e pelo brilho da espada que Cahir rodava nas mãos. Outros tentavam passar por trás de suas costas, mas Geralt também desembainhara sua espada e se juntara ao espetáculo.

— Aonde vocês vão? — gritou, imobilizando um dos soldados com um golpe firme. — Aonde? Parem! Voltem!

— Nilfgaard, senhor! — bradou o lansquenê. — Carnificina! Solte-me!

— Covardes! — vociferou Jaskier, subindo na ponte e emitindo uma voz que Geralt nunca ouvira. — Covardes sem-vergonha! Corações de lebre! Estão fugindo para salvar a própria pele? Para viver em desgraça, cagões?

— São mais fortes, senhor! Não conseguiremos!

— O centurião está morto... — gemeu outro. — Os decuriões fugiram! A morte se aproxima!

— Levantem a cabeça!

— Seus companheiros — gritou Cahir, rodando a espada — ainda estão no embate na entrada da ponte e na doca! Continuam lutando! Infame aquele que não os ajudar! Sigam-me!

— Jaskier — sussurrou o bruxo —, desça para a ilha. Você e Regis precisam dar um jeito de levar Milva para a margem esquerda. E então? Por que ainda está parado aqui?

— Sigam-me! — berrou Cahir, apontando a direção com a espada. — Quem acreditar nos deuses que me siga! Para a doca! Para dar porrada e matar!

Dezenas de soldados agitaram as armas e responderam aos gritos, expressando diferentes graus de empolgação. Alguns dos que já haviam fugido ficaram envergonhados, retornaram e juntaram-se ao exército na ponte, inesperadamente comandado por um bruxo e por um nilfgaardiano.

Antes, porém, que o exército marchasse para a doca, apareceram cavaleiros de capa negra na entrada da ponte. Os nilfgaardianos conseguiram forçar a defesa e passar para a ponte; as ferraduras ressoavam nas tábuas. Parte dos soldados tentou fugir novamente; outra parte, indecisa, ficou. Cahir xingou. Em nilfgaardiano. Mas ninguém, além de Geralt, notou.

— É preciso terminar o que se começou — rosnou o bruxo, apertando a espada na mão. — Vamos para cima deles! Precisamos incentivar nossa tropa a lutar.

— Geralt. — Cahir parou e olhou para ele com insegurança. — Você quer que... eu mate os meus? Não posso...

— Estou cagando para esta guerra. — O bruxo rangeu os dentes. — Mas aqui se trata de Milva. Você se juntou à companhia. Decida: ou você vai comigo, ou toma partido dos de capa negra. Rápido.

— Vou com você.

E aconteceu que um bruxo e um nilfgaardiano aliado a ele clamaram loucamente, rodaram as espadas e correram sem pensar, dois companheiros, dois camaradas, em direção ao inimigo comum, para uma luta desigual. E esse foi seu batismo de fogo. Um batismo de luta mútua, de raiva, loucura e morte. Iam para a morte, os dois, como dois companheiros. Assim eles pensavam. Não sabiam que não morreriam naquele dia, naquela ponte que cruzava o rio Jaruga. Não sabiam que estavam predestinados a outro tipo de morte. Em outro lugar e a outra hora.

Os nilfgaardianos usavam o distintivo de um escorpião de prata bordado nas mangas. Cahir abateu dois com golpes rápidos de sua longa espada. Geralt massacrou outros dois com seu sihill. Depois saltou sobre o balaústre da ponte e, correndo por ele, atacou mais alguns. Era bruxo, portanto tinha extraordinária facilidade para manter o equilíbrio, mas essa acrobacia surpreendeu e desconcertou os nilfgaardianos. E eles morreram, surpresos e desconcertados, em consequência dos golpes executados pela lâmina da espada anã, que cortava as cotas de malha com tanta leveza como se fossem feitas de lã. O sangue jorrava por cima das vigas e tábuas escorregadias da ponte.

Observando os embates e vitórias dos comandantes, o exército da ponte, cada vez mais numeroso, bradou em coro e soltou um berro no qual se percebia que o moral voltava e o espírito de guerra ressurgia. E os soldados que havia pouco tentavam fugir em pânico atacaram os nilfgaardianos como lobos ferozes, cortando-os com espadas e machados, pungindo-os com lanças, golpeando-os com clavas e alabardas. Os balaústres romperam-se e os cavalos caíram na água com os cavaleiros de capa negra. O exército então se lançou para a entrada da ponte aos berros, empurrando Geralt e Cahir, comandantes fortuitos, a sua frente, impedindo-os de fazer aquilo que queriam fazer, ou seja, sair de lá furtivamente para resgatar Milva e depois fugir para a margem esquerda.

A doca foi tomada pelo combate. Os nilfgaardianos cercavam os homens que não fugiram e lhes cortavam o acesso à ponte. Os soldados resistiam bravamente atrás das barricadas feitas de toras de pinheiros e cedros. Quando viram o auxílio chegando, levantaram um brado de alegria, talvez um tanto precipitadamente. O resgate em formação em "V" havia empurrado e afastado os nilfgaardianos da ponte, mas agora, na entrada da ponte, sofria o contra-ataque do flanco da cavalaria. Se não fossem as barricadas e os troncos da doca, que tanto freavam a fuga como o avanço da cavalaria, a infantaria logo seria derrotada. A tropa, empurrada para as pilhas de madeira, entrou no embate.

Aquilo era algo que Geralt não conhecia, uma espécie de luta completamente diferente. Não se tratava de usar suas habilidades no manejo da espada ou de prestar atenção aos movimentos das pernas, mas de um caótico massacre e um incessante rebater de golpes vindos de todos os lados. No entanto, ainda aproveitava o pouco merecido privilégio de comandante: os soldados cercavam-no, protegiam-lhe os flancos, as costas, abriam espaço a sua frente para que ele pudesse entrar e matar. O tumulto, porém, crescia. O bruxo e sua tropa lutavam, sem saber como, lado ao lado com o grupo ensanguentado e desgastado de defensores da barricada, a maioria deles anões mercenários. Lutavam cercados pelos inimigos.

E então apareceram as chamas.

Um dos flancos da barricada, localizado entre a doca e a ponte, era uma enorme pilha de troncos e galhos de pinheiros, eriçada como um porco-espinho, um obstáculo imbatível para os cavalos e a infantaria. Agora a pilha era tomada pelo fogo, atiçado por uma tocha lançada por alguém. Os defensores recuaram, atingidos pela brasa e pela fumaça. Amontoados, cegos, atrapalhando-se mutuamente, começaram a morrer sob os golpes dos nilfgaardianos.

Cahir salvou a situação. Como tinha experiência de guerra, impediu que a tropa concentrada a sua volta fosse cercada na barricada. Havia se separado do grupo de Geralt, mas já voltava. Até conseguira um cavalo com um jaez negro e agora, golpeando ao redor com a espada, ia em direção ao flanco. Atrás dele, os alabardeiros e lanceiros de túnica com losangos vermelhos entravam no vácuo gritando diabolicamente.

Geralt posicionou-se diante da pilha de madeira em chamas e fez o Sinal de Aard. Não contava com um grande efeito, pois havia semanas estava privado dos elixires de bruxo. No entanto, conseguiu o que queria. A pilha explodiu e se desfez, soltando faíscas.

— Sigam-me! — vociferou, cortando a têmpora de um nilfgaardiano que tentava forçar a barricada. — Sigam-me! Pelo fogo!

E seguiram-no, dispersando com as lanças a pilha ardente, lançando contra os cavalos nilfgaardianos pedaços de madeira em chamas agarrados com as mãos nuas. "Batismo de fogo", pensou Geralt, aparando e rebatendo os golpes. "Eu tinha de passar pelo fogo por Ciri. E agora o atravesso numa batalha com a qual não me importo e que não entendo. O fogo que me purificaria simplesmente está queimando meus cabelos e meu rosto."

O sangue que fora derramado nele sibilava e evaporava.

— Avante, pelos deuses! Cahir! Venha cá!

— Geralt! — Cahir derrubou mais um nilfgaardiano da sela. — Para a ponte! Siga para a ponte com a tropa! Vamos concentrar a defesa...

Não terminou, pois um cavaleiro de corselete negro, sem elmo, com os cabelos soltos e ensanguentados aproximou-se a galope e lançou-se contra ele. Cahir rebateu o golpe da longa espada, mas seu cavalo empinou-se e o derrubou. O nilfgaardiano abaixou-se para empurrá-lo contra o chão, porém desistiu de executar o golpe. Um escorpião prateado reluzia em sua brafoneira.

— Cahir! — gritou, espantado. — Cahir aep Ceallach!

— Morteisen... — Na voz de Cahir, estendido no chão, havia o mesmo espanto.

Um anão mercenário de túnica com losangos parcialmente queimada e esfumaçada que corria ao lado de Geralt não perdeu tempo em espantar-se com qualquer coisa. Enfiou uma lança na barriga do nilfgaardiano com ímpeto e, ainda empunhando a haste, tirou-o da sela. Outro aproximou-se, pisou com a bota pesada na brafoneira do homem caído e meteu a ponta de um farpão diretamente na garganta. O nilfgaardiano tossiu, vomitou sangue e arranhou a areia com as esporas.

No mesmo momento o bruxo levou um golpe na região lombar com algo muito pesado e duro. Caiu de joelhos, ouvindo um berro alto e triunfante. Viu os cavaleiros de capa negra dispersando-se para a floresta. Ouviu a ponte estremecendo sob os cascos da cavalaria que vinha da margem esquerda, carregando uma bandeira com uma águia rodeada por losangos vermelhos.

E foi assim que terminou para Geralt a grande batalha da ponte sobre o rio Jaruga, não mencionada por nenhuma das crônicas posteriores.

— Não se preocupe, senhor — disse o médico castrense, examinando as costas do bruxo. — A ponte foi derrubada. Não há perigo de ataque vindo da outra margem. Seus companheiros e aquela moça também estão seguros. É sua esposa?

— Não.

— Pensei que fosse... É muito cruel, senhor, quando a guerra maltrata mulheres grávidas...

— Cale-se, não fale mais nada sobre isso. Que bandeiras são essas?

— Não sabe para quem lutou? Estranho... É o exército lyriano. Veja, a águia negra de Lyria e os losangos vermelhos de Rívia. Bem, terminei. Suas costas estão apenas machucadas. A região lombar vai doer um pouco, mas não é nada grave. Vai sarar.

— Obrigado.

— Eu que agradeço. Se não tivesse defendido a ponte, Nilfgaard teria matado todos nós na outra margem, empurrando-nos para o rio. Não teríamos conseguido escapar do ataque... O senhor salvou a rainha! Passe bem, senhor. Vou examinar os outros feridos.

— Obrigado.

Sentado num tronco caído na doca, sentia-se cansado, dolorido e indiferente. Estava sozinho. Cahir desaparecera em algum lugar. Entre os pilares da ponte quebrada ao meio passava o Jaruga auriverde, resplandecendo à luz do sol, que se dirigia para o oeste.

Ouviu passos, a batida de ferraduras e o estridor de armaduras.

— É ele, Majestade. Permita-me ajudá-la a descer.

— *Deife.*

Geralt ergueu a cabeça. A sua frente havia uma mulher de armadura, de cabelos muito claros, quase tão claros quanto os seus. Deu-se conta, então, de que os cabelos eram, na verdade, brancos, embora o rosto da mulher não tivesse sinais de velhice. De maturidade, sim, mas certamente não de velhice.

A mulher segurava um lenço de cambraia com pontas de renda. O lenço estava ensanguentado.

— Levante-se, senhor — disse um dos cavaleiros que a acompanhavam. — E preste reverência. É a rainha.

O bruxo levantou-se e curvou-se, suportando a dor na região lombar.

— O *fenhor zefendeu a ponti?*

— Como?

A mulher afastou o lenço da boca e cuspiu sangue. Algumas gotas vermelhas pousaram em seu corselete ornamentado.

— Sua Majestade Meve, a rainha de Lyria e Rívia — falou o cavaleiro de capa roxa ornamentada com bordados dourados que estava a seu lado –, pergunta se foi o senhor que comandou heroicamente a defesa da ponte sobre o Jaruga.

– Por acaso fui eu.

– Por *acafo*! – A rainha tentou rir, mas não conseguiu. Franziu o cenho, falou um palavrão, embora pouco claro, e cuspiu novamente.

Antes de ela cobrir a boca, Geralt viu uma ferida feia e um buraco no lugar dos dentes da frente. Ela notou seu olhar.

– Foi fim – disse por trás do lenço, fitando-o diretamente nos olhos. – Algum *fio da puta me zeu um foco na cara. Maf é só um detalhe.*

– A rainha Meve – declarou enfaticamente o cavaleiro de capa roxa – estava na primeira linha, valente como um cavaleiro, confrontando as forças esmagadoras de Nilfgaard! Essa ferida causa dor, mas não deforma! E o senhor a salvou e salvou nossa tropa também. Quando alguns traidores dominaram e sequestraram a balsa, essa ponte era para nós a única salvação. E o senhor a defendeu heroicamente...

– Pare, Odo. Como o *fenhor fe fama*, herói?

– Eu?

– Claro que o senhor. – O cavaleiro vestido de roxo lançou um olhar ameaçador para o bruxo. – O que há de errado? O senhor está atordoado? Levou um golpe na cabeça?

– Não.

– Então responda quando a rainha pergunta! O senhor vê que foi ferida na boca, que tem dificuldades em falar!

– *Deife-o*, Odo.

Roxo curvou-se e depois olhou para Geralt.

– Qual é seu nome?

"Que se dane", pensou o bruxo. "Estou farto de tudo isso. Não vou mentir."

– Geralt.

– Geralt de onde?

– De lugar nenhum.

– Não foi *orfenado cafaleiro*? – Meve novamente ornamentou a areia a seus pés com uma cusparada de saliva misturada com sangue.

— Como? Ah, não, não fui ordenado cavaleiro, Majestade.

Meve desembainhou a espada.

— *Ponha-fe de joelhof.*

Geralt obedeceu, não conseguindo acreditar naquilo que acontecia e continuando a pensar em Milva e no caminho que escolhera para ela, receoso por causa dos pântanos de Ysgith.

A rainha virou-se para Roxo.

— *Vofê* vai proferir a fórmula. Eu não tenho *dentef*.

— Pela valentia ímpar no combate por um fim justo — recitou o cavaleiro com ênfase —, pela prova dada de virtude, honra e lealdade à Coroa, eu, Meve, pela graça dos deuses rainha de Lyria e Rívia, por meu poder, direito e privilégio ordeno-o cavaleiro. Sirva com lealdade. Aguente este golpe, mas que nenhum outro lhe cause dor.

Geralt sentiu o golpe da lâmina no ombro. Fitou os olhos verde-claros da rainha. Meve deu uma cusparada vermelha e espessa e cobriu a boca com o lenço. Piscou por cima da renda.

Roxo aproximou-se da rainha e sussurrou. O bruxo ouviu as seguintes palavras: "predicado", "losangos de Rívia", "estandarte" e "honra".

— *Eftá ferto.* — Meve acenou com a cabeça. Falava com mais clareza, suportando a dor e enfiando a língua no buraco que ficou no lugar dos dentes. — Você *zefendeu* a ponte com os soldados de Rívia, valente Geralt de lugar desconhecido. Foi por *acafo*, ha, ha. E eu por *acafo* vou lhe conceder *efte* predicado: Geralt de Rívia. Ha, ha.

— Preste reverência, senhor cavalheiro — sibilou Roxo.

O cavaleiro Geralt de Rívia curvou-se acentuadamente para que sua suserana, a rainha Meve, não notasse seu sorriso, um sorriso amarelo, que não conseguia conter.

GRÁFICA PAYM
Tel. [11] 4392-3344
paym@graficapaym.com.br

Milhas

0 100 200 300

KOVIR
Rakverelin
Aedd Gynvael
Lan Exeter
Rio Tango

POVISS
Pont Vanis

Tret
Novigrad
Oxenf
Rogeveen
Thanedd
BLEOBHERIS
Cidaris
CIDARIS
Gors velen
Wyzim
Bremervoord
Dorian
Kerack
KERACK
Maribor
SKELLIGE
BROKILON
Hamm
HAMM
Kaer Trolde
VERDEN
Brügge
BRÜGGE
Mayena
Nastrog
Brugge
BAIXO SODDEN
Rozro
Bodrog
Rio Jaruga
Dillingen
ALTO SODDEN
Cintra
CINTRA
ERLENWALD
Peixe de Mar
Attre
Klamat

NILFGAAR